신강위구르자치구
감숙성
돈황
가욕관
청해성
황하강
양자강
티베트자치구
사천성
라싸
네팔
부탄
인도
방글라데시
운남성
미얀마
라오스
인도양
태국

흑룡강성
장춘
몽골
내몽골자치구
길림성
심양
요녕성
동해
북한
승덕
대동
북경
산해관
황하강
항산
천진
하북성
대한민국
태원
서해
영하회족자치구
산서성
한단
제남
산동성
태산
섬서성
정주
낙양
서주
화산
서안
해하
강소성
하남성
남양
숭산
한중
남경
합비
소주
상해
안휘성
무산
호북성
백제성
무한
이창
의창
황산
항주
형주
양자강
동중국해
여산
절강성
중경
남창
장가계
장사
형산
강서성
호남성
귀주성
복주
귀양
복건성
계림
대만
광동성
광서장족자치구
광주
남녕
불산
홍콩
마카오
남중국해
해구
해남

한자, 중국어와 함께하는

중국문화 산책

한자, 중국어와 함께하는

중국문화산책

임진규 지음

한나래플러스

한자, 중국어와 함께하는

중국문화 산책

지은이 | 임진규
펴낸이 | 한기철
편집인 | 이희영
편집 | 이은혜
마케팅 | 조광재, 정선경

2015년 9월 5일 1판 1쇄 펴냄
2015년 12월 15일 1판 3쇄 펴냄

펴낸곳 | 한나래출판사
등록 | 1991. 2. 25 제22-80호
주소 | 서울시 마포구 합정동 월드컵로3길 39, 2층 (합정동)
전화 | 02-738-5637 · 팩스 | 02-363-5637 · e-mail | hannarae91@naver.com
www.hannarae.net

ISBN 978-89-5566-184-2 03810

* 이 도서의 국립중앙도서관 출판예정도서목록(CIP)은 서지정보유통지원시스템 홈페이지(http://seoji.nl.go.kr)와 국가자료공동목록시스템(http://www.nl.go.kr/kolisnet)에서 이용하실 수 있습니다.(CIP제어번호: CIP2015022767)

고려 최씨 무신정권 때의 명문장가이자 관리였던 이규보(李奎报)의 원래 이름은 이인저(李仁低)였다. 입신양명의 꿈을 이루기 위해 노력하던 그에게, 어느 날 하늘의 28개 별자리인 28숙(宿) 중 학문을 상징하는 별인 규성(奎星) 노인이 꿈에 나타나 장원급제를 예언해 주었다. 꿈대로 장원으로 급제한 이인저는 규성(奎)에 대한 보답(报)의 뜻으로 그의 이름을 이규보(李奎报)로 개명하였다고 한다.

한자와 중국어는 때론 어렵고 딱딱하게 다가온다. 그럴 때마다 이러한 재미있는 '스토리'를 통해 좀 더 쉽게 다가갈 수 있지 않을까 생각한다. 어려움과 나태함의 벽에 부딪혀 종종 포기하게 되는 한자와 중국어 공부에 흥미로운 '스토리'를 더해 독자 여러분께 도움을 드리고자 감히 붓을 들었다.

서구 언어의 기초가 로마의 라틴어였다면, 동아시아의 문화 기저에는 한자가 있다고 해도 과언이 아닐 것이다. 한자는 그 탄생과 관련하여 여러 종류로 분류된다. 山(뫼 산)처럼 그 모양을 본떠 만든 상형문자(象形文字)가 있는가 하면, 上(위 상), 末(끝 말)처럼 추상적인 관념을 기호나 형상을 바탕으로 하여 선이나 점을 덧붙여 나타낸 지사문자(指事文字)가 있으며, 明(밝을 명), 信(믿을 신)처럼 뜻들(日, 月, 人, 言)이 모여 새로운 뜻을 나타내는 회의문자(会意文字), 그리고 맑은 물을 뜻하는 氵(물수변)과 青(푸를 청)의 소리가 합쳐져 만들어진 清(맑을 청) 같은 형성문자(形声文字) 등이 있다. 이러한 분류와 구조를 이해하면 어렵고 복잡하게만 느껴지던 한자를 좀 더 체계적으로 흥미를 가지고 이해할 수 있을 것이다.

예부터 중국 산둥(山东)에서 닭이 울면 인천 제물포에서 그 소리가 들린다고 할 정도로 우리는 중국과 지리적으로 매우 가까운 사이다. 또한 중동호흡기증후군인 메르스가 한창 유행하던 2015년 6월, 하루 2만 명 가까이 인천공항을 찾던 중국의 여행객 수가 급감하면서 장기화될 경우 경기침체까지 우려될 정도로 중국이 우리나라에 끼치는 경제적 영향력도 무시할 수 없다. 정치·외교적인 측면에서도 17세기 명·청 교체기에 두 강대국의 눈치를 보던 조선 조정의 상황이나, 미국과 중국이라는 G2 강대국 사이에서 줄타기 외교로 정신없는 지금의 대한민국이나 큰 차이가 없을지도 모르겠다.

이처럼 우리와 떼려야 뗄 수 없는 중국을 좀 더 폭넓게 이해할 수 있도록 한자와 중국어에 얽힌 재미있는 스토리와, 과거와 현재의 흥미로운 중국 이야기로 이 책을 꾸몄다. 중국어를 모르더라도 한자에 관심이 있다면 쉽게 접근할 수 있고, 한자에 익숙하지 않더라도 중국 이야기에 관심이 있다면 누구나 흥미를 느낄 수 있도록 내용을 담아내려 노력하였다. 아무쪼록 이 책이 중국어와 중국문화에 관심이 있는 독자분들에게, 특히 유학생과 중국 주재원으로 근무하는 분들에게 조금이나마 도움이 되었으면 하는 바람을 가져 본다.

끝으로 이 책을 내는 데 격려를 아끼지 않으신 삼우테크의 고제방 회장님, 퍼스텍의 전용우 사장님, LIG손해보험의 김우진 전 부회장님, 산들네크워크의 안정화 사장님, 에버다임의 전병찬 회장님께 감사드리며, 특히 책을 집필할 수 있도록 장소를 마련해주는 등 물심양면으로 따뜻한 지원을 아끼지 않으신 Cepla의 채창원 회장님께도 지면을 통해 깊은 감사의 인사를 드린다. 아울러 출판을 흔쾌히 허락해 주신 한나래출판사의 한기철 사장님과 임직원 여러분, 또 바쁘신 중에도 원고를 검토해 주신 김용수님께도 감사드린다.

2015년 한여름(盛夏)에 임 진 규

현대 중국문화와 한류로 살펴본

중국 이야기

2

역사, 신화로 살펴본

중국 이야기

한국과 중국의 옛문화로 살펴본

중국 이야기

4 고사성어와 속담으로 살펴본
중국 이야기

경산공원에서 바라본 자금성

중국의 베니스로 불리는 항저우의 서호

혼자서도 지킬 수 있다는 만리장성의 북쪽 관문 거용관(居庸关)

세계 최대 규모의 싼샤댐

오악독존, 봉선(封禪)으로 유명한 태산

유비가 제갈량에게 어린 아들을 부탁했던(託孤) 백제성

베이징 후통(胡同)에 있는 전통가옥 사합원(四合院)

만리장성의 동쪽 관문 산해관

'천하제일관' 현판이 걸려 있는 산해관

후베이성 우한(武汉)에 있는 강남 최고의 누대 황학루

쓰촨성의 아미산

중국인이 가장 좋아하는 경승지 황산

공중에 매달린 절, 항산의 현공사(사진 제공: 김용수)

청두 무후사에 있는 유비의 묘(소열황제능) 입구

창장싼샤(长江三峡) 중 무협(우시아)

뤄양(洛阳)의 용문석굴(사진 제공: 김용수)

우산(巫山) 신녀봉(神女峰)

피서산장 소포탈라궁

하늘에 오르는 것보다 힘들다는 촉으로 가는 길 촉도(蜀道)

영화 〈호우시절〉의 배경이 된 쓰촨성 청두의 두보초당

창장싼샤(长江三峡)

공자의 위패를 모신 사당, 공묘

시의 성인(圣人) 두보의 동상(청두시)

베이징 국자감의 패루(牌楼)

일러두기

이 책은 키워드 한자를 중심으로 하여 어원 및 그 한자에 얽힌 이야기를 담아 인문학적으로 풀어낸다. 각 부마다 키워드 한자를 가나다순으로 배열하였고, '기사로 보는 키워드'에서는 키워드 한자가 들어간 신문기사를 인용하여 오늘의 중국은 물론, 중국의 시각에서 바라본 세계의 이모저모를 엿볼 수 있다.

* 이 책은 한자와 중국어를 통해 중국문화에 대해 살펴보므로 책의 특성상 한자를 드러내고 한어병음과 한자음을 병기했다. 병음은 독자들의 편의를 위해 띄어쓰기를 하였으며, 한자는 간체자(简体字)와 번체자(繁体字)를 병기하여 한자의 원래 뜻과 현재의 쓰임을 두루 이해할 수 있도록 하였다.

예 讨价还价tǎojiàhuánjià(토가환가) | 한자표기: 价-價jià(가격 가)

* 중국에서 사용하는 한자 표현에는 병음을 표기하였고, 중국에서 잘 사용하지 않거나 전혀 쓰지 않는 한자 표현에는 병음을 표기하지 않았다. 고대 인·지명의 경우 병음을 간혹 생략하기도 하였다.

예 画中之饼(화중지병): 중국에서 잘 사용하지 않는 표현
画饼充饥huàbǐngchōngjī(화병충기): 중국에서 사용하는 표현

* 중국 인명과 지명은 국립국어원 인명, 지명 표기의 원칙에 따라 '한어병음자모'와 '한글대조표'에 근거해 표기했다.

- 중국 인명은 1911년 신해혁명을 기점으로 하여 그 이전 사람은 한자음으로, 그 이후 사람은 중국어 표기법에 따라 표기했으며, 괄호 안에 한자음을 병기했다.

예 고대인: 孔子Kǒngzǐ(공자) | 현대인: 习近平Xíjìnpíng[시진핑(습근평)]

- 중국 지명은 옛 지명으로서 현재 쓰이지 않는 것은 한자음으로, 옛 지명이지만 현재의 지명과 동일한 경우와 현재의 지명은 중국어 표기법에 따라 표기했으며, 괄호 안에 한자음을 병기했다.

예 옛 지명: 钜鹿Jùlù(거록) | 현재 지명: 北京Běijīng[베이징(북경)]

* 기호는 다음과 같이 구별해서 사용했다.
  - 도서명: ≪ ≫
  - 신문, 시제목, 영화, TV 프로그램 등: < >

* 네이버 중문사전, 고려대학교 중문사전, 바이두(百度) 백과사전, 섬서(陕西)사범대학의 화설(画说)사전 등을 참조하였다.

중 국 문 화 산 책

1.

현대 중국문화와 한류로 살펴본
중국 이야기

물 버리듯 시집 보내던 딸, 초상은행招商银行 대접하다

keyword 嫁jià(시집갈 가)

중국에는 皇帝的女儿不愁嫁huángdìde nǚér bùchóujià(황제적여아불수가)라는 속담이 있다. 이 말은 '황제의 딸은 시집을 못 갈 걱정이 없다.'라는 뜻인데, 부잣집 딸은 아무런 조건 없이도 시집을 잘 간다는 뜻으로 쓰인다. '출발선부터 늦다'는 뜻의 输在起跑线上shū zàiqǐpǎoxiànshàng(수재기포선상)과 함께 자주 쓰이는 이 말에서 서구 자본주의보다 拜金思想bàijīnsīxiǎng(배금사상)이 더 강한 사회주의국가 중국의 이중성을 엿볼 수 있다.

옛날 중국에서는 시집을 간 여자는 두 개의 姓xìng(성)을 함께 사용하기도 했다. 예를 들면 张(장)씨 집안의 여인이 王(왕)씨 집안으로 시집가면 王张氏(왕장씨)라고 불렀다. 이는 기혼과 미혼의 구분이 되기도 했으나 지금은 거의 사라지고 있는 풍습이다.

또 중국에는 '嫁出去的女儿jiàchūqude nǚér(가출거적여아), 如泼出去的水rúpōchūqude shuǐ(여발출거적수)'라고 하여 딸아이를 시집보내는 것은 물을 버리는 것과 같다."라는 속담이 있다. 우리도 예전에 딸을 시집보낼 때 치운다는 표현을 사용하였듯이, 먹고 살기 힘든 옛날에는 딸아이를 시집보내는 것을 입을 줄이는 것으로 생각했던 것 같다. 하지만 지금 중국에서는 남자 아이가 태어나면 키울 때 양육비가 워낙 많이 들어 중국 5대 은행 중 하나인 建设银行Jiànshèyínháng(건설은행)이 태어났다고 말하고, 여자 아이가 태어나면 자라서 그런 남자를 데려온다, 즉 돈을 불러 모은다는 뜻으로 招商银行Zhāoshāngyínháng(초상은행)이라고 부를 정도로 여성에 대한 인식이 많이 바뀌고 있다.

옛날에는 한국이나 중국에서 이혼장을 休书xiūshū(휴서)라고 했으며, 被休书bèxiūshū(피휴서)는 '이혼장을 받다', 즉 '이혼을 당하다'라는 말로 쓰였다. 글을 잘 모르는 백성들 사이에서는 이혼할 때 남자가 여자에게 옷고름을 잘라주던 풍습이 있었는데, 이를 '수세베기'라고 했다. 옷고름이나 앞섶을 삼각형 모양으로 베어주는 수세 또는 휴서가 있어야만 이를 근거로 하여 여자들이 합법적으로 재가를 할 수 있었다고 한다.

여기서 嫁jià(시집갈 가)는 女(여자 녀)와 家(집 가)로 이루어진 글자로 여자가 시집을 간다는 뜻의 형성문자이고, 嫁의 반대말[反义词fǎnyìcí]인 娶qǔ(장가들 취)는 取(취할 취)와 女가 합쳐져 여자를 데려온다는 뜻의 형성문자다. 娶妻子qǔqīzǐ(취처자)는 '아내를 두다', 娶爱妾qǔàiqiè(취애첩)은 '애첩을 두다'라는 뜻이다. 참고로 妾(첩 첩)은 立(설 립)과 女가 합쳐져 서서 시중을 드는 여자를 뜻하는데, 정식으로 예를 갖추어 결혼한 아내인 妻(처)는 집안 행사에서 앉아 있지만, 妾은 신분이 낮아 서[立] 있는 여자[女]라고 생각하면 쉽게 이해할 수 있을 것이다.

한자 嫁의 활용 예를 살펴보면, '嫁给+사람'은 '~에게 시집가다'의 뜻이고, '嫁到+장소'는 '~로 시집가다'의 뜻이 된다. 예를 들어 "그녀는 부자에게 시집을 갔다."라고 말할 때는 她嫁给豪门tā jiàgěi háomén(타가급호문)이라고 하며, 她嫁到山东tā jiàdào Shāndōng(타가도산동)이라고 하면 그녀는 산둥지방으로 시집갔다는 뜻이 된다. '男娶女nánqǔnǚ(남취녀), 女嫁给男nǚjiàgěinán(여가급남)'은 남자는 여자와 결혼하고 여자는 남자에게 시집간다는 뜻인데, 娶라는 동사에는 목적어가 바로 오지만 嫁에는 '~에게'라는 뜻의 给 또는 '~에'라는 到가 따른다. 이러한 차이는 어쩌면 봉건시대의 男尊女卑nánzūnnǚbēi(남존여비) 사상의 흔적인지도 모르겠다. 그래서인지 요즘 젊은이들 사이에서는 给(줄 급)이 없는 '嫁'를 사용하기도 한다.

★ 알아두면 유용한 단어

出嫁chūjià(출가): 시집가다 | 嫁娶jiàqǔ(가취): 시집가고 장가들다 | 改嫁gǎijià(개가): 개가하다 | 嫁衣jiàyī(가의): 여자의 결혼식 예복, 여성 혼례복 | 转嫁zhuǎnjià(전가): (책임 등을) 전가하다

기사로 보는 키워드

台湾'嫁女泼水'习俗遭公开挑战. '시집가는 여자는 물 버리 듯'이라는 대만의 풍속이 공개적인 도전을 받게 되었다.

대만에서 일고 있는 남녀차별 철폐운동(예를 들어, 설날 친정 방문하기, 여자도 제사 모시기 등)을 소개한 이 기사에서 남녀차별의 악습이 여전히 남아 있음을 알 수 있다.

_<环球时报Huánqiúshíbào(환구시보)>(2014. 3. 6.)

토니 스타크의 〈아이언맨〉, 중국식 표현은 〈강철협钢铁侠〉

Keyword

钢-鋼gāng(강철 강)

钢-鋼gāng(강철 강)은 金(쇠 금)과 岡(언덕 강)으로 이루어진 글자로 언덕[岡]처럼 묵직하고 강한 쇠[金]인 강철을 뜻하는 형성문자다. 또는 铁-鐵tiě(쇠 철)과 刚-剛gāng(굳셀 강)으로 이루어져 강한 쇠, 강철을 뜻하기도 한다.

영어의 fountain pen을 일본에서는 만년 동안 오래오래 쓸 수 있는 붓이라는 뜻으로 万年筆[만년필; まんねんひつ(만넨히츠)]로 번역했고, 중국에서는 강철로 만든 붓이라는 뜻으로 钢笔gāngbǐ(강필)이라고 번역해서 사용하고 있다.

중국에는 '친구 사이의 우정이 두텁고 변함이 없다.'라는 뜻으로 比铁还铁bǐtiěháitiě(비철환철), 比钢还钢bǐgānghháigāng(비강환강)이라는 표현이 있다. 이른바 쇠보다 더 쇠 같고, 강철보다 더 강한 우정을 뜻하는 말로 자주 사용된다. 他们俩关系很铁tāmenliǎ guānxi hěntiě라고 하면 '둘의 관계가 엄청 친하고 단단하다.'라는 말이며, 상대적으로 잘 변하고 약한 관계일 때는 비유적으로 铝(알루미늄 려)를 많이 사용한다.

한편 铁证如山tiězhèngrúshān(철증여산)이라는 말도 중국에서 자주 사용되는데, 쇠 같이 확실한 증거가 마치 산처럼 쌓여 더 확실하다, 즉 명백한 증거를 의미하는 말이다. 이 말은 习近平Xíjìnpíng[시진핑(습근평)] 국가주석이 2014년 12월 13일, 남경대학살 기념일 연설에서 "역사라는 것은 시대의 변화에 따라 바뀌는 것이 아니며 교활한 말로 사실이 없어지지는 않는다. 30만 명을 학살한 일본군의 남경대학살에는 쇠로 산을 이룬 것 같은 증거[铁证如山]가 있다."라고 아베 일본 총리의 역사부정에 대해 비판하면서 인용하기도 했다.

铁丝(철사)를 중국에서는 钢丝gāngsī(강사)라 하고, 铁筋(철근)을 钢筋gāngjīn(강근)이라고 한다. 철근과 콘크리트로 지어진 건물은 钢筋水泥健筑gāngjīnshuǐní jiànzhù(강근수니건축)이라고 표현하는 것으로 보아, 중국인들은 铁보다는 钢이라는 한자를 더 선호하고 자주 쓰는 것 같다.

피아노(piano)를 중국말로는 钢琴gāngqín(강금)이라고 한다. 건반악기를 연주한다는 표현에는 弹tán(튕길 탄)이라는 동사를 사용하며, 弹钢琴tángāngqín(탄강금)이라고 하면 피아노를 친다는 뜻이 되는데, 임진왜란 때 申砬(신립) 장군이 배수진을 쳤던 충주의 弹琴台(탄금대)가 생각난다.

반면에 弦乐器xiányuèqì(현악기)를 연주할 때는 拉(끌 랍)을 동사로 사용한다. 예를 들어 바이올린을 켜다는 拉小提琴lāxiǎotíqín(납소제금), 첼로를 연주하다는 拉大提琴lādàtíqín(납대제금)이라고 하며, 비올라(viola)는 中提琴zhōngtíqín(중제금)이라고 한다. 참고로 현악기인 거문고[玄琴xuánqín(현금)], 琵琶pípá(비파) 등의 한자에 玨(쌍옥 각)이 들어가는 것을 볼 수 있는데, 이는 기타에서도 쉽게 볼 수 있는 현악기의 줄을 조절하는 장치의 모양을 나타낸다. 부부 사이의 情(정)이 돈독할 때 '금슬이 좋다'고 하는데, 이때 '금슬'은 거문고와 비파의 조화로운 소리를 뜻하며, 중국어로 금슬 좋은 사이는 琴瑟调和qínsètiáohé(금슬조화)라고 표현한다.

'토니 스타크'로 유명한 미국 마블(Marvel) 사의 영화 <아이언맨(Iron Man)>의 중국식 표현은 강철협객이라는 뜻의 <钢铁侠Gāngtiěxiá(강철협)>이다. 참고로 X-man 시리즈 <울버린(The Wolverine)>은 원래 오소리를 뜻하지만 늑대로 생각해서 중국에서는 금강석 같은 늑대라는 뜻의

<金钢狼Jīngāngláng(금강랑)>, 톰 크루즈 주연의 <미션 임파서블(Mission Impossible)>은 이중첩자라는 뜻의 <谍中谍Diézhōngdié(첩중첩)>으로 표현한다. 그리고 크리스토퍼 놀란 감독의 <인터스텔라(Interstellar)>는 별 사이를 뚫고 넘어간다는 뜻으로 <星际穿越Xīngjìchuānyuè(성제천월)>이라는 이름으로 개봉되었다.

★ 알아두면 유용한 단어

钢铁gāngtiě(강철): 강철 | 钢板gāngbǎn(강판): 강판 | 钢丝gāngsī(강사): 철사 | 钢琴gāngqín(강금): 피아노 | 钢笔gāngbǐ(강필): 만년필

중국 최고 명문 칭화대학에서 가르치는 노블레스 오블리주, 자강불식自彊不息

keyword

强-彊qiáng(강할 강)

强-彊qiáng(강할 강)은 弓(활 궁)과 畺(땅 경계 강)으로 이루어져 전쟁이나 사냥을 할 때 땅의 경계인 국경 끝까지 화살을 날릴 수 있는 활의 강한 힘을 상징하는 형성문자다.

시진핑 국가주석의 모교인 清华大学Qīnghuádàxué[칭화대학]은 2015년 영국의 대학평가기관 THE(Times Higher Education)의 조사 결과 세계 26위의 순위에 오른(참고로 베이징대학은 32위, 서울대는 2014년에는 26위이고, 2015년에는 69위) 중국의 명문대학으로, 특히 이공계통의 최고 명문이다. 칭화대학의 교훈은 自彊不息zìqiángbùxī(자강불식) 厚德载物hòudézàiwù(후덕재물)이다. ≪周易Zhōuyì(주역)≫에 나오는 이 말은 '쉬지 않고 노력하여 스스로를 강하게 하고, 땅처럼 두터운 덕을 쌓아 세상 만물(국민)을 이끌고 간다.'라는 뜻이 담겨 있으며, 엘리트의 몸가짐과 노블레스 오블리주를 강조한 말이다. 自强不息이라고도 쓰지만, 중국의 식자들은 彊자를 쓴 自彊不息을

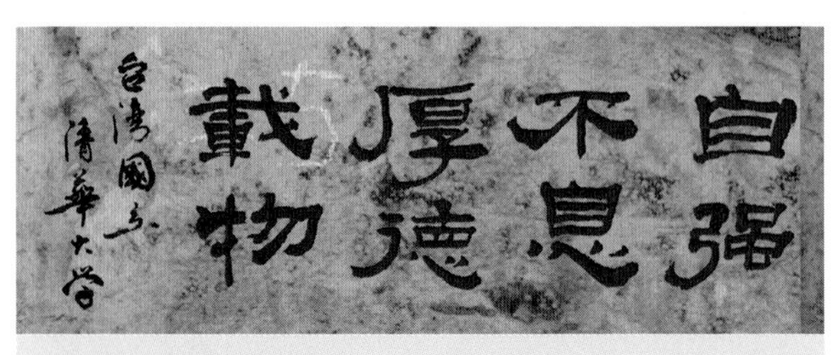

칭화대학 교정에 있는 교훈

더 많이 쓰고 선호하는 것 같다.

중국에서는 牵强附会qiānqiǎngfùhuì(견강부회)라는 말도 많이 쓴다. 이 말은 '억지로[强] 끌어다가[牵] 붙이고[附] 모으다[会]'라는 뜻으로 자기에게 유리하게 억지 주장을 편다는 의미로 쓰인다. 小强xiǎoqiáng(소강)은 작지만 강한 놈이라는 뜻으로 바퀴벌레를 가리키며, 다른 말로 蟑螂zhāngláng(장랑)이라고도 한다.

한편, 强-疆(강할 강)과 모양은 비슷하지만 쓰기가 어려운 한자인 疆jiāng(땅 경계 강)은 활[弓]을 쏘아서 땅[土]의 경계[畺]를 정하다, 즉 토지 등의 경계를 뜻하는 글자다. 중국의 소수민족들이 많이 모여 사는 5대 자치구 중 하나인 新疆维吾尔自治区Xīnjiāngwéiwúěrzìzhìqū[신장웨이우얼(위구르)자치구]는 중국 입장에서 볼 때 새로운 땅이라는 뜻에서 新疆이라는 단어에 위구르족의 이름을 붙여서 명명한 것이다. 영토를 뜻하는 단어 疆域jiāngyù(강역), 만 년이 되도록 끝없이 오래오래 산다는 뜻의 万寿无疆wànshòuwújiāng(만수무강) 등에도 이 글자가 쓰인다.

僵-殭jiāng(뻣뻣하게 굳을 강)은 亻(사람인변)과 畺(땅 경계 강)으로 이루어져 몸이 뻣뻣하게 굳는다는 뜻의 형성문자다. 僵尸jiāngshī(강시)는 딱딱하게 굳은 미라를 뜻한다. 중국 속담에 百足之虫bǎizúzhīchóng(백족지충), 死而不僵sièrbùjiāng(사이불강)이라는 말이 있는데, 지네는 죽어도 여전히 꿈틀댄다, 즉 권력자는 망해도 그 영향력은 여전하다, 또는 부자는 망해도 삼 년 먹을 것은 있다는 뜻으로 쓰인다. 여기서 百足之虫은 다족류(multiped)인 지네를 가리키며 百脚bǎijiǎo(백각) 또는 蜈蚣wúgōng(오공)이라고도 하는데, 이는 라틴어에서 많음을 뜻하는 'multi'와 다리를 뜻하는 'pedi'가 합쳐진 'multiped'가 지네같이 다리가 많은 다각류를 뜻하는 말이 되는 것과 같은 원리라고 할 수 있다.

★ 알아두면 유용한 단어

强调qiángdiào(강조): 강조하다 | 强迫qiǎngpò(강박): 강요하다 | 强烈qiángliè(강렬): 강렬하다 | 坚强jiānqiáng(견강): 굳세다 | 富国强兵fùguóqiángbīng(부국강병): 부국강병

기사로 보는 키워드

新疆发生袭警案件, 公安民警击毙8人抓获1人. 신장(위구르자치구)에서 경찰서를 습격하는 사건이 발생했다. 공안의 민정경찰이 8명을 사살[击毙]하고 1명을 체포[抓获]하였다.

이 보도에서 알 수 있듯이, 위구르인들은 아직도 독립을 향한 의지가 강하며, 이를 원천 봉쇄하기 위해 중국도 필사적으로 노력하고 있다.

_<北京晨报Běijīngchénbào(북경신보)>(2014. 2. 15.)

난세에서 소강사회小康社会로, 그리고 이상향인 대동사회大同社会로

keyword

康kāng(편안할 강)

현재 중국 정부는 전 국민이 정신적으로 편안하고 경제적으로도 부유하게 잘사는 사회, 이른바 小康社会xiǎokāngshèhuì(소강사회)를 국정 목표로 설정하고 정책을 추진 중이다. 중국 어느 곳을 가도 곳곳에서 소강사회에 관한 표어나 선전문구를 볼 수 있다. 小康(소강)은 중국 고대 儒家(유가)의 경전인 ≪礼记(예기)/礼经(예경)≫에 나오는 三世说(삼세설)에서 유래한 단어로, 전란과 무질서의 어지러운 세상인 乱世luànshì(난세)가 끝나면 편안하고 풍요로운 소강사회로 발전하고, 그 다음으로는 중국인들의 유토피아격인 고대 중국 尧舜Yáoshùn(요순)시대와 같은 이상향, 곧 大同社会dàtóngshèhuì(대동사회)로 발전한다는 내용이다. 난세에서 소강, 다시 대동으로 나아가는 고대의 이상적인 사회발전 모델을 현 정부가 인용한 것이다.

우리나라에서는 소강상태, 즉 조용하고 변화가 없는 상태에 小康이라는 말을 사용하고 있으며, 모두가 한마음으로 뭉친다는 의미의 大同团結(대동단결), 이상적인 사회를 기원하는 大同祭(대동제) 등에 ≪예기≫에 나오는 이상향을 뜻하는 大同이 사용되고 있다.

여기서 쓰인 康kāng(편안할 강)은 广(엄호, 집)와 隶(머슴 례)를 합쳐 집안에 머슴이 있어 편안하다, 또는 집에 있는 머슴처럼 건강하다는 뜻을 나타내는 회의문자다. 景福宫Jǐngfúgōng(경복궁)에 있는 왕의 寝殿(침전)은 건강하고 편안하시라는 의미에서 康寧殿Kāngníngdiàn(강녕전)이라는 이름을 붙였다.

참고로 宫阙gōngquē(궁궐)이라는 단어는 왕과 왕의 가족들이 거처하는 사적인 공간인 宫(궁)과 신하들과 함께 업무를 보는 공적인 공간인 阙(궐)로 구분된다. 世子(세자)가 기거하는 곳을 東宫(동궁)이라 부른 것도 해가 떠오르는 동쪽, 즉 미래의 권력인 세자가 기거하는 세자궁이 동쪽에 있었기 때문이다. 그리고 임금과 왕비가 기거하거나 일하는 곳에만 殿(전)을 붙여 불렀는데, 殿下diànxià(전하)라는 호칭도 이와 관련이 있다. 경복궁에서 왕비가 기거했던 내전은 交泰殿(교태전)이라고 불렀으며, 베이징의 紫禁城Zǐjìnchéng(자금성)에도 황후의 처소인 교태전이 있다.

한편, 후궁들의 처소는 堂(당)을 붙여 불렀는데, 숙종이 사랑하는 장희빈을 위해 昌德宫(창덕궁)에 지어 주었던 처소의 이름은 드라마에도 자주 나오던 取善堂(취선당)으로, '선량함이 가득한 집' 또는 '선량함을 취하는 곳'이라는 좋은 뜻이 담겨 있었지만 결국에는 비극의 산실이 되고 만다.

★ 알아두면 유용한 단어

健康jiànkāng(건강): 건강하다 | 康健kāngjiàn(강건): 강건하다 | 小康xiǎokāng(소강): (중산층의) 안정적인 사회 | 康宁kāngníng(강녕): 건강하고 안녕하다 | 康乐kānglè(강락): 편안하다 | 康熙帝Kāngxīdì(강희제): 청나라 4대 황제인 강희제

중국의 밸런타인데이
칠석의 견우직녀牽牛织女

keyword

牵-牽qiān(끌 견)

우리가 '칠월 칠석날'이라고 부르는 음력 7월 7일을 중국에서는 七夕qīxī(칠석)이라고 부른다. 이 날은 소를 치는 목동의 별인 牵牛星qiānniúxīng(견우성)과 베를 짜는 처녀 별 织女星zhīnǚxīng(직녀성)이 까마귀와 까치가 만들어 주는 乌鹊桥wūquèqiáo(오작교)를 건너 일 년에 한 번 만나는 날이라고 전해 온다. 중국에서는 견우성을 牛郎星niúlángxīng(우랑성), 오작교를 鹊桥quèqiáo(작교)라고도 부른다.

여기에 쓰인 牽qiān(끌 견)은 집에 있는 검은[玄] 소[牛]에 코뚜레 또는 멍에[冖]를 씌워서 끌고 간다는 뜻의 형성문자다. 简体字jiǎntǐzì(간체자) 牵은 편리성을 목적으로 현대에 만들어진 글자이므로 큰 의미는 없지만 굳이 해석하자면 큰[大] 소[牛]에 멍에[冖]를 씌워서 끌고 간다는 뜻이라 할 수 있다.

중국에서 칠석은 '사랑하는 연인이 만나는 날'이라는 뜻으로 中国情人节Zhōngguó qíngrénjié(중국정인절)이라고 부르고, 서양에서 온 양력 2월 14일의 밸런타인데이(Valentine day)는 情人节qíngrénjié(정인절)이라고 부른다. 최근에는 서양의 밸런타인데이보다 칠석의 인기가 더 높아지고 있는데, 알리바바와 같은 인터넷 쇼핑몰의 활성화와 중국인들의 높은 소비 성향 등이 어우러져 점점 더 인기 있는 축제일로 확대되는 추세다. 한편, 3월 14일 화이트데이는 白色情人节báisè qíngrénjié(백색정인절)이라고 부르는데 재미있는 표현이다.

또 다른 재미있는 표현으로는 牽牛花qiānniúhuā(견우화)가 있다. 이는 우리나라의 나팔꽃[喇叭花lǎbahuā]을 일컫는 말이며, 약용으로 사용되는 나팔꽃의 씨는 牽牛子(견우자)라고 부른다. 옛날에는 소를 끌고 가서 사야 할 정도로 비싼 약재여서 견우화라고 불렀다고 한다.

메꽃과에 속하는 나팔꽃을 중국에서는 槿花jǐnhuā(근화)라고도 부르는데, 근화는 나팔꽃처럼 아침에 피고 저녁에 지는 無窮花wúqiónghuā(무궁화)를 부르는 또 다른 이름이기도 하다. 唐Táng(당)나라 시인 白居易Báijūyì(백거이; 白樂天)의 시에서 '槿花一朝梦jǐnhuā yīzhāomèng(근화일조몽)'이라는 말이 유래되었는데, 아침에 피었다 밤에 지는 무궁화를 인생의 덧없음에 比喻bǐyù(비유)한 것이다. 그러나 무궁화라는 이름은 한자 그대로 여름부터 가을까지 '오래오래 끝없이 피는 생명의 꽃'이라는 멋진 뜻도 가지고 있다.

한국과 중국에서는 옛날부터 阳(양)의 숫자인 홀수가 겹치는 날을 좋은 날이라고 생각하여 명절로 즐기는 풍습이 있었다. 대표적인 몇 가지를 살펴보자.

- 음력 1월 1일: 우리는 설날, 중국은 春节chūnjié(춘절)이라고 하며, 过年guònián(과년)이라고 하면 '설을 쇠다'라는 표현이다.
- 음력 2월 2일: '용이 머리를 들고 일어나는 날'이라는 뜻으로 龙抬头lóngtáitóu(용대두)라 부른다. 이 날은 홀수가 겹치는 날은 아니지만 봄의 농사를 준비하는 시점으로, 옛날 중국 남자들은 용대두가 되면 머리를 깎고[剃头tìtóu] 농사 준비[耕牛gēngniú(경우; 밭갈이)]를 시작했다. 농사가 주업인 시절에 一年之计在于春yìniánzhījì zàiyúchūn(일년지계재어춘; 1년 계획은 새봄에 세운다)이라는 말의 기준이 되는 날이기도 했다.
- 음력 3월 3일: 우리의 삼월삼짇날을 중국에서는 三月三Sānyuèsān(삼월삼)

이라고 한다. 다른 말로는 踏青节(답청절) 또는 重三节(중삼절)이라고도 부르며, 음력 9월 9일 重阳节Chóngyángjié(중양절)을 전후 하여 강남으로 갔던 제비가 다시 돌아오는 따뜻한 봄의 기준이 되는 날이기도 하다.

- 음력 5월 5일: 우리는 단오, 중국에서는 '端午节Duānwǔjié(단오절)이라고 하며, 두 나라 모두 지금까지 다양한 민속놀이들이 전래되고 있다.
- 음력 7월 7일: 우리는 칠월 칠석날, 중국에서는 칠석이라고 부르며 요즘 중국의 젊은이들은 中国情人节(중국정인절)이라고도 부른다.
- 음력 9월 9일: 가장 큰 양의 숫자인 9가 두 번 겹쳐 重(거듭 중)을 사용하여 중양절이라고 부르며, 양기가 충만한 이 계절에 중국인들은 높은 곳에 올라가서 가을과 어울리는 菊花茶júhuāchá(국화차)를 즐겨 마신다.

★ 알아두면 유용한 단어

牵制qiānzhì(견제): 견제하다 | 牵制和均衡qiānzhìhéjūnhéng(견제화균형): 견제와 균형 | 牵引故障车qiānyǐngùzhàngchē(견인고장차): 고장차를 견인하다 | 牵手qiānshǒu(견수): 손을 잡다 | 牵强附会qiānqiǎngfùhuì(견강부회): 억지로[强] 끌어다가[牵] 마음대로 붙이고[附] 모으다[会], 자기에게 유리하게 억지로 끌어다 해석하다.

기사로 보는 키워드

日本硬拉印度牵制中国. 일본은 인도와 더 굳게 손잡고 중국을 견제(牵制)하고 있다.

여기서 牵制qiānzhì(견제)라는 단어는 끌어서 제어하다, 견제하다의 뜻이다.

_<环球时报>(2014. 1. 8.)

네 이웃을 내 몸같이 사랑하라던 묵자의 겸애兼爱

keyword

兼jiān(겸할 겸)

春秋战国Chūnqiū Zhànguó(춘추전국)시대는 여러 가지 사상들이 만발했던 百家争鸣bǎijiāzhēngmíng(백가쟁명)의 시대였다. 당시 끊임없는 전란으로 백성들의 생활이 궁핍하고 고단해지자, 宋Sòng(송)나라의 墨子Mòzǐ(묵자)는 전쟁을 반대하고 네 이웃을 내 몸처럼 사랑하라는 非功fēigōng(비공)과 兼爱jiānài(겸애)의 사상을 주장했다. 이러한 묵자의 사상은 유럽 基督教Jīdūjiào(기독교)의 핵심 개념인 '사랑'과 비슷하다고 설명하는 중국학자들도 있다. 墨家Mòjiā(묵가)의 이야기는 안성기, 刘德华Liúdéhuá[류더화(유덕화)] 주연의 <墨功(묵공)>(2007)이라는 영화로도 다루어졌다.

묵자의 상

겸애의 兼jiān(겸할 겸)은 가을철 벼[禾]를 수확할 때, 여러 포기의 벼[禾禾]를 한 손으로 움켜잡는[⺕] 것을 표현한 회의문자로, 한 번에 여러 가지를 한다, 또는 두루두루 넓다는 뜻이다.

兼이 들어 있는 글자들을 살펴보면 다음과 같다.

- 谦-謙qiān(겸손할 겸): 言(말씀 언)과 兼으로 이루어진 글자로 두루두루 겸손함을 표시한다는 뜻의 형성문자다. 자주 사용하는 단어로는 谦虚qiānxū(겸허; 겸손하다), 谦让qiānràng(겸양; 겸양하다), 谦逊qiānxùn(겸손; 겸손하다) 등이 있다.
- 歉qiàn(흉년 들 겸): 兼과 欠(모자랄 흠, 하품 흠)으로 이루어진 글자로 추수 때 손에 잡[彐]을 벼들[禾禾]이 부족[欠]하다, 즉 흉년을 뜻한다. 주요 단어로는 道歉dàoqiàn(도겸; 동사, 사과하다), 抱歉bàoqiàn(포겸; 형용사, 미안하게 생각하다) 등이 있다.
- 廉lián(값쌀 렴, 청렴할 렴): 广(집 엄)과 兼으로 이루어진 글자로 집에 한 줌의 쌀(벼)뿐이다, 즉 가난하다, 청렴하다는 뜻의 형성문자다. 주요 단어로는 廉价liánjià(염가; 싼 가격)가 있고, 廉洁liánjié[염결; 청렴결백(清廉洁白)하다], 物美价廉wùměijiàlián(물미가렴; 물건의 질이 좋고 가격도 싸다) 등에도 廉이 쓰인다.
- 嫌xián(싫어할 혐): 女(여자 녀)와 兼으로 이루어진 글자로 고대의 남성 중심 사회에서 아내[女]가 여러 군데[兼] 마음을 두니 싫다는 뜻의 회의문자다. 주요 단어로는 嫌疑xiányí(혐의; 의심), 涉嫌shèxián(섭혐; 혐의를 받다) 등이 있다.

중국에는 墨突不黔mòtūbùqián(묵돌불검)이라는 成语chéngyǔ(성어)가 있다. 이는 묵자가 전쟁 반대와 겸애의 사상을 전파하러 천하를 돌아다니느라 항상 집을 비운다 하여, '묵자의 집에는 불을 피우지 않아 굴뚝이 언제나 검지 않다.'라는 의미다. 지금은 '일이 너무 많아 정신없이 바쁘다'는 뜻으로 많이 사용되는 표현이다. 墨突不黔의 突(갑자기 돌, 굴뚝 돌)은 穴(구멍 혈)과 犬(개 견)으로 이루어진 글자로 구멍에서 큰 개가 갑자기 튀어나와 사람들이 크게 놀란 상황을 묘사한 회의문자다.

비슷한 뜻을 가진 孔席不暖kǒngxíbùnuǎn(공석불난)이라는 말도 있다. 묵자보다 조금 앞선 시대를 살았던 공자도 仁(인)과 礼(예)의 사상을 알리기 위한 周游天下zhōuyóutiānxià(주유천하)로 늘 바빠서 '공자가 앉았던 자리는 따뜻해질 시간이 없다.'는 뜻이다.

★ 알아두면 유용한 단어

兼职jiānzhí(겸직): 겸직하다 | 兼任jiānrèn(겸임): 겸임하다 | 兼任教师jiānrènjiàoshī(겸임교사): 겸임교사 | 兼备jiānbèi(겸비): 겸비하다 | 德才兼备的人décáijiānbèiderén(덕재겸비적인): 덕과 재주를 겸비한 사람 | 兼爱jiānài(겸애): 모든 사람을 차별 없이 똑같이 사랑하다

파생단어

突然tūrán(돌연): 부 갑자기, 돌연히 | 突发tūfā(돌발): 돌발하다, 갑자기 발생하다 | 突出tūchū(돌출): 돌출하다 | 突风tūfēng(돌풍): 갑작스런 바람 | 突击队tūjīduì(돌격대): 돌격대

중국에서 경찰警察과 공안公安의 차이는?

keyword

警jǐng(조심스러워할 경)

警jǐng(조심스러워할 경)은 敬(조심할 경, 공경할 경)과 言(말씀 언)으로 이루어져 어른 앞에서 말을 공손하게, 조심스럽게 해야 한다는 뜻의 형성문자다.

중국에는 警察jǐngchá(경찰)이라는 말과 公安gōngān(공안)이라는 말이 같이 사용되고 있어 혼동하기 쉽다. 1930년대 국민당 정부에서 치안을 담당하는 경찰이라는 조직을 운영하자, 공산당에서는 공안이라는 이름으로 치안조직을 운영하였는데, 이것이 지금 중국 정부의 公安部gōngānbù(공안부; 한국의 경찰청)라는 정부조직으로 이어지게 되었다. 邓小平Dèngxiǎopíng[덩샤오핑(등소평)]의 改革开放gǎigékāifàng(개혁개방) 이후, 80년대부터 중국에서도 경찰이라는 말을 사용하기 시작하였다. 공안은 정부의 공식적인 치안조직을 말하며, 경찰은 공안부 소속의 치안요원 혹은 사법부나 검찰 소속의 치안요원을 부르는 호칭 또는 치안기능에 대한 호칭으로 사용되고 있다.

한편, 공안부 소속의 경찰은 각자 맡은 임무에 따라 그 호칭이 다른데, 일반적인 치안을 담당하는 민정경찰은 民警mínjǐng(민경)이라고 하며, 교통경찰은 交警jiāojǐng(교경), 그리고 무장경찰인 武警wǔjǐng(무경) 등이 있다. 이 무경의 존재 때문에 경찰의 파워가 人民解放军rénmínjiěfàngjūn(인민해방군) 못지않은데, 최근 낙마하여 무기징역을 선고받은 중국공산당의 周永康Zhōuyǒngkāng[저우융캉(주영강)]도 전임 政法委zhèngfǎwěi(정법위)의 书记shūji(서기)라는 직위가 무경, 검찰 등을 장악하는 막강한 자리였기에 호랑이[老虎lǎohǔ]라고 불리며 권력투쟁의 정점에 설 수 있었다.

참고로 중국의 군대인 인민해방군은 13억 명 인구의 中华人民共和国Zhōnghuá rénmín gònghéguó(중화인민공화국)이라는 국가의 군대가 아니라, 中国共产党Zhōngguó gòngchǎndǎng(중국공산당)이라는 약 8,000만 명의 당원으로 구성된 政党zhèngdǎng(정당)의 군대다. 따라서 최고 군통수권자는 국가 수반이 아닌 중국공산당의 서기가 된다. 물론 현재는 시진핑이 국가주석과 공산당 서기를 겸하고 있다.

미국 영화 <로보캅(Robo Cop)>은 중국에서 '기계화된 전투 경찰'이라는 뜻의 <机械战警Jīxièzhànjǐng(기계전경)>이라는 이름으로 상영되었다. 그 밖에 중국어로 번역된 유명 외화들의 제목을 잠시 살펴보면서 한자의 쓰임새를 알아보자.

- <스파이더맨(Spiderman)>: <蜘蛛侠Zhīzhūxiá(지주협; 거미협객)>
- <수퍼맨(Superman)>: <超人Chāorén(초인)>
- <아이언맨(Ironman)>: <钢铁侠Gāngtiěxiá(강철협; 강철로 만든 협객)>
- <울버린(X-Man)>: <金钢狼Jīngāngláng(금강랑; 다이아몬드처럼 강한 늑대)>
- <어벤저스(Avengers)>: <复仇者联盟Fùchóuzhěliánméng(복수자연맹)>
- <미션 임파서블(Mission Impossible)>: <谍中谍Diézhōngdié(첩중첩; 이중간첩)>
- <반지의 제왕>: <指环王Zhǐhuánwáng(지환왕)>
- <스타워즈(Star Wars)>: <星球大战Xīngqiúdàzhàn(성구대전)>
- <캡틴 아메리카(Captain America)>: <美国队长Měiguóduìzhǎng(미국대장)>
- <인터스텔라(Interstellar)>: <星际穿越Xīngjìchuānyuè(성제천월; 별 사이를 뚫고 지나가다)>
- <신데렐라>: <灰姑娘Huīgūniang(회고낭; 재투성이 아가씨)>
- <명량>: <鸣梁海战Míngliánghǎizhàn(명량해전)>

★ 알아두면 유용한 단어

警察jǐngchá(경찰): (조심스럽게 살핀다) 경찰 | 警告jǐnggào(경고): 경고(하다) | 警戒jǐngjiè(경계): 경계(하다) | 警备jǐngbèi(경비): 경비(하다)

기사로 보는 키워드

交警昨接令可戴口罩上岗. 어제[昨], 교통경찰[交警]들은 가능하면 마스크를 착용하고 근무하라[上岗]는 명령을 받았다.

이 기사를 보면 베이징 등 대도시의 雾霾wùmái(무매; 스모그)의 심각성을 이해할 수 있다. 여기에 쓰인 口罩kǒuzhào(구조)는 마스크를 뜻한다.

_<北京青年报Běijīngqīngniánbào(북경청년보)>(2013. 12. 25.)

〈상속자들〉의 이민호, 중국에선 '키 크고 돈 많은 멋진 남자高富帅'의 대명사

keyword

继-繼jì(이을 계)

继-繼jì(이을 계)는 糸(실 사)와 㡭(이을 계)로 이루어져 실을 잇는다는 뜻의 형성문자다. 좀 더 자세하게 풀어보면 糸(실 사) + 匚(감출 혜) + 幺(작을 요)로 구성되어 있는데, 작은[幺] 실[糸]을 모아 두었다가[匚] 연결해서 사용한다는 뜻이며, 반대말인 断-斷duàn(끊을 단)은 작은 것[幺]들을 모아 연결해[匚] 둔 것을 도끼[斤(도끼 근)]로 끊어 버린다는 뜻으로 해석할 수 있다.

중국에서는 相续者(상속자)라는 말을 继承者jìchéngzhě(계승자)라고 표현하며 相续税(상속세)도 继承税jìchéngshuì(계승세)라고 말한다. 2013년 12월, 한국에서 방영된 <상속자들>이라는 连续剧liánxùjù(연속극)이 중국에서 <继承者们Jìchéngzhěmén(계승자문)>이라는 타이틀로 방영되어 상상을 초월할 정도의 큰 인기를 끌었다. 남자 주인공이었던 이민호도 엄청난 인기를 얻어 2014년, 10억 명 이상이 시청한다는 중국 CCTV의 春节chūnjié(춘절; 설날) 특집 프로그램 <春晚Chūnwǎn[춘완(춘만)]>에 출연했는데, 이는 당시 중국신문에 头条tóutiáo(두조; 톱뉴스)로 발표될 정도였으며, 수많은 중국의 여심을 뒤흔든 사건이었다. 2014년 1월 21일자 <环球时报>에서는 "'남신' 이민호의 열기가 <춘완>까지 도달하다. '키 크고 돈 많고 잘생긴 남자'의 팬들[粉丝]이 동아시아에 쫙 깔렸다['男神'李敏镐火到春晚, '高富帅'粉丝遍布东亚]."라는 기사를 보도했다.

중국 여성들은 이민호를 长腿欧巴chángtuǐōubā(장퇴구바)라고 부르는데,

장퇴구바란 '롱다리 오빠'라는 뜻이고, 欧巴ōubā(구바)는 한국 발음 '오빠'의 중국식 신조어다. 또한 최근 인터넷상에서 중국 젊은이들에게 유행하는 高富帅gāofùshuài(고부수)라는 말이 있는데, 키 크고, 돈 많고, 잘생긴 남자를 줄여서 부르는 말로 여성들의 이상형을 뜻한다. 상대적인 표현으로는 흰 피부에, 부유하고 아름다운 여성이라는 뜻의 白富美báifùměi(백부미)라는 말이 있다. 한편, 이민호와 함께 <상속자들>에 출연했던 김우빈의 인기도 엄청난데, 잘 생기진 않았지만 매력적인 김우빈 같은 남자를 칭하는 丑帅chǒushuài(추수)라는 신조어도 생겨났다. 드라마 한 편의 위력이 참으로 대단하다는 생각이 든다.

★ 알아두면 유용한 단어

继续jìxù(계속): 계속하다 | 继承jìchéng(계승): 계승하다 | 继承人jìchéngrén(계승인): 상속인 | 继母jìmǔ(계모): 계모, 새어머니 | 继续说jìxùshuō(계속설): 계속 말하다

기사로 보는 키워드

长腿欧巴李敏镐挟'继承者们'的威风, 成功登台央视春晚. 롱다리 오빠[欧巴] 이민호가 '계승자들'의 위풍을 옆에 끼고 CCTV[央视]의 <춘완[春晚]>에 성공적으로 데뷔했다.

_<北京青年报>(2014. 2. 27.)

中韩继续严厉声讨, 安倍对'拜鬼'依然嘴硬. 한중 양국은 계속해서 엄하게 성토하고 있으며, 아베(일본 총리)는 '참배 귀신'이라는 것에 대해서 여전히 강경하게 대처하고 있다.

야스쿠니 신사 참배에 대한 한중 양국의 성토에 대해 아베 일본 총리의 반성 없는 대응을 보도하고 있다.

_<环球时报>(2014. 1. 9.)

〈별에서 온 그대〉가 불러온 중국의 치맥 열풍
작계비주炸鸡啤酒

keyword

鸡-鷄jī(닭 계)

鸡-鷄jī(닭 계)는 奚(어찌 해)와 鳥(새 조)로 이루어져 닭을 나타내는 형성문자다. 奚는 爫(손톱 조)와 幺(작을 요), 大(큰 대)로 이루어져 손에 크고 작은 물건들을 들고 어찌할 바를 몰라 하는 상황으로 해석할 수 있으며, 닭의 볏과 비슷한 모양으로 생긴 상형문자다.

쇠로 만든 수탉이라는 뜻의 铁公鸡tiěgōngjī(철공계)는 구두쇠를 일컫는 말이다. 우리말로 돈을 지키는 노예, 즉 돈의 노예를 뜻하는 守钱奴(수전노)와 같은 뜻이며, 중국 표현으로는 守财奴shǒucáinú(수재노)라는 말이 있다. 짠돌이를 뜻하는 小气鬼xiǎoqìguǐ(소기귀), 인색한 귀신이라는 뜻의 吝啬鬼lìnsèguǐ(인색귀) 등도 모두 구두쇠를 뜻하는 표현이다.

2014년 초, 한국 드라마 <상속자들>에 이어 <별에서 온 그대(来自星星的你láizì xīngxingde nǐ)>가 중국에서 엄청난 인기를 누리고 있을 때, 北京Běijīng[베이징(북경)], 上海Shànghǎi[상하이(상해)] 등 중국 대도시에서는 한국식 치맥(치킨과 맥주) 가게들이 우후죽순처럼 생겨났다. 드라마 속 여주인공 전지현의 대사 "어, 눈이 오네, 오늘 같은 날 어찌 치맥이 없어서야(下雪了xiàxuěle, 怎么能没有炸鸡和啤酒zěnmenéng méiyǒu zhájī hé píjiǔ)"라는 말이 중국의 인터넷에 도배가 되면서 炸鸡啤酒zhájīpíjiǔ(작계비주)라는 말은 중국 전역을 뒤흔드는 신조어가 되었다.

鸡(닭 계)와 관련된 중국 故事gùshi(고사) 중에 鸡肋jīlèi(계륵)이라는 말이 있다. 삼국시대 刘备Liúbèi(유비)와 汉中(한중) 땅을 놓고 다투던 曹操Cáocāo(조조)는 교착상태에 빠진 전선의 상황이 마치, 먹자니 맛이 없고 버리자니 아까운 닭갈비 같다는 생각에, 그날의 암구호를 계륵이라고 정했다. 본부로부터 계륵이라는 암구호를 전해 받은 천재 참모 杨修Yángxiū(양수)는 주군인 조조의 속마음을 읽고 부하들에게 철군 명령을 내려버렸고, 이 소식을 듣고 속마음을 들켜버렸다고 생각한 조조는 양수를 군심 동요죄로 처형했던 이야기에서 유래한 말이다. 예나 지금이나 일인자는 자신의 속마음을 훔치는 사람을 싫어하는 것 같다.

≪史记Shǐjì(사기)≫의 <孟嘗君列傳(맹상군열전)>에 나오는 고사 중에는 鸡鸣狗盗jīmínggǒudào(계명구도)의 이야기가 나온다. 齐Qí(제)나라의 孟尝君Mèngchángjūn(맹상군)이 秦Qín(진)나라에 잡혔을 때, 동행하던 식객의 도움으로 백여우의 털옷을 훔치고, 닭 울음소리를 잘 흉내 내는 식객 덕분에 진나라의 국경 函谷关Hángǔguān(함곡관)을 무사히 빠져나와 제나라로 귀환했다는 이야기로, 쓸모없어 보이던 작은 재주들도 크게 소용될 때가 있다는 의미가 담겨 있다. 또한 덕으로 사람을 모으고 관리했던 맹상군의 넓은 인재 풀(pool)을 강조한 이야기이기도 하다.

★ 알아두면 유용한 단어

鸡蛋jīdàn(계단): 달걀. 떡국에 넣어 먹는 계란 고명인 지단은 중국어 지단에서 유래됨 | 鸡蛋壳jīdànké(계단각): 달걀껍질 | 母鸡mǔjī(모계): 암탉 | 公鸡gōngjī(공계): 수탉

중국의 빼빼로데이 광곤절光棍节

keyword

棍gùn(몽둥이 곤)

棍gùn(몽둥이 곤)은 木(나무 목)과 昆(큰 벌레 곤)으로 이루어진 글자로 나무로 만든 큰 몽둥이를 뜻하는 형성문자다. 昆은 해[日]만큼[比] 높다, 크다, 또는 첫째 등을 뜻하는 글자다.

昆山片玉kūnshānpiànyù(곤산편옥) 桂林一枝guìlínyìzhī(계림일지)라는 성어가 있다. 이 말은 옥으로 유명한 昆仑山Kūnlúnshān(곤륜산)에서 나는 수많은 옥 중의 한 조각, 그리고 桂林山水甲天下guìlín shānshuǐ jiǎtiānxià(계림산수갑천하)라고 하는 아름다운 계림의 수많은 나뭇가지 중 하나라는 의미로, 옛날 과거에 급제한 인재를 황제가 칭찬하자 자신의 실력을 겸손하게 비유한 데서 유래한 말이다. 지금도 스스로를 겸손하게 표현하는 말로 사용되고 있으며, 줄여서 桂林一枝guìlínyìzhī(계림일지)라고도 한다.

棍(몽둥이 곤)은 우리에게는 사극에서 자주 듣게 되는 '棍杖(곤장)을 치다', 또는 도둑을 다스리는 '治盜棍(치도곤)' 등에 사용되는 한자지만, 중국에서는 '오로지', '홀로'라는 뜻으로 사용되는 光(빛 광)과 합쳐져 애인이 없는 '솔로남'을 뜻하는 光棍儿guānggùnr(광곤아)라는 표현에도 사용한다. 동사 打(때릴 타)를 사용하여 打光棍儿dǎguānggùnr(타광곤아)라고 말하면 '솔로로 지내다'라는 뜻이 된다. 우리나라에서 제과회사의 상술로 시작된 11월 11일, 이른바 '빼빼로데이'를 중국에서는 '몽둥이가 4개'라는 이미지를 응용하여 '솔로의 날', 즉 光棍节guānggùnjié(광곤절)이라는 이름으로 몇 년 전부터 젊은이들 사이에서 유행하기 시작했다. 여기에 세계적인 규모로 성장한 중국의 인터넷 쇼핑몰 阿里巴巴Ālǐbābā(알리바바)의 상술이 합쳐져 미국의 'Black Friday' 같은 연중 최대 할인행사의 날로 빠르게 자리 잡아가고 있다.

알리바바의 자회사로 보물을 건진다는 의미의 오픈 마켓 淘宝Táobǎo[타오바오]에서는 광곤절 하루 매출액이 570억 위안, 우리 돈[韩币Hánbì(한폐)]으로 10조 원을 초과했으며, 앞으로도 해마다 이전의 기록을 갱신할 것으로 예상된다.

★ 알아두면 유용한 단어

棍棒gùnbàng(곤봉): 곤봉, 몽둥이 = 棍子gùnzi(곤자) | 棍棒操gùnbàngcāo(곤봉조): 곤봉체조 | 光棍儿guānggùnr(광곤아): 독신자, 솔로, 홀아비

독과점独寡占을 뜻하는 농단가격垄断价格

Keyword

寡guǎ(적을 과)

寡guǎ(적을 과)는 宀(갓머리, 집)와 夏(여름 하)로 이루어진 한자이며, 가을 추수를 앞둔 여름철에는 집안에 식량이 적어진다는 의미가 담긴 형성문자다. 혹은 집안[宀]의 재산[貝]을 나누어[分] 다른 사람들에게 주면 점점 적어진다고 생각하면 더 쉽게 떠올릴 수 있다.

사극에서 왕이 자신을 칭할 때 寡人guǎrén(과인)이라고 한다. 이는 스스로를 '부족한 사람', '완벽하지 못한 사람'이라는 표현이며, 같은 한자를 쓴 寡妇guǎfu(과부)라는 단어도 한자 그대로 남편이 사망하여 완벽하지 못하고 부족한 여인이라는 뜻이다.

또한 우리가 흔히 수적으로 불리하다, 또는 적은 인원으로 많은 사람을 당할 수 없다고 할 때 衆寡不敵(중과부적)이라는 표현을 쓰는데, 이는 ≪孟子Mèngzǐ(맹자)≫에 나오는 말이다. 중국어에서는 寡(주어)+不敌(동사)+众-衆(목적어)의 순서로 말하기 때문에 寡不敌众guǎbùdízhòng(과부적중), 또는 寡不胜众guǎbúshèngzhòng(과불승중), 즉 '적은 인원은 많은 인원을 이길 수 없다'라고 표현한다. 여기서 衆(무리 중)은 目(눈 목)과 㐺(나란히 설 음)으로 이루어진 글자로 원래 여러 사람이 모여 있다는 뜻인데, 간체자인 众은 人(사람 인) 셋을 사용하여 많은 사람을 뜻하고 있다. 문맹 퇴치를 위해 짧은 기간에 인위적으로 만든 현대의 간체자 중에서는 가장 잘 만들어진 글자라는 생각이 든다.

중국에서는 独寡占(독과점) 가격을 垄断价格lǒngduànjiàgé(농단가격)이라고 표현한다. 垄断lǒngduàn(농단)은 논두렁을 말하는 垄-壟(논두렁 롱)과 断-斷(끊을 단, 절벽 단)으로 구성된 단어로, 원래는 '높은 곳', '언덕'이라는 뜻이다. 맹자가 높은 곳[언덕, 절벽, 垄断]에 올라가 시장에서 가장 장사가 잘되는 곳을 남몰래 알아보고, 미리 자리를 잡아 이익을 독점하는 것의 병폐를 비유한 데서 유래한 말이다. 우리나라에서는 '국정을 농단하다'라는 표현 등에 사용한다. 같은 뜻을 가진 단어를 한국에서는 마음대로 한다는 의미로, 중국에서는 독과점을 뜻하는 경제용어로 사용되고 있으니 유의해야 한다.

★ 알아두면 유용한 단어

寡头guǎtóu(과두): 적은 사람, 소수의 사람 | 寡头政治guǎtóuzhèngzhi(과두정치): 과두정치, 소수에 의한 정치 | 寡妇guǎfu(과부): (부족한 여자) 과부 | 寡母guǎmǔ(과모): 홀어머니 | 寡闻guǎwén(과문): 견문이 적다, 생각이 짧다

기사로 보는 키워드

俄在索契全城搜捕'黑寡妇'. 러시아[俄]는 소치[索契] 전역에서 '검은 과부단'을 수색하여 체포하고 있다.

2014년 소치 동계올림픽을 대비한 러시아의 '검은 과부단(Black Widow)' 테러 방지대책을 보도하고 있다. 이 기사에서 黑寡妇(흑과부)는 '검은 과부단'을 가리키는 말이다.

_<环球时报>(2014. 1. 22.)

앞치마를 두른 남편, 위군장부围裙丈夫

keyword

裙qún(치마 군)

裙qún(치마 군)은 衣(옷 의)와 君jūn(임금 군)으로 이루어진 글자로 옛날에는 높은 사람[君]들이 바지가 아닌 치마[衣]를 입었던 것을 나타낸 형성문자다. 참고로 君은 尹(벼슬 윤)과 口(입 구)로 이루어진 글자로, 벼슬아치 또는 군주를 나타내는 말이며, 衣는 사람이 옷을 입고 있는 모습을 나타낸 상형문자로 주로 상의를 뜻하는 말이다. 尚(높을 상)과 衣로 이루어진 裳shang(치마 상)이 위쪽[尚]의 아래에 입는 옷[衣], 즉 하의라는 뜻이며, 衣裳yīshang(의상)이라는 말은 상하의, 즉 의복을 나타내는 말이다.

미니스커트는 짧은 치마라는 뜻을 意译yìyì(의역)하여 超短裙chāo duǎnqún(초단군)이라고 하는데, 최근 젊은이들 사이에서는 영어의 mini라는 발음을 音译yīnyì(음역)한 迷你裙mínǐqún이라는 말이 많이 쓰인다. 중국 드라마에서 어머니가 딸에게 "裙子太短qúnzi tàiduǎn(치마가 너무 짧은 것 아니니)?"라고 하는 표현도 가끔 들을 수 있다.

원피스는 '아래위가 연결된 치마'라는 뜻으로 连衣裙liányīqún(연의군)이라고 한다. 재미있는 것은 조선시대의 여성 한복은 노랑 저고리에 분홍 치마처럼 반드시 아래위 색상이 다른, 이른바 투피스(two piece)였다는 것이다. 대한제국 시절, 서양 문물과 함께 원피스가 장안에 소개되자, 유행에 민감한 여성들이 서양 원피스처럼 아래위 색상이 같은 치마저고리를 만들어 입기 시작했고, 그때 그 패션[时尚shíshàng(시상)]이 지금까지도 이어져 단색의 치마저고리 한복이 존재하게 되었다고 한다.

앞치마는 허리에 두른 치마라는 뜻으로 围裙wéiqún(위군)이라고 하며, 목도리나 스카프는 '두르는 수건'이라는 표현의 围巾wéijīn(위건)이라고 한다.

참고로 바지는 裤-褲kù(바지 고)라고 하는데, 衣(옷 의)와 庫(창고 고)로 이루어진 형성문자다. 자주 사용하는 표현으로는 裤子kùzi(고자; 바지), 短裤duǎnkù(단고; 반바지), 牛仔裤niúzǎikù(우자고; 목동, 카우보이의 바지, 청바지), 裤子太瘦kùzitàishòu(고자태수; 바지가 너무 낀다) 등이 있다.

한편, 우리나라와 마찬가지로 중국도 커리어 우먼들의 활약이 점점 커지면서 상대적으로 专业(전업)남편들이 꾸준히 증가하는 추세다. 미국에서는 이런 전업남편을 성공한 여자의 트로피라는 의미로 '트로피 허즈번드(trophy husbund)'라고 부르는데, 중국에서는 앞치마를 두른 남편이라는 뜻으로 '围裙丈夫wéiqúnzhàngfu(위군장부)'라고 부른다. 또한 중국에서는 알뜰하고 검소한 주부를 일컬어 가시나무로 비녀를 만들어 쓰고, 베 조각으로 치마를 만들어 입는다고 하여 荆钗布裙jīngchāibùqún(형차포군)이라고 한다.

★ 알아두면 유용한 단어

裙子qúnzi(군자): 치마 | 超短裙chāoduǎnqún(초단군): 미니 스커트 | 围裙wéiqún(위군): (두르는 치마) 앞치마 | 连衣裙liányīqún(연의군): (연결된 치마) 원피스 | 裙裤qúnkù(군고): 치마바지

담장농말淡妝濃抹이 모두 어울리는 서호와 서시

keyword

浓-濃nóng(짙을 농)

농도를 뜻하는 浓-濃nóng(짙을 농)은 氵(삼수변, 물)과 農(농사 농)으로 이루어져 있으며, 농사[農]를 짓는 논에 물[氵]이 많고 적음을 나타내는 형성문자다. 참고로 农-農nóng(농사 농)은 田(밭 전)과 辰(별 진, 시간 진)으로 이루어진 글자로 시간, 즉 24절기의 시간에 맞춰 밭에서 농사를 짓는다는 뜻의 회의문자다.

중국 인문학의 태두라고 할 수 있는 송나라의 苏东坡Sūdōngpō (소동파), 즉 苏轼Sūshì(소식)은 중국의 베니스라고 불리는 杭州Hángzhōu[항저우(항주)]의 명물 西湖Xīhú(서호)를 다음과 같이 예찬했다.

飮湖上初晴后雨(음호상초청후우)

水光潋滟晴方好 shuǐguāngliànyàn qíngfānghǎo (수광렴염청방호)

山色空濛雨亦奇 shānsèkōngméng yǔyìqí (산색공몽우역기)

欲把西湖比西子 yùbǎXīhú bǐXīzǐ (욕파서호비서자)

淡妆浓抹总相宜 dànzhuāngnóngmǒ zǒngxiāngyí (담장농말총상의)

맑았다가 비 내리는 호수 위에서 한잔하며

물빛은 반짝이고 하늘은 쾌청하니 참 좋구나.

산색은 몽롱한데 비가 오니 더욱 더 절경이네.

송나라 부(赋)문학 산실의 배경이 되었던 항저우의 서호

서호를 서시와 비교해보니
(서호도 서시처럼) 엷은 화장이든 짙은 화장이든 모두 잘 어울리네.

소동파는 당시 송나라의 개혁 정치가인 王安石Wánganshí(왕안석)의 권세에 밀려 항저우의 지방관으로 좌천되어 있었다. 이러한 그에게 서호는 마음을 달래주던 아름다운 호수였을 뿐만 아니라, 뛰어난 서정성을 지닌 당나라 诗(시)문학에 철학적 색채를 더한 송나라 赋(부)문학 산실의 배경이 되기도 했다.

한편, 소동파가 지방관 시절 만든 돼지고기찜 요리 东坡肉Dōngpōròu(동파육)은 천년이 지난 지금까지도 중국 전역에서 서민들의 음식으로 사랑받고 있다.

★ 알아두면 유용한 단어

浓度nóngdù(농도): 농도 | 浓密nóngmì(농밀): 짙고 빽빽하다 | 浓厚nónghòu(농후): 짙다, 농후하다 | 浓缩nóngsuō(농축): 농축하다 | 浓雾nóngwù(농무): 짙은 안개 | 浓雾弥天nóngwùmítiān(농무미천): 짙은 안개가 하늘에 가득하다

시끄러운 알람시계 요종闹钟

keyword

闹-閙-鬧nào(시끄러울 뇨)

闹-閙-鬧nào(시끄러울 뇨)는 손에 무기를 들고 싸우는 모습의 鬥(싸울 투)와 市(시장 시)로 이루어진 회의문자로, 시장에서 서로 싸우는 시끄러운 모습을 나타낸다. 또는 門(문 문)과 市가 합쳐진 모양으로 특정 구역 내의 시끄러운 시장을 뜻하는 글자로, 우리나라에서는 많이 쓰지 않지만 중국에서는 자주 쓰이는 글자다.

闹钟nàozhōng(요종)은 '시끄러운 시계', 즉 알람시계를 가리킨다. 중국에서는 영어로 clock이라고 부르는 것은 钟-鍾zhōng으로 표현하고, watch로 부르는 것은 表biǎo로 표현한다. 일본은 한국이 '시계'로 통칭하는 것처럼 时计(도께이)라는 단어를 사용한다.

참고로 중국 등 중화권에서는 시계를 선물하는 것이 금기로 되어 있다. 중국어로 '시계를 선물한다'는 뜻인 '쑹중sòngzhōng[送钟]'의 발음이 '장례를 치른다'는 의미인 '쑹중sòngzhōng[送终]'과 같기 때문이다. 따라서 중국인들 사이에서 시계 선물은 '관계를 끝내자'는 의미로 받아들일 수 있다.

중국에서 시계를 부르는 다양한 표현들을 살펴보면 아래와 같다.

- 钟表zhōngbiǎo(종표): 일반적인 시계의 총칭(clock과 watch)
- 挂钟guàzhōng(괘종): 挂(걸 괘)를 사용하여 벽에 거는 시계를 뜻하는 단어로, 우리나라에서도 괘종시계라 하여 동일한 의미로 쓰인다.
- 座钟zuòzhōng(좌종): 座(자리 좌)를 사용하여 탁상시계를 뜻하는 단어다.

- 闹钟nàozhōng(요종): 알람시계
- 手表shǒubiǎo(수표): 손목시계(watch)
- 秒表miǎobiǎo(초표): 초시계(stop watch)
- 修钟表xiūzhōngbiǎo(수종표): 시계를 수리하다

'内纷(내분)을 일으키다', '内讧(내홍)을 일으키다'라는 표현은, 讧-訌hòng(말다툼할 홍)을 써서 闹内讧nàonèihòng(요내홍)이라고 하며, 골목대장, 말썽꾸러기 등은 闹将nàojiàng(요장)이라고 부른다.

闹(시끄러울 뇨)와 비슷한 모양의 글자로 闯-闖chuǎng(뛰어나갈 틈)이 있다. 문[門]에서 말[馬]이 갑자기 뛰어나오는 상황을 나타낸 회의문자다. 이 글자가 들어간 단어로는 闯红灯chuǎnghóngdēng(틈홍등; 교통신호를 무시하다, 신호를 위반하다), 闯入chuǎngrù(틈입; 난입하다), 闯江湖chuǎngjiānghú(틈강호; 강호를 떠돌다, 세상을 떠돌다), 走南闯北zǒunánchuǎngběi(조남틈북; 세상을 떠돌다), 闯世界chuǎngshìjiè(틈세계; 세상에 뛰어들다), 闯运气chuǎngyùnqi(틈운기; 운에 맡기다), 趁着年轻chènzhe niánqīng, 闯一闯chuǎngyīchuǎng[젊었을 때 (젊음을 이용하여) 이리저리 뛰어봐라] 등이 있다.

★ 알아두면 유용한 단어

热闹rènao(열뇨): 뜨겁고 시끄럽다, 흥청망청하다, 번화하다 | 闹钟nàozhōng(요종): 알람시계, 자명종

보물을 건져 올리는 세계 최대의 쇼핑몰 타오바오淘宝

Keyword

淘táo(일 도)

淘táo(일 도)는 氵(삼수변, 물)과 匋(질그릇 도)로 이루어진 글자로 그릇에 물을 넣고 쌀을 일어 불순물을 제거한다는 뜻의 형성문자다.

2014년 중국 제일의 거부로 올라선 马云Mǎyún[마윈(마운)]의 阿里巴巴Alǐbābā[알리바바]에서 만든 세계 최대의 C2C 인터넷 쇼핑몰 淘宝Táobǎo[타오바오]는 원래 '보물을 건져내다'라는 뜻을 가지고 있다. 매년 11월 11일, 한국의 '빼빼로데이'를 본떠 시작된 중국의 光棍节Guānggùnjié(광곤절), 이른바 '솔로의 날'은 이 타오바오의 상술과 접목되어 이제는 중국의 '블랙프라이데이'로 자리 잡아가고 있다.

타오바오는 인터넷을 뜻하는 网wǎng(그물 망)을 써서 淘宝网táobǎowǎng(도보망)이라고도 부르는데, 광곤절 하루 매출액이 10조 원을 돌파하고 연매출은 250조 원에 달하는 세계 최대 쇼핑몰로 성장하고 있다. 2014년 롯데쇼핑의 백화점과 마트 등을 모두 합친 연매출액이 약 30조 원 정도인 것을 감안하면 타오바오의 시장지배력과 위력이 어느 정도인지 실감할 수 있을 것이다. 최근에는 우리나라에서도 타오바오를 통한 해외 직구가 점점 증가하고 있는 추세라고 한다.

淘汰táotài(도태)라는 말은 원래 淘táo(일 도)와 汰tài(씻을 태)로 이루어진 글자로 '물로 일어서 나쁜 불순물을 골라 버리다'라는 의미로 시작된 말이다. 흔히 운동경기의 토너먼트(tournament) 시합은 중국어로 淘汰赛

táotàisài(도태새)라고 하며, 리그(league)전은 联盟赛liánméngsài(연맹새)라고 부른다. 또한 미국의 서부 개척 시절, 캘리포니아 등에서 금을 캐던 골드러시를 淘金热táojīnrè(도금열)이라고 부른다. 他偶尔去二手市场淘宝tā ǒuěr qù èrshǒushìchǎng táobǎo라고 하면 '그는 가끔[偶尔] 중고시장[二手市场]에 가서 보물을 찾는다'라는 표현이다.

참고로 중국인들은 미국의 샌프란시스코를 旧金山Jiùjīnshān(구금산)이라고 부른다. 19세기 말 골드러시로 미국 서부지역에 중국 노동자들이 이민을 가기 시작했는데, 그들은 금이 많이 나는 그곳을 金山(금산)이라 불렀다. 그 후 호주에서 새로운 금광이 발견되자 그곳으로 이민 간 중국인들이 호주의 멜버른(Melbourne)을 새로운 금산, 즉 新金山Xīnjīnshān(신금산)이라고 부르면서 샌프란시스코를 옛날 금산이라는 뜻으로 旧金山Jiùjīnshān(구금산)이라 부르게 된 것이다.

또한 하와이의 호놀룰루(Honolulu)는 중국사람들이 좋아하는 향나무, 즉 檀香木(단향목)이 많은 곳이라고 하여 檀香山Tánxiāngshān(단향산)이라고 부른다. 이렇게 중국에서는 외국의 지명을 부를 때 의역하여 부르기도 하고, 华盛顿Huáshèngdùn(화성돈; 워싱턴), 伦敦Lúndūn(윤돈; 런던)처럼 음역[音译yīnyì]하여 부르기도 하기 때문에 재미있게 기억할 수도 있지만 우리의 한글에 비하면 불편함도 있는 것 같다.

★ 알아두면 유용한 단어

淘汰táotài(도태): 도태시키다(하다), 淘气táoqì(도기): 장난이 심하다 | 淘金táojīn(도금): 사금(沙金)을 일다, 사금을 찾다

유비와 덩샤오핑의 생존전략

도광양회韬光养晦

keyword

韬-韜tāo(칼집 도)

韬-韜tāo(칼집 도, 활집 도, 감출 도)는 韦-韋(가죽 위)와 舀(국자 요, 퍼낼 요)를 합쳐서 만든 글자로, 가죽으로 만든 국자 모양의 긴 칼집 또는 활집을 나타내는 형성문자다. 그리고 舀는 爫(손톱 조, 손)와 臼(절구 구, 확 구)로 이루어져 손으로 절구에서 음식물을 퍼낸다는 의미를 가지고 있다.

韬光养晦tāoguāngyǎnghuì(도광양회)라는 표현은 1980년대 邓小平Dèngxiǎopíng[덩샤오핑(등소평)] 시절, 중국이 미국이나 서구에 자신의 모습을 드러내지 않고 힘을 기르다가 때가 되면 적극적으로 일을 도모하겠다는 중국의 외교전략으로 자주 脍炙kuàizhì(회자)되던 말이다. 이 말은 삼국시대 曹操Cáocāo(조조)에게 몸을 의탁하고 있던 刘备Liúbèi(유비)가 '이 세상에 진정한 영웅은 그대와 나뿐'이라는 조조의 칭찬에 자신의 속마음을 숨기기 위해 천둥소리에도 놀라 탁자 밑으로 몸을 숨기는 행동 등으로 조조를 안심시킨 후, 몰래 실력을 길렀다는 고사에서 유래한다. 검광[光]을 칼집[韬]에 숨기고 달빛 없는 그믐[晦(그믐 회)]에 몰래 칼을 빼어 실력을 키워서[養] 마침내 蜀汉Shǔhàn(촉한)의 황제에 등극한 유비의 생존전략을 뜻하는 말이다.

현재의 중국은 제5세대 지도부 习近平Xíjìnpíng[시진핑(습근평)]이 이끌고 있다. 4조 달러에 달하는 외환보유고와 미국과 함께 세계 G2의 경제력을 과시하고 있는 최근 중국의 외교전략 슬로건은 '할 일은 당당하게 하겠다'는 뜻의 主动作为zhǔdòngzuòwéi(주동작위)이며, 그 전술은 필요한 사람 또는 나라에 필요한 것을 지원한다는 雪中送炭(설중송탄)이다.

[114쪽, 雪(눈 설) / 149쪽, 炭(숯 탄) 참조]

六韬三略liùtāosānlüè(육도삼략)은 고대 중국의 병법서인 ≪六韬Liùtāo(육도)≫와 ≪三略Sānlüè(삼략)≫을 아울러 이르는 말이다. ≪六韬≫는 周Zhōu(주)나라 武王(무왕)을 도와 殷(은)[또는 商(상)]나라를 멸망시켰던 姜太公Jiāngtàigōng(강태공)으로 더 유명한 吕尚(여상)이 지은 兵法书(병법서)다. 文(문), 武(무), 龙(용), 虎(호), 豹(표), 犬(견)이라는 6권으로 구성되어 있다. 전국시대 말기 齐Qí(제)나라 纵横家zònghéngjiā(종횡가)인 鬼谷子(귀곡자)의 제자로 6국이 연합하여 강대국 秦Qín(진)나라에 대항해야 한다는 苏秦(소진)의 合纵策hézòngcè(합종책)도 그 근간이 ≪六韬≫라고 한다. ≪三略≫은 汉Hàn(한)나라 高祖(고조)인 刘邦Liúbāng(유방)의 策士(책사)로 项羽Xiàngyǔ(항우)를 물리치고 한나라 건국의 일등공신이 된 张良Zhāngliáng(장량; 장자방)의 스승 黄石公(황석공)이 장량에게 전수한 병법서로서 上路(상략), 中略(중략), 下略(하략)으로 구성되어 있어 三略이라 불린다.

★ 알아두면 유용한 단어

韬光tāoguāng(도광): 빛을 숨기다, 실력을 감추다 | 韬笔tāobǐ(도필): 붓을 숨기다, 절필하다 | 六韬liùtāo(육도): 중국 고대의 병법서 ≪육도≫

13억 인구도 적다는 중국의 산아제한 완화정책

단독이태单独二胎

keyword

独-獨dú(홀로 독)

独-獨dú(홀로 독)은 犭(개사슴록변, 큰 개 견, 포유류)과 蜀(나라이름 촉, 파충류 촉)으로 이루어진 글자로, 큰 개와 뱀이 홀로 외롭게 싸우고 있다는 뜻의 형성 문자로 생각하면 된다.

单独二胎dāndúèrtāi(단독이태)는 중국이 2012년 11월에 발표한 산아제한 완화조치를 흔히 부르는 말이다. 1979년부터 시행된 双独二胎shuāngdúèrtāi(쌍독이태) 정책은 54개 少数民族shǎoshùmínzú(소수민족)을 제외한 汉族Hànzú(한족)의 경우 부모 양쪽이 독자인 경우에만 두 자녀를 허용하는 산아제한 정책이다. 단독이태는 이를 부모 가운데 한 명만 독자[独生子女dúshēngzǐnǚ]여도 자녀를 둘까지 가질 수 있도록 완화한 조치로, 재미있는 것은 이 조치의 발표 이후 뉴질랜드[新西兰Xīnxīlán(신서란)]의 분유 제조사와 일회용 기저귀[尿布niàobù(요포)] 제조사의 주가가 급등하는 등 분유, 완구, 의약 분야의 선진기업들이 미소 짓고 있다는 것이다. 그러나 실제로 젊은이들을 대상으로 한 여론조사에서는 예전과는 비교할 수 없을 정도로 높아진 양육비 등으로 인해 두 자녀 이상의 출산을 원하는 신세대들은 그리 많지 않은 것으로 나타났다.

보도에 의하면, 2016년부터는 모든 가구에 두 자녀를 허락하는 全面二胎quánmiànèrtāi(전면이태) 정책, 즉 출산장려 정책이 시행될 예정으로 미래의 국가 설계를 위한 인구확장 정책에 국력을 집중하고 있는 모습이다. 이처럼 이제는 중국도 지속적인 경제성장을 위해서는 현재의 13억 인구도 적다고 판단하고 있으며, 이런 추세라면 인도에게 뒤질 수 있다고 생각하여 인구를 증가시키기 위한 정책변화를 시도하고 있다. 출산율이 급감하는 우리나라로서는 다시 한 번 새겨보고, 또 경계해야 할 상황인 것 같다.

우리가 자주 쓰는 独不将军(독불장군)은 혼자서는 장군이 될 수 없다, 즉 주위에 많은 군사들과 참모들이 있어야 장군이 될 수 있다는 뜻으로, 주변 사람들과 조화롭게 살아야 한다는 의미다.

独白dúbái(독백)은 '혼자 말하다', '독백하다'라는 뜻인데, 여기서 白(흰백)은 형용사로 '희다'라는 뜻 외에도 명사로 '말' 또는 동사로 '말하다'라는 뜻을 가진다. 예를 들어 主人白(주인백)은 '주인이 말하다'라는 뜻이며, 告白gàobái(고백)은 고백하다, 旁白pángbái(방백)은 옆에서 말하는 방백 또는 내레이션을, 开场白kāichǎngbái(개장백)은 개막사를 뜻한다. 또한 白话文báihuàwén(백화문)은 고대부터 귀족들이 사용하던 文言文wényánwén(문언문)과는 달리, 오랫동안 민간에서 널리 사용되고 익숙한 한자를 중심으로 문법과 무관하게 발음대로 쓰던 실용 회화체를 말한다. 1911년 孙文Sūnwén[쑨원(손문)]의 辛亥革命XīnhàiGémìng(신해혁명)으로 중화민국이 건국된 이후, 문학계를 중심으로 실용 중심의 '백화문 운동'이 활발히 전개되기도 했다.

★ 알아두면 유용한 단어

独立dúlì(독립): 독립하다 | 单独dāndú(단독): 부 단독으로, 홀로 | 独特dútè(독특): 독특하다 | 孤独gūdú(고독): 고독하다 | 独生子女dúshēngzǐnǚ(독생자녀): 외아들과 외동딸 | 独裁dúcái(독재): 독재하다 | 独步dúbù(독보): 독보적이다

우리는 한국을 따라잡을 수 없다
망진막급望尘莫及

keyword

莫mò(없을 막)

莫mò(없을 막)은 艹(초두, 풀)와 日(해 일), 大(큰 대)로 이루어진 글자로, 들판의 수풀[艹] 아래 대지[大] 위로 해[日]가 지면서 서서히 사라지는 모습을 나타낸 회의문자이며 '없다'는 뜻이다. 쓰임새가 많은 한자이므로 그 뜻을 기억해 두면 도움이 될 것이다.

莫逆之交mònìzhījiāo(막역지교)는 서로 거슬리는 일이 없는, 불편함이 없는 莫逆(막역)한 친구 사이, 즉 늘 편안한 친구를 말한다.

莫及mòjí(막급)은 닿지 않아서 아주 깊다, 아주 심하다는 뜻으로 后悔莫及hòuhuǐmòjí(후회막급)이라고 하면 엄청나게 후회하다, 후회가 막급하다는 뜻이 된다. 望尘莫及wàngchénmòjí(망진막급)이라는 재미있는 표현도 있는데, 이는 앞에서 뛰는 사람의 흙먼지[尘]만 바라보며[望] 좇아가지만 결국 따라잡지 못한다는 뜻이다.

2014년 2월 27일자 <北京青本报(북경청년보)>에 보도된 기사를 보면, "韩国电示剧制作上展现的能力, 已经令我们望尘莫及[한국 TV 드라마의 제작 능력은 이미 우리(중국)로 하여금 앞 사람의 먼지만 보고 뛰어가도 결국 따라잡을 수 없게 만들었다]"라고 쓰고 있다. SBS 드라마 <별에서 온 그대>가 중국에서 10억 명 이상이 시청하는 엄청난 히트를 기록한 것뿐만 아니라, 드라마에 등장한 패션이나 음식 등 다양한 관련 산업까지 덩달아 유행시키자, 한국 드라마의 우수성을 자기비하 표현까지 써 가며 소개하고 있다. 같은 날짜의 다른 기사에서는 "莫过于大热韩剧'来自星星的你'(한국 드라마 <별에서 온 그대>보다 더 인기 있는 것은 없다)"라고 보도했는데, 여기서 莫过于mòguòyú(막과어)라는 말은 '~보다 더한 것은 없다'는 표현이다.

莫(없을 막)이 들어가는 글자의 声调shēngdiào(성조)는 대부분 4성으로 발음한다. 幕mù(휘장 막), 漠mò(사막 막), 墓mù(무덤 묘), 暮mù(저물 모), 慕mù(그리워할 모) 등이 있는데, 그 쓰임새에 대해 살펴보면서 한자의 깊은 뜻을 새겨보자.

- 幕mù(휘장 막): 휘장[巾(수건 건)]을 쳐서 보이지 않게 한다는 의미로 帐幕zhàngmù(장막; 텐트) 등에 사용된다.
- 漠mò(사막 막): 물[氵]이 없다는 뜻으로 沙漠shāmò(사막) 등에 쓰인다.
- 墓mù(무덤 묘): 흙[土]으로 덮어 시신을 보이지 않게 한다는 의미이며, 墓地mùdì(묘지) 등에 쓰인다.
- 暮mù(저물 모): 해[日]가 없어진다는 의미이며, 日暮途远rìmùtúyuǎn(일모도원)은 해는 지고 갈 길은 멀다는 뜻이다.
- 慕mù(그리워할 모): 해가 없어지는 밤이 되면 그리운 마음[⺗] 더욱 짙어진다는 의미로, 思慕sīmù(사모; 사모하다) 등이 있다.

★ 알아두면 유용한 단어

莫名mòmíng(막명): 말로 설명할 수 없다 | 莫名其妙mòmíngqímiào(막명기묘): 그 오묘함을 말로 설명할 수 없다, 또는 영문을 모르겠다 | 莫大损失mòdàsǔnshī(막대손실): (크기를 알 수 없는) 막대한 손실 | 莫扎特mòzhātè(막찰특): 모짜르트 | 莫斯科Mòsīkē(막사과): 俄罗斯Éluósī(러시아)의 수도 모스크바

중국 설특집 TV쇼 〈춘완春晚〉에 출연한 '롱다리 오빠' 이민호

Keyword

晚wǎn(늦을 만)

晚wǎn(늦을 만, 해질 만)은 日(해 일, 시간)과 免miǎn(면할 면)으로 이루어진 글자이며 해를 면하는 시간, 즉 해질 무렵 또는 정해진 시간보다 늦다는 뜻을 가진 형성문자다. 참고로 免은 토끼의 귀와 꼬리 등을 묘사한 상형문자 兔(토끼 토)에서 토끼가 사냥꾼에게 꼬리를 잡히자 꼬리[丶]를 떼어버리고 도망가서 죽음을 모면했다는 의미로 이해하면 쉽게 기억할 수 있다. 아울러 冤yuān(원통할 원)은 토끼가 덫[冖]에 걸려서 죽게 되는 원통한 마음을 나타낸다는 의미로 기억하자.

<春晚Chūnwǎn[춘완(춘만)]>은 중국 CCTV의 유명한 설특집 저녁 프로그램[春节晚会chūnjiéwǎnhuì]이다. 예전에 우리나라에서도 자주 보던 漫談(만담)과 비슷한 相声xiàngsheng(상성), 小品xiǎopǐn(소품; 콩트), 노래 등으로 구성되며, 春节chūnjié(춘절) 저녁이면 전국에서 10억 명 이상이 시청하는 인기 프로그램이다. 중국에서 <继承者们Jìchéngzhěmen(계승자문)>이라는 제목으로 방송된 SBS 드라마 <상속자들> 덕분에 절정의 인기를 누리고 있는 탤런트 이민호가 2014년 <춘완>에 출연한 것이 화제가 되어 중국 신문에 톱뉴스[头条tóutiáo(두조)]로 다루어지기도 했다. [58쪽, 继(이을 계) 참조]

한편, 중국에서는 출퇴근 러시아워(rush hour)를 高峰时间gāofēngshíjiān(고봉시간) 또는 줄여서 高峰gāofēng(고봉)이라고 부른다. 특히 晚高峰

wǎngāofēng(만고봉)은 저녁 무렵의 혼잡한 퇴근 시간을 일컫는 말이며, 在北京下班晚高峰地铁上zàiBěijīng xiàbān wǎngāofēng dìtiěshàng이라고 하면 '베이징의 퇴근 무렵 러시아워 지하철에서'라는 표현이다. 그리고 晚霞wǎnxiá(만하)는 저녁노을(석양)을, 朝霞zhāoxiá(조하)는 아침노을을 의미한다.

晚(늦을 만, 해질 만)이 쓰인 한시 가운데 <山行(산행)>이라는 시가 있다. 이 시는 盛唐(성당) 시절의 李白Lǐbái(이백)보다 100년 뒤에 태어나 작은 杜甫Dùfǔ(두보)로 불리는 천재 시인 杜牧Dùmù(두목)의 대표작이다. '霜叶红于二月花[상엽홍어이월화; 가을철 서리 내린 단풍잎이 음력 2월 봄꽃(진달래)보다 더 붉고 곱다]라는 표현보다 더 아름답게 단풍을 노래한 시가 있을까. 우리나라의 화가 안중식이 1913년에 이 시를 주제로 그린 枫林停車图(풍림정거도)라는 산수화가 있다. 잠시 이 시를 감상해 보자.

远上寒山石径斜 yǔanshànghánshān shíjìngxíe (원상한산석경사)
白云生处有人家 báiyúnshēngchù yǒurénjīa (백운생처유인가)
停车坐爱楓林晚 tíngchēzùoài fēnglínwǎn (정거좌애풍림만)
霜叶红於二月花 shūangyèhóngyú èryùehūa (상엽홍어이월화)

멀리 보이는 가을 산 돌비탈을 올라보니
흰 연기 피어오르는 곳에 사람들이 사는가보다.
수레 멈추고 앉아 늦은 단풍을 바라보니
서리 맞은 가을잎이 봄꽃(진달래)보다 더 붉구나(곱구나).

멀리 보이는 가을 산 돌비탈을 올라보니

흰 연기 피어오르는 곳에 사람들이 사는가보다.

수레 멈추고 앉아 늦은 단풍을 바라보니

서리 맞은 가을잎이 봄꽃보다 더 붉구나.

안중식이 두목의 시 〈山行〉을 주제로 그린
풍림정거도(枫林停車图)

★ 알아두면 유용한 단어

晚安wǎnān(만안): 저녁인사(Good night) | 晚会wǎnhuì(만회): 저녁식사, 저녁 파티 | 晚报wǎnbào(만보): 석간, 저녁 보도 ↔ 晨报chénbào(신보): 조간 | 晚辈wǎnbèi(만배): 후배, 손아랫사람 ↔ 长辈zhǎngbèi(장배): 선배, 손윗사람 | 大器晚成dàqìwǎnchéng(대기만성): 큰 그릇을 만드는 데는 시간이 오래 걸린다.

기사로 보는 키워드

'男神'李敏镐火到春晚, '高富帅'粉丝遍布东亚. '남신' 이민호의 열기가 <춘완>에 다다르다, '키 크고 돈 많고 잘생긴' 이 남자의 팬들[粉丝]이 동아시아에 깔려 있다.

중국에서 이민호의 애칭은 '롱다리'를 뜻하는 长腿chángtuǐ(장퇴)와 '오빠'의 중국 발음 欧巴oūbā를 합친 长腿欧巴chángtuǐoūbā, 즉 '롱다리 오빠'다.

_<环球时报>(2014. 1. 21.)

물고기에게서 배우는 부부애
상유이말相濡以沫

keyword

沫mò(거품 말)

沫mò(거품 말)은 氵(삼수변, 물)과 末mò(끝 말)로 이루어진 글자로 물의 마지막, 거품, 포말, 침 등을 나타내는 형성문자다. 이 沫이 들어가는 표현 중에 중국 사람들이 무척이나 좋아하는 相濡以沫xiāngrúyǐmò(상유이말)이라는 成语chéngyǔ(성어)가 있다. 결혼식에서 신혼부부들에게 건네는 덕담 중에 가장 많이 인용되는 이 말은 ≪庄子Zhuāngzǐ(장자)≫에 나오는 이야기로, 오랜 가뭄으로 연못에 물이 말라 폐사의 위기에 처한 물고기들이 자신의 입에 남아 있던 마지막 거품으로 옆에 있는 물고기의 몸을 서로 적셔주는 광경을 나타낸다. 상유이말이라는 말은 이러한 물고기들의 모습처럼 '살면서 어려운 시절을 만나도 포기하지 말고 서로 도와가며 극복하라.'는 뜻으로, 연못가 물고기들의 폐사 상황을 보고 이런 멋진 말을 만들어 낸 고대 중국인들의 지혜가 놀랍다. 시진핑 중국 국가주석이 2014년 7월 방한 당시 서울대학교 특강에서 "역사적으로 양국 국민은 어려울 때마다 서로를 도왔다"며 이 말을 인용하기도 했다.

'입에 게 거품을 물다'라는 말은 口吐白沫kǒutǔbáimò(구토백말)이라고 하는데, 입으로 흰 거품을 뱉는다는 의미다. 여기서 吐tǔ(뱉을 토)와 吞tūn(삼킬 탄)의 모양을 보면 재미있는 점을 발견할 수 있다. 吐는 口(입 구)와 土(흙 토)로 이루어진 글자로 땅을 보며 입으로 뱉는다는 뜻이고, 吞은 天(하늘 천)과 口(입 구)를 합쳐 고개를 들고 하늘을 보며 삼킨다는 의미로 글자의 모양에 동작까지 포함되어 있는 것 같다. 여기서 좀 더 나아가면, 땅을 뱉어버리고 하늘을 삼킨다는 玄学xuánxué(현학)적인 해석도 가능할 듯하다. 어쨌든 뱉을 때는 얼굴이 땅으로 향하고, 삼킬 때는 얼굴이 하늘로 향하는 모습을 상상하면 이 글자들을 쉽게 기억할 수 있다. 예를 들어 吞吐tūntǔ(탄토)라고 하면 '뱉고 삼키다', '말을 얼버무리다'라는 뜻이고, 吞吐港tūntǔgǎng(탄토항)은 많은 배들이 들락거리는 항구, 혹은 물동량이 많은 수출입 항구 등을 뜻한다.

2015년 5월 우리나라를 강타한 중동호흡기증후군, 일명 메르스(Mers)의 주요 전염원이 입에서 나온 침인 飞沫(비말)이라고 하는데, 중국에서도 飞沫传染fēimòchuánrǎn(비말전염)이라는 말을 자주 사용한다.

★ 알아두면 유용한 단어

沫子mòzi(말자): 거품 | 泡沫pàomò(포말): 포말, 거품(bubble) | 泡沫现象pàomòxiànxiàng(포말현상): 거품현상, 버블현상 | 唾沫tuòmo(타말): 타액, 침 = 口水kǒushuǐ(구수) | 吐沫tǔmò(토말): 침을 뱉다 | 唾沫四溅tuòmòsìjiàn(타말사천): 침이 사방으로 튀다 | 肥皂沫féizàomò(비조말): 비누거품

심각한 중국의 스모그
십면매복十面埋伏과 십면매복十面霾伏

keyword

埋mái(묻을 매)

埋mái/mán(묻을 매/불평할 매)는 땅[土] 속[里]에 묻다, 즉 흙으로 덮는다는 뜻의 회의문자다. 여기서 里(마을 리, 속 리)는 밭[田], 흙[土] 등 구획이 잘된 마을을 뜻하기도 하지만, 衣와 합쳐져 옷[衣] 속을 뜻하는 裏(속 리)의 간체자로 쓰이기도 한다.

2004년에 刘德华Liúdéhuá[류더화(유덕화)], 章子怡Zhāngziyi[장쯔이(장자이)]가 주연한 张艺谋Zhāngyìmóu[장이머우(장예모)] 감독의 <恋人Liànrén(연인)>이라는 영화가 있었는데, 이 영화의 부제가 '十面埋伏shímiànmáifú(십면매복)'이다. 이 말은 汉Hàn(한)나라 때의 무장 韩信Hánxìn(한신) 장군의 十面埋伏计(십면매복계)를 뜻한다. 西楚霸王(서초패왕) 项羽Xiàngyǔ(항우)를 열 방향으로 포위하여 멸망시키고 刘邦Liúbāng(유방)에게 최후의 승리를 안긴 작전인데, 꼼짝할 수 없고 아무런 대책이 없다는 뜻의 四面楚歌sìmiànchǔgē(사면초가)와 같은 의미다. 요즘 중국에선 이 말을 패러디한 十面霾伏shímiànmáifú(십면매복)이라는 말이 유행하고 있다. 발음도 꼭 같은 이 말은 스모그[雾霾wùmái(무매)]로 포위당해 꼼짝할 수도 없고 대책도 없다는 의미로, 베이징을 비롯한 중국 대도시의 심각한 污染wūrǎn(오염)을 讽刺fěngcì(풍자)한 말이다.

雾霾wùmái(무매)는 안개와 흙비라는 뜻으로 원래 잘 사용하지 않던 단어였으나, 2012년부터 스모그(smog)를 뜻하는 말로 일기예보[天气预报tiānqìyùbào(천기예보)] 등에 자주 등장하면서 일상적으로 쓰이고 있다. 쓰기가 복잡해 보이는 霾-霾(흙비 올 매)는 雨(비 우)와 豸(벌레 치), 里(마을 리)가 합쳐진 모양, 또는 雨(비 우)와 埋(묻을 매)가 합쳐진 모양으로 하늘에서 작은 메뚜기 떼 같은 흙비가 새까맣게 마을로 내리는 모습을 상상하면 쉽게 떠올릴 수 있다.

중국에서는 매년 연말마다 그 해 중국을 대표하는 한자를 선정하는데, 2013년에는 房地产fángdìchǎn(방지산; 부동산)의 가격 상승을 뜻하는 房(방 방)과 스모그를 뜻하는 雾霾(무매)의 霾(흙비 매), 두 글자가 치열한 경합을 벌인 끝에 房이 선정되었다. 이전에는 거의 사용하지 않던 霾가 2위로 선정된 것은 최근 중국의 대기오염이 아주 심각하다는 반증이기도 하다.

참고로 '불평하다', '원망하다'라는 뜻의 埋怨mányuàn(매원)은 抱怨bàoyuàn(포원)과 같이 원망하는 마음을 품는다[埋, 抱]는 의미이며, 여기서 '埋'는 mán으로 발음한다. 또 우리말의 '원망'과 발음이 비슷한 중국어 冤枉yuānwang(원왕)은 토끼[兔]가 덫[冖]에 걸려 억울하다는 의미로 '억울하다', '누명을 씌우다'라는 뜻이고, 愿望yuànwàng(원망)은 한자 그대로 '바람', '희망'의 뜻이 된다.

★ 알아두면 유용한 단어

埋没máimò(매몰): 매몰되다, 숨기다 | 埋没于江湖máimòyújiānghú(매몰어강호): 강호에 숨어 살다 | 埋葬máizàng(매장): 매장하다, 땅에 묻어 장례를 지내다 | 埋伏máifú(매복): 매복하다 | 埋藏量máicángliàng(매장량): 매장량 | 埋怨mányuàn(매원): 불평하다

중국을 상징하는 국화는 모란牡丹일까, 매화梅花일까

keyword

梅méi(매화 매)

梅méi(매화 매)는 木(나무 목)과 每(늘 매)로 이루어진 글자로 언제나 아름다운 나무인 매화를 나타내는 형성문자다. 참고로 每는 人(사람 인)과 母(어미 모)로 이루어져 아기가 엄마 품에서 늘 젖을 먹는 모습을 나타낸 관념적 상형문자인 指事文字(지사문자)다.

겨울철에 피는 梅花méihuā(매화)는 동북아시아에서 자생하며, 한국·중국·일본 3국에만 있는 나무다. 중국에서는 겨울철 매화의 고고한 모습을 傲骨寒梅àogǔhánméi(오골한매)라고 표현하는데, 형용사로 쓰는 傲骨àogǔ(오골)은 '도도하다', '꼿꼿하다'는 뜻이다. 흔히 중국을 상징하는 国花(국화)로 牧丹mùdān(목단; 모란)을 말하는 사람들도 있고, 매화를 말하는 사람들도 있으며, 혹은 둘 다 중국의 국화라고 하기도 한다. 해마다 3월이면 열리는 河南省Hénánshěng[허난성(하남성)] 洛阳Luòyáng[뤄양(낙양)]의 모란꽃 축제는 중국인들의 큰 자부심이기도 한데, 원래 부귀를 상징하는 모란은 과거 清Qīng(청)나라의 국화였고, 매화는 현재 台湾Táiwān[타이완(대만)]의 국화다. 필자가 알기로는 이에 대해 수차례 국가적 논의가 있었지만 아직도 정해지지 않았다고 한다. 중국인들의 매화와 모란에 대한 사랑이 대단하기 때문에 민간에서는 둘 다 중국의 상징으로 여기는 편이다.

숲[林]처럼 많은 비[雨]를 뜻하는 霖雨línyǔ(임우)는 장마를 일컫는 말이

다. 梅雨méiyǔ(매우)도 장마를 뜻하는 말인데, 梅子méizi(매실)이 익는 여름철에 내리는 비라는 뜻이며, 여름 장마철이 시작되는 것을 入梅rùméi(입매)라고 한다. 일본에서도 장마를 梅雨[つゆ(쯔유), ばいう(바이우)]라고 하며, 장마철에 접어드는 것을 入梅[にゅうばい(뉴바이)]라고 표현한다. 참고로 우리의 '장마'라는 말은 长(길 장)과 비의 옛말인 '마'가 합쳐진 단어라고 한다.

그리고 梅毒méidú(매독)이라는 성병의 이름에 아름다운 꽃이름 梅가 들어가는 것은 이 병의 초기 증상이 피부에 매화꽃 무늬의 붉은 반점이 생기기 때문이라고 한다. 참고로 아르헨티나[阿根廷Agēntíng]의 축구 스타[球星qiúxīng(구성)] 메시의 이름도 중국에서 부를 때는 梅를 넣어서 梅西Méixī라고 부른다. 曹操Cáocāo(조조)의 일화가 담긴 望梅止渴wàngméizhǐkě(망매지갈)이라는 고사도 있다.

[166쪽, 渴(목마를 갈) 참조]

한국이나 중국이나 매화의 기상과 향기를 선비의 몸가짐과 많이 비교하는데, 중국인들은 梅花香自苦寒来méihuāxiāng zìkǔhánlái(매화향자고한래)라는 말을 좋아한다. 춥고 힘든 것을 견뎌야만 매화의 향기를 맡을 수 있다는 의미이며, 不经一番寒彻骨bùjīng yìfān hánchègǔ(불경일번한철골; 뼈를 깎는 추위를 겪지 않고), 怎得梅花扑鼻香zěndé méihuā pūbíxiāng(즘득매화박비향; 어찌 매화의 향을 얻을 수 있겠는가)과 같은 말이다. 사람도 매화처럼 어려운 시련을 겪고 이겨내야만 훌륭한 사람이 될 수 있다는 의미일 것이다.

唐宋八大家tángsòngbādàjiā(당송팔대가)의 한 사람이자 宋Sòng(송)나라의 개혁정치가였던 王安石Wánganshí(왕안석)의 <梅花Méihuā(매화)>라는 오언절구 명시가 있다. 梅méi(매), 开kāi(개), 来lái(래)로 떨어지는 각운[脚韻; 押韵yāyùn(압운)]을 음미하며 잠시 감상해보자.

墙角数枝梅 qiángjiǎo shǔzhīméi (장각수지매)

凌寒独自开 línghán dúzìkāi (능한독자개)

遥知不是雪 yáozhī búshìxuě (요지불시설)

为有暗香来 wéiyǒu ànxiānglái (위유암향래)

담장 모서리에 핀 몇 가지 매화

추운 겨울 이겨내고 홀로 피었네.

멀리서 봐도 백설이 아님을

은은한 향기로 알았네.

★ 알아두면 유용한 단어

梅花méihuā(매화): 매화 | 梅天méitiān(매천): 매실이 익어 가는 철, 장마철 | 梅子méizi(매자): 매실 | 望梅止渴wàngméizhǐkě(망매지갈): 헛된 상상

아가씨의 호칭은 이제 소저小姐가 아닌 소매小妹로

keyword

妹mèi(손아래 누이 매)

妹mèi(손아래 누이 매)는 女(여자 녀)와 未wèi(아닐 미)로 이루어진 글자로 아직은 성인이 아닌[未] 어린 여자[女], 즉 여동생을 나타내는 형성문자다. 참고로 未는 나무[木] 꼭대기의 작은 가지로 '작다'는 뜻의 글자다. 木이 부수로 쓰이는 한자 중에 末mò(끝 말)이 있는데 나무[木]의 끝에 있는 큰 가지[一]라는 뜻으로 마지막을 의미한다. 本běn(뿌리 본, 근본 본)은 나무[木]의 뿌리를 나타내는 글자이고, 朿cì(가시 자)는 나무[木]의 줄기에 돋아 있는 가시[冖]를 나타낸 글자다. 그리고 束shù(묶을 속)은 여러 개의 나무[木]를 합쳐서 끈으로 묶은[口] 형상을 나타낸 글자로 볼 수 있다.

妹(손아래 누이 매)의 상대 단어인 姊-姉(손위 누이 자)는 현대 중국어에서는 거의 사용하지 않고 대신 姐jiě(누이 저)를 많이 사용한다. 제사 음식을 차곡차곡 쌓은 모습을 뜻하는 且qiě(또 차, 공경할 저)를 상상해보면 제사 음식을 만들고 준비할 정도로 성장한 성인 여성을 연상할 수 있다. 妹妹mèimei(매매)라고 하면 여동생을 말하며, 姐姐jiějie(저저)는 언니나 누나를 부르는 말이다. 자주 쓰이는 말로는 자매를 뜻하는 姐妹jiěmèi(저매), 그리고 사촌 누나나 사촌 언니를 뜻하는 堂姐tángjiě(당제), 외사촌 누나 또는 외사촌 언니를 뜻하는 表姐biǎojiě(표저) 등이 있다. 그 밖에 대학교에서 여자 후배를 부르는 편한 호칭으로는 学妹xuémèi(학매)가 있다. 참고로 학교 등 사회에서 사용하는 다른 호칭에 대해 살펴보면, 学长xuézhǎng(학장; 학교 선배 또는 대학교의 학장),

学姐xuéjiě(학저; 학교의 여자 선배), 学弟xuédì(학제; 학교의 남자 후배), 先辈xiānbèi(선배; 앞 세대, 돌아가신 선열), 后辈hòubèi(후배; 다음 세대, 후손), 长辈zhǎngbèi[장배; (집안, 단체, 사회의) 손윗사람, 선배], 晚辈wǎnbèi(만배; 손아랫사람, 후배) 등이 있다. 또, 스튜어디스는 하늘(공중)에서 근무하는 아가씨라는 의미로 空中小姐 kōngzhōngxiǎojiě(공중소저) 또는 줄여서 空姐kōngjiě(공저)라고 부른다.

예전에는 젊은 여성에 대한 가벼운 호칭으로 小姐xiǎojiě(소저)나 姑娘 gūniang(고랑)이라는 말을 많이 사용했다. 하지만 小姐라는 말이 급격한 산업화 및 도시화 등으로 서비스산업에 종사하는 여성에 대한 호칭으로 변질되고 있어 함부로 사용하다가는 낭패를 볼 수도 있다. 그리고 姑娘도 낡은 인상을 주기 때문에 사용빈도가 줄고 있다. 그 대신 요즘은 가벼운 애칭으로 小妹xiǎomèi(소매)라는 말을 많이 사용한다.

한편, 도시화가 급속히 확산되던 우리나라의 1980년대, 복덕방의 부인이라는 뜻으로 부동산 투기의 대명사인 福夫人(복부인)이라는 신조어가 만들어졌듯이, 부동산 개발이 한창인 중국에서도 2013년경부터 우리의 복부인과 같은 뜻으로 房地产fángdìchǎn(방지산; 부동산)의 여자라는 의미의 房姐fángjiě(방저)라는 신조어가 유행하고 있다. 이와 함께 중국에서 大妈 dàmā(대마)라는 말도 새롭게 유행하고 있다. 원래는 '큰어머니' 또는 '아줌마'를 뜻하는 말이지만, 최근에는 세계 금시장의 시세를 좌지우지하는 중국의 아줌마 부대를 일컫는 표현으로 인터넷에서 유행하고 있다.

★ 알아두면 유용한 단어

妹妹mèimei(매매): 여동생 | 姐妹jiěmèi(저매): 자매 | 小妹xiǎomèi(소매): 아가씨, 젊은 여자를 부르는 호칭 | 打工妹dǎgōngmèi(타공매): 아르바이트 여학생 | 妹夫 mèifu(매부): 여동생의 남편 | 兄妹xiōngmèi(형매): 오누이

마블Marvel사의 〈어벤저스Avengers〉, 중국어로 옮기면 〈복수자연맹复仇者联盟〉

keyword

盟méng(맹세할 맹)

盟méng(맹세할 맹)은 해와 달, 일월(日月) 아래에서 그릇[皿(그릇 명)]에 피[血(피 혈)]를 담아 맹세한다는 뜻의 회의문자 또는 형성문자다. 참고로 皿과 血은 서로 밀접한 관계를 가지고 있다. 고대의 제사에서 牺牲xīshēng(희생) 동물이 흘리는 핏방울[丶]을 그릇[皿]에 받아 신께 올리는 의식에서 그릇에 받은 피를 뜻하는 血이 만들어졌다.

<어벤저스(Avengers)>는 미국의 유명 코믹스 회사인 마블(Marvel)이 漫画mànhuà(만화)를 원작으로 만든 영화인데, 중국에서는 意译yìyì(의역)하여 <复仇者联盟Fùchóuzhěliánméng(복수자연맹)>이라는 제목으로 개봉했다. 중국은 외국영화를 들여올 때 대부분 중국어로 번역한 제목으로 바꾸어 개봉하는데, 音译yīnyì(음역) 대신 보통 意译(의역)하여 번역한다. 예를 들어 <스타워즈(Starwars)>는 <星球大战Xīngqiúdàzhàn(성구대전)>으로, <인터스텔라(Interstellar)>는 '별들 사이를 뚫고 지나가다'라는 의미의 <星际穿越Xīngjìchuānyuè(성제천월)>이라는 제목으로 개봉되었다.

유럽연합(EU)은 欧洲联盟ōuzhōuliánméng(구주연맹)이라고 하며, 줄여서 欧盟ōuméng(구맹)이라고 한다. 반면에 국제연합(UN)은 联合国Liánhéguó(연합국)이라고 하는데, 2014년 1월 30일자 <环球时报>에는 "普京警告欧盟离乌克兰远点[(러시아의) 푸틴[普京]은 EU[欧盟]를 향해 우크라이나[乌克兰]로부터

멀리 떨어지라고 경고하고 있다].”라는 기사가 실렸다.

중국 역사책에서 자주 볼 수 있는 문장으로 假途灭虢jiǎtúmièguó(가도멸괵), 践土会盟Jiàntǔhuìméng(천토회맹)이 있는데, 이 말은 春秋Chūnqiū(춘추)시대 晋Jìn(진)나라의 전승기를 나타내는 말이다. ‘길을 빌어 虢Guó(괵)나라를 멸하고, 践土(천토)에서 제후들을 불러 모아 패자에 오르다.’라는 뜻으로, 19년 동안의 긴 망명생활 끝에 당시로서는 매우 고령인 60세가 지난 나이에 귀국해서 齐Qí(제)나라 桓公Huángōng(환공)에 이어 두 번째로 중원의 霸者(패자)가 된 晋文公JìnWéngōng(진문공) 重耳(중이)의 이야기다. 卧薪尝胆wòxīnchángdǎn(와신상담)의 주인공인 越王(월왕) 句践Gōujiàn(구천)이 春秋五霸chūnqiūwǔbà(춘추오패)의 마지막 패자가 되는 徐州会盟Xúzhōuhuìméng(서주회맹)의 이야기와 함께 춘추시대의 유명한 이야기다.

참고로, 우리말 ‘맹세’는 盟誓méngshì(맹서)에서 변화된 말인데, 여기에 쓰인 誓(약속할 서)는 折(꺾을 절)과 言(말씀 언)으로 이루어져 신표나 신물을 꺾으면서 말로 맹세한다는 뜻이다. 자주 쓰이는 단어로는 发誓fāshì(발서; 맹세하다), 发誓戒酒fāshìjièjiǔ(발서계주; 금주를 맹세하다), 宣誓xuānshì(선서; 선서하다) 등이 있다.

★ 알아두면 유용한 단어

联盟liánméng(연맹): 연맹(하다) | 联盟国liánméngguó(연맹국): 연맹국 | 盟主méngzhǔ(맹주): 연맹의 우두머리 | 盟书méngshū(맹서): 서약서 | 盟誓méngshì(맹서): 맹세하다 | 欧盟ōuméng(구맹): 유럽연합(EU)

당나라의 정관지치贞观之治를 꿈꾸는 시진핑의 야심, 중국몽中国梦

keyword

梦-夢mèng(꿈 몽)

梦-夢mèng(꿈 몽)은 蒙méng(어두울 몽)과 夕(저녁 석)으로 이루어진 글자로 어두운 밤에 꾸는 흐릿한 꿈을 나타내는 형성문자다. 여기서 蒙은 艹(초두)와 冖(민갓머리), 豕(돼지 시)로 이루어진 글자로 풀로 덮은 돼지우리가 어둡고 컴컴하다는 뜻으로 이해할 수 있다. 간체자인 梦은 林(수풀 림)과 夕(저녁 석)을 합쳐서 숲속같이 어둡고 저녁처럼 흐릿한 꿈을 나타낸다.

꿈을 꿀 때나 잠을 잘 때에도 잊지 못한다는 뜻의 梦寐难忘mèngmèi nánwàng(몽매난망)은 우리 표현 중 깨어서도[寤] 잠들어서도[寐] 잊지 못한다[不忘]는 寤寐不忘(오매불망)과 같은 말이다. '밤이 길면 꿈을 많이 꾼다'라는 뜻의 夜长梦多yèchángmèngduō(야장몽다)라는 속담은 일이 결론도 없이 길어지면 좋지 않은 결과가 생긴다는 의미로 "長考(장고) 끝에 恶手(악수) 둔다"는 말과 비슷한 말이며, 쇠도 단 김(뜨거울 때)에 두들겨야 한다는 趁热打铁chènrèdǎtiě(진열타철)과도 비슷한 의미로, 기회가 주어질 때 빨리 처리해야지 질질 끌면 성공하지 못한다는 말이다. 우리 속담 중 "쇠뿔도 단김에 빼라."와도 일맥상통한다.

黄粱梦huángliángmèng(황량몽) 또는 邯郸之梦hándānzhīmèng(한단지몽)이라는 말이 있다. 战国Zhànguó(전국)시대 문화강국 赵Zhào(조)나라의 수도였던 邯郸(한단)에서 卢生(노생)이라는 사람이 黄粱(황량; 좁쌀)으로 밥을 짓던

무산(巫山) 신녀봉(神女峰)

짧은 시간에 아름다운 여인과 결혼을 하고 부귀영화를 누리다 몰락하기까지의 한바탕 꿈을 꾸고 난 후, 人生如梦rénshēngrúmèng(인생여몽), 즉 산다는 게 한바탕 헛된 꿈이라고 탄식했던 고사에서 유래된 말이다. 南柯一梦nánkēyīmèng(남가일몽)이나 一场春梦yìchángchūnmèng(일장춘몽)도 다 같은 뜻이다.

또 남녀 간의 깊은 사랑을 뜻하는 말로 巫山之梦wūshānzhīmèng(무산지몽)이 있는데, 이 말은 흔히 남녀 간의 뜨거운 사랑을 뜻하는 云雨之情(운우지정)의 유래가 되었다. 四川Sìchuān[쓰촨(사천)]과 重庆Chóngqìng[충칭(중경)] 사이에 있는 巫山Wūshān[우산(무산)]은 전국시대에 长江Chángjiāng[창장(장강)]강 중류를 장악했던 楚Chǔ(초)나라의 강역이었으며, 巫山十二峰(무산십이봉)이라는 유명한 절경과 함께 변화무쌍한 구름으로 유명한 지방이다. 무산지몽이라는 말은 이 열두 개의 봉우리 가운데 강가에 우뚝 솟은 800여 미터에 이르는 神女峰(신녀봉)에 얽힌 고사에서 비롯되었다. 초나라의 怀王(회왕)은 꿈속에서 무산의 신녀와 달콤한 사랑을 나누었는데, 그 신녀가 아침에는 구름[云]이 되고 저녁에는 비[雨]가 되어 자신을 기다리겠노라 했다고 하여, 巫山云雨wūshānyúnyǔ(무산운우)라고도 한다. 꿈속의 신녀와 사랑에 빠진 초회왕은 국정을 소홀히 하여 강대국이었던 초나라를 군소국가로 전락시켰고, 자신도 결국 왕좌에서 쫓겨나 비참한 최후를 맞는다. 이후 초나라는 秦(진)나라에 의해 멸망하게 된다.

2013년 중국의 제5세대 시진핑 정부의 출범 이후, 베이징의 대로변이나 언론 등에서 中国梦Zhōngguómèng(중국몽)이라는 표현을 자주 볼 수 있다. 미국과 함께 세계 G2로 불리는 경제대국이자 일본과 아시아의 맹주 자리를 다투는 군사대국인 중국이, 부정부패의 척결과 빈부격차 해소를 통한 공산당 정권 유지를 위해 내세운 슬로건이 바로 중국몽이다. 이는 7세기에 로마와 함께 이미 세계 G2의 시절을 누린 바 있는 唐Táng(당)나라의 贞观(정관) 시절을 떠올리게 하며, 현대의 로마제국인 미국과 함께 또 다시 새로운 G2의 꿈을 현실화하고자 하는 중국의 야심을 잘 보여주는 슬로건이라는 생각이 든다.

참고로 옛날 중국에서는 罗马Luómǎ(로마)를 大秦国Dàqínguó(대진국)으로 불렀는데, 이는 중국 최초의 통일제국이자 차이나(China)의 어원이 된 秦Qíng(진)의 이름에 大(큰 대)를 붙여 부른 것으로, 당시에도 중국에서는 이미 로마의 위대함을 인정했다는 반증이라 하겠다.

★ 알아두면 유용한 단어

梦想mèngxiǎng(몽상): 꿈, 이상 | 梦话mènghuà(몽화): 잠꼬대 | 梦游病mèngyóubìng(몽유병): 몽유병 | 梦魇mèngyǎn(몽염): 악몽, 가위눌림 = 恶梦èmèng(악몽) | 梦到我mèngdàowǒ(몽도아): 내 꿈 꿔

흰 고양이든 검은 고양이든 쥐만 잘 잡으면 된다
덩샤오핑의 백묘흑묘론白猫黑猫论

keyword

猫māo(고양이 묘)

1979년 미국을 방문하고 귀국한 邓小平Dèngxiǎopíng[덩샤오핑(등소평)]은 자본주의이든 사회주의이든, 국민들을 잘 살게 하는 체제가 가장 좋은 체제라고 강조하면서, "不管白猫黑猫bùguǎn báimāohēimāo(불관백묘흑묘; 흰 고양이든 검은 고양이든), 抓住老鼠就是好猫zhuāzhùlǎoshǔ jiùshì hǎomāo(조주노서취시호묘; 쥐만 잘 잡으면 좋은 고양이다)"라는 이른바 白猫黑猫论báimāohēimāolùn(백묘흑묘론), 줄여서 猫论māolùn(묘론)을 발표했다. 이에 따라 80년대 초부터 중국은 강력한 改革开放gǎigékāifàng(개혁개방)을 실시하였고, 30년이 지난 후 지금과 같은 경제대국으로 발돋움하는 발판을 마련했다.

습도가 높고 대나무가 울창한 쓰촨성에 많이 서식하는 중국의 자랑 팬더(panda)는 얼굴이 점박이 고양이처럼 생겼다고 하여 熊猫xióngmāo(웅묘)라고 부른다. 고양이를 닮은 곰이라면 猫熊(묘웅)이라고 불러야 옳은 듯하여 필자가 많은 중국인들에게 의견을 말해보았지만, 중국 사람들은 熊猫(웅묘)가 맞다면서 그저 웃기만 했던 기억이 난다.

중국도 우리처럼 고양이와 관련된 속담이 많다. 고양이 목에 방울 달기는 猫项悬铃māoxiàngxuánlíng(묘항현령)이라 하고, 궁지에 몰린 쥐가 고양이를 문다는 말은 穷鼠啮猫qióngshǔnièmāo(궁서설묘)라고 한다. 고양이가 쥐 생각한다는 말은 죽는 쥐를 보고 고양이가 슬퍼서 운다는 의미로 猫哭老

鼠māokūlǎoshǔ(묘곡노서)라고 말하며, 猫腻māonì(묘니)는 '고양이의 꿍꿍이'라는 의미로 '음모'라는 뜻이다.

여기서 쓰인 猫māo(고양이 묘)는 뜻을 나타내는 犭(개사슴록변, 개 견, 짐승)과 苗miáo(모종 묘)의 발음으로 이루어진 글자로, 고양잇과 동물 중에서 나무묘목처럼 작은 동물을 나타내는 형성문자다. 豸(발 없는 벌레 치, 돼지시변)을 사용하여 貓로 쓰기도 한다. 참고로, 苗miáo(모종 묘)는 밭[田]에서 자라는 풀[艹], 즉 모종을 나타낸다. 병균의 모종이라는 뜻의 疫苗yìmiáo(역묘)는 예방 백신을 뜻하는 말이며, 苗条miáotiao(묘조)는 싹과 나뭇가지처럼 가늘고 날씬하다는 의미인데, 중국 여성들이 듣기 좋아하는 표현이다.

★ 알아두면 유용한 단어

熊猫xióngmāo(웅묘): 팬더곰 | 白猫báimāo(백묘): 흰 고양이 | 猫儿食māorshí(묘아식): (고양이 밥) 적은 식사 | 猫腻māonì(묘니): 음모를 꾸미다 | 猫步māobù(묘보): 모델의 걸음걸이

기사로 보는 키워드

索契女子花滑结果引质疑, 尖锐的美国媒体则直指评分有猫腻. 소치 동계올림픽[索契]의 여자 피겨스케이트[花滑] 결과가 의혹을 불러일으키고 있다. 예리한 미국 언론[媒体]들은 음모[猫腻]가 있다고 논평하고 있다.

김연아 선수의 석연찮은 은메달 수상에 대한 전세계의 관심을 다룬 중국 언론의 뉴스 제목이다. 여기서 猫māo(고양이 묘)를 사용한 猫腻māonì(묘니)라는 말은 '음모를 꾸미다'라는 뜻이다.

_<环球时报>(2014. 2. 22)

잘못 발음하면 뺨 맞을 수도 있는 청문请问과 청문请吻의 차이

keyword 吻wěn(입술 문)

중국어에는 성조만 다르고 발음이 거의 비슷해서 혼동하기 쉬운 단어들이 많은데, 그중 대표적인 것이 请问qǐngwèn(청문)과 请吻qǐngwěn(청문)이다. '말씀 좀 여쭙겠습니다'라는 뜻의 请问qǐngwèn을 请吻qǐngwěn이라고 잘못 발음하면 '입술을 원한다', 즉 '키스해주세요'라는 뜻이 되기 때문이다. 인체의 기관을 나타내는 단어들은 3성 발음이 제일 많다는 것을 기억하여 성조와 발음에 유의해야 한다. 잘못하면 길거리에서 젊은 여성에게 길을 물으려다 뺨을 맞을 수도 있기 때문이다.

接吻jiēwěn(접문)은 '입 맞추다', '키스하다'라는 뜻이다. 口语kǒuyǔ(구어; 회화체)로는 亲亲qīnqīn(친친)이라고도 한다. 여기서 亲-親qīn(가까울 친)은 가깝다는 뜻으로, 나무[木] 위에 올라서서[立] 멀리 바라보며[见] 기다리고 지켜주는 가까운 사이인 亲戚qīnqi(친척)을 뜻하는데, 동사로 사용될 때는 '키스하다'라는 뜻이 된다. 亲爱的qīnàide(친애적)이라는 말은 '사랑하는 자기' 또는 '달링(darling)'이라는 뜻이다. 대만 가수 邓丽君Dènglìjūn[덩리쥔(등려군)]이 부른 유명한 노래 <夜来香Yèláixiāng(야래향)>의 가사에 "拥抱着夜来香yōngbàozhe yèláixiāng(옹포착야래향; 야래향을 끌어안고), 吻着夜来香wěnzhe yèláixiāng(문착야래향; 야래향에 입을 맞춘다)"이라는 표현이 있다.

吻wěn(입술 문)은 口(입 구)와 勿(없을 물, 말 물)로 이루어진 글자로 꽉 다물면 입이 보이지 않게 되는 입술을 뜻하는 형성문자다. 勿은 긴 창 끝에 천

세 개를 매달아 놓은 모습의 상형문자로, '부정'을 뜻하는 군대의 군사신호에서 유래한 한자이며, '나를 잊지 마세요(Forget me not)'라는 꽃말을 가진 물망초는 勿忘草wùwàngcǎo(물망초)라고 한다.

吻(입술 문)과 같은 뜻의 唇-脣chún(입술 순)은 辰(시각 신, 별 진)과 口(입 구)로 이루어진 글자로, 먹을 것이 귀했던 옛날에 시간에 가장 민감한 신체 기관인 입, 즉 입술을 나타내는 형성문자다. 이 글자가 들어가는 단어로는 晋(진)나라가 虞(우)나라에게 길을 빌려달라는 핑계로 虢(괵)나라를 무너뜨린 뒤 우나라까지 멸망시켰다는 假途灭虢jiǎtúmièguó(가도멸괵)의 고사에 나오는, 입술이 없으면 이가 시리다는 뜻의 唇亡齿寒chúnwángchǐhán(순망치한), 그리고 입술을 뜻하는 嘴唇zuǐchún(취순) 등이 있다.

★ 알아두면 유용한 단어

接吻jiēwěn(접물): 키스하다 | 请吻qǐngwěn(청문): 키스해 주세요 | 吻别wěnbié(문별): 작별 키스를 하다(kiss & goodbye)

keyword

눈빛으로 주고받는 사랑
미래안거眉来眼去
眉méi(눈썹 미)

眉méi(눈썹 미)는 눈[目(눈 목)] 위에 붙어 있는 꼬리[巴(꼬리 파, 큰 뱀 파)] 모양의 눈썹을 뜻하는 회의문자, 또는 눈썹의 모양을 나타낸 상형문자다. 여기서 巴bā(꼬리 파, 큰 뱀 파, 땅이름 파)는 큰 뱀[巳]이 똬리를 틀고 있는 모습의 상형문자다. 중국의 巴蜀Bāshǔ(파촉)지방은 습도가 높고 나무가 울창한 남쪽 지방이라 예로부터 뱀이나 파충류가 많았는데, 그래서 지명에도 뱀, 파충류, 벌레 등을 나타내는 巴와 虫 같은 글자가 들어 있다. 참고로 巴蜀의 巴는 지금의 重庆Chóngqìng[충칭(중경)]을 말하며, 四川Sìchuān[쓰촨(사천)]은 고대에 蜀Shǔ(촉)이라고 불리던 지방이다.

眉(눈썹 미)가 들어가는 성어 중에 焦眉之急jiāoméizhījí(초미지급)이라는 말은 '눈썹이 불에 타고 있는 급한 상황'이라는 뜻으로, '급하다' 또는 '초초해 하다'라는 의미로 쓰인다. 중국 사람들은 简称jiǎnchēng(간칭; 줄임말)으로 焦急jiāojí(초급)이라고 많이 사용한다. 다른 표현 중에 眉来眼去méiláiyǎnqù(미래안거)라는 말은 '눈썹이 오고 눈이 간다'는 뜻으로, 남녀가 눈빛으로 서로 마음을 주고받다, 또는 마음을 전한다는 의미로 사용한다. 우리말 중에 '눈이 맞았다'라는 말과 비슷한 표현이다.

또한 무리 중에 가장 뛰어난 사람이나 물건을 白眉báiméi(백미)라고 하는데, 이는 삼국시대 유비의 참모였던 馬氏(마씨) 5형제 중 흰 눈썹[白眉]을 가진 马良Mǎliáng(마량)이 가장 뛰어나서 사람들이 马氏五常

mǎshìwǔcháng(마씨오상) 白眉最良báiméizuìliáng(백미최량)이라고 불렀던 것에서 유래한다. 한편, 이 다섯 형제 중 诸葛亮Zhūgěliàng(제갈량; 제갈공명)의 총애를 받던 막내 马谡Mǎsù(마속)은 街亭战斗(가정전투)에서 명을 어기고 패배한 죄로 斩首zhǎnshǒu(참수)를 당하는데, 제갈량이 눈물을 흘리며 참수했다는 고사에서 泣斩马谡qìzhǎnmǎsù(읍참마속)이라는 성어가 생겨났다. 여기서 제갈량이 눈물을 흘린 것은 军令(군령)을 세우기 위해 어쩔 수 없이 죽인 마속이 아까워서 울었다는 설과, 마속은 말이 앞서는 言过其实yánguòqíshí(언과기실)한 사람이니 중용하지 말라는 유비의 유언이 생각나서 죽은 유비를 그리며 눈물을 흘렸다는 두 가지 설이 전해진다. 언과기실은 '그 사실에 비해 말이 과하다', 즉 말이 앞선다는 뜻이다.

지명에도 眉가 들어가는 경우가 많다. 峨眉山Éméishān(아미산)은 쓰촨성에 있는 해발 3,000m의 높은 산으로 중국 불교에서는 매우 신성시하는 산이다. 太极拳tàijíquán(태극권)으로 유명한 武堂Wǔtáng(무당), 그리고 少林

중국의 4대명산 중 하나인 쓰촨성의 아미산

Shàolín(소림)과 함께 중국 무술의 3대 문파 중 하나인 峨眉派Éméipài(아미파)의 본산이 있는 산이기도 하다.

그리고 중국 인문학의 태두라는 苏东坡Sūdōngpō(소동파)의 고향인 쓰촨의 眉山Méishān[메이산(미산)]은 소동파의 부친 苏洵(소순), 동생 苏辙(소철) 등 당송팔대가 세 사람을 기리기 위해 세워진 三苏祠(삼소사)라는 유명한 사당이 있어서 더 유명해진 곳이다.

참고로 중국에는 예부터 5개의 신령스런 산인 五岳Wǔyuè(오악)이 있지만, 중국인들이 말하는 소위 중국의 4대 명산도 있다. 쓰촨성의 불교성지인 아미산과 오악 중 가장 뛰어나다는 뜻으로 五岳独秀(오악독수)라 불리는 山东省Shāndōngshěng[산둥성(산동성)]의 泰山Tàishān(태산), 그리고 천하 제일의 황산을 보지 않고서 오악이 최고라고 말하지 말라는 말이 있을 정도로 최고의 명산인 安徽省Ānhuīshěng[안후이성(안휘성)]의 黄山Huángshān(황산), 마지막으로 중국 고대문화의 산실로 알려진 江西省Jiāngxīshěng[장시성(강서성)]의 庐山Lúshān(여산) 등을 꼽는다.

眉(눈썹 미)와 그 모양이 비슷한 尾wěi(꼬리 미)는 尸(주검 시, 몸)와 毛(털 모)로 이루어진 글자로 몸 아래 난 털 뭉치, 즉 꼬리를 나타내는 회의문자다. 尾가 들어간 단어 중 자주 쓰이는 것으로는 尾巴wěiba(미파; 꼬리), 尾灯wěidēng(미등; 자동차의 미등), 尾大不掉wěidàbúdiào(미대부도; 꼬리가 너무 커서 흔들 수 없다, 즉 아랫사람의 세력이 너무 커서 난감하다) 등이 있다.

★ 알아두면 유용한 단어

眉头méitóu(미두): 미간 | 眉头一皱méitóuyīzhòu(미두일추): 눈살을 찌푸리다 | 眉毛méimao(미모): 눈썹 | 眉月méiyuè(미월): 눈썹 같은 달, 즉 초승달 | 眉目俊秀méimùjùnxiù(미목준수): 잘 생겼다 | 峨眉山Éméishān(아미산): 쓰촨성의 불교 성지로 유명한 산

Keyword

수요일의 다른 이름, 중국에선 예배삼礼拜三

拜bài(절 배)

拜bài(절 배)는 양손[手手]을 아래[下(아래 하)]로 가지런하게 내리며 절을 한다는 뜻의 회의문자다.

拜年费bàiniánfèi(배년비)는 새해 인사 비용이라는 뜻으로 세뱃돈[岁拜]을 의미하지만, 중국에서는 보통 压岁钱yāsuìqián(압세전)이라는 표현을 더 많이 사용한다. 또한 축하금, 보너스, 축의금 등을 일컫는 红包hóngbāo(홍포)도 세뱃돈의 의미로 쓰인다.

중국에서 礼拜lībài(예배)라는 말은 동사로 쓰일 때는 '예배드리다', '기도하다'라는 말이지만, 명사로 쓰일 때는 '요일', '일주일'을 뜻한다. 보통 수요일은 星期三xīngqīsān(성기삼), 周三zhōusān(주삼)이라고 하지만 礼拜三lǐbàisān(예배삼)이라고도 하며, 일요일은 星期天xīngqītiān(성기천), 礼拜日lǐbàirì(예배일) 또는 礼拜天lǐbàitiān(예배천)이라고도 한다. 예배라는 말은 주로 중국 남쪽 지방에서 사용하던 단어인데 지금은 전국적으로 사용하고 있다. 이는 清Qīng(청)나라 때, 유럽의 예수회 신부들이 중국 남부 广州Guǎngzhōu[광저우(광주)]를 중심으로 선교활동을 펼치면서 7일 단위인 周日(주일; week)의 개념이 중국에 전해졌고, 이때부터 하나님께 예배를 드리는 礼拜日(예배일)을 일요일로 여기기 시작하면서 생긴 표현이라고 한다.

三拜九叩头礼(삼배구고두례) 또는 三跪九叩sānguìjiǔkòu(삼궤구고)라는 말은 무릎을 세 번 꿇고 머리를 아홉 번 조아려 최고의 예의를 표하는 女真族(여진족)의 풍습이다. 1636년 丙子胡乱(병자호란)이 발발하자 仁祖(인조)는 남한산성으로 蒙尘méngchén(몽진)하지만, 두 달도 못되어 笼城(농성)을 포기하고 송파 三田渡(삼전도) 나루에서 청태종 皇大极[홍타이지]에게 삼배구고두례로 치욕스런 항복을 하게 된다. 청나라는 이를 기념하기 위해 清太宗功德碑(청태종공덕비)를 세웠으며, 지금도 서울 송파구에 남아 있다.

홍콩 스타 李小龙Lǐxiǎolóng(이소룡)의 스승이며 咏春拳Yǒngchūnquán(영춘권)의 창시자로 알려진 叶问Yèwèn(엽문)의 이야기를 다룬 영화 <叶问>에서 '拜叶问为师bàiYèwèn wéishī(배엽문위사)'라는 말이 나오는데, 이는 엽문에게 절을 올리고 사부로 모신다는 뜻으로, 엽문의 제자가 된다는 표현이다.

★ 알아두면 유용한 단어

拜访bàifǎng(배방): 찾아뵙다 | 拜见恩师bàijiànēnshī(배견은사): 은사를 찾아뵙다 | 拜托bàituō(배탁): 절하며 부탁하다, 정중하게 부탁하다 | 崇拜伟人chóngbàiwěirén(숭배위인): 위인을 숭배하다 | 拜年bàinián(배년): 새해 인사를 올리다, 세배하다 | 拜年费bàiniánfèi(배년비): 세뱃돈 | 拜金思想bàijīnsīxiǎng(배금사상): 배금사상

기사로 보는 키워드

安倍参拜让日本陷入孤立. 아베 (총리)의 (야스쿠니 신사) 참배(参拜)가 일본을 고립시키고 있다.

_<环球时报>(2013. 12. 28.)

中韩继续严厉声讨, 安倍对'拜鬼'依然嘴硬. 한중 양국은 계속해서 엄중하게 성토(声讨)했지만, 아베는 자신을 '참배 귀신'이라고 부르는 것에 대해 여전히[依然] 강경한 태도를 보이고 있다.

_<环球时报>(2014. 1. 9.)

중국 젊은이들의 워너비, 백부미白富美와 고부수高富帅

keyword

富fù(부유할 부)

富fù(부유할 부)는 宀(갓머리, 집)와 畐(가득할 복)으로 이루어진 글자로 집안에 재화가 가득하여 부유하다는 뜻의 형성문자다. 畐은 술이 가득한 술단지 모양이나 제사상에 차곡차곡 쌓여 있는 음식 등을 나타낸 상형문자다.

富裕fùyù(부유)는 부유하다는 뜻으로 富有fùyǒu(부유)와 같은 의미인데, 우리나라에서는 대부분 富裕를 쓰지만 중국에서는 두 단어 모두 많이 쓰인다. 年富力强niánfùlìqiáng(연부역강)이라는 말은 나이가 부자고 힘이 세다, 즉 젊고 건강하다는 뜻이다. 예전에는 중국을 富庶之地fùshùzhīdì(부서지지)라고 불렀는데, 물산이 풍부하고 사람들이 많은 땅, 즉 풍요로운 땅이라는 뜻이다. 줄여서 富庶fùshù(부서)라고도 한다.

2012년부터 인터넷을 달군 신조어 중 高富帅gāofùshuài(고부수), 白富美báifùměi(백부미)라는 단어가 있다. '키 크고 돈 많은 잘생긴 남자'와 '흰 피부에 부자 미녀'를 뜻하는 이 단어들은 중국 젊은이들의 희망사항이면서 동시에 이상적인 배우자의 조건으로 회자되며 말 그대로 광풍을 일으키고 있다. 게다가 高富帅의 반대말인 '별 볼일 없는 남자'라는 뜻의 신조어 屌丝diǎosī(초사)라는 말도 생겼는데, 여기에 쓰인 屌diǎo(남자의 성기 초)는 尸(주검 시, 몸)와 吊diào(매달 조)로 이루어진 글자로 '몸에 매달린 것'이라는 뜻에서 남성의 성기를 나타내는 말이다.

갈수록 빈부격차가 심해지는 중국에서는 최근 이른바 금수저를 물고 태어난 고위층 2세들을 일컫는 단어들이 생겨나고 있는데, 부잣집 2세는 富二代fùèrdài(부이대), 고위 공무원의 자녀는 官二代guānèrdài(관이대), 그리고 8천만 공산당원의 자녀는 红二代hóngèrdài(홍이대)라고 부른다. 교통사고를 내고도 "我的爸爸是李刚wǒde bàbashì Lǐgāng(내 아버지가 이강이다)"라고 경찰을 협박했던 2010년 河北大学[허베이대학] 사건 이후, 눈살을 찌푸리게 하는 이들의 일탈행위들이 SNS와 인터넷을 통해 퍼지기 시작하면서, 2013년경부터 유행하기 시작한 신조어들이다. 背景bèijǐng(배경)을 중요시하는 세태를 풍자하여, 발음이 비슷한 背影bèiyǐng(배영)을 써서 人家有的是背景rénjia yǒudeshì bèijǐng，而我有的是背影ér wǒ yǒudeshì bèiyǐng[남들 집에는 배경이 있지만, 우리 집에는 뒷모습(또는 그림자)뿐이다.]이라는 말이나 输在起跑线上shūzài qǐpǎoxiànshàng(출발선에서부터 지고 시작한다.)과 같은 자조적인 표현들이 젊은이들 사이에서 유행하고 있어 고속성장 뒷면에 드리워진 중국 사회의 어두운 단면을 엿볼 수 있다.

★ 알아두면 유용한 단어

富裕fùyù(부유): 부유하다 ↔ 贫穷pínqióng(빈궁): 가난하다 | 财富cáifù(재부): 재산 | 丰富fēngfù(풍부): 풍부하다 | 富饶fùráo(부요): 풍요롭다

기사로 보는 키워드

'白富美'官恩娜嫁高富帅医生, 恭喜. '백부미'의 官恩娜(Ella), 잘생긴 부자 의사에게 시집가다, 축하드립니다.

이 신문은 중국 영화배우 겸 가수로 활동하고 있는 하얀 피부의 부자 미녀 官恩娜가 잘생기고 키 큰 부자 의사와 결혼한다는 소식을 보도하고 있다.

_<新浪娱乐Xīnlàngyúlè(신랑오락)>(2015. 2. 11.)

항아분월嫦娥奔月의 전설을 실현시키고 있는 중국의 우주과학산업

keyword

奔bēn(달릴 분)

奔bēn(달릴 분)은 大(큰 대)와 卉(풀 무성할 훼)로 이루어진 글자다. 무성한 풀밭 위를 큰 동작으로 달려가는 모습 또는 체격이 큰[大] 많은[十, 卄] 사람들이 달리는 모습을 뜻하는 회의문자다. 그리고 卉는 十(열 십)과 卄(스물 입)으로 구성되어 '많다', 즉 '풀이 무성하다'라는 뜻이며, 꽃을 파는 시장을 花卉市场huāhuìshìchǎng(화훼시장)이라고 한다.

중국에는 嫦娥奔月chángébēnyuè(항아분월)이라는 고대 신화가 있다. 하늘에 10개의 해가 갑자기 나타나서 모든 생명체가 타죽을 지경에 이르자, 堯Yáo(요)임금이 羿Yì(예)라는 명궁으로 하여금 9개의 해를 쏘아 떨어뜨리게[羿射九日yìshèjiǔrì(예사구일)] 했다. 예는 그 공으로 昆仑山(곤륜산) 西王母Xīwángmǔ(서왕모)가 만든 불로장생의 약을 얻었는데, 예의 아내인 嫦娥Chángé(항아)가 그 영약을 훔쳐 먹고 몸이 가벼워져서 달나라인 月宫yuègōng(월궁), 즉 广寒宫guǎnghángōng(광한궁)으로 올라가버렸다는 전설이다. 우리나라에서도 예전에 궁에서 일하는 궁녀를 嫦娥(항아, 姮娥)님이라고 불렀는데, 이 월궁과 관련이 있는 것으로 보인다.

2013년 12월에 미국, 러시아에 이어 세 번째로 달로켓[火箭huǒjiàn(화전)] 嫦娥(항아)와 달탐사선 玉兔yùtù[옥토끼(옥토)]를 발사한 중국은 嫦娥奔月Chángé bēnyuè(항아분월)의 전설이 드디어 실현되었다고 자축하였다. <环球时报Huánqiúshíbào(환구시보)>는 이를 "嫦娥携玉兔成功奔月(항아휴옥토성공분월; 항아가 옥토끼를 데리고 성공적으로 달에 올라가다)"라고 1면 헤드 타이틀로 크게 보도하였다.

아주 바쁘다는 뜻의 东奔西走dōngbēnxīzǒu(동분서주)는 동쪽으로 뛰고 서쪽으로 달린다는 뜻인데, 중국에서는 이 말보다 东奔西跑dōngbēn xīpǎo(동분서포)라는 표현을 더 많이 사용하고 있다.

奔跑bēnpǎo(분포)는 '달리다'라는 뜻의 한자 두 개가 합쳐져서 '빨리 달리다'라는 뜻이다. 중국에는 <奔跑兄弟Bēnpǎoxiōngdì(분포형제)>라는 TV 프로그램이 있는데, 이는 한국의 예능 프로그램인 <런닝맨>의 포맷을 가지고 SBS와 중국의 浙江省Zhejiangshěng[저장성(절강성)] 방송국이 합작하여 만든 예능 프로그램으로 엄청난 인기를 누리고 있다.

이외에도 중국의 방송국 가운데 회사의 상징이 열대과일 망고와 비슷하여 芒果台mángguǒtái(망과대)라는 별칭을 가진 湖南省Húnánshěng[후난성(호남성)] TV 방송국은 한국의 방송국과 합작으로 만든 <我是歌手Wǒshì gēshǒu(나는 가수다)>, <真正的男子汉Zhēnzhèngde nánzǐhàn(진짜 사나이)> 등 여러 다양한 예능 프로그램으로 중국 내에서 큰 인기를 얻고 있다.

奔驰bēnchí(분치)는 말처럼 질주한다는 뜻의 동사지만, 요즘 중국에서는 독일 자동차 벤츠(Mercedes Benz)를 일컫는 명사로 더 많이 사용되고 있다. 외국산 승용차의 호칭을 우리나라에서는 원어 그대로 부르지만 중국에서는 발음과 뜻을 활용하여 여러 가지로 부른다. BMW는 '보물 같은 말'이라는 뜻과 발음의 유사성을 활용하여 宝马Bǎomǎ(보마)라고 하며, 엠블럼의 동그라미 4개가 숫자 88과 같아서 중국인들이 무척 좋아하는 아우디(Audi)는 오묘하다는 뜻과 발음을 응용해서 奥迪Àodí(오적)이라고 부른다. 폴크스바겐(Volkswagen)은 원래의 의미인 국민(Volks)차(Wagen)라는 뜻이기에 大众Dàzhòng(대중)이라고 하며, 도요타(Toyota)는 창업자의 이름 丰田(도요타)를 중국어로 발음하여 丰田Fēngtián(풍전)이라고 한다. 그리고 우리나라의 대표차인 현대차는 现代Xiàndài라고 하며, 베이징시와 50:50으로 합작 설립한 회사이름은 北京现代汽车Běijīngxiàndàiqìchē(북경현대기차)이다.

★ 알아두면 유용한 단어

奔驰bēnchí(분치): 질주하다, 벤츠 승용차 | 奔跑bēnpǎo(분포): 빨리 달리다 | 奔走bēnzǒu(분주): 분주하다 | 私奔sībēn(사분): 남녀가 정을 통해 도망가다 | 奔放bēnfàng(분방): 분방하다, 자유분방하다 | 奔命bènmìng(분명): 사력을 다하다, 열심히 뛰어다니다

봄이 왔으나 봄같지 않네, 춘래불사춘春来不似春

keyword

似sì(닮을 사)

春来不似春chūnlái búsìchūn(춘래불사춘), “봄이 왔지만 봄 같지 않다.”라는 유명한 말은 당나라 시인 东方叫Dōngfāngjiào(동방규)의 <昭君怨Zhāojūnyuàn(소군원; 왕소군의 원망)>이라는 시에 나오는 구절이다. 이 시는 汉Hàn(한)나라 元帝(원제) 때, 북방 匈奴Xiōngnú(흉노)의 왕 单于Chányú(선우)에게 강제로 시집가게 된 궁녀 王昭君Wángzhāojūn(왕소군)의 억울한 심정[抱怨bàoyuàn(포원)]을 노래한 것이다. 왕소군은 중국의 4대 미인 중 한 사람으로 꼽히는데, 동방규 외에도 李白Lǐbái(이백)을 비롯한 여러 시인들이 昭君怨을 짓는 등, 많은 문학작품의 소재가 되었다. 동방규의 시 <昭君怨> 구절을 잠시 감상해 보자.

胡地无花草 húdì wúhuācǎo (호지무화초)
春来不似春 chūnlái búsìchūn (춘래불사춘)
自然衣带缓 zìrán yīdàihuǎn (자연의대완)
非是为腰身 fēishì wèiyāoshēn (비시위요신)

북방 흉노의 땅에는 화초도 없어
봄이 왔으나 봄 같지 않네.
(근심으로 살이 빠져서) 자연스레 허리띠가 느슨해지니
이는 허리를 날씬하게 하기 위함이 아니라네.

春来不似春이란 구절 중 似sì(닮을 사)는 亻(사람인변, 사람)과 以(써 이, 닮을 이)를 합쳐 사람을 닮다, 비슷하다는 뜻의 형성문자이고, 以는 사람이 밭에서 쟁기질을 하며 농사짓는 모습을 형상화한 상형문자다.

우리나라에서도 많이 사용하는 似而非sìérfēi(사이비)라는 말은 似是而非sìshìérfēi(사시이비)와 같은 말로 '비슷하지만 아니다'라는 뜻이다. '마치 ~인 것 같다'는 표현을 할 때 문어체[书面语shūmiànyǔ(서면어)]에서는 似乎sìhū(사후)라는 부사를 많이 사용하고, 회화체[口语kǒuyǔ(구어)]에서는 好像hǎoxiàng(호상)을 많이 사용한다. 예를 들어 네 말이 일리가 있는 것 같다고 표현할 때는 你说得似乎有道理nǐ shuōde sìhū yǒudàolǐ라고 말하면 된다.

우산시(巫山市)를 끼고 흐르는 창장의 무협

无山能似巫山秀wúshān néngsì Wūshānxiū(무산능사무산수)라는 말이 있는데, 巫山[우산(무산)]의 아름다움[秀]을 닮은 산은 없다, 즉 우산이 가장 아름답다는 뜻이다. 우산은 重庆Chóngqìng[충칭(중경)] 长江Chángjiāng[창장(장강)]의 싼샤 부근에 있는 아름다운 산으로, 일찍이 당나라 시인 元稹Yuánzhěn(원진)은 除却巫山不是云chúquèwūshān búshìyún(제각무산불시운), '우산의 구름을 보고난 뒤부터 다른 구름은 구름 같지 않더라'라고 노래했다. 우산의 아름다움을 노래해준 보답으로 우산시에 가면 元稹의 诗碑shībēi(시비)가 멋지게 조성되어 있는 것을 볼 수 있다. 참고로 巫山은 멀리서 보면, 무녀가 춤추는 모습을 본 뜬 상형문자 巫를 닮아서 붙인 이름이라고 한다.

물고기 눈알과 진주가 비슷하게 생겼다는 뜻의 鱼目似珠yúmùsìzhū(어목사주)라는 성어가 있다. 이는 남북조시대 宋Sòng(송)나라의 任昉Rénfǎng(임방)이라는 사람이 자신은 물고기 눈알같이 보잘것없는 사람인데, 마치 진주같이 높이 평가를 받아 과분한 벼슬을 한다고 겸손하게 말한 고사에서 유래했다. 그러나 지금은 가짜를 진짜라고 속이거나, 진위가 불분명하다는 뜻으로 더 많이 사용되며, 鱼目混珠yúmùhùnzhū(어목혼주)라고도 한다.

★ 알아두면 유용한 단어

类似lèisì(유사): 유사하다, 비슷하다 | 好似hǎosì(호사): 아주 비슷하다 | 似乎sìhū(사호): 부 마치 ~인 것 같다 | 似笑非笑sìxiàofēixiào(사소비소): 웃는 것 같기도 하고 웃지 않는 것 같기도 하다

폭설에 갇힌 이웃에 숯을 보내는 따뜻한 마음
설중송탄雪中送炭

keyword

雪xuě(눈 설)

雪中送炭xuězhōngsòngtàn(설중송탄)은 중국사람들이 무척이나 좋아하는 표현으로, 폭설이 내린 후 '눈 속에 갇혀버린 이웃에 땔감을 보내다.'라는 뜻이다. 서양 속담 '어려울 때 돕는 친구가 진짜 친구다(A friend in need is a friend indeed.).'와 비슷한 뜻이다. '어려운 처지의 이웃을 돕다' 또는 '꼭 필요한 것을 보내주다'라는 아름다운 뜻이 담긴 이 말은 사회 지도층에서 揮毫huīhào(휘호)로도 많이 인용하는 말이다. [149쪽, 炭(숯 탄) 참조]

여기서 雪xuě(눈 설)은 雨(비 우)와 帚(비 추)로 이루어져 빗자루로 쓰는 비, 즉 비가 얼어 내리는 눈을 빗자루로 쓴다는 뜻의 회의문자다. 참고로 빗자루 모양의 상형문자 帚가 들어간 글자를 잠시 살펴보면, 妇女fùnǚ(부녀)의 妇-婦fù(여자 부)는 비질[帚]을 하는 여인[女]을 의미하고, 打扫dǎsǎo(타소; 청소)의 扫-掃(청소할 소)는 손[扌]으로 비질[帚]한다는 의미다.

孙康映雪sūnkāngyìngxuě(손강영설)이라는 성어는 반딧불과 눈 빛을 이용하여 글공부를 해서 성공했다는 萤雪之功yíngxuězhīgōng(형설지공)과 같은 뜻의 말로, 晋Jìn(진)나라 때 가난한 孙康Sūnkāng(손강)이 겨울밤 눈빛을 이용한 글공부로 과거에 급제하였다는 이야기에서 유래한 말이다. 雪上加霜xuěshàngjiāshuāng(설상가상)은 '눈이 내린 곳에 또 서리가 내린다'는 의미로 나쁜 일에 또 나쁜 일이 생긴다는 뜻이다.

雪이 들어간 문장 중 唐宋八大家tángsòngbādàjiā(당송팔대가)의 한 사람인 당나라 柳宗元Liǔzōngyuán(류종원)의 명시 <江雪Jiāngxuě(강설)>을 잠시 감상해보자.

千山鸟飞绝 qiānshān niǎofēijué (천산조비절)
万径人踪灭 wànjìng rénzōngmiè (만경인종멸)
孤舟蓑笠翁 gūzhōu suōlìwēng (고주사립옹)
独钓寒江雪 dúdiào hánjiāngxuě (독조한강설)

온 산엔 새 한 마리 날지 않고
모든 길엔 인적조차 끊어졌네.
외로운 배에 삿갓 쓴 늙은이
쓸쓸히 눈 맞으며 차가운 강에서 낚시 중이네.

소상팔경의 중심 둥팅호, 멀리 악양루가 보인다.

이 시는 당나라의 개혁진보 정치가인 류종원이 수구파의 배척으로 수도 장안에서 2,500리나 떨어진 永州(영주)의 司马(사마)로 좌천되었을 때 울분을 달래며 썼다는 유명한 시로, 자신의 처지를 대변하고 있다. 五言節句(오언절구)의 당나라 시 중 최고봉으로 꼽히는 작품이다. 영주는 潇湘八景xiāoxiāngbājǐng(소상팔경)의 중심이었으며, 소상팔경 중 하나로 유명한 江天暮雪(강천모설), 즉 강가에 내리는 저녁 눈이 바로 이 시의 주제다.

참고로 소상팔경이란 중국 산수화의 대표적 画题(화제)로 潇水[샤오수이(소수)]강과 湘水[샹수이(상수)]강이 만나는 洞庭湖Dòngtínghú[둥팅호(동정호)] 부근의 여덟 가지 勝景(승경)을 뜻한다. 맑은 안개의 산마을을 그린 山市晴嵐(산시청람), 어촌의 저녁 노을을 뜻하는 漁村夕照(어촌석조), 포구의 돛단배 풍경인 遠浦歸帆(원포귀범), 밤비에 젖은 강 풍경을 그린 瀟湘夜雨(소상야우), 안개에 싸인 저녁의 절을 묘사한 煙寺晚鍾(연사만종), 동정호의 가을 달빛 洞庭秋月(동정추월), 모래밭에 내려앉는 기러기 平沙落雁(평사낙안), 그리고 강가에 내리는 저녁 눈을 그린 江天暮雪(강천모설) 등이 있다. 조선시대에 이를 주제로 그린 산수화가 많이 있으며 8폭 병풍에도 자주 등장하는 화제였다.

★ 알아두면 유용한 단어

雪白xuěbái(설백): (눈처럼) 새하얗다 ↔ 漆黑qīhēi(칠흑): 검은색의 漆qī(옻 칠)을 칠한 듯 새까맣다. 漆은 옻나무[木]에서 만들어진 액체[氵, 水]라는 뜻이다. | 雪人xuěrén(설인): 눈사람 | 滑雪场huáxuěchǎng(활설장): 스키장 | 雪花xuěhuā(설화): 눈꽃, 눈송이 | 雪景xuějǐng(설경): 설경

중국 주식시장의 개방정책 후강통沪港通, 성省정부의 약칭을 알면 쉬운 말

keyword

省xǐng(살필 성)

省xǐng/shěng(살필 성, 아낄 생)은 少(적을 소)와 目(눈 목)으로 이루어져 적은[少] 양이지만 아끼고 살펴본다[目]는 뜻의 회의문자다.

省墓xǐngmù(성묘)는 조상의 묘소를 돌보는 것을 말하지만 중국에선 '묘소를 청소하다'라는 의미로 扫墓sǎomù(소묘)라는 말을 더 많이 사용한다. 反省fǎnxǐng(반성)은 반성하다, 뒤돌아본다는 뜻으로 우리말과 같은 의미로 쓰이지만 중국에서는 동일한 뜻으로 反思fǎnsī(반사)라는 말도 많이 쓰고, 三思sānsī(삼사)라고 쓰기도 한다. 三思는 세 번 생각한다는 뜻으로, 깊이 생각하거나 다시 한 번 생각한다는 의미다. 중국 사극을 보다 보면, "주공, 깊이 생각해 보십시오, 다시 한 번 생각해 보십시오."라고 할 때 主公三思zhǔgōngsānsī(주공삼사)라는 말을 쓰는 것을 볼 수 있다.

2015년부터 우리나라 신문에도 자주 등장하는 말로 沪港通hùgǎng tōng[후강통(호항통)]이 있다. 이는 중국인이 상하이 증권사를 통해 홍콩 상장 주식을 매매할 수 있고, 또 외국인이 홍콩 증권사를 통해 상하이 주식을 매매할 수 있는 제도로, 2014년 10월부터 시행되는 일종의 중국 자본(증권)시장 개방제도이다. 이 말에는 上海Shànghǎi[상하이(상해)]의 별칭인 沪Hù(강이름 호)와 香港Xiānggǎng(향항; 홍콩)의 별칭인 港gǎng(항구 항)을 사용하여 상하이와 홍콩이 서로 통(通)한다는 뜻이 있다. 이처럼 중앙정부와 34개의 지방정부로 구성되어 있는 중국은 각 지방정부마다 그 지역의 역사적 상징 또는 지역적 상징인 강 이름 등을 활용한 简称jiǎnchēng(간칭; 약칭)을 많이 사용한다. 특히 车牌chēpái(차패; 차량 번호판)나 음식 종류 등에 이러한 약칭이 많이 쓰이기 때문에 이를 모르면 그 뜻을 이해하기가 어렵다. 주요 省(성)의 명칭과 약칭을 살펴보면 다음과 같다.

省의 명칭	약칭	의미 및 예시
北京Běijīng[베이징]	京jīng	중국의 수도 京剧jīngjù(경극): 베이징 중심의 전통극
上海Shànghǎi[상하이]	沪Hù	黄浦江[황푸강]의 별칭, 또는 申이라고도 한다. 申花[선화]: 상하이 축구팀
天津Tiānjīn[톈진]	津jīn	明Míng(명)나라 永乐帝(영락제), 즉 천자가 건넌 나루터(津)
广东Guǎngdōng[광둥]	粤Yuè	광둥 珠江[주장]의 별칭 粤菜yuècài(월채): 광둥요리
山东Shāndōng[산둥]	鲁Lǔ	孔子Kǒngzǐ(공자)의 고향 鲁(노)나라
湖南Húnán[후난]	湘Xiāng	후난성의 대표 강, 湘水[샹수이] 湘剧xiāngjù(상극): 호남의 전통극
山西Shānxī[산시]	晋Jìn	춘추시대 晋(진)나라 晋商jìnshāng(진상): 산시성의 상인
陕西Shǎnxī[산시]	陕Shǎn | 秦Qín	秦始皇Qínshǐhuáng(진시황)의 진나라
四川Sìchuān[쓰촨]	川Chuān | 蜀Shǔ	川菜chuāncài(천채): 쓰촨요리
江苏Jiāngsū[장쑤]	苏Sū	苏州[쑤저우] 苏烟sūyān(소연): 장쑤성의 고급 담배
河南Hénán[허난]	豫Yù	豫州[위저우(예주)] 지방 豫剧yùjù(예극): 하남의 전통극
澳门Aomén [아오먼; 마카오]	澳ào	물이 깊은 항구, 관문

港澳台GǎngÀoTái[강아오타이]라는 말을 공항이나 호텔에서 자주 볼 수 있는데, 이는 중국의 특별행정구인 香港Xiānggǎng(향항; 홍콩), 台湾Táiwān(대만), 澳门Àomén[아오먼(오문); 마카오]의 简称jiǎnchēng(간칭)이다.

참고로, 중국의 중앙정부와 성정부는 수도를 부르는 명칭이 다르다. 省会shěnghuì(성회)는 23개 지방 성정부의 수도를 부르는 말이고, 首府shǒufǔ(수부)는 廣西壯族自治區[광시좡족자치구], 內蒙古自治區[네이멍구자치구], 寧夏回族自治區[닝샤후이족자치구], 西藏自治區[시짱(티베트)자치구], 新疆維吾爾自治區[신장웨이우얼자치구]의 5개 지방자치구의 수도를 부르는 말이다. 또한 首都shǒudū(수도)는 北京Běijīng[베이징(북경)], 즉 중국의 수도를 말하며 京师jīngshī(경사)라고도 부른다. 이러한 명칭들을 잘 구별해서 사용하면 일상생활에 매우 유용하다.

★ 알아두면 유용한 단어

反省fǎnxǐng(반성): 반성하다 | 省墓xǐngmù(성묘): 성묘하다
节省jiéshěng(절생): 아끼다, 절약하다 | 节省时间jiéshěngshíjiān(절생시간): 시간을 아끼다 | 省略shěnglüè(생략): 생략하다 | 省钱shěngqián(생전): 돈을 아끼다 | 省下shěngxia(생하): (아끼고) 남아 있다 | 省会shěnghuì(성회): 지방 성정부의 수도 | 省长shěngzhǎng(성장): 중국 지방 성정부의 장

차세대 중국 지도자 후춘화의 매춘 단속
소황扫黄

keyword

扫-掃sǎo(쓸 소)

扫-掃sǎo(쓸 소)는 扌(재방변, 손)과 帚zhǒu(비 추)로 이루어진 글자다. 손에 빗자루를 들고 청소를 한다는 뜻의 형성문자이며, 帚는 세워 둔 빗자루의 모양을 형상화한 상형문자다.

一扫yìsǎo(일소)는 한번에 쓸어버린다는 뜻이다. 一扫而空yìsǎoérkōng(일소이공)은 한번 쓸어서 모두 비운다는 뜻으로, 一扫而光yìsǎoérguāng(일소이광)과 함께 깨끗하게 쓸어버린다는 뜻으로 자주 쓰인다. 최근 중국정부에서는 공무원들의 사치 풍조를 없애기 위해 자동차나 접대비 그리고 고급 백주 및 명품 등의 사용을 엄격하게 제한하고 있는데, 이 때문에 언론에 사치 풍조를 한번에 쓸어버린다는 뜻으로 一扫奢侈之风yìsǎo shēchǐzhīfēng(일소사치지풍)이라는 말이 자주 등장하고 있다.

扫黄sǎohuáng(소황)은 음란물이나 음란행위를 단속하는 것을 말한다. 매춘으로 유명한 广东省Guǎngdōngshěng[광둥성(광동성)]의 东莞市Dōngguǎnshì[둥관시(동관시)] 당국이 대대적인 매춘 단속을 벌인 바 있는데, 이를 두고 차세대 중국 지도부의 선두 주자인 胡春华Húchūnhuá[후춘화(호춘화)] 광둥성 书记shūji(서기)가 63년생 동갑내기 라이벌인 重庆市Chóngqìngshi[충칭시(중경시)] 당서기 孙政才Sūnzhèngcái[쑨정차이(손정재)]를 의식한 인기 관리식 정치활동으로 보는 시각도 있다. 벌써 중국에서는 '2023년 국가주석은 후춘화, 총리는 쑨정차이'라는 소문이 나돌고 있을 정도이다.

청소하다, 제거하다 등은 우리말에서도 그 쓰임이 조금씩 다르듯 중국어에서도 쓰임에 따라 의미가 조금씩 다르다. 정확한 용법을 위해 간단히 정리하면 다음과 같다.

예를 들어, 扫除sǎochú(소제)는 쓰레기나 교실, 방 등에서 구체적인 물건을 제거하다, 또는 장소를 청소한다는 뜻이고, 消除xiāochú(소제)는 냄새, 원한, 감정 등 보이지 않는 것, 추상적인 것을 없앤다, 제거한다는 뜻이다. 删除shānchú(산제)라는 말은 글이나 문장 등을 삭제한다는 뜻으로, 중국인들이 사용하는 컴퓨터 자판에는 'Delete 키'에 '删除'라고 적혀 있으므로 글쓰기와 관련된 말이라고 생각하면 쉽게 구분할 수 있다.

빗자루로 바닥을 청소하는 것은 扫地sǎodì(소지)라고 하며, 반면에 걸레로 바닥을 닦는 것은 拖(끌 타)자를 사용하여 拖地tuōdì(타지)라고 한다. 참고로 슬리퍼는 '끄는 신발'이라는 의미로 拖鞋tuōxié(타혜)라고 한다. 그리고 분위기를 깨다, 흥을 깨다는 말은 扫兴sǎoxìng(소흥)이라고 하는데, 찬물을 끼얹는다는 뜻인 泼冷水pōlěngshuǐ(발냉수)라는 말과도 같은 의미다.

帚zhǒu(비 추)를 사용하는 글자를 몇 가지 소개하면, 妇-婦(지어미 부)는 빗자루[帚]를 들고 집에서 일하는 여인[女]을 의미하며, 자주 쓰이는 단어로는 妇人fùrén(부인)이 있다. 浸jìn(물에 잠길 침)은 물[氵]이 들어와 빗자루[帚]로 물을 쓸고 있는 상황을 나타낸 것으로 이 글자가 쓰인 단어로는 浸水jìnshuǐ(침수)가 있다. 归guī(歸, 돌아올 귀)는 부인[妇]이 남편을 따라[追] 시댁으로 돌아온다는 의미로 대표적인 단어로는 归还guīhuán(귀환)이 있다.

★ 알아두면 유용한 단어

打扫dǎsǎo(타소): 청소하다 | 清扫工具qīngsǎogōngjù(청소공구): 청소도구 | 扫除sǎochú(소제): 청소(소제)하다 | 扫地sǎodì(소지): 바닥을 쓸다, 바닥을 청소하다 | 扫墓sǎomù(소묘): 성묘하다 | 扫描器sǎomiáoqì(소묘기): 스캐너(scanner) | 扫兴sǎoxìng(소흥): 흥을 깨다

기사로 보는 키워드

超七成东莞民众支持扫黄行动. 둥관 주민의 70%[七成] 이상이 음란영업의 단속을 지지하였다.

매춘으로 유명한 광둥성의 둥관시 당국이 대대적으로 매춘 단속을 벌인 것을 보도하고 있다.

_<环球时报>(2014. 1. 30.)

로마에 가면 로마법을 따라야 한다
입향수속入乡随俗

keyword

隨-随suí(따를 수)

隨suí(따를 수)는 隋(수나라 수)와 辶(책받침, 갈 착)으로 이루어진 글자로 隋(수)나라 사람들을 따라간다는 의미로 이해할 수 있는 형성문자다. 간체자인 随는 사냥을 위해 언덕[阝(좌부방, 언덕)]에 먼저 올라가 있는[有] 동료를 따라간다는[辶] 뜻으로 생각하면 이해하기가 쉬울 것이다.

隨国公(수국공)의 신분에서 北周(북주)를 찬탈하고 나라를 세운 隋文帝(수문제) 杨坚Yángjiān(양견)은 隨라는 이름에 짧다는 뜻도 있다고 하여, 辶(갈 착)을 빼고 隋로 국호를 바꿔 수명이 긴 杨氏(양씨) 왕국을 꿈꾸었다. 하지만 40년도 안 되어 양견의 처조카 李渊Lǐyuān(이연)에게 나라를 빼앗겨서 그의 바람과 달리 단명 왕국으로 끝나 버렸고, 대신 李씨의 唐Táng(당)나라가 300년 가까운 긴 역사로 隋Suí(수)나라의 자리를 대신했다.

중국인들도 우리처럼 술자리에서 '원샷'하기를 무척 좋아한다. 干(마를 건)을 사용하여 干杯gānbēi(건배) 또는 干gān(건)이라고 하면 '술잔을 말리다', 즉 잔을 비우라는 의미로 '원샷'의 뜻이 된다. 반대로 각자 알아서 마실 만큼 마시라는 표현은 随意suíyì(수의)라고 하는데, 글자 그대로 '네 마음에 따라' 편하게 마시라는 뜻이다. 필자가 중국에서 근무할 때 모시던 사장님도 술자리에서 '随意'를 자주 말씀하시며 직원들을 편하게 대해주었던 기억이 난다. 이와 비슷한 의미의 随便suíbiàn(수편) 또는 随你的便

suínǐdebiàn(수니적편)이라고 하면, 짜증이나 불만이 섞인 뉘앙스의 '네 맘대로 해라!'라는 표현이 되니 유의해야 한다. 또 随手关门suíshǒugunmén(수수관문)이라고 하면 '왔다갔다 하는 김에 손 닿는 대로 문 좀 닫아 줘'라는 뜻이 되고, <바람과 함께 사라지다(Gone with the Wind)>라는 영화 제목은 随风而逝suífēngérshì(수풍이서)라고 표현한다.

入乡随乡rùxiāngsuíxiāng(입향수향) 또는 入乡随俗rùxiāngsuísú(입향수속)이라는 속담은 "다른 지방에 가면 그 지방의 풍속을 따라야 한다."는 뜻으로 서양 속담 "로마에 가면 로마법을 따라야 한다(When in Rome, do as the Romans do.)."와 같은 의미로 자주 사용하는 표현이다.

불교의 가르침 중에 随处作主suíchùzuòzhǔ(수처작주; 어디에 있든지 스스로 주인의 삶을 산다면), 立处皆真lìchùjiēzhēn[입처개진; 서 있는 그곳이 곧 진리(극락)다.]이라는 말이 있다. 당나라의 고승 临济(임제)가 제자들에게 가르친 말로 어느 곳에서든 최선을 다해 스스로 주인이 되는 삶을 살면 그곳이 곧 불토(부처가 사는 극락)라는 의미다. 산업화되고 전문화된 현대를 사는 우리도 한 번 새겨볼 만한 좋은 가르침이다.

春秋战国ChūnqiūZhànguó(춘추전국) 시대에 두 가지 귀한 보물이 있었다고 한다. 하나는 秦Qín(진)나라에서 15개의 성과 바꾸자고 하여 连城之璧(연성지벽)이라 부르기도 하고, 또 완전한 옥이라는 뜻의 完璧(완벽)이라는 별명을 가졌던 和氏之璧héshìzhībì(화씨지벽)이고, 다른 하나는 隋Suí(수)나라의 诸侯(제후)가 상처 입고 죽어가는 뱀을 구해준 보답으로 얻은 야광 진주인 随珠suízhū(수주)이다. 이 둘을 고대 중국의 양대 보물이라고 하며 随珠和璧suízhūhébì(수주화벽)이라고도 불렀다. 뱀을 구해주고 얻은 귀한 진주로 참새를 사냥하다가 진주를 잃어버린 고사에서 随珠弹

雀suízhūtánquè(수주탄작) 또는 以珠弹雀yǐzhūtánquè(이주탄작)이라는 말이 생겨났는데, 이 말은 작은 것을 얻으려다 큰 것을 잃어버린다는 뜻의 小贪大失xiǎotāndàshī(소탐대실), 또는 중국인들이 즐겨 사용하는 捡了芝麻jiǎnlezhīma(검료지마; 참깨를 주우려다), 丢了西瓜diūlexīguā(주료서과; 수박을 잃어버린다)라는 속담과 같은 의미의 고사성어다.

★ 알아두면 유용한 단어

随着suízhe(수착): ~ 따라서, ~에 따라 | 随便suíbiàn(수편): 마음 닿는 대로, 좋을 대로 | 随便说suíbiànshuō(수편설): 함부로 말하다 | 随时suíshí(수시): 수시로, 편한 시간에 | 随地suídì(수지): 어디에나 | 随时随地suíshísuídì(수시수지): 언제 어디서나 | 随行suíxíng(수행): (따라가다) 수행하다 | 随笔suíbǐ(수필): (형식에 구애 없이 편안하게 쓴 글) 수필 | 随大流suídàliú(수대류): 큰 흐름을 따르다, 주관이 없다 | 随想录suíxiǎnglù(수상록): (생각의 흐름을 기록한) 수상록 | 随意契约suíyìqìyuē(수의계약): 수의계약(경쟁이 아닌 발주자의 마음에 따른 계약)

부끄러움을 가슴에 묻고 참아내는 것이 남자다
포수인치시남아包羞忍耻是男儿

keyword
羞xiū(부끄러울 수)

羞xiū(부끄러울 수)는 羊yáng(양 양)과 丑chǒu(소 축)으로 이루어진 글자로 손님을 대접할 때 소고기[丑]가 없어 양고기[羊]를 대신 내놓아 부끄럽다는 뜻을 가진 회의문자로 기억하면 쓰기 쉽다. 비슷한 뜻의 耻-恥chǐ(부끄러울 치)는 부끄러워서 귀[耳]가 붉어진다[心, 붉은 심장], 또는 듣기[耳]를 그만둘[止] 정도로 부끄럽다는 뜻이다. 耻가 들어가는 단어로는 치욕스럽다는 뜻의 耻辱chǐrǔ(치욕)이 있다.

'부끄러워하다'라는 표현으로 중국에서는 다음 두 가지가 많이 사용되는데, 낯선 사람과 만날 때 수줍어한다는 뜻으로는 '좀 두렵고 부끄럽다'는 의미의 害羞hàixiū(해수)를 많이 쓰고, 무언가를 잘못해서 부끄럽고 미안해 한다는 뜻으로는 惭愧cánkuì(참괴)를 사용한다.

羞耻xiūchǐ(수치)라는 표현이 쓰인 杜牧Dùmù(두목)의 <题乌江亭(제오강정; 오강정에 부쳐)>이라는 시가 있다. 이 시는 고향 江东[장둥(강동)]에서 재기할 기회를 포기하고 刘邦Liúbāng(유방)에게 패배한 부끄러움과 분함을 이기지 못해 乌江Wūjiāng(오강)에서 자살해버린 项羽Xiàngyǔ(항우)를 안타까워하며 지은 것으로, 재기를 뜻하는 捲土重来juǎntǔchónglái(권토중래)라는 말을 두목이 이 시에서 최초로 사용했다. 잠시 欣赏xīnshǎng(흔상; 감상)해 보자.

胜败兵家不可期 shèngbàibīngjiā bùkěqī (승패병가불가기)

包羞忍耻是男儿 bāoxiūrěnchǐ shìnánér (포수인치시남아)

江东子弟多才俊 jiāngdōngzǐdì dūocáijùn (강동자제다재준)

卷土重来未可知 juǎntǔchónglái wèikězhī (권토중래미가지)

전투의 승패는 병가에서도 예측할 수 없는 일

부끄러움을 가슴에 묻고 이겨내는 것이 남자이거늘

고향 강동에는 아직도 재주 많은 인재들이 많은데

흙먼지 말아 올리며 중원으로 다시 돌아오는 것을 왜 생각하지 못했나.

蔽月羞花bìyuèxiūhuā(폐월수화; 閉月羞花)는 汉Hàn(한)나라 말, 王允(왕윤)의 수양딸이자 吕布Lǚbù(여포)의 연인인 貂蝉Diāochán(초선)의 뛰어난 미모에 달이 구름 속으로 숨어 버리고, 당나라 현종의 귀인(황후 다음 서열)인 杨贵妃Yángguìfēi[양귀비; 楊玉環(양옥환)]의 아름다움에 꽃도 부끄러워한다는 뜻으로, 아름다운 여인을 표현한 말이다. 비슷한 의미인 沉鱼落雁chényúluòyàn(침어낙안)은 越Yuè(월)나라의 미인 西施Xīshī(서시)가 연못가를 산책하니 물고기들이 부끄러워서 물속으로 숨어버렸고, 한나라 때 匈奴Xiōngnú(흉노)에게 시집가 春来不似春(춘래불사춘)이라는 말의 주인공이 된 王昭君Wángzhāojūn(왕소군)의 미색에 기러기도 내려앉는다는 뜻으로, 역시 아름다운 여인을 표현한 말이다. 중국 사람들은 위에서 말한 4명의 미인을 가리켜 이른바 중국의 4대 미인으로 꼽는다.

★ 알아두면 유용한 단어

害羞hàixiū(해수): 수치스럽다 | 羞耻xiūchǐ(수치): 부끄러움 | 羞耻心xiūchǐxīn(수치심): 수치심 | 羞死xiūsǐ(수사): 부끄러워 죽겠다, 무척 부끄럽다

리커창 총리의 경제정책, 안정 속의 성장
온중구진稳中求进

keyword
稳-穩wěn(편안할 온)

稳-穩wěn(편안할 온)은 禾(벼 화)와 㥯-急(빠를 급)으로 이루어진 글자로 논밭에서 곡식이 빠르게 쑥쑥 잘 자라고 있어 걱정 없고 마음이 편안하다는 뜻의 형성문자다.

우리나라에서는 不穩(불온) 서적 등에만 쓰이는 글자지만, 중국에서는 비교적 많이 사용되는 글자다. 十拿九稳shínájiǔwěn(십나구온)은 열 개를 잡으면 아홉 개는 확실하다, 즉 十中八九(십중팔구)라는 뜻이며, 十拿九准shínájiǔzhǔn(십나구준)이라고도 한다. 또 태산처럼 든든하다는 뜻으로 稳如泰山wěnrútàishān(온여태산), 반석처럼 편안하고 안전하다는 뜻으로 稳如磐石wěnrúpánshí(온여반석)이라는 말도 많이 사용한다. 한편 중국 속담에 '낚시터에 조용히 앉아 있다.'라는 뜻의 稳坐钓鱼台wěnzuò diàoyútái(온좌조어대)라는 말이 있는데, 외부 일에 무관심하다는 의미로, 남의 일에 신경 쓰지 않는 중국인들의 특징을 잘 나타내는 말이다.

얼마 전까지만 해도 중국의 경제정책을 대변하는 말로 保八bǎobā[바오빠]라는 단어가 있었다. 이 말은 '8을 유지한다'는 뜻으로, 여기서 8은 지속적인 8%대 성장만이 청년실업 방지와 농촌출신의 도시 빈민 근로자인 农民工nóngmíngōng(농민공)의 불만을 줄여, 共产党gòngchǎndǎng(공산당)의 지속적인 집권을 유지할 수 있다고 판단한 마법의 숫자다. 그러나 최근 계속되는 소비자물가지수(CPI)의 상승과 생산 과잉으로 인한 재고 누적, 그리고 이를 시정하기 위한 통화긴축 등으로 인해 8%대의 성장이 더 이상 불가능한 국면에 처하자, 마침내 2014년 3월에 개최된 两会(양회)에서 习近平Xíjìnpíng[시진핑(습근평)], 李克强Lǐkèqiáng[리커창(이극강)]의 제5세대 중국정부는 경제정책의 모토를 '안정 속의 지속 성장'을 뜻하는 稳中求进wěnzhōngqiújìn(온중구진)으로 선포했다. '매직 넘버 8'을 포기하고 7%대 후반의 GDP 성장 목표를 제시했지만 2014년은 7.5%의 성장에 그쳤고, 2015년에는 7%대 초반에 머물거나 7% 아래로 내려갈 수 있다는 우려 섞인 전망들이 제기되고 있다. 이제 중국도 고도성장의 후유증으로 거품이 꺼지고 구조조정이 필요한 시기가 멀지 않았다는 전문가들의 경고가 조심스럽게 나오고 있다.

★ 알아두면 유용한 단어

稳定wěndìng(온정): 안정적이다 ↔ 不稳bùwěn(불온): 안정적이지 않다, 불온하다 | 稳产wěnchǎn(온산): 안정적인 생산 | 稳当wěndang(온당): 온당하다 | 稳厚wěnhòu(온후): 편안하고 후덕하다, 온후하다 | 手不稳shǒubùwěn(수불온): 손버릇이 나쁘다

기사로 보는 키워드

朝鲜稳定符合中国的利益. 북한의 안정은 중국의 이익과 부합(符合)된다.

북한의 정치, 사회적 안정을 바라는 등 한반도에 대한 중국의 시각을 느낄 수 있는 기사다.

_<环球时报> (2013. 12. 10.)

중국의 주당들도 두려워하는 한국의 폭탄주

작탄주炸弹酒

keyword

炸zhà(터질 작)

炸zhà/zhá[터질 작/튀길 자(찰)]은 火(불 화)와 乍(잠시 사)로 이루어진 글자로 불을 붙여 짧은 순간에 터지는 것, 또는 불을 이용해 음식들을 짧은 순간에 튀기는 것을 뜻하는 형성문자다. 참고로 乍가 들어간 글자로는 조금 전이나 지나간 날을 뜻하는 昨zuó(어제 작), 잠깐 사이 만들었다는 의미의 作zuò(만들 작), 말로 잠시 속인다는 뜻의 诈zhà(속일 사) 등이 있다.

발음이 여러 가지인 多音词duōyīncí(다음사)의 경우, 대개 명사는 4성 발음이 많지만, 여기서는 '터지다'라는 뜻일 때는 4성 발음, '(기름으로) 튀기다'라는 뜻일 때는 2성 발음이다.

油炸豆腐yóuzhádòufǔ(유작두부)라고 하면 油腐(유부)초밥의 유부나 기름에 튀긴 두부 요리를 가리키는 말로, 중국 사람들이 즐겨 먹는 음식이다. 또한 우리나라에서 흔히 '폭탄주'라고 부르는 술은 炸弹酒zhàdànjiǔ(작탄주)라고 한다. 50도가 넘는 중국 전통주인 白酒báijiǔ(백주)를 물처럼 마시는 중국 남자들도 이 작탄주는 두려워한다. 특히 포도주[红酒hóngjiǔ(홍주)]를 섞어 만든 폭탄주, 이른바 드라큘라주[吸血炸弹酒xīxuèzhàdànjiǔ(흡혈작탄주)]는 그 이름처럼 중국 남자들에게 공포의 술이다. 저자는 술이 약하지만 중국인들과 대작할 때는 폭탄주를 권하는데, 그러면 중국 주당들의 기를 꺾을 수도 있다.

2013년 12월 20일자 <环球时报>의 기사를 살펴보면, "韩国人用'炸

弹酒’强化组织, 酒桌讲究权力关系[한국 사람들은 ‘폭탄주’를 조직 강화를 위해 활용하고 있으며, 술자리[酒桌]에서는 권력(상하) 관계를 중요시한다.]”라고 쓰고 있다.

炸鸡啤酒zhájīpíjiǔ(작계비주)라는 말은 SBS 드라마 <별에서 온 그대(来自星星的你Láizì xīngxingde nǐ)>에서 나온 2014년 최고의 신조어다. 중국 전역을 강타하며 공전의 히트를 기록한 이 드라마에서 여주인공 전지현의 대사로 유명해진 ‘치맥’이 중국 젊은이들 사이에서 선풍적인 인기를 끌자 베이징, 상하이 등의 대도시마다 한국식 ‘치맥집’이 급격히 늘어나기 시작했으며, 이로 인해 대도시의 상가 임대료가 폭등하는 등 사회문제가 되기도 했다.

★ 알아두면 유용한 단어

炸弹zhàdàn(작탄): 폭탄 | 炸药zhàyào(작약): 화약 | 爆炸bàozhà(폭작): 터지다, 폭발하다 | 爆炸力bàozhàlì(폭작력): 폭발력
油炸yóuzhá(유작): 기름에 튀기다 | 炸虾zháxiā(작하): 새우튀김 | 炸鸡zhájī(작계): 닭튀김, 치킨 | 炸酱面zhájiàngmiàn(작장면): (춘장을 넣고 튀긴 국수) 짜장면

기사로 보는 키워드

店面过多, 韩国城‘炸鸡地狱’. (치킨) 가게가 너무 많아 한국의 도시는 ‘치킨 지옥’이다.

<별에서 온 그대>의 인기로 중국에 ‘치맥집’이 급증하자 이론상 1km당 하나가 적당하다는 치킨 가게가 한국 대도시에서는 100m마다 하나씩 있고, 주인들도 ‘치킨 지옥’이라고 부른다며, 지나친 ‘치맥집’ 증가에 대한 부작용을 우려하는 기사 내용이다.

_<环球时报>(2014. 3. 5.)

인터넷에서 빌린 남자 친구
조남붕우租男朋友

keyword

租zū(세금 조)

租zū(세금 조)는 禾(벼 화)와 且(또 차)로 이루어진 글자로 곡식을 세금으로 바친다는 뜻의 형성문자다. 且는 신에게 고기나 음식을 차곡차곡 쌓아 제사상에 바치는 모습을 나타내는 상형문자다.

고대에는 크게 세 가지의 세금, 이른바 租zū(세금 조), 庸yōng(쓸 용), 调diào(조사할 조)가 있었다. 禾가 들어간 租는 땅에 대한 세금이었고, 庸은 사람의 노동력에 대한 세금, 调는 가구[戶]에 대한 세금이었다. 그러나 현대의 租는 삯을 내고 빌리는 것을 의미한다. 따라서 택시는 택시(taxi)를 음차(音借)하여 的士díshì라고도 하지만, '삯을 주고 빌린 차'라는 뜻으로 出租车chūzūchē(출조차)라고 많이 부른다. 또한 租房zūfáng(조방)은 동사+목적어로 '집을 세놓다'가 되며, 房租fángzū(방조)는 명사로 '집세'가 된다. "假期的时候jiàqīde shíhou, 我也会经常租电影光盘wǒyěhuì jīngcháng zū diànyǐng guāngpán"이라고 하면 "휴가 때면 나도 늘[经常] 영화 DVD[光盘]를 빌려[租]본다"라는 뜻이 된다.

租借zūjiè(조차)는 '빌리다' 또는 '빌려 준다'는 뜻이며 租借地zūjièdì(조차지)는 빌린 땅이라는 뜻이다. 1840년 鸦片战争Yāpiànzhànzhēng(아편전쟁)의 패배로 중국은 서구 열강에 많은 조차지를 제공하게 된다. 黄浦江Huángpǔjiāng[황푸강(황포강)]과 扬子江Yángzǐjiāng[양쯔강(양자강)] 사이의 삼각주 어촌이던 上海Shànghǎi[상하이(상해)]는 프랑스 등 서구 열강들에게 조차지로 제공되면서 도시화를 시작해 마침내 뉴욕과 함께 세계 최대의 무역항으로 발전하였고, 황푸강의 동쪽을 뜻하는 浦东Pǔdōng[푸동(포동)]지역은 세계적인 금융 중심지로 성장하였다.

현대 중국에서는 租는 돈을 주고 빌려 쓴다는 뜻이지만, 借jiè(빌릴 차)는 돈을 내지 않고 빌려 쓸 때 주로 사용한다. 자주 사용하는 단어로는 借书jièshū(차수; 책을 빌리다), 借口jièkǒu(차구; 핑계, 핑계를 대다) 등이 있다.

租男朋友zūnánpéngyou(조남붕우)는 2012년경부터 인터넷을 중심으로 유행하고 있는 말이다. 최근 커리어우먼들이 급증하고 있는 중국에서 春节chūnjié(춘절) 귀성 시 부모, 친척들로부터 결혼 독촉 스트레스[压力yālì(압력)]를 피하기 위해 인터넷에서 남자친구를 빌려 같이 귀성하는 새로운 현상을 이르는 말로, 이를 전문으로 하는 사업도 성업 중이다. 현대 중국 사회를 엿볼 수 있는 재미있는 사회 현상 중 하나다.

★ 알아두면 유용한 단어

出租chūzū(출조): 임대(임차)하다 | 出租车chūzūchē(출조차): (삯을 주고 빌린 차) 택시 | 出租公司chūzūgōngsī(출조공사): 렌탈 회사 | 出租人chūzūrén(출조인): 임대인 | 出租的chūzūde(출조적): 빌린 것 | 房租津贴fángzūjīntiē(방조진첩): 주거비 보조 | 地租dìzū(지조): 땅 임차비용, 지대 | 租房zūfáng(조방): 방을 세놓다 | 房租fángzū(방조): 방세

바다를 보고 나니 강물은 물도 아니네

증경창해曾经沧海

keyword

曾céng(일찍 증)

曾céng/zēng(일찍 증/거듭 증)은 떡을 찌는 시루 여러 개가 쌓여 있고, 시루 구멍 사이로 김이 올라오는 모습을 표현한 상형문자로 세대 차이를 뜻하기도 하고, 일찍이, 미리 등을 뜻하는 부사로도 사용된다.

참고로 赠-贈zèng(줄 증)은 貝(조개 패, 재물)와 曾(일찍 증)으로 이루어진 글자로 선물을 미리 준다는 뜻의 형성문자인데, 赠送品zèngsòngpǐn(증송품; 사은품)이나 赠与zèngyǔ(증여하다)에 쓰인다.

曾经沧海céngjīngcānghǎi(증경창해)라는 말은 '일찍이 푸른 바다를 경험하고 나니 다른 강물은 물 같지도 않다.'라는 의미로, 세상 경험이 풍부하다, 또는 큰일을 겪은 사람은 작은 일에는 꿈쩍하지 않는다는 뜻으로 사용되는 말이다. 당나라 시인 白居易Báijūyì(백거이)와 절친한 사이로, 백거이와 함께 元白YuánBái(원백)으로 불리는 元稹Yuánzhěn(원진)이 죽은 아내를 그리워하며 불렀던 <離思Lísī(이사)>라는 시에 나오는 구절이다.

曾经沧海难为水 céngjīngcānghǎi nánweishuǐ (증경창해난위수)
除却巫山不是云 chúquèwūshān búshìyún (제각무산불시운)
取次花丛懒回顾 qǔcìhuācóng lǎnhuígù (취차화총라회고)
半缘修道半缘君 bànyuánxiūdào bànyuánjūn (반연수도반연군)

큰 바다를 보고 나니 다른 강물은 물 같지 않고
무산의 구름을 보고 나니 다른 구름은 구름 같지 않네.
늘어선 예쁜 꽃(미녀)들을 보고도 눈길 한 번 가지 않는 것은
반은 (내가) 도를 닦았기 때문이요, 반은 (먼저 간) 당신 생각 때문이라네.

长江三峡Chángjiāngsānxiá[창장싼샤(장강삼협)] 가운데 아름다운 巫峡Wūxiá[우샤(무협)]를 간직하고 있는 巫山市[우산시(무산시)]에 가면 '우산의 구름을 보고 나니 다른 구름은 구름도 아니네'라고 천 년도 훨씬 전에 그 아름다움을 노래한 원진을 기려 그의 시비가 멋지게 조성되어 있다.

曾参杀人zēngshēnshārén(증삼살인)이란 성어가 있다. 孔子Kǒngzǐ(공자)의 제자인 曾子(증자, 증삼)의 모친이 '증삼이 살인을 했다'는 이웃의 헛소문에 "그 아이는 그럴 아이가 아니다"라며 미동도 하지 않다가 다른 사람들이 두세 번 같은 말을 하자 결국 놀라서 대문 밖으로 뛰어나갔다는 고사에서 유래한 말이다. 사실이 아닌데도 여러 사람이 사실이라고 이야기하면 진실이 되어버리는 여론의 무서움과 마녀사냥의 위험성 등을 비유한 말이라고 할 수 있다.

무산시에 있는 당나라 시인 원진의 시비

勺药之赠sháoyàozhīzèng(작약지증)은 ≪诗经Shījīng(시경)≫에 나오는 말로 사랑하는 남녀 간에 향기로운 勺药sháoyào(작약; 함박꽃)을 선물하여 정을 두텁게 한다는 사랑의 표현이다. 여기 나오는 작약은 牡丹mǔdan(목단; 모란)과 피는 시기와

생김새가 비슷하여 구분이 어렵다. 다만 작약은 풀이고 모란은 나무이며, 모란꽃이 피고 나면 작약꽃이 핀다는 말처럼 모란의 개화 시점이 조금 이른 편이다. 옛사람들은 이 모란을 花王(화왕), 즉 꽃 중의 왕이라 불렀고, 우리에겐 함박꽃으로 더 유명한 작약은 꽃의 宰相(재상)이라 하여 花相(화상)이라고도 불렀다.

★ 알아두면 유용한 단어

曾经céngjīng(증경): 이미, 이전에 ↔ 未曾wèicéng(미증): 미증유(未曾有)의, 일찍이 없었던 | 似曾相识sìcéngxiāngshí(사증상식): 서로 이미 본 듯하다 | 曾孙子zēngsūnzi(증손자): (두 세대 차이가 나는) 증손자 | 曾祖zēngzǔ(증조): 증조부

기사로 보는 키워드

美国曾想对朝鲜扔核弹? 미국은 예전[曾]에 북한에 대해 핵폭탄 투하[扔]를 생각했었다?

1968년 프레블로호 사건 당시, 미국이 핵공격을 검토한 것에 대해 보도하고 있다.

_<环球时报>(2014. 1. 28.)

蒋介石曾绞尽脑汁阻中法建交. 장제스는 이전[曾]에 중국과 프랑스[法]의 수교를 방해하기 위해 온갖 방법을 다 동원했다.

이 기사에서 绞尽脑汁jiǎojìnnǎozhī(교진뇌즙; 뇌의 즙을 쥐어짜다)은 온갖 지혜(고민)를 다 짜낸다는 뜻이다.

_<环球时报>(2014. 1. 30.)

keyword

만한전석满汉全席으로 유명한 베이징요리 경채京菜

菜cài(나물 채)

菜cài(나물 채)는 艹(초두, 풀, 식물)와 采cǎi(캘 채)가 합쳐져 나물, 채소를 뜻하는 형성문자지만, 지금은 주로 음식을 뜻하는 말로 사용된다. 중국에서는 家常菜jiāchángcài(가상채)라는 말을 많이 쓰는데, 일반 가정집에서 일상적으로 먹는 식사를 가리키며, 우리말로 표현하면 '가정식 백반' 정도가 될 것이다. 참고로 식탁에 많이 오르는 야채를 살펴보면 包心菜bāoxīncài(포심채; 양배추), 菠菜bōcài(파채; 시금치), 生菜shēngcài(생채; 상추), 白菜báicài(백채; 배추), 芹菜qíncài(근채; 미나리) 등이 있고, 한자 菜가 들어가지는 않지만 요리에서 많이 쓰이는 재료로 洋葱yángcōng(양총; 양파) 등이 있다.

중국어로 '김치'를 의미하는 단어는 많다. 그중에서 가장 많이 사용하는 것이 辣白菜làbáicài(날백채)인데, 매운 배추라는 뜻으로 한국식 김치를 가리키는 대표적인 말이다. 담근 배추라는 뜻의 泡菜pàocài(포채)도 김치의 뜻으로 많이 사용되고 있으나, 쓰촨지방의 야채절임도 泡菜pàocài라고 불리고 있어 두 가지 뜻으로 쓰인다. 酸菜suāncài(산채)는 동북지방에서 담근 시큼한 배추절임을, 咸菜xiáncài(함채)는 소금을 많이 넣어 짭짤한 맛의 야채절임을 가리킨다.

2013년 11월 17일자 <北京青年报Běijīngqīngniánbào(북경청년보)>에 실린 기사를 보면, "泡菜叫辛奇, 不是改名是命名(김치를 신치라고 부른다, 이름을 바꾼 것이 아니라 이름을 지었다)."이라고 보도하고 있다. 한국농림수산식품부에서 김치의 중국 이름을 辛奇xīnqí(신치)라고 부르기로 했다는 발표에 대해 중국인들의 부정적인 반응을 전하고 있다. 辛奇는 김치와 발음이 비슷하고 '맵고 신기하다'라는 의미도 있어 이름을 바꿔보려 했지만 인위적인 시도가 오랜 기간 자연스럽게 형성된 언어의 습관을 바꾸는 것은 무리였던 모양이다. 이 일은 결국 잠깐의 해프닝으로 끝나고 말았다. 참고로, 일부 학자들은 浸菜, 沉菜(침채; 담근 채소)가 '짐채→김채→딤채'로 발음이 바뀌어 '김치'라는 단어가 되었다고 설명하기도 한다.

중국에는 지역별로 특색 있는 요리가 많다. 중국의 4대 요리에 대해서는 여러 가지 의견이 있지만, 대체로 다음 네 가지를 가리킨다.

- 京菜Jīngcài(경채): 청나라 때 궁궐이 있던 베이징을 중심으로 발달한 음식으로 대표 음식은 北京烤鸭Běijīng kǎoyā[베이징카오야(북경고압)]로 알려진 베이징오리구이, 그리고 만주족과 한족의 음식 108가지를 망라한 滿汉全席Mǎnhànquánxí(만한전석) 등이 있다. 대체로 조금 짜고 기름진 편이다.
- 上海菜Shànghǎicài(상해채): 보기에도 화려하고 달콤한 맛이 특색인 상하이 중심의 요리로서 민물 게(蟹xiè) 요리 등 해산물과 채소 중심의 요리가 많다.
- 粤菜Yuècài(월채): 남쪽 광둥[粤]지방의 요리로 서양에 일찍 개방되어 비교적 국제화되었으며 덜 기름진 편이다. 그리고 중국에서 가장 다양한 종류의 요리를 자랑하는데, 이른바, '의자 빼고 네발 달린 것은 다 요리한다'고 하는 것이 바로 광둥요리다.
- 川菜Chuāncài(천채): 덥고 습한 날씨로 향신료가 발달하여 맛이 강하고 매운 것이 특징인 쓰촨[川]지방의 요리는 麻辣málà(마랄)이라고 하는데, 입이 마비될 정도로 매운 맛이 특징이다. 한국음식도 매운 것으로 유명하지만 중국에서는 한국의 매운 음식을 甜辣tiánlà(첨랄), 즉 달콤하게 맵다고 말한다.

그 외에도 湖南Húnán[후난(호남)]의 상징인 湘菜Xiāngcài(상채), 山东Shāndōng[산둥(산동)]지방의 鲁菜Lǔcài(노채), 그리고 香港Xiānggǎng(홍콩) 요리인 香菜Xiāngcài(향채)가 4대 요리에 들어가기도 한다.

菜와 유사한 한자인 彩cǎi(색채 채)는 화려함과 컬러(color)를 뜻하는 형성문자이며, 彩虹cǎihóng(채홍; 무지개), 精彩jīngcǎi(정채; 뛰어나다, 훌륭하다), 彩色cǎisè(채색; 천연색), 彩色电视cǎisèdiànshì(컬러 TV), 彩票cǎipiào(채표; 복권) 등의 단어가 쓰인다. 이 한자와 관련하여 중국에는 '彩凤随鸦cǎifèngsuíyā(채봉수아)'라는 재미있는 속담이 있다. "아름다운 봉황이 까마귀를 따라다닌다."는 뜻인데, 아름다운 미인이 야수같이 못생긴 남자에게 시집을 간다는 말이다. 요즘 중국에서는 미녀와 팔장을 끼고 다니는 추남들이 많은데 채봉수아를 잘못 말했다간 길거리에서 시비가 붙을 수도 있으므로 주의해야 한다.

★ 알아두면 유용한 단어

菜单càidān(채단): 메뉴, 메뉴판 | 蔬菜shūcài(소채): 채소 | 点菜diǎncài(점채): 음식을 주문하다 | 川菜chuāncài(천채): 쓰촨요리 | 上菜shàngcài(상채): 음식을 상에 올리다, 음식이 나오다

기사로 보는 키워드

荷兰人做菜只会炸煮炖. 네덜란드[荷兰] 사람들은 요리할[做菜] 때 튀기고[炸], 끓이고[煮], 삶기만[炖] 한다.

네덜란드 요리의 검소함에 대해 쓴 기사다. 네덜란드는 지리적으로 바람이 많이 부는 곳에 위치하여 칼로리가 높은 튀긴 음식을 즐겨 먹어서 나온 말이 아닐까 생각한다.

_<环球时报>(2014. 3. 12.)

Keyword

중국어 발음이 유사한 기관지염气管炎과 공처가妻管严

妻qī(아내 처)

중국에서는 부부를 夫妇fūfù(부부)라고도 하지만 夫妻fūqī(부처)라는 말을 더 많이 사용한다. 未婚妻wèihūnqī(미혼처)라는 말은 우리말과는 느낌이 다른 결혼하지 않은 아내, 즉 약혼녀를 뜻하고, 未婚夫妻wèihūnfūqī(미혼부처)는 예비부부를, 未婚夫wèihūnfū(미혼부)는 약혼남을 가리킨다. 그리고 약혼을 뜻하는 말로는 约婚(약혼)보다는 우리의 사극에서 자주 접하는 订婚dìnghūn(정혼)이란 표현을 더 많이 사용한다.

또한 중국에서는 아내를 무서워하는 恐妻家(공처가)를 妻管严qīguǎnyán(처관엄)이라고 한다. 엄한 아내라는 뜻인데, 공교롭게도 기관지염을 뜻하는 气管炎qìguǎnyán(기관염)과 발음이 유사하다. 이렇게 발음이 비슷하거나 같지만 뜻이 다른 同音異義語(동음이의어)를 谐音xiéyīn(해음)이라고 하는데, 은유적인 표현으로 气管炎이 공처가를 뜻하는 경우도 있으므로 앞뒤 상황을 잘 살펴서 이해해야 한다.

우리와 마찬가지로 중국에서도 주말부부가 많은데, 이들을 가리켜 반만 달콤한 부부라는 의미로 半糖夫妻bàntángfūqī(반당부처)라고 하고, 맞벌이 부부는 급여가 두 배라는 의미로 双薪夫妻shuāngxīnfūqī(쌍신부처) 또는 双职工夫妻shuāngzhígōngfūqī(쌍직공부처)라고 한다.

여기에 쓰인 妻qī(아내 처)는 事(일 사)와 女(여자 녀)로 이루어져 옛날에는 일하는 여자라는 뜻의 회의문자로 쓰이다가 나중에 아내라는 뜻으로 변화된 글자다. 참고로 妇-婦(아내 부)는 女와 帚(빗자루 추)로 이루어진 한자이며 빗자루를 들고 청소하는 여자에서 아내, 아주머니로 변화된 것으로 볼 수 있다.

술지게미(糟)와 쌀겨(糠)로 함께 허기를 때우던 때의 아내라는 뜻으로, 몹시 가난할 때 고생을 함께 겪어 온 아내를 糟糠之妻zāokāngzhīqī(조강지처)라고 한다. 우리 옛말에 "조강지처를 버리면 천벌을 받는다."라는 말이 있듯이, 중국에도 이와 비슷한 뜻을 가진 "조강지처를 속이면 안 된다."라고 하는 糟糠之妻不可欺zāokāngzhīqī bùkěqī(조강지처불가기)라는 격언이 있다.

★ 알아두면 유용한 단어

夫妻fūqī(부처): 부부 | 妻子qīzi(처자): 아내 | 妻子qīzǐ(처자): 처자식, 아내와 자식 | 妻子与丈夫qīziyǔzhàngfu(처자여장부): 아내와 남편 | 妻子不避qīzǐbúbì(처자불피): 아내와 아이들이 피하지 않을 정도로 친한 사이 | 妻亲qīqīn(처친): 처가 쪽 친척

기사로 보는 키워드

成本高, 许多中国夫妻放弃生'二孩'的机会. 양육비가 많이 들어 수많은(许多, 허다한) 중국 부부들이 '둘째 아이' 낳는 것을 포기[放弃]하고 있다.

<뉴욕타임즈[纽约时报Niǔyuēshíbào]> 기사를 <环球时报>가 인용 보도한 것인데, 중국도 우리나라와 비슷한 사회문제로 고민 중임을 알 수 있다.

_<环球时报>(2014. 2. 27.)

질투 때문에 소동이 일다
초해생파醋海生波

keyword
醋cù(식초 초)

'질투하다'라는 말은 샘내고 시기한다는 한자를 사용하여 嫉妒jídù(질투)라고도 하지만, '식초를 먹다'의 뜻인 吃醋chīcù(흘초)라는 말을 많이 사용한다. 이 말은 唐太宗(당태종) 李世民(이세민)과 재상 房玄龄(방현령)의 이야기에서 유래한다. 어느 날 황제로부터 미인을 하사받은 방현령이 부인의 눈치를 보며 망설이자, 이를 보다 못한 당태종이 방현령의 부인에게 "毒酒(독주)를 마시든가 내가 하사한 미인을 둘째 부인으로 맞든가 선택하라."라고 어명을 내렸다. 그러자 방현령의 부인은 주저없이 그 자리에서 독주를 마셔버렸는데 다행히 독주 잔에는 식초가 들어 있어서 방현령의 부인은 목숨을 잃지 않았다고 한다. 이 吃醋라는 단어는 요즘 젊은 남녀 사이에서 '你吃醋了nǐ chīcùle(너 질투하는구나!)' 또는 '你在吃醋吗nǐ zài chīcùma(너 지금 질투하니?)와 같은 표현으로 사용된다. '식초의 바다에서 물결이 일다.'라는 뜻의 醋海生波cùhǎishēngbō(초해생파)라는 말은 질투 때문에 난리가 났다는 의미로 사용되는 표현이다.

여기에 사용된 醋cù(식초 초)는 酉(닭 유, 酒, 술)와 昔(옛 석)으로 이루어진 글자로 오래된 술에서 나는 쉰 맛의 식초를 뜻하는 형성문자이며 질투의 뜻도 있다. 참고로 酉가 들어간 글자는 대부분 酒(술 주)와 관련된 뜻이라고 보면 된다.

油盐酱醋yóuyánjiàngcù(유염장초)는 기름이나 소금, 장, 식초 등 조미료를 가리키는 调料tiáoliào(조료)를 뜻하기도 하고, 사소한 것, 중요하지 않은 일을 뜻하기도 한다. 또 少盐没醋shǎoyánméicù(소염몰초)는 짜지도 않고 시지도 않다는 말로 재미없다, 무미건조하다는 뜻으로 사용된다. 참고로 栗谷(율곡) 李珥(이이)의 ≪健康十訓(건강십훈)≫에 나오는 少盐多醋(소염다초)라는 말은 소금을 적게 먹고 식초를 많이 먹으라는 뜻이며, 少糖多果(소당다과)는 단 것을 멀리하고 과일을 많이 먹으라는 의미다. 우리나라 사람들이 즐겨 먹는 糖水肉(탕수육)은 중국어로 糖醋肉tángcùròu(당초육)이라고 하는데, '달콤하고 새콤한 소스를 곁들인 고기'라는 뜻이다. 우리말 탕수육도 이 말에서 유래된 듯하다.

고대 중국의 동부지방에서는 초를 酸suān(산)이라 하였고, 서부지방에서는 醋cù(초)라고 불렀다고 한다. 酸 또한 酉(닭 유)와 夋(천천히 갈 준)으로 이루어진 글자로 술이 천천히 변해 신맛이 난다는 뜻이다. 이 글자가 들어간 단어로는 酸奶suānnǎi(산내; 시큼한 우유, 요구르트), 酸疼suānténg(시큰거리며 아프다) 등이 있으며, 이 밖에도 시고, 달고, 쓰고, 맵다는 뜻과 인생의 맛 또는 삶의 온갖 경험을 뜻하는 酸甜苦辣suāntiánkǔlà(산첨고랄) 등이 있다.

★ 알아두면 유용한 단어

米醋mǐcù(미초): 쌀 식초 | 醋酸cùsuān(초산): 초산 | 食醋shícù(식초): 식초 | 醋瓶子cùpíngzi(초병자): 식초병 | 冰醋酸bīngcùsuān(빙초산): 빙초산

기사로 보는 키워드

韩国警告'降雪酸度如同食醋'. '내리는 눈의 산도가 食醋(식초)와 같다'고 한국이 경고하였다.

이 기사는 지속적인 중국발 스모그 등으로 한국에 내린 눈의 酸度(산도)에 대해 우려하고 있는 한국의 분위기를 중국 언론이 전하고 있다.

_<环球时报>(2014. 1. 22.)

천하의 서시라도 흠은 있는 법,
서시유소추西施有所丑

keyword

丑-醜chǒu(추할 추, 소 축)

美丑不分měichǒubùfēn(미추불분)이란 아름다움과 추함이 구분되지 않는다는 뜻으로, 선과 악이 잘 구분되지 않는 상황을 표현한 말이다. 고대 중국의 수도 长安(장안, 지금의 시안) 북쪽에는 黄河Huánghé(황하)의 최대 지류인 谓水(위수)가 흐르는데, 周武王(주무왕)을 도와 殷Yīn(은)나라를 멸망시킨 姜太公(강태공)이 낚시를 하며 세월을 낚던 바로 그 강이다. 위수는 항상 탁하고 흐린 물이 흘러 여기서 황하라는 이름이 유래되었으며, 이와 반대로 泾水(경수)는 맑은 물이 흐르는 황하의 지류를 말한다. 경수와 위수 두 강물이 합류하는 곳은 맑은 물과 탁한 물이 섞여 구분이 불분명한데, 이 모습을 泾渭不分jīngwèibùfēn(경위불분)이라고 하며 선과 악 또는 옳고 그름의 구분이 잘 안 되는 모호한 상황을 비유적으로 표현할 때 사용한다. 이와 비슷한 뜻을 가진 말로 옳고 그름의 앞뒤가 바뀌었다, 또는 전도되었다는 颠倒是非diāndǎoshìfēi(전도시비)도 많이 쓰이며, 반대로 是非(시비)가 명확하고 옳고 그름이 분명한 상황을 나타낼 때는 泾渭分明jīngwèifēnmíng(경위분명)이라고 말한다. 우리말 '涇渭(경위)를 따지다'라는 말도 사실 중국의 이 같은 강이름에서 유래된 것이다.

중국 속담에 家丑不可外扬jiāchǒu bùkě wàiyáng(가추불가외양)이라는 말이 있다. "집안의 좋지 않은 일들은 밖에 알려지면 안 된다."라는 뜻이다. 체면[面子miànzi]을 무척이나 중요시하는 중국 사회의 단면을 엿볼 수 있는

중국의 4대 미인 중 한 사람인 서시

말로, 家醜不外揚(가추불외양)이라고도 한다.

또다른 속담으로 천하 제일의 미인인 越Yuè(월)나라 서시에게도 못생긴 데가 있다는 西施有所丑Xīshīyǒu suǒchǒu(서시유소추)는 '嫫母有所美(모모유소미), 西施有所醜(서시유소추)'에서 나온 말이다. 중국의 고대 신화에 등장하는 三皇五帝(삼황오제)의 한 명인 黃帝(황제)의 아내 嫫母(모모)가 비록 추녀이나 그 나름대로 예쁜 점이 있고, 반면에 아름다운 서시에게도 미운 구석이 있다는 말로, 세상에 완벽한 것은 없다는 재미있는 표현이다. 중국인들이 성인으로 생각하는 황제의 아내 모모는 아마도 제갈량의 부인 황씨처럼 어질고 현명했지만 丑女(추녀)였던 모양이다.

여기에 쓰인 醜chǒu(추할 추)는 酒(술 주)와 鬼(귀신 귀)로 이루어져 술을 먹고 취해서 그 모습이 귀신처럼 추하다는 뜻의 회의문자다. 간체자인 丑는 '소 축', '두 번째 지지 축'으로도 쓰인다.

최근 중국 젊은이들, 특히 여성들 사이에서는 '丑帅chǒushuài(추수)'라는 말이 유행하고 있는데, 잘 생긴 얼굴은 아니지만 멋있는 남자를 일컫는 인터넷상의 신조어다. 중국에서 空前kōngqián(공전)의 히트를 친 SBS

드라마 <상속자들>에서 이민호의 라이벌로 나오는 김우빈이 중국 여성들에게 인기가 높아지면서 지금은 김우빈 같은 스타일의 남자를 가리키는 말로 쓰이고 있다. 여기서 우리도 즐겨 사용하는 '공전'이라는 말은 전무후무, 즉 이전에도 없었고 앞으로도 없을 것이라는 뜻의 空前绝后kōngqiánjuéhòu(공전절후)의 줄임말이다.

★ 알아두면 유용한 단어

丑恶chǒuè(추악): 추악하다 ↔ 美好měihǎo(미호): 아름답다 | 丑态百出chǒutàibǎichū(추태백출): 온갖 추태를 다 부리다 | 丑行chǒuxíng(추행): 추행 | 丑闻chǒuwén(추문): 나쁜 소문 | 政治丑闻zhèngzhìchǒuwén(정치추문): 정치적 추문, 정치 스캔들 | 容貌丑陋róngmàochǒulòu(용모추루): 용모가 추하다 | 丑男子chǒunánzǐ(추남자): 못생긴 남자 | 丑女人chǒunǚrén(추녀인): 못생긴 여인 | 丑时chǒushí(축시): 새벽 1~3시

사돈이란 나무에 걸터앉아 술 권하는 사이

keyword

亲-親qīn(친할 친)

亲戚qīnqi(친척)은 원래 성이 같은 일가(同姓一家)인 '亲'과 성이 다른 일가(異姓一家)인 '戚'으로 구분되며, 부계와 모계로 이루어진 亲姻戚(친인척)을 뜻하는 말이다. 하지만 중국에서는 亲이 査頓(사돈)을 뜻하기도 하는데, 우리말 사돈을 중국에서는 亲家qìngjia(친가)라고 한다. 바깥사돈은 亲家公qìngjiagōng(친가공), 안사돈은 亲家母qìngjiamǔ(친가모)라고 하며, 亲家大人qìngjiadàrén(친가대인)은 사돈어른을 일컫는 말이다. 또 '선을 보다'라는 말은 사돈 될 사람을 만난다는 의미로 相亲xiāngqīn(상친)이라고 하며, '선을 보러 가다'는 去相亲会qùxiāngqīnhuì(거상친회)라고 한다.

사돈이라는 우리말은 고려시대 여진을 정벌하고 9성을 쌓은 尹瓘(윤관) 장군의 일화에서 비롯된 것으로 전해진다. 어느 날 윤관이 사돈과 술을 한잔하기 위해 찾아가던 중, 폭우로 물이 불어 개울을 건너지 못하자 그 개울을 사이에 두고 나무 그루터기에 앉아 사돈과 마주보고 인사하며 술을 마셨다는 이야기에서 査(등걸나무 사)와 頓(머리 숙일 돈)을 사용하여 만들어진 글자라고 한다. 그런가 하면 몽골어 '사둔'에서 파생되었다는 설도 있다. 이와 같이 우리말 중에는 몽골어의 영향을 받은 것이 의외로 많은데, 아내를 허물없이 부르는 말인 '마누라'는 지체가 높은 분을 지칭하는 몽골의 존칭 '마노라'에서 유래되었다. 이 밖에 임금님의 '수라', 겉옷을 가리키는 '두루마기' 등 고려와 몽골의 100년 남짓한 사돈 관계로 인하여 서로에게 많은 영향을 주고받은 것 같다.

亲-親qīn(친할 친)은 亲(친할 친)과 見(볼 견)으로 이루어진 글자로 나무[木]에 올라가 서서[立] 살펴볼[见] 정도로 서로 보호하고 친한 사이를 뜻하는 형성문자다. 현대 중국에서 亲은 '입맞추다', '키스하다'라는 뜻의 동사로도 사용되는데, 亲亲qīnqīn(친친)은 '키스하다'라는 뜻으로 接吻jiēwěn(접문)과 같은 말이고, 亲爱的qīnàide(친애적)은 부부나 연인 사이에 부르는 '자기야!'와 같은 애칭이다.

중국에는 우리의 5월 8일 어버이날처럼 아버지와 어머니의 사랑을 기념하여 제정한 날이 있는데, 5월 두 번째 일요일을 母亲节mǔqīnjié(모친절), 6월 세 번째 일요일을 父亲节fùqīnjié(부친절)이라고 한다.

한나라 때 韓嬰(한영)이 지은 ≪詩經(시경)≫의 해설서 ≪韓詩外傳(한시외전)≫에 전하는, 돌아가신 어버이를 생각하는 마음을 나타낸 风树之叹fēngshùzhītàn(풍수지탄)을 옮겨 본다. 효도를 하고 싶어도 어버이가 이미 돌아가셔서 안타까워하는 마음을 느낄 수 있다.

树欲静而风不止 shùyùjìngér fēngbùzhǐ (수욕정이풍부지)
子欲养而亲不待 zǐyùyǎngér qīnbúdài (자욕양이친부대)

나무는 조용히 있고자 하나 바람이 그치질 않고,
자식은 봉양하고자 하나 부모님은 기다려주지 않네.

★ 알아두면 유용한 단어

亲戚qīnqi(친척): 친척 | 亲爱qīnài(친애): 친애하다 | 亲切qīnqiè(친절): 친절하다 | 亲近qīnjìn(친근): 친근하게 지내다, 가깝게 지내다 | 亲自qīnzì(친자): 몸소, 직접 = 亲身qīnshēn(친신) | 亲家qìngjia(친가): 사돈 | 亲人qīnrén(친인): 직계 친족, 배우자

21세기 중국의 새로운 외교전술, 설중송탄雪中送炭

keyword

炭tàn(숯 탄)

炭tàn(숯 탄)은 山(뫼 산)과 厂(민엄호, 언덕 엄), 火(불 화)로 이루어진 글자로 산속 언덕 밑에서 굴을 파고 불로 구워 만든 숯을 뜻하는 회의문자다. 참고로 민엄호라는 부수 이름을 가진 厂(언덕 엄)은 기슭, 언덕 또는 토굴 등을 뜻하고, 엄호라고 불리는 广(집 엄)은 집을 나타낸다. 하지만 간체자에서는 广-廣guǎng(넓을 광)으로도 사용된다.

雪中送炭xuězhōngsòngtàn(설중송탄)이라는 말은 폭설에 갇혀 있는 어려운 이웃에게 땔감을 보낸다는 뜻으로, 연초에 중국의 사회 지도층에서 붓글씨 挥毫(휘호)로도 많이 쓰이는 문구이다. 宋Sòng(송)나라 태종이 눈이 내리는 겨울철에 농민 반란이 일어나자, 涂炭tútàn(도탄)에 빠진 민심을 달래기 위해 쌀과 땔감을 보냈다는 故事gùshi(고사)에서 유래한 말이다. 여기서 도탄이란 진흙과 숯이라는 뜻으로 어려운 민중의 삶을 표현한 단어다.

최근 중국은 시진핑 국가주석의 EU 방문에서도 설중송탄을 언급하는 등, 그리스, 아프가니스탄, 아프리카 등 경제적 도움이 절실한 나라에 물자를 지원하는 이른바 족집게 외교전술인 설중송탄의 전술을 구사하며 미국 등 서방 진영을 긴장시키고 있다. 숨어서 몰래 칼을 간다는 의미의 韬光养晦tāoguāngyǎnghuì(도광양회)를 외교전략으로 구사하던 邓小平Dèngxiǎopíng[덩샤오핑(등소평)] 시절과 비교하면 놀랍게 성장한 중국의 위상

을 엿볼 수 있다. [74쪽, 搯(칼집 도) 참조]

설중송탄의 반대말로 趁火打劫chènhuǒdǎjié(진화타겁)이라는 俗语súyǔ(속어; 속담)가 있는데 '불난 집에서 도둑질 한다.'라는 뜻이다. '불난 집에 부채질한다.'처럼 남의 어려움을 악용하여 자신의 이익을 채운다는 의미다.

冰炭不容bīngtànbùróng(빙탄불용)은 얼음과 불은 서로 어울릴 수 없다는 속담으로 冰炭不相容(빙탄불상용)이라고도 하며, 개와 원숭이처럼 앙숙이라는 뜻의 犬猿之間(견원지간)과도 비슷한 의미다.

최근 심각한 사회문제가 되고 있는 중국 대도시의 스모그 雾霾wùmái(무매)는 부유한 사람들의 자동차 煤烟méiyān(매연)과 가난한 사람들의 난방용 褐炭hètàn(갈탄)이 주요 원인으로 분석되고 있다. 갈탄은 탄소 성분이 낮아 유해 성분의 연기가 많이 발생하는 유연탄으로 아직도 도시 외곽의 서민들이 난방용 연료로 많이 사용하고 있다. 참고로 연료용 석탄의 탄소 함유량을 보면, 土炭(토탄)이라고도 불리는 泥炭nítàn(이탄)은 탄소 성분이 60%대로 열량이 매우 낮으며, 갈탄은 탄소 성분이 80% 정도인 갈색 유연탄으로 가격이 저렴한 편이지만, 연기가 많이 나 중국 대도시 대기 오염의 주범 중 하나다. 그리고 无烟炭wúyāntàn(무연탄)은 탄소 함유량이 90% 이상이며 연기가 거의 없고 열량이 높다.

炭tàn(숯 탄)과 비슷한 글자로는 灰huī(재 회)가 있는데 厂(민엄호, 언덕 엄)와 火(불 화)로 이루어져 숯[炭]을 구워내고 난 후 언덕 아래 남아 있는 재를 뜻하는 회의문자다. 灰尘huīchén(회천; 먼지), 灰心huīxīn(회심; 회색 마음, 우울한 심정), 灰色的huīsède(회색적; 회색의), 万念俱灰wànniànjùhuī(만념구회; 만 가지의 생각이 모두 회색으로 희망이 없다), 烟灰缸yānhuīgāng(연회항; 재떨이) 등의 표현이 있다.

2015년 봄, 미국 디즈니사에서 만든 영화 <신데렐라(Cinderella)>가 중국에서 <灰姑娘Huīgūniáng(회고낭)>, 즉 재투성이 아가씨라는 제목으로 번역되어 개봉했다. 그리고 灰姑娘上位富二代痴情片huīgūniáng shàngwèi fùèrdài chīqíngpiàn이라는 말도 있는데, 이는 신데렐라 같은 가난한 여성이 신분 상승[上位(상위)]을 위해 재벌2세[富二代]와 만난다는 '막장 드라마[痴情片(치정편)]' 같은 영화나 드라마를 일컫는 말이다.

★ 알아두면 유용한 단어

煤炭méitàn(매탄): 석탄 | 挖炭wātàn(알탄): 석탄을 캐다 | 炭素tànsù(탄소): 탄소 = 碳tàn(탄) | 二氧化碳èryǎnghuàtàn(이양화탄): 이산화탄소 | 炭酸饮料tànsuānyǐnliào(탄산음료): 탄산음료

기사로 보는 키워드

德国拒绝援助希腊, 中国将雪中送炭? 독일[德国]이 그리스[希腊(희랍)] 지원을 거절했다. 중국은 설중송탄을 할 것인가?

이와 같이 雪中送炭이라는 표현이 언론의 외교 소식란에 자주 인용되고 있다.

_<和讯网Héxùnwǎng(화신망)>(2015. 2. 12.)

명품인 명패名牌와 짝퉁인 산채山寨

keyword

牌pái(패 패)

유럽 명품 브랜드의 최대 시장은 중국이다. 중국에서 명품은 名牌míngpái(명패) 또는 名牌儿míngpáir(명패아)로 불리며 그 인기가 상상할 수 없을 정도로 높다. 공산당의 정권유지 차원에서 서민생활과 관련된 생필품이나 대중교통 요금(버스의 경우 1RMB) 등은 파격적으로 싼 대신, 奢侈品shēchǐpǐn(사치품)에는 고율의 세금을 부과하다 보니, 해외로 나간 游客yóukè[요우커(유객)]들이 免税店miǎnshuìdiàn(면세점)에서 늘 장사진을 이루며, 동시에 소위 '짝퉁' 상품도 활개를 칠 수밖에 없다.

짝퉁은 중국어로 山寨shānzhài(산채)라고 하는데, 도둑의 소굴인 산속(산채)에서 만든 물건이라는 뜻이다. 'Adidos'나 'Hike' 같이 명품 브랜드를 흉내 낸 '산자이'가 크게 유행했으나, 지금은 'Adidas', 'Nike' 상표를 그대로 붙인 假货jiǎhuò(가화) 또는 假品jiǎpǐn(가품)이라고 불리는 가짜 제품들이 대세를 이루고 있다. 서울의 남대문로와 비슷한 베이징 长安街Chángānjiē(장안가)에 있는 秀水Xiùshuǐ(수수) 백화점(굳이 해석하면 물 좋은 백화점)은 필수 관광 코스로 늘 성업 중이다. 중국 정부 입장에서는 외국과의 상표권 마찰을 우려해 강력하게 단속을 하고자 해도, 이미 엄청나게 커진 '짝퉁' 시장이 갑자기 붕괴되면 수많은 중국 인민들이 일자리를 잃기 때문에 적당한 단속과 묵인을 반복하고 있다.

중국에서는 유명한 상품의 경우에는 名牌míngpái(명패)라고 하고, 거물이나 유명인사와 같은 인물의 경우에는 大牌dàpái(대패)라고 구분해서 사용한다. 예를 들면, 명품가방은 名牌包míngpáibāo(명패포)라고 하고, 유명

배우는 大牌明星dàpáimíngxīng(대패명성)이라고 한다. 그러나 高牌(고패)나 小牌(소패)라는 말은 없다.

여기에 쓰인 牌pái(패 패)는 片(나무 조각 편)과 卑(낮을 비, 아래 비)로 이루어진 글자로 허리(몸 아래)에 차고 다니는 나무 조각으로 만든 증명패를 뜻하는 형성문자다. 비슷한 모양의 爿(ㄐ, 나무 조각 장)과 片은 나무를 쪼갠 후의 좌우 조각을 뜻했으나 현대에 와서 爿은 나무로 만든 무기 또는 멋지고 웅장하다는 의미의 글자로, 片은 작은 증명서를 뜻하는 글자로 사용되고 있다.

중국 곳곳에서 牌坊páifāng(패방) 또는 牌楼páilou(패루)라고 불리는 문이 없는 전통 조형물을 자주 볼 수 있다. 대부분 충효나 절개가 높았던 사람을 기념하는 忠孝牌坊zhōngxiàopáifāng(충효패방)이거나 군주나 장수들의 공적을 기념하는 凯旋门kǎixuánmén(개선문)과 비슷한 용도이며 우리나라에도 이와 비슷한 홍살문, 열녀문 등이 있다. [컬러화보 마지막 사진 참조]

참고로 조선시대의 號牌(호패)는 태종 임금 때 시행된 16세 이상 백성들의 신분증이었다. 같은 한자인 号牌hàopái(호패)를 현재 중국에서는 자동차의 번호판인 车辆号牌chēliànghàopái(차량호패)를 뜻하는 단어로 사용한다. 극심한 대기오염과 교통 혼잡으로 연간 차량등록 대수를 제한하고 있는 베이징, 상하이 등 대도시에서는 최소 5년 이상 거주하고 세금을 낸 시민들만이 무려 100:1이 넘는 추첨제도[购车摇号gòuchēyáohào(구차요호)]에 참가하여 차량을 매입할 수 있다. 이러다 보니 차량번호판인 호패의 프리미엄이 차량 가격과 비슷할 정도로 치솟고 있으며, 웬만한 서민들은 차를 사기가 어려운 지경이다.

★ 알아두면 유용한 단어

金牌jīnpái(금패): 금메달 | 红牌hóngpái(홍패): 足球zúqiú(축구) 경기 등의 레드카드 | 登机牌dēngjīpái(등기패): 비행기 탑승권 | 名牌儿míngpáir(명패아): 명품 | 名牌包míngpáibāo(명패포): 명품 핸드백 | 名牌手表míngpáishǒubiǎo(명패수표): 명품 시계 | 名牌大学míngpáidàxué(명패대학): 명문대학 | 牌子páizi(패자): 상표, 브랜드 | 牌照páizhào(패조): (사진이 들어간 증명서) 운전면허증, 영업허가증 | 车辆号牌chēliànghàopái(차량호패): 차량번호판

기사로 보는 키워드

红衣球员最易吃红牌. (통계적으로) 붉은색 유니폼을 입은 축구선수들이 (경기 중) 레드카드[红牌]를 제일 쉽게 받는다.

_<环球时报>(2014. 1. 2.)

G7警告俄停吞并, 克里米亚摊牌仅剩72小时. 서방 7개국은 러시아의 (크림반도) 병탄(吞并)을 경고하였으며, 크리미아의 최종 결론은 72시간 남았다.

크리미아 공화국의 러시아 합병 여부를 묻는 국민투표가 72시간 남았고 G7이 러시아에 경고하는 상황을 보도한 기사다. 여기서 摊牌tānpái(탄패)는 '(자기의) 패를 보이다, 최종 의견을 내놓다'라는 뜻이다.

_<环球时报>(2014. 3. 13.)

韩国旅游打'明星偶遇'牌. 한국 여행사들은 '(한류) 스타 만나기' 상품[牌]을 개발했다.

한류 붐으로 중국 여성들에게 인기가 높은 한국의 연예인들을 만날 수 있는 관광상품 개발을 소개하는 기사다. 여기서 偶遇ǒuyù(우우)는 '우연히 만나다'라는 뜻이다.

_<环球时报>(2014. 1. 30.)

중국의 졸부 토호들의 명품 토호금土豪金

keyword

豪háo(뛰어날 호)

豪háo(뛰어날 호)는 高gāo(높을 고)와 豕(돼지 시)로 이루어진 글자로 갈기털을 높게 날리는 멧돼지의 용맹하고 씩씩한 모습을 뜻하는 형성문자다.

自豪感zìháogǎn(자호감)은 우리말로 자부심(自負心), 긍지(矜持), 자신감(自信感) 등의 의미로 자주 사용하는 말이다. 중국에서는 自負心(자부심)이나 自信感(자신감)이라는 단어는 쓰지 않고, 自信心zìxìnxīn(자신심)이라는 말을 같은 뜻으로 사용하므로 혼동[混淆hùnxiáo(혼효)]하지 말아야 한다. 참고로 자부심이라는 말은 일본에서는 自負心[じふしん(지후신)]으로 사용하고 있다. 또한 自豪zìháo(자호)는 긍정적인 의미[褒义bāoyì(포의)]의 형용사로 자부심을 느낀다는 뜻인데, 부정적인 의미[贬义biǎnyì(폄의)]로 좀 건방지며 오만하다는 표현은 骄傲jiāoào(교오)라는 형용사를 주로 사용한다.

豪门háomén(호문)은 원래 권세 있는 집안을 일컫는 말이었지만, 요즘 중국에서는 돈 많은 사람을 뜻하는 말이다. '그녀는 부자에게 시집을 갔다'는 표현은 她嫁给豪门tā jiàgěi háomén, 또는 她跟豪门结婚了tā gēnháomén jiéhūnle라고 표현한다. <精武门(정무문)>, <墨功(묵공)>, X맨 시리즈 <데이즈 오브 퓨처 패스트> 등의 영화에 출연한 중국의 유명 여배우 范冰冰Fànbīngbīng[판빙빙(범빙빙)]은 기자들이 豪门háomén(호문; 부자)에게 시집갈 생각이 있느냐고 묻자, '난 이미 豪门'이라는 재치 있는 대답으로 언론과 팬들의 주목을 받았다.

土豪tǔháo(토호)는 封建fēngjiàn(봉건)시대의 지방 호족 또는 지방 군벌(军阀)을 뜻하는 표현이었지만, 최근에는 돈만 많고 교양이 없는 벼락부자, 즉 졸부(猝富)[暴发户bàofāhù(폭발호)]들을 비유하는 단어로 인터넷에서 다시 유행하고 있다. 또한 가난하고 별 볼 일 없는 남자를 가리키는 자조적인 표현으로 屌丝diǎosī(초사)라는 말도 잇달아 생겨나면서 함께 유행하고 있는데, 남자의 성기를 뜻하는 屌丝라는 말은 극심한 청년 실업 등, 최근의 어려운 현실 세태를 감안한 중국 젊은이들의 자조적인 표현으로 볼 수 있다.

2013년에 애플에서 샴페인 골드(shampagne gold) 색상의 아이폰 5S를 중국에 출시했을 때 자신의 부를 자랑하고 싶은 土豪들이 앞다투어 금색 아이폰을 구매하면서, 샴페인 골드 색상의 아이폰을 土豪金tǔháojīn(토호금)이라 부르기 시작하다가 지금은 금색의 명품을 아우르는 표현이 되었다. 금색을 특별히 좋아하는 중국인들에게 광고와 패션 시장에서 土豪金은 이미 광풍을 일으키고 있다.

★ 알아두면 유용한 단어

自豪zìháo(자호): 형 스스로를 자랑스럽게 여기다 | 豪华háohuá(호화): 호화스럽다 | 豪奢háoshē(호사): 호사스럽다 | 豪门háomén(호문): 돈 많고 권세 있는 집안 | 英雄豪杰yīngxióngháojié(영웅호걸): 영웅호걸 | 豪雨háoyǔ(호우): 많은 비 | 集中豪雨jízhōngháoyǔ(집중호우): 집중호우

기사로 보는 키워드

又见土豪金, 海尔多门冰箱尽显王者气质. 또 만나는 샴페인 골드, 하이얼[海尔]의 (샴페인 골드) 다문 냉장고[冰箱]가 왕자의 모습을 다 보여주고 있다.

_<中国家电网Zhōngguójiādiànwǎng(중국가전망)>(2015. 2. 28.)

엄청난 여성팬을 끌어들인 〈상속자들〉과 〈별에서 온 그대〉, 흡인여분사吸引女粉丝

keyword

吸xī(들이마실 흡)

吸xī(들이마실 흡)은 口(입 구)와 及(닿을 급)으로 이루어진 글자로 입으로 마셔서 폐까지 이른다는 뜻의 형성문자다. 及은 子(아들 자)와 人(사람 인)이 합쳐져 뒷사람이 앞사람을 따라가서 닿다, 이른다는 뜻을 나타내는 회의문자로 볼 수 있다.

呼吸hūxī(호흡)을 할 때 숨을 들이쉬는 것은 吸气xīqì(흡기)라고 하고, 반대로 내쉬는 것은 呼气hūqì(호기)라고 하는데, 중국에서 瑜伽yújiā(요가)를 할 때 자주 듣게 되는 말이다. 참고로 담배를 피운다는 말은 문어체[书面语shūmiànyǔ(서면어)]에서는 吸烟xīyān(흡연)이라고 표현하지만, 회화체[口语kǒuyǔ(구어)]에서는 '담배를 빼다'라는 의미인 抽烟chōuyān(추연)이라고 말한다.

吸尘器xīchénqì(흡진기)는 진공청소기를 뜻하고, 吸血鬼xīxuèguǐ(흡혈귀)는 뱀파이어(Vampire)를 뜻하는 말이다. 이 말은 동유럽 루마니아의 전설인 '드라큘라 백작'을 영화화한 이후 일반적으로 쓰이는 단어가 되었다. 최근 각종 매체에 자주 등장하는 좀비(Zombie)는 중국에서 僵尸jiāngshī(강시)로 표현한다. 영화 <이웃집 좀비>는 <邻家僵尸Línjiājiāngshī(인가강시)>로 번역되어 개봉되었다.

吸引xīyǐn(흡인)은 강력하게 끌어당긴다는 뜻으로 많이 사용하는 단어인데, 외자유치에 총력을 기울이고 있는 지방정부의 공무원들을 만나보면 吸引外资xīyǐnwàizī(흡인외자)라는 말이나 표현을 자주 들을 수 있다.

2014년 2월 27일자 <北京青年报(북경청년보)>에 실린 기사를 보면, "'继承者们', '来自星星的你'都吸引了海量的年轻女粉丝[<상속자들>과 <별에서 온 그대>가 엄청나게 많은[海量] 젊은 여성팬들[女粉丝]을 끌어들였다]"라고 보도하고 있다. 한국 드라마 <상속자들>과 <별에서 온 그대>가 중국에서 空前kōngqián(공전)의 대히트를 치면서, 이에 대한 중국 사회의 다양한 반응들을 설명한 내용이다. 여기서 粉丝fěnsī(분사)는 팬들(fans)을 뜻하는 영어를 音借(음차)한 말이다.

吸手指xīshǒuzh(흡수지)는 '손가락을 빨다'라는 말이다. 이 밖에도 일상적인 여러 가지 습관에 대한 중국어 표현들을 참고로 알아두면 유용할 것이다.

- 咬指甲yǎozhǐjia(교지갑): 손톱을 물어뜯다.
- 磨牙móyá(마아): (잠 잘 때) 이를 갈다.
- 咬牙yǎoyá(교아): 이를 갈며 꾹 참다.
- 说梦话shuōmènghuà(설몽화): 잠꼬대를 하다.
- 放屁fàngpì(방비): 방귀를 뀌다, 헛소리를 하다.
- 咳嗽késou(해수, 해소): 기침(해수)을 하다.
- 打喷嚏dǎpēntì(타분체): 재채기를 하다.
- 打呼噜dǎhūlu(타호로): 코를 골다.
- 打哈欠dǎhāqian(타합흠): 하품을 하다. 哈欠(합흠)이라는 한자 발음에서 우리말 '하품'이 생긴 것이 아닌가 추측해 본다.

★ 알아두면 유용한 단어

呼吸hūxī(호흡): (뱉고 들이마시고, 들숨과 날숨) 호흡하다 | 吸烟xīyān(흡연): 흡연하다 | 吸烟室xīyānshì(흡연실): 흡연실 | 吸收xīshōu(흡수): 빨아들이다, 흡수하다 | 吸血鬼xīxuèguǐ(흡혈귀): 흡혈귀신 | 吸血蝠xīxuèfú(흡혈복): 흡혈박쥐 | 吸一口气xīyìkǒuqì(흡일구기): 한 모금 마시다, 단숨에 들이켜다 | 吸引xīyǐn(흡인): 빨아들이다, 흡인하다 | 吸引力xīyǐnlì(흡인력): 흡인력 | 吸毒xīdú(흡독): 마약을 하다 | 吸附(흡부): 걸러내다

기사로 보는 키워드

韩国主流净化器吸附, PM10. 한국의 주요 공기정화기는 (미세먼지 기준) PM 10까지 걸러낸다.

중국의 대기오염이 심각해지고 있는 최근, 한국산 공기정화기를 찾는 중국인들이 많아지자 한국산은 초미세먼지 기준인 PM 2.5는 걸러내지 못하고 PM 10까지만 걸러낸다고 이 기사는 보도하고 있다.

_<环球时报>(2013. 12. 28.)

牛津大学'近半数'学生吸毒. 옥스퍼드 대학교의 '절반에 가까운 학생들'이 마약을 한다.

중국에서 麻药máyào(마약)이라고 하면 주로 마취제를 뜻하며, 우리나라에서 흔히 마약이라고 일컫는 것은 毒品dúpǐn(독품)이라고 한다. '마약을 하다'라는 표현은 吸毒xīdú(흡독)이라고 한다.

_<环球时报>(2014. 1. 28.)

2.

역사, 신화로 살펴본 중국 이야기

15개의 성城과 바꿀 만큼 귀한 보물
가치연성价值连城 화씨벽

keyword
价-價jià(가격 가)

价-價jià(가격 가)는 亻(사람인변)과 賈(장사할 고)로 이루어진 글자로 사람들이 장사를 하기 위해 쌓아둔 물건의 가치 또는 가격을 뜻하는 형성문자다. 여기서 賈는 襾(덮을 아)와 貝(조개 패)가 합쳐져 돈이나 물건을 보자기에 싸와서 장사한다는 뜻을 담고 있다.

중국에서는 상점에서 물건 가격을 흥정하는 모습을 자주 볼 수 있는데, 중국사람들은 이렇게 흥정하는 것을 너무나 당연하게 생각한다. '가격을 흥정하다'라는 말은 讨价还价tǎojiàhuánjià(토가환가)라고 한다. 讨价tǎojià(토가)는 물건을 파는 사람이 팔 가격을 제시하는 것이고, 还价huánjià(환가)는 살 사람이 사고 싶은 가격을 다시[还] 제시하는 것을 말한다. 중국에서는 일반적으로 물건 가격의 200~300%에서 讨价(토가)가 시작되는 경우가 많으므로 흥정[还价(환가)]할 때 유의해야 한다. 물건의 질이 좋고 가격이 싼 경우에 자주 쓰는 표현으로 物美价廉wùměijiàlián(물미가렴)이라는 말도 있다.

여러 城(성)을 합할 정도로 그 값어치가 귀하다는 成语chéngyǔ(성어)로 价值连城jiàzhíliánchéng(가치연성)이라는 말이 있다. 连城之宝liánchéngzhībǎo(연성지보) 또는 连城之璧liánchéngzhībì(연성지벽)이라고도 하는 이 말에는 다음과 같은 유래가 전한다. 춘추시대 楚Chǔ(초)나라에 卞和Biànhé(변화)라는 사람이 있었는데 그가 발견한 유명한 玉(옥)인 和氏之璧héshìzhībì(화씨지벽)을 세월이 흘러 전국시대에는 赵Zhào(조)나라에서 가지고 있었다. 이웃한 강대국 秦Qín(진)나라가 이 옥을 탐내어 자기 나라의 15개 城(성)과 바꾸자고 조나라에 제의하자, 진나라의 침공을 두려워한 조나라에서는 이 제의에 응하기 위해 藺相如Lìnxiāngrú(인상여)를 파견한다. 그러나 진나라가 화씨벽만 취하고 약속한 성들을 내주지 않자, 인상여는 화씨벽에는 보이지 않는 흠이 있다는 거짓말로 진나라 왕을 속여 화씨벽을 가지고 조나라로 무사히 돌아왔다고 한다.

빌려준 물건을 주인에게 완벽한 상태로 돌려준다는 뜻의 完璧归赵wánbìguīzhào(완벽귀조)라는 말은 "완전한 화씨벽을 가지고 조나라로 돌아오다."라는 뜻에서 나온 표현이며, 여기에서 우리가 오늘날 흔히 사용하는 '完璧wánbì(완벽)하다'라는 말이 생겨났다.

후에 천하를 통일한 秦始皇QínShǐhuáng(진시황)은 이 화씨벽에 '하늘에서 명을 받았으니 나라의 수명이 영원하리라.'라는 뜻의 受命于天(수명어천) 既寿永昌(기수영창)이라는 글을 새긴 傳國玉璽(전국옥새)를 만든다. 이 전국옥새와 관련하여 ≪三国演义Sānguóyǎnyì(삼국연의)≫ 초반부에는 다음과 같은 이야기가 나온다. 역적 董卓Dǒngzhuó(동탁)을 제거하기 위해 모인 전국의 영웅들이 황제가 되려는 욕심을 품고 전국옥새를 서로 차지하기 위해 쟁탈전을 벌인 끝에 孙权Sūnquán(손권)의 부친 孙坚Sūnjiān(손견)이 이를 차지하게 된다. 하지만 이 때문에 결과적으로는 동탁을 제거하기 위한 연맹이 깨어지고, 손견의 명도 재촉하는 비극의 단초가 된다.

★ 알아두면 유용한 단어

价值jiàzhí(가치): 가치 | 价格jiàgé(가격): 가격 | 评价píngjià(평가): 평가하다 | 价格优惠jiàgéyōuhuì(가격우혜): 할인판매 | 这三个手表zhè sāngè shǒubiǎo, 哪个最有价值nǎge zuìyǒujiàzhí? 여기 있는 손목시계 세 개 중 어느 것이 제일 비싼가요?

드러난 마황후의 큰 발, 마각马脚이 드러나다

keyword

脚jiǎo(다리 각)

중국 역사상 수많은 황제들 가운데 평민 출신의 황제는 단 두 사람뿐인데, 바로 汉Hàn(한)나라를 세운 고조 刘邦Liúbāng(유방)과 明Míng(명)나라를 건국한 태조 朱元璋Zhūyuánzhāng(주원장)이다. 몽고족 元Yuán(원)나라에 대항하는 반란군의 중대장 정도에 지나지 않던 주원장의 부인인 马氏(마씨) 또한 평민 출신이었다. 당시 귀족 여인들 사이에서는 발을 작게 만드는 缠足chánzú(전족)이나 缠脚chánjiǎo(전각)의 풍습이 유행하였는데, 평민 출신의 마황후는 큰 발이 부끄러워서 항상 치마 속에 발을 숨기고 다녔다. 그러던 어느 날 가마를 타던 마황후는 시녀들에게 큰 발을 들키게 되었고, 그때부터 '마황후의 발[马脚]이 드러나다'라는 뜻으로 马脚mǎjiǎo(마각)이라는 말이 생겨났다고 한다. 다른 설로는 연극에서 말 분장을 한 배우가 실수로 다리를 노출시킨 데서 유래되었다는 이야기도 있다. 세월이 흐르면서 그 의미가 부정적[贬义biǎnyì(폄의)]으로 변형되어 露出马脚lòuchūmǎjiǎo(노출마각)이라는 말은 '마각(음흉한 속마음)을 드러내다.'라는 뜻으로 사용되고 있다.

여기에 쓰인 脚jiǎo(발 각, 다리 각)은 몸을 뜻하는 月(육달 월)과 却(물리칠 각)으로 이루어진 형성문자로, 전투에서 적군을 물리치는 병사들의 튼튼한 다리를 뜻하는 한자다. 우리나라에서는 다리 각으로 많이 사용하지만 중국에서 다리를 표현할 때는 대퇴(大腿)부의 腿tuǐ(넓적다리 퇴)라는 한자를 많이 사용하고, 발을 나타낼 때는 脚jiǎo(발 각) 또는 足zú(발 족)을 많이 사용한다. 인체를 나타내는 단어는 3성 발음이 제일 많고 그 다음으로 2성 발음이 많은데, 脚과 腿는 3성으로 발음하고 足은 2성으로 발음한다.

把今天的绊脚石变成明天的垫脚石bǎ jīntiānde bànjiǎoshí biànchéng míngtiānde diànjiǎoshí. 이 말은 오늘의 걸림돌을 내일의 디딤돌로 만든다, 즉 지금의 단점을 잘 극복하고 활용하여 미래의 장점으로 만든다는 의미다. 디딤돌은 垫diàn(방석 점)을 사용하여 垫脚石diànjiǎoshí(점각석)이라 하고, 걸림돌은 绊bàn(고삐 반)을 써서 绊脚石bànjiǎoshí(반각석)이라고 한다.

한편 자신의 발밑을 잘 살핀다는 뜻의 脚下照顾jiǎoxiàzhàogù(각하조고)는 원래 省察(성찰)을 뜻하는 말로 불교에서 많이 사용했지만, 지금은 자신의 주변 또는 가까운 사람도 조심하고 살펴본다는 뜻으로 자주 사용하는 말이 되었다.

★ 알아두면 유용한 단어

脚本jiǎoběn(각본): 연극의 극본 | 脚步jiǎobù(각보): 걸음걸이 | 脚脖子jiǎobózi(각발자): 발목 | 脚下jiǎoxià(각하): 발밑, 근처, 부근, 지금, 현재 | 赤脚chìjiǎo(적각): 맨발 | 脚指jiǎozhǐ(각지): 발가락 | 马脚mǎjiǎo(마각): 음모, 숨긴 마음 | 脚光jiǎoguāng(각광): 각광(foot light)

조조의 꾀, 망매지갈望梅止渴

keyword

渴kě(목마를 갈)

望梅止渴wàngméizhǐkě(망매지갈)이라는 말은 매실밭을 생각하며 입 속의 침으로 갈증을 푼다는 뜻을 가진 성어다. 여기에 쓰인 渴kě(목 마를 갈)은 氵(삼수변)과 曷(어찌 갈)로 이루어진 글자로 물이 마시고 싶어서 어찌할 바를 몰라 하는 갈증을 나타내는 형성문자다.

≪三国演义Sānguóyǎnyì(삼국연의)≫에 다음과 같은 이야기가 전한다. 曹操Cáocāo(조조)가 张绣(장수)를 정벌하기 위해 행군을 하는 도중, 물이 떨어져 병사들이 아주 고통스러워했다. 병사들의 갈증을 해결해야 하는 위기의 순간에 조조가 꾀를 내어 병사들에게, 산 너머에는 큰 매실밭이 있는데 그 매실은 시고도 달아서 목을 축이기에 충분하니 조금만 참고 더 나아가자는 거짓말을 했다. 그 이야기를 들은 병사들은 입 속에 침이 고여 갈증이 풀렸고, 동요가 가라앉았다고 한다.

이와 비슷한 뜻의 画饼充饥huàbǐngchōngjī(화병충기)는 그림 속의 떡으로 허기진 배를 채운다는 말이다. 아무 소용없는 헛된 일 또는 상상 속의 일로 현실의 불만을 보충하거나 위로한다는 뜻으로 중국 사람들이 즐겨 사용하는 표현이며, 그림의 떡이라는 의미의 画中之饼(화중지병)도 이와 비슷한 뜻으로 쓰이는 말이다.

한편 중국에서는 "목이 말라야 비로소 우물을 판다."고 하는 渴而穿井kěérchuānjǐng(갈이천정)이라는 말을 즐겨 사용하는데, 미리미리 준비를 하지 못하고 위기에 봉착해서야 허겁지겁 준비를 한다는 뜻이다. 우리의

"소 잃고 외양간 고친다."는 말과 유사한 "양 잃고 양의 우리를 고친다."는 뜻의 중국 속담 亡羊补牢wángyángbǔláo(망양보뢰)와, 적군과 맞닥뜨리고 나서야 칼을 간다는 뜻의 临阵磨枪línzhènmóqiāng(임전마창) 등도 다 비슷한 뜻으로 자주 사용하는 표현들이다.

참고로, 曷(어찌 갈)이 들어간 다양한 한자들을 살펴보자.

- 喝hē(마실 갈, 꾸짖을 갈): 口(입 구)와 曷로 이루어져 입으로 모든 것을 마신다, 또는 꾸짖다의 뜻이 있는 형성문자다. 자주 쓰이는 단어로는 喝茶hēchá(갈차; 차를 마시다), 大喝一声dàhèyìshēng(대갈일성; 큰 소리로 꾸짖다), 喝闷酒hēmènjiǔ(갈민주; 홧술을 마시다), 喝西北风hēxīběifēng(갈서북풍; 서북풍을 마시다, 즉 굶주리다), 喝醉hēzuì(허취; 취하다) 등이 있다.
- 葛gé(칡 갈) / 葛Gě(성씨 갈): 艹(초두머리)와 曷로 이루어져 해[日]를 보면 땅속으로 더 구걸[匃(구걸할 갈)]하듯이 기어들어가는 식물[艹]인 칡을 가리키는 말로 풀이하면 이해하기 쉬울 것이다. 葛根gégēn(갈근; 칡뿌리), 葛藤géténg(갈등; 칡나무와 등나무처럼 서로 얽혀 있는 모습) 등이 있다.
- 谒-謁yè(뵐 알): 言(말씀 언)과 曷로 이루어져 윗사람을 뵙고 어떻게 말씀드려야 할지 고민하는 모습을 나타낸다. 대표적인 단어로는 谒见yèjiàn(알현; 알현하다), 拜谒皇上bàiyèhuángshang[배알황상; 황제를 배알(엎드려 뵙다)하다], 谒圣及第[알성급제; 조선시대 임금이 성인인 공자의 사당, 성균관을 찾아 배알한 후 실시한 과거시험인 알성시(谒圣試)에서 합격하는 것을 가리키는 말] 등이 있다.
- 揭jiē(들 게): 扌(재방변, 손)과 曷로 이루어져 손을 높이 들고 어떻게 할까 물어 본다는 뜻이다. 이 글자가 들어간 단어로는 揭示jiēshì[게시; (높이) 게시하다], 揭示牌jiēshìpái(게시패; 게시판), 揭露jiēlù(게로; 폭로하다) 등이 있다.
- 褐hè(털옷 갈): 衤(옷 의)와 曷로 이루어진 글자로 많이 쓰이는 단어로는 칡[葛]의 색깔인 褐色hèsè(갈색), 褐色风衣hèsèfēngyī(갈색풍의; 갈색 코트) 등이 있다.

공자의 사당 공묘

★ 알아두면 유용한 단어

止渴zhǐkě(지갈): 갈증이 그치다, 갈증을 풀다 | 解渴jiěkě(해갈): 갈증을 해결하다, 해갈하다 | 渴望kěwàng(갈망): 갈망하다 | 渴求kěqiú(갈구): 갈구하다

기사로 보는 키워드

海外能源战, 干渴的龙 打败沉睡的象. 해외 에너지[能源] 전쟁에서 목마른[干渴] 용이 깊이 잠든[沉睡] 코끼리를 물리쳤다[打败].

아프리카를 포함한 개발도상국에 산재해 있는 각종 자원 및 에너지 확보전에서 중국[龙]이 잠재적 라이벌인 인도[象]에 앞서고 있다고 보도하고 있다. 4조 달러에 가까운 엄청난 외환 보유고를 활용한 중국의 해외 자원개발 외교를 견제할 나라는 이제 미국밖에 없는 것 같다. _<环球时报>(2014. 2. 8.)

〈패왕별희〉의 항우가 읊은 역발산기개세力拔山气盖世

keyword

盖-蓋gài(덮을 개)

盖-蓋gài(덮을 개)는 艹(풀 초)와 盍(모을 합)으로 이루어진 글자로 모아둔 풀[艹]을 이용해서 그릇[皿(그릇 명)]을 덮는다는 뜻의 형성문자다. 풀[艹]을 가지고 가서[去] 그릇[皿]을 덮어 두다로 해석하면 좀 더 이해하기 쉬울 것이다.

산을 뽑을 만한 엄청난 힘과 세상을 덮을 만한 강한 기운의 소유자로 西楚霸王xīchǔbàwáng(서초패왕)으로 불렸던 项羽Xiàngyǔ(항우)가 韩信Hánxìn(한신)에게 포위되어 그야말로 四面楚歌sìmiànchǔgē(사면초가)의 위기에 처한다. 지금의 安徽省Ānhuīshěng[안후이성(안휘성)]에 있는 垓下城(해하성)에서 유방과의 마지막 전투를 앞둔 항우가 패배를 인정하고 죽음을 예감하며 부른 <垓下歌Gāixiàgē(해하가)>는 지금까지도 전해져 2200년 전 영웅의 비장했던 심정을 느낄 수 있다.

力拔山兮气盖世 lìbáshānxī qìgàishì (역발산혜기개세)
时不利兮骓不逝 shíbùlìxī zhuībùshì (시불리혜추불서)
骓不逝兮可奈何 zhuībùshìxī kěnàihé (추불서혜가내하)
虞兮虞兮奈若何 yúxīyúxī nàiruòhé (우혜우혜내약하)

힘은 산을 뽑을 만하고 기운은 세상을 덮을 만하지만
시운이 불리하니 오추마 또한 나아가지 않는구나.
오추마가 나아가지 않으니 어찌할거나.
(사랑하는 나의) 우희야 우희야 너를 어찌할거나.

항우는 자기 몸처럼 아끼던 명마 乌骓wūzhuī(오추)마저도 지쳐서 움직이지 못하자, 최후의 패배를 직감하고 그토록 사랑했던 연인 虞姬Yújī(우희)에게 차라리 유방에게 가서 목숨을 보전할 것을 권유하지만, 우희는 끝내 죽음을 선택하고 만다. 이 노래는 중국 전통 경극에서 계속 애창되어 오다가 1993년 홍콩 스타 张国荣Zhāngguóróng[장궈룽(장국영)]이 주연한 영화 <霸王别姬Bàwángbiéjī(패왕별희)>에서 전 세계 영화 팬들 앞에 화려하게 부활한다. 영화 속에서 자살하는 우희 역할의 경극 배우를 연기한 장국영이, 실제로도 자살로 생을 마감한 것이 참으로 묘하고도 안타까운 운명 같다.

우리가 어릴 적에 어머니가 우는 아이를 안고 "우이야, 우이야" 하고 달래던 소리가 있었는데, 이 <해하가>의 '虞兮虞兮(우혜우혜)'가 한반도까지 전해진 것이라는 이야기가 있다.

삼성의 스마트폰 갤럭시(Galaxy)의 중국 브랜드명은 盖乐世Gàilèshì(개락세)로 '세상을 온통 즐거움으로 덮는다'는 뜻을 담으면서 동시에 galaxy의 발음을 音译yīnyì(음역)한 것이다. 하이엔드 시장에서는 애플[苹果Píngguǒ]사의 IPhone 6에, 저가 휴대폰 시장에서는 좁쌀이라는 뜻의 小米Xiǎomǐ[샤오미(소미)]에게 빼앗긴 중국시장을 되찾기 위해 Galaxy 6부터 盖乐世Gàilèshì라는 이름으로 중국에서 판매하고 있다.

★ 알아두면 유용한 단어

盖子gàizi(개자): 뚜껑, 덮개 | 锅盖guōgài(과개): 솥뚜껑 | 覆盖fùgài(복개): 덮다 | 盖章gàizhāng(개장): 도장을 찍다 | 膝盖xīgài(슬개): 무릎, (무릎을 덮은 뼈) 슬개골 | 瓶盖pínggài(병개): 병뚜껑 | 头盖骨tóugàigǔ(두개골): (머리를 덮은 뼈) 두개골

항장이 칼춤을 추는 뜻은 유방을 죽이는 데 있다
항장무검項庄舞剑 의재패공意在沛公

keyword

剑-劍-劒jiàn(칼 검)

剑-劍-劒jiàn(칼 검)은 佥-僉qiān(모두 첨, 여러 첨)과 刂(선칼도방)으로 이루어진 글자로 양쪽 면 모두[僉]에 날[刂]이 있는 칼, 검을 뜻하는 형성문자다. 반면에 한쪽 면에만 날이 있는 칼은 刀dāo(칼 도)라고 하며 剑(칼 검)보다는 일반적으로 크기가 작은 것을 말한다.

见蚊拔剑jiànwénbájiàn(견문발검)은 모기를 보고 칼을 뽑는다는 뜻으로 사소한 일에 과도한 대응을 할 때 쓰는 표현이다. "닭 잡는 데 소 잡는 칼을 쓴다."는 속담처럼 사소한 일에 너무 큰 것을 동원하는 까닭에 우둔한 사람을 가리키는 말이기도 하다.

卖剑买牛màijiànmǎiniú(매검매우)라는 말은 칼을 팔고 소를 산다는 뜻으로, 전쟁이 끝나고 평화로운 세상이 되어 병사들이 다시 고향으로 돌아가 농부가 되는 것을 의미한다. 역사적으로 전란이 많았던 중국에서 평화를 갈구하며 일상으로 돌아가고 싶어 하는 백성들의 마음을 표현한 말이라고 볼 수 있다.

口蜜腹剑kǒumìfùjiàn(구밀복검)은 입으로는 달콤한 말을 하고 배 속에는 칼을 품는다는 뜻으로, 겉으로만 친한 척하는 교활한 사람, 또는 그런 상황을 설명하는 성어다.

유명한 鸿门宴Hóngményàn(홍문연)의 고사 가운데 중국의 지식인들이 자주 인용하는 표현으로 '지금 벌어지고 있는 일들의 숨은 뜻, 즉 行间(행간)

홍문연 유적지

을 이해하라.'라는 의미로 项庄舞剑xiàngzhuāngwǔjiàn(항장무검), 意在沛公yìzàipèigōng(의재패공)이라는 말이 있다. 이 말은 项庄Xiàngzhuāng(항장)이 검무를 추는 이유는 패현 출신으로 沛公(패공)이라 불린 유방을 죽이는 데 있다는 뜻이다. 항우가 亞父(아부, 제2의 부친)라고 부르며 따랐던 최고의 책사 范增Fànzēng(범증)이 진나라의 수도 咸阳(함양)성 밖 자신들의 진영에 軍门(군문)을 만들고, 항우의 앞길을 위해 유방을 죽일 목적으로 기원전 207년 홍문연이라는 잔치를 연다. 범증은 항우의 오른팔이자 사촌동생인 항장으로 하여금 剑舞jiànwǔ(검무)를 추게 하고 기회를 엿보아 유방을 죽이려 하지만, 이를 눈치챈 유방의 책사 张良Zhāngliáng(장량; 장자방)이 유방의 동서인 樊噲Fánkuài(번쾌)로 하여금 항장에 맞서 칼춤을 추게 함으로써 절대절명의 위기에서 유방을 탈출시킨다. 결국에는 垓下城(해하성) 전투에서 패한 항우가 자살함으로써 유방이 汉Hàn(한)나라의 황제로 登极dēngjí(등극)한다는 이 이야기는 수많은 문학과 연극, 영화의 소재로 다루어지고 있다.

참고로 佥-僉qiān(모두 첨, 여러 첨)은 사람인(人) 3개와 입구(口) 2개로 만들어진 글자로 다섯 사람, 즉 많은 사람, 모든 사람, 전부의 뜻을 가진 글자다. 佥이 들어간 한자들을 살펴보면 다음과 같다.

- 险-險xiǎn(험할 험): 阝(좌부방, 언덕)과 佥으로 이루어진 글자로, 주변 모두가 낭떠러지, 즉 아주 험하다는 뜻의 형성문자다. 이 글자가 들어간 단어로는 危险wēixiǎn(위험; 위험하다), 风险fēngxiǎn(풍험; 위험), 风险管理fēngxiǎnguǎnlǐ(위험관리; 리스크 관리), 冒险家màoxiǎnjiā(모험가) 등이 있다.
- 验-驗yàn(시험할 험): 馬(말 마)와 佥으로 이루어져 고대의 중요한 운송수단인 동시에 병사들의 기동수단이었던 말들을 모두 모아 놓고 점검하던 풍습에서 유래한 글자다. 经验jīngyàn(경험; 경험하다), 验证yànzhèng(험증; 검증하다), 考验kǎoyàn(고험; 테스트하다) 등이 있다.
- 签-簽qiān(제비 첨, 추첨 첨): 여러[僉] 개의 대나무[竹]로 만든 뽑기, 또는 추첨 등을 하기 위해 만든 뾰족한 대나무조각을 가리키는 글자로, 자주 쓰는 단어로는 签证qiānzhèng[첨증; 비자(VISA)], 牙签儿yáqiānr(아첨아; 이쑤시개), 签名qiānmíng[첨명; (뾰족한 대나무에 먹물을 찍어) 서명하다] 등이 있다.

★ 알아두면 유용한 단어

剑术jiànshù(검술): 검술 | 剑舞jiànwǔ(검무): 칼춤, 검무 | 剑道jiàndào(검도): 검도 | 击剑jījiàn(격검): 펜싱 | 击剑比赛jījiànbǐsài(격검비새): 펜싱시합 | 剑桥大学Jiànqiáodàxué(검교대학): (영국) 케임브리지(Cambridge) 대학교

keyword

한 번의 울음으로 세상을 놀라게 하다
초장왕의 일명경인一鸣惊人

惊-驚jīng(놀랄 경)

驚jīng(놀랄 경)은 敬(공경할 경)과 馬(말 마)로 이루어진 글자로, 고대에 가장 중요한 교통수단이자 재산이었던 말이 무언가에 놀라서 주위를 경계하는 것을 뜻하는 형성문자다. 简体字jiǎntǐzì(간체자) 惊은 忄(심방변)의 뜻과 京(서울 경)의 발음이 합쳐진 형성문자지만 그 뜻이 명확하지 않아 좀 아쉽다.

一鸣惊人yīmíngjīngrén(일명경인), 一飞冲天yīfēichōngtiān(일비충천)이란 말은, 큰 뜻을 품은 새는 평소에는 잘 울지 않지만 한 번 울면 세상을 놀라게 하고, 잘 날지 않지만 한 번 날면 높이가 하늘에까지 달한다는 뜻으로, 楚庄王ChǔZhuāngwáng(초장왕)의 고사에서 유래된 말이다.

春秋Chūnqiū(춘추)시대는 힘 없는 周Zhōu(주)나라 왕실을 대신하여 천하를 호령했던 다섯 명의 제후, 이른바 春秋五霸chūnqiūwǔbà(춘추오패)의 시대라고 할 수 있다. 齐桓公QíHuángōng(제환공)과 晋文公JìnWéngōng(진문공)에 이어 세 번째 패자가 된 楚Chǔ(초)나라의 庄王(장왕; 초장왕)은 즉위 초기 3년 동안은 국사를 등한시하고 매일 주연을 베푸는 등 무위도식하며 지냈다. 이를 보다 못한 신하들의 불평이 고조되고 민심 또한 흉흉해지자, 초장왕은 "비록 내가 3년 동안 아무 일을 하지는 않았지만 내가 한 번 울면 온 세상이 깜짝 놀랄 것이고, 한 번 날면 하늘을 뚫을 것이다."라고 호언하였다. 과연 초장왕은 초나라를 남쪽 변방의 오랑캐[南蛮(남만)]라고 무시하던 中原Zhōngyuán(중원)의 제후국들을 차례로 굴복시키고, 주나

춘추오패의 세 번째 패자 초장왕의 동상

라에서만 사용할 수 있었던 왕의 칭호를 최초로 사용하는 등 名实相符míngshíxiāngfú(명실상부)한 패자로 등극한다. 이처럼 기회를 엿보며 웅크리고 있는 영웅의 모습을 比喻bǐyù(비유)한 이 말은 중국의 정치인이나 지식인들이 자주 인용하는 표현이다.

우리 속담에 "자라 보고 놀란 가슴 솥뚜껑 보고도 놀란다."라는 말이 있듯이, 중국에도 이와 비슷한 의미로 惊弓之鸟jīnggōngzhīniǎo(경궁지조), 즉 "화살에 맞아 놀란 새는 굽은 나무만 봐도 놀란다."는 뜻의 俗语súyǔ(속어; 속담)가 있다. 그리고 宠辱不惊chǒngrǔbùjīng(총욕부경) 또는 宠辱若惊chǒngrǔruòjīng(총욕약경)이라는 말은 ≪老子道德经Lǎozǐdàodéjīng(노자도덕경)≫에서 유래된 말로, 총애를 받아도 욕된 일을 당하여도 항상 놀라며 자신을 뒤돌아 본다, 즉 복이 화근이 되기도 하는 것이므로 총애를 받더라도 겸손함을 잃지 말아야 한다는 경계의 의미가 담겨 있는 말이다.

한편, 惊(놀랄 경)과 '먹다'라는 뜻의 동사 吃(말 더듬을 흘)이 합쳐져서 吃惊chījīng(흘경)이라고 하면 '놀라움을 먹다', 즉 '놀라다'의 뜻이 된다. 이처럼 동사 吃은 吃饭chīfàn(흘반)처럼 밥[饭] 같은 구체적인 목적어를 수반하기도 하지만, 추상적인 목적어를 사용하여 재미있는 표현이 되기도 하는데, 예를 들면 吃苦chīkǔ(흘고; 고생을 하다), 吃亏chīkuī(흘휴; 손해를 보다), 吃教chījiào[흘교; 基督教jīdūjiào(기독교)를 믿다] 등 다양한 표현으로 사용된다.

★ 알아두면 유용한 단어

惊诧jīngchà(경타): 놀라서 어처구니가 없다, 황당하다 | 吃惊chījīng(흘경): (놀라움을 먹다) 놀라다 | 惊叹jīngtàn(경탄): 놀라서 감탄하다 | 惊愕jīngè(경악): 경악하다 | 惊喜交加jīngxǐjiāojiā(경희교가): 놀라움과 기쁨이 교차하다

기사로 보는 키워드

索契女子花滑结果引尖锐质疑金妍儿落败令媒体惊诧. 소치[索契] (동계올림픽의) 여자 피겨[花滑]의 결과는 첨예(尖锐)한 의문을 불러일으켰다. 김연아의 (2連霸) 실패는 (세계) 언론을 황당하게[惊诧] 했다.

_<环球时报>(2014. 2. 22.)

keyword

나라가 기울어져도 모를 정도의 미인
경국지색倾国之色
倾-傾qīng(기울 경)

倾-傾qīng(기울 경)은 亻(사람인변)과 頃(기울 경)으로 이루어진 글자로 사람이 옆으로 기울어져 있다는 뜻을 나타내는 형성문자다. 고대 전투에서 적군[人]에게 비수[匕]를 들이대자 놀라서 머리[頁(머리 혈)]가 기울었다는 뜻으로 이해하면 더 쉬울 것이다.

우리말에 '첫눈에 반하다'라는 표현이 있듯이, 중국어에도 '첫눈에 마음이 기울다'라는 뜻으로 一见倾心yíjiànqīngxīn(일견경심)이라는 속담이 있다. 또 이와 비슷한 의미로 '첫눈에 마음의 종이 심장을 울리다'라는 一见钟情yíjiànzhōngqíng(일견종정)이라는 표현도 많이 사용한다.

나라를 기울게 하는 미인이라는 뜻의 倾国之色qīngguózhīsè(경국지색)은 뛰어나게 아름다운 미인을 이르는 말로, 중국역사에서는 春秋Chūnqiū(춘추)시대 晋Jìn(진)나라의 骊姬Líjī(여희)와 越yuè(월)나라의 西施Xīshī(서시), 그리고 汉武帝(한무제)의 李夫人(이부인) 등을 꼽을 수 있다.

춘추시대 吴Wú(오)나라의 왕 夫差Fūchāi(부차)와 월나라의 왕 句践Gōujiàn(구천)이 섶에 누워서 잠을 자고, 곰의 쓸개를 핥으며 복수를 다짐한 데서 유래한 卧薪尝胆wòxīnchángdǎn(와신상담), 즉 어려움을 참고 견뎌 복수에 성공한다는 이 이야기의 주인공 구천은 월나라 최고 미인 서시를 부차에게 바치는 미인계를 성공시켜 부차를 죽이고 마침내 春秋五霸(춘추오패)의 마지막 패자로 등극한다. 이렇게 오나라를 망하게 한 세기의 미녀

서시의 아름다움을 비유한 표현들이 중국에는 여러 가지가 있는데, 그중 몇 가지를 살펴보자.

- 倾城倾国qīngchéngqīngguó(경성경국): 城(성)이나 나라를 위태롭게 하는 서시의 미색을 표현한 말이다.
- 西施捧心xīshīpěngxīn(서시봉심): 심장병이 있던 서시가 통증으로 가끔 가슴을 움켜쥐는 모습조차 아름다웠음을 이르는 말이다.
- 西施矉目xīshīpínmù(서시빈목): 심장병으로 가슴이 아파서 눈을 찡그릴 때의 모습조차 예뻤음을 표현한 말이다.
- 东施效矉dōngshīxiàopín(동시효빈): 못생긴 여자(동시)가 예쁜 서시를 흉내 내며 눈을 찡그린다는 말로, 주관이 없이 무조건 남을 따라하는 모습을 비유한 표현이다.
- 情人眼里出西施qíngrényǎnli chūxīshī(정인안리 출서시): 사랑에 빠진 사람의 눈에서는 서시만 나온다. 즉 사랑에 빠지면 상대방이 서시처럼 다 예쁘게 보인다는 말로, 우리말의 제 눈에 안경과 같은 의미이다.
- 西施有所丑xīshīyǒusuǒchǒu(서시유소추): 천하 절색 서시에게도 미운 구석은 있다, 즉 세상에 완벽한 사람은 없다는 뜻이다.
- 沉鱼落雁chényúluòyàn(침어낙안): 연못을 거닐던 서시의 미모에 물고기도 부끄러워 물속으로 숨어 버리고, 汉(한)나라 王昭君Wángzhāojūn(왕소군)의 미색에 놀라 하늘을 날던 기러기도 내려앉았다는 뜻이다.

이처럼 서시의 미모를 비유하는 표현이 많은 것으로 보아 아마도 서시가 중국 역사상 최고의 미인이 아니었을까 추측해 본다.

중국인들이 말하는 이른바 중국 역사상 4대 미인으로는 춘추시대 월나라의 서시와 前漢(전한) 때 匈奴Xiōngnú(흉노)에게 시집간 궁녀 王昭君

Wángzhāojūn(왕소군), 그리고 달도 숨고 꽃도 부끄러워했다는 蔽月羞花 bìyuèxiūhuā(폐월수화)의 두 주인공인 後漢(후한) 말기의 장수 吕布Lǚbù(여포)의 연인 貂蝉Diāochán(초선)과 唐Táng(당)나라 玄宗(현종) 때의 杨贵妃 Yángguìfēi(양귀비)를 꼽는다.

★ 알아두면 유용한 단어

倾斜qīngxié(경사): 기울다 | 倾向qīngxiàng(경향): 명 경향, 형 기울다 | 倾听qīngtīng(경청): 신중하게 듣다, 경청하다 | 倾向于qīngxiàngyú(경향어): ~하는 경향이 있다 | 左倾化zuǒqīnghuà(좌경화): 좌경화 | 右倾化yòuqīnghuà(우경화): 우경화 | 倾城倾国qīngchéngqīngguó(경성경국): 절세미인 | 世上恐怕没有比'一见倾心'更美的词shìshàng kǒngpà méiyǒu bǐ 'yíjiànqīngxīn' gèng měidecí: 세상에 '첫눈에 반하다'라는 말보다 더 아름다운 말은 아마 없을 것이다.

곤륜산 서왕모의 거울 요지경瑤池镜 속의 세상

keyword

镜-鏡jìng(거울 경)

镜-鏡jìng(거울 경)은 金(쇠 금)과 竟jìng(마침내 경)으로 이루어진 글자이다. 옛날에 귀한 거울을 만들기 위해 구리[铜]를 이용하여 여러 번의 실패 끝에 마침내[竟] 만들어 낸 구리거울을 뜻하는 형성문자다. 여기서 竟은 音[음악]과 人[사람]이 합쳐져 연주자가 음악 한 곡을 마침내 끝낸다는 뜻이 담겨 있다.

선글라스는 먹[墨(먹 묵)]처럼 검은 안경이라는 뜻으로 墨镜mòjìng(묵경)이라고 하는데, 최근 젊은이들 사이에서는 영어 sunglass를 그대로 의역한 太阳镜tàiyángjìng(태양경)이라는 표현을 더 많이 사용한다. 이는 마치 镜台jìngtái(경대)라는 옛말보다 化妆台huàzhuāngtái(화장대)라는 말을 더 많이 쓰는 현상과도 같다.

우리말에 부부가 헤어지는 것을 비유적으로 이르는 말로 '부부가 破镜(파경)을 맞다.'라는 표현이 있듯이, 중국에도 '거울이 깨어지고 비녀가 부러지다.'라는 의미의 镜破钗分jìngpòchāifēn(경파차분)이라는 말이 있는데, 마찬가지로 '부부가 헤어지다', '이혼하다'라는 뜻이다.

秦始皇QínShǐhuáng(진시황)이 6국을 통일하기 전, 나라를 부강하게 만들기 위해 阿房宫Efánggōng(아방궁)에 신비한 거울을 높이 걸어 놓고 신하들의 마음을 들여다봤다는 이야기가 전해 내려온다. '일 처리가 바르고 판결이 공정하다.'라는 뜻의 秦镜高悬qínjìnggāoxuán(진경고현)이라는 말과 '밝은 거울이 높이 걸려 있다.'라는 뜻의 明镜高悬míngjìnggāoxuán(명경고현)이라는 표현은 모두 이 고사에서 유래한 말이다.

한때 유행했던 노래 가사에도 나오는 瑶池镜yáochíjìng(요지경)이라는 말은 확대경 속에서 다양한 그림이 돌아가며 나오는 장난감을 가리키는데, 변화무쌍하고 예측할 수 없는 이 세상의 묘한 일들을 비유적으로 이르는 표현이기도 하다. 원래 瑶池yáochí(요지)는 중국 곤륜산에 있다는 연못의 이름으로 직역하면 '아름다운 옥으로 된 연못'이라는 뜻이다. 중국의 고대 전설에 등장하는 여신 西王母Xīwángmǔ(서왕모)의 궁전은 玉(옥) 생산지로 유명한 昆仑山Kūnlúnshān(곤륜산) 꼭대기에 있는데, 그곳에 있는 아름다운 연못의 이름이 바로 요지다. 한자 그대로 추측해 보면, 요지경은 아름다운 옥들과 오색구름 등으로 변화무쌍한 연못가에서 서왕모가 즐겨 사용하던 전설상의 거울을 뜻한다고 생각할 수 있겠다.

★ 알아두면 유용한 단어

镜子jìngzi(경자): 거울 | 眼镜yǎnjìng(안경): 안경 | 墨镜mòjìng(묵경): 선글라스 | 显微镜xiǎnwēijìng(현미경): 현미경 | 镜头jìngtóu(경두): 렌즈, 카메라 | 望远镜wàngyuǎnjìng(망원경): 망원경 | 镜浦湖Jìngpǔhú(경포호): (강원도 강릉에 있는 거울처럼 맑은 호수) 경포호

한고조 유방의 원래 이름은 유씨네 막둥이를 뜻하는 유계刘季

keyword

季jì(계절 계)

季jì(계절 계)는 禾(벼 화)와 子(아들 자)로 이루어진 글자다. 아이들[子]을 낳고 키워서 결혼시키는 것처럼 곡식[禾]을 심고 길러서 수확하는 시간의 흐름, 즉 봄, 여름, 가을, 겨울 등의 계절을 뜻하는 회의문자다. 이 글자는 특히 형제 중의 막내나 사계절 중의 마지막을 뜻하는 단어로도 많이 사용된다.

伯仲叔季bózhòngshūjì(백중숙계)는 형제들의 차례를 이르는 말이다. 아버지 형제 중 첫째는 伯父bófù(백부), 둘째는 仲父zhòngfù(중부), 셋째를 叔父shūfù(숙부)라고 하며, 넷째 또는 막내를 季父jìfù(계부), 즉 작은아버지라고 한다.

중국 역사상 평민 출신 황제는 단 두 명뿐인데, 그 중 한 명인 汉Hàn(한)나라 고조 刘邦Liúbāng(유방)의 어릴 때 이름은 刘季(유계)다. 평범한 유씨 집안의 막내아들이라 특별한 이름도 없이 동네에서 유씨네 막내놈으로 불렸을 것이고, 이를 후에 문자화하면서 유계라고 적었을 것으로 여겨진다. 훗날 유계가 점점 귀하게 되면서 '邦(나라 방)'이라는 거창한 한자를 사용하여 刘邦(유방)이라 하였을 가능성이 높다. 여기서 흥미로운 것은 위에서 말한 '백중숙계'에 따라 유방의 큰형 이름은 刘伯(유백)이었고, 둘째 형의 이름은 刘仲(유중)이었다. 그리고 나중에 유방의 배다른 동생인 刘交(유교)가 태어났다고 하는데, 이러한 형제들의 이름에서 알 수 있듯이, 유방은 어릴 때 유씨네 막둥이로 불렸음이 확실한 것 같다.

시간이나 계절의 순서는 孟mèng(맹), 仲zhòng(중), 季jì(계)로도 표현한다. 예를 들면, 가을의 첫 번째 달인 음력 7월은 孟秋mèngqiū(맹추), 두 번째 달인 8월은 仲秋zhòngqiū(중추), 그리고 세 번째 달인 음력 9월은 마지막 가을이라는 뜻으로 季秋jìqiū(계추)라고 한다. 중국의 추석인 中秋节Zhōngqiūjié(중추절)은 어떤 의미에서는 가을의 중간 또는 가을의 두 번째 달인 음력 8월의 명절을 표현했다고 볼 수 있다. 孟春mèngchūn(맹춘)이라 하면 음력으로 1월(양력 2~3월)의 초봄을 뜻하는 말이다.

요즘 중국의 젊은이들은 농민을 흔히 农民伯伯nóngmínbóbo(농민백백), 경찰을 警察叔叔jǐngcháshūshu(경찰숙숙)이라고 부른다. 이를 직역하면 '농부 큰아버님', '경찰 숙부님'이 되는데, 편안하고 친근한 애칭으로 자주 사용되는 말이다. 그러나 警察伯伯 또는 农民叔叔이라고는 하지 않는다. 또한 중국에서는 1등이나 챔피언을 冠(모자 관)을 써서 冠军guànjūn(관군), 2등 또는 준우승자를 亚(亞, 버금 아, 둘째 아)를 사용하여 亚军yàjūn(아군), 그리고 3등이나 동메달은 마지막을 뜻하는 季(계)를 이용하여 季军jìjūn(계군)이라고 부르는데, 아주 많이 사용하는 표현들이다.

환절기를 중국에서는 계절이 바뀐다는 뜻의 동사 换季huànjì(환계)를 사용하여 '换季的时期huànjìde shíqī(환계적시기)'라고 한다. 또 비수기나 불경기를 淡季dànjì(담계)라 하고, 성수기 또는 호황기를 旺季wàngjì(왕계)라고 하며, '봄을 생각하는 시기'라는 의미의 우리말 思春期(사춘기)를 '꽃이 피는 시기'라는 뜻의 '花季huājì(화계)'라고 한다. 花季少女huājìshàonǚ(화계소녀)라는 표현은 우리말로 '18세 소녀' 정도로 해석할 수 있겠다.

또한 1년을 4등분한 3개월 단위의 기간인 分期(분기)를 중국어로 季度jìdù(계도)라고 하는데, 3/4분기는 第三季度dìsānjìdù(제3계도)라 하고, 2/4분기는 第二季度dìèrjìdù(제2계도)라고 한다.

★ 알아두면 유용한 단어

季节jìjié(계절): 계절 | 换季huànjì(환계): 계절이 바뀌다 | 西瓜季xīguājì(서과계): 수박철 | 季度jìdù(계도): 분기 | 淡季dànjì(담계): 비수기 ↔ 旺季wàngjì(왕계): 성수기 | 季风jìfēng(계풍): 계절풍 | 季军jìjūn(계관): 3등

기사로 보는 키워드

毕业季, 租房市场渐热. 졸업 시즌, 주택 임차시장(월세시장) 점점 뜨거워져.

중국 대학들의 졸업 시즌을 앞둔 7월, 첫발을 내딛는 사회 초년생들로 인해 주택 임차시장이 호황을 맞고 있다고 보도하고 있다.

_<新疆都市报Xīnjiāngdūshìbào(신강도시보)>(2015. 7. 14.)

혼자서도 지킬 수 있는 만리장성의 북쪽 관문 거용관居庸关

keyword

关-關-関guān(빗장 관)

关-關-関guān(빗장 관)은 門(문 문)과 絲(실 사)로 이루어진 글자로 굵은 줄[絲]로 성문(門)의 빗장을 묶어 잠근다는 뜻을 가진 형성문자이며, 反义词fǎnyìcí(반의사; 반대말) 开kāi(開, 열 개)도 두 짝의 큰 성문(門)을 나란히(开, 평평할 견) 연다는 뜻이다. 이 关과 开는 '닫다'와 '열다'라는 뜻 외에도 '끄다'와 '켜다'라는 뜻의 동사로도 많이 사용되는데, 예를 들어 开灯kāidēng(개등)은 불(전등)을 켜다, 关灯guāndēng(관등)은 불(전등)을 끄다의 뜻이 된다.

만리장성의 북쪽 관문 거용관

만리장성의 동쪽 끝 관문 산해관

北京Běijīng[베이징(북경)]을 여행할 때 대부분의 외국 여행객들은 八达岭Bādálǐng(팔달령)에서 만리장성을 관광한다. 하지만 케이블카인 索道suǒdào(삭도)를 기다리지 않고 좀 더 편하게 관광할 수 있는 곳으로 居庸关Jūyōngguān(거용관)이라는 관문이 있다. 거용관은 평범[凡庸(범용)]한 장수 한 사람만 거주[居]해도 능히 지킬 수 있는 험한 지역의 관문[关]이라는 뜻으로 만리장성의 북쪽 관문에 해당한다.

참고로 河北省Héběishěng[허베이성(하북성)]에 있는 长城Chángchéng(장성), 즉 만리장성의 동쪽 끝 관문인 山海关Shānhǎiguān(산해관)에는 天下第一关(천하제일관)이라는 현판이 걸려 있는데, 옛날 조선의 사신들이 베이징을 가기 위해서는 반드시 이 관문을 거쳐야만 했다.

중국 역사상 최초로 통일제국을 세운 진시황은 '胡(오랑캐 호)'를 조심하라는 점괘를 믿고 중국의 시각에서 바라본 이른바 북방 오랑캐인 '胡'를 방어하기 위해 만리장성을 쌓기 시작했다. 그 후 1500여 년이 지난 명나라 때까지도 북방의 기마민족들을 두려워하여 만리장성의 보수 및 증축을 계속하였다. 그러나 아이러니하게도 秦Qín(진)나라는 그렇게 우려했던

'천하제일관'의 현판이 걸려 있는 산해관

북방 오랑캐[胡]가 아닌 진시황의 둘째아들 胡亥Húhài(호해)로 인해 급격히 와해되다가 결국은 유방에 의해 멸망하고 만다. 明Míng(명)나라 또한 명나라 장수 吴三桂Wúsānguì(오삼계)가 산해관을 활짝 열어, 조선에게 병자호란의 치욕을 안겼던 청태종 皇太极[홍타이지]의 후예들을 불러들임으로써 멸망하였으니 결국 적은 만리장성 내부에 있었던 셈이다.

산해관이 黄海Huánghǎi(황해)와 맞닿은 만리장성의 동쪽 끝이라면, 서쪽 끝은 甘肃省Gānsùshěng[간쑤성(감숙성)]의 嘉峪关Jiāyùguān(가욕관)이 되는데, 이 가욕관이 바로 중국어로 丝绸之路Sīchóuzhīlù(사주지로)라고 불리는 실크로드(silk road)의 중국 쪽 시발점이 되는 곳이다.

★ 알아두면 유용한 단어

海关hǎiguān(해관): 세관(税关) | 关心guānxīn(관심): 관심을 갖다 | 关照guānzhào(관조): 돌보다, 배려하다 | 关系guānxi(관계): 관계, 네트워크 | 关键guānjiàn(관건): 관건, 중요한 포인트

선비는 사흘 만에 만나도 달라져 있어야 한다
괄목상대刮目相待

keyword

刮-颳guā(깎을 괄)

颳guā(센바람 괄, 깎을 괄)은 風(바람 풍)과 舌(혀 설)로 이루어진 글자로 입 또는 혀가 얼얼할 정도의 강한 바람을 뜻한다. 간체자인 刮은 舌(혀 설)과 刂(선칼 도방)이 합쳐져 입 주위의 털을 칼로 깎다, 면도하다, 또는 칼로 긁어내다 등을 의미한다. 이 한자는 우리나라에서는 그다지 사용하지 않지만 중국에서는 동사로 '바람이 불다', '수염을 깎다' 등의 뜻으로 많이 사용한다. 예를 들면 '강풍이 불다'는 刮大风guādàfēng(괄대풍)이라고 하며, '면도(面刀)하다'는 刮胡子guāhúzi(괄호자), '얼굴을 긁다'는 刮脸guāliǎn(괄검)이라고 한다.

최근 중국 언론에는 刮骨疗毒guāgǔliáodú(괄골요독)이라는 표현이 자주 등장한다. 이 말은 삼국시대 曹仁Cáorén(조인; 조조의 사촌)과의 싸움에서 독화살을 맞은 关羽Guānyǔ(관우)의 팔을 명의 华陀Huátuó(화타)가 뼛속의 독까지 긁어내어 치료한 고사에서 유래한 말로, '뼈를 긁어내고 독을 치료하다'라는 뜻이다. 习近平Xíjìnpíng[시진핑(습근평)] 중국 국가주석이 2014년부터 공무원의 부정부패 척결을 위해 부패한 고위공직자를 老虎lǎohǔ[호랑이]라 부르고, 하위공무원을 苍蝇cāngying[파리]라고 부르며 괄골요독하겠다는 표현을 여러 차례 사용하면서 언론에 자주 脍炙kuàizhì(회자)되는 말이다.

우리나라에서도 자주 사용하는 말인 刮目相待guāmùxiāngdài(괄목상대)라는 표현은 눈을 비비고 상대방을 다시 본다는 뜻으로, 남의 학식이나 재주가 생각보다 부쩍 진보한 것을 이르는 말이다. 삼국지에 나오는 고사에서 유래한 이 말은 武神(무신)으로 불리는 관우를 사로잡았던 吴Wú(오)나라 장수 吕蒙Lǚméng(여몽)에 관한 이야기다. 무술에는 능하나 학문을 게을리하여 지략이 약했던 여몽이 오나라 왕 孙权Sūnquán(손권)의 권유로 학문에 매진하던 중, 鲁肃Lǔsù(노숙)이 여몽의 변화된 학식에 감탄하자 "선비는 사흘 만에 만나도 달라져 있어야 한다."라고 답한 데서 '눈을 비비고 상대를 다시 본다.'라는 成语chéngyǔ(성어)가 생겨났다. 중국에서는 刮目相看guāmùxiāngkàn(괄목상간)이라는 표현을 더 많이 사용한다.

그리고 중국 속담 风不刮fēngbùguā(풍불괄) 树不摇shùbùyáo(수불요)는 바람이 불지 않으면 나무도 흔들리지 않는다는 말로, 원인이 없으면 결과도 없다는 뜻이며, 우리 속담 "아니 땐 굴뚝에 연기 나랴."와 같은 말이다.

★ 알아두면 유용한 단어

刮风guāfēng(괄풍): 바람이 불다 | 刮风下雨guāfēngxiàyǔ(괄풍하우): 바람 불고 비가 내리다 | 刮北风guāběifēng(괄북풍): 북풍이 불다 | 刮胡子guāhúzi(괄호자): 수염을 깎다, 면도하다 | 刮毛刀guāmáodāo(괄모도): 면도칼

충절의 뜻이 담긴 제갈량의 국궁진췌

keyword

穷-窮qióng(다할 궁)

穷-窮qióng(다할 궁, 가난할 궁)은 穴(구멍 혈)과 躬(숙일 궁)으로 이루어진 글자로 구멍[穴] 같은 동굴 속에서 몸[身]을 활[弓]처럼 굽히고 사는 사람들의 가난함 또는 한계에 다다른 모습을 나타내는 형성문자다.

鞠躬jūgōng(국궁)은 임금님이나 조상님 앞에서 허리를 공[鞠]처럼 둥글게 숙이고 절하는 것을 가리키는 말이다. 诸葛亮Zhūgěliàng(제갈량)의 出师表chūshībiǎo(출사표)에 나오는 유명한 구절인 鞠躬尽瘁jūgōngjìncuì(국궁진췌), 死而后已sǐérhòuyǐ(사이후이)는 나라를 위해 엎드려 이 한 몸 아끼지 않

송나라 악비 장군이 무후사 벽에 쓴 제갈량의 출사표. 베이징의 최영진 선생과 함께(오른쪽이 필자)

을 것이며, 죽은 뒤에야 비로소 멈출 것이라는 충절을 나타낸다.

자신의 아들이 부족하면 직접 帝位(제위)에 올라 천하를 편안하게 하라는 유비의 유언에도 불구하고, 죽을 때까지 충절로써 유비의 아들을 보필했던 제갈량을 중국사람들은 무척이나 존경한다. 周恩来Zhōuenlái[저우언라이(주은래)]가 좌우명으로 삼은 이 鞠躬尽瘁, 死而后已를 중국인들 앞에서 한 번 읊어주면 아마 깜짝 놀라며 당신을 다시 보게 될 것이다.

참고로 유비의 아들 刘禅Liúchán(유선)의 어릴 적 이름은 阿头Adǒu(아두)였다. 그의 아둔함과 어리석음은 천하의 제갈량이 옆에서 도와도 소용이 없다 하여 지금 중국에서는 '阿头'라는 고유명사가 아무리 도와줘도 소용없는 바보라는 일반명사로 사용되고 있다. 예를 들어 '扶不起的阿头fúbùqǐde Adǒu' 또는 '扶不上墙的阿头fúbúshàngqiángde Adǒu'라고 하면, '부축해도 일으킬 수 없는 아두', 또는 '도와줘도 못 올라가는 아두'라는 뜻으로 아무리 도와줘도 소용없는 멍청이라는 뜻으로 사용되고 있다.

우리나라의 국화 無窮花(무궁화)는 중국어로 无穷花wúqiónghuā(무궁화) 또는 木槿花mùjǐnhuā(목근화)라고 부른다. 한자의 뜻 그대로 풀이하면 '다함이 없는 꽃', 즉 여름 내내 오래 피어 있는 꽃을 뜻하는 말이다.

나이 40쯤에 과거에 급제하여 进士jìnshì(진사)가 되어도 일찍 출세했다고 부러워했던 당나라 때, 27세에 급제하여 세상의 관심을 한몸에 받았던 천재시인 白居易BáiJūyì(백거이)는 <放言Fàngyán(방언)>이라는 시에서 나팔꽃처럼 아침에 피고 저녁에 지는 무궁화를 통해 인생의 덧없음을 노래하였다[槿花一朝梦jǐnhuāyīzhāomèng(근화일조몽)]. 아마도 비교적 이른 47세에 좌천되면서 천재의 뜻대로 되지 않는 인생의 쓴맛을 노래했는지도 모르겠다. 그 일부를 옮겨 본다.

松树千年终是朽 sōngshùqiānnián zhōngshìxiǔ (송수천년종시후)
槿花一日自为荣 jǐnhuāyírì zìwéiróng (근화일일자위영)
生去死来都是幻 shēngqùsǐlái dōushìhuàn (생거사래도시환)
幻人哀乐系何情 huànrénāilè jìhéqíng (환인애락계하정)

천년을 산다는 소나무도 마침내 썩게 되고
무궁화도 하루 동안 스스로 영화롭다.
태어나서 가고 죽고 다시 오는 모든 것이 헛것이다.
헛된 삶 속의 슬픔과 즐거움에 어찌 정을 가질 수 있겠는가.

★ 알아두면 유용한 단어

穷人qióngrén(궁인): 가난한 사람 | 贫穷pínqióng(빈궁): 가난하다 ↔ 富裕fùyù(부유): 부유하다 | 穷乏qióngfá(궁핍): 궁핍하다 | 穷相qióngxiàng(궁상): 가난한 모습, 궁상스런 모습 | 无穷无尽wúqióngwújìn(무궁무진): 형 무궁무진하다

우주의 중심 북극성을 상징하는 자금성紫禁城

keyword

禁jìn(금지할 금)

禁jìn(금지할 금)은 林(수풀 림)과 示-神(귀신 신)으로 이루어진 글자로 신을 모시는 신성한 곳에 숲을 조성하여 杂人(잡인)의 출입을 금했던 고대 풍습에서 유래한 회의문자다. 참고로 '示(볼 시)'가 들어간 한자는 대부분 '神(귀신 신)'과 관련이 있는 글자라고 보면 큰 무리가 없다.

예를 들면, 祈qí(빌 기)는 示와 斤(도끼 근)으로 이루어진 글자로 신 앞에서 손을 도끼의 날처럼 세우고 빈다는 뜻이고, 祷dǎo(기도할 도)는 示와 寿shòu(목숨 수)로 이루어진 글자로 신에게 수명을 빈다는 뜻이다. 祠cí(제사 지낼 사)는 示와 司(맡을 사)로 이루어져 신의 일을 맡아 처리한다는 의미를 나타내며, 祀sì(제사 사)는 示와 巳(뱀 사)를 합쳐 신 앞에 뱀처럼 엎드려 기도하는 모습을 표현한 것으로 제사를 의미한다. 祸huò(재앙 화)는 示와 呙(비틀어질 와)로 이루어진 글자로 신이 비틀어짐, 즉 재앙을 준다는 뜻이며, 福fú(복 복)은 신(神)이 사람에게 풍성함, 가득함[畐(가득할 복)]을 준다는 의미가 담겨 있다.

禁은 '금지하다'라는 뜻일 때는 4성 'jìn'으로 발음한다. 중국의 공원에서 자주 보게 되는 禁止垂钓jìnzhǐchuídiào(금지수조)는 낚시 금지를 뜻하는 말이다. 春节chūnjié(춘절)에 대기오염 방지를 위해 베이징의 三环(3환) 이내 도심에서는 폭죽놀이의 금지를 알리는 禁燃烟花爆竹jìnrányānhuā bàozhú(금연연화폭죽)의 안내문 등을 곳곳에서 볼 수 있다.

禁이 '참는다'는 뜻으로 쓰일 때는 1성 jīn으로 발음한다. 禁不住 jīnbúzhù(금부주)라고 하면 참을 수 없다는 뜻이 된다. 예를 들면, 禁不住流下了眼泪jìnbúzhù liúxiàle yǎnlèi(흐르는 눈물을 참을 수 없다), 不禁大哭起来 bùjīn dàkūqǐlái(자기도 모르게 큰 소리로 울어버렸다) 등의 표현이 자주 쓰인다.

베이징 한가운데 위치한 紫禁城Zǐjìnchéng(자금성)은 조선의 景福宫(경복궁)보다 몇 년 늦게 완공된 明(명)·清(청) 시대의 궁궐이다. 자금성은 한자 그대로 해석하면 자색[紫] 외에는 금지된[禁] 성이라는 뜻으로, 황제와 그 측근들을 제외한 일반 백성들에게는 출입이 금지되어 있었다. 자색은 우주의 중심인 북극성을 상징하는 색인데, 예로부터 중국인들은 하늘의 궁전이 북극성에 있다고 여겼다. 그래서 천자인 황제와 북극성과 자색을 동일시했으며, 황제(자색) 외에는 살 수 없는 성이라는 뜻으로 자금성이라는 이름이 지어졌다.

참고로 중국에서는 万里长城(만리장성)을 长城Chángchéng(장성), 扬子江 Yángzǐjiāng[양쯔강(양자강)]을 长江Chángjiāng[창장(장강)]이라고 부르듯이 자금

경산공원에서 바라본 자금성

성을 故宫Gùgōng(고궁)이라고 부른다.

지금의 베이징은 一环(1환)부터 六环(6환)까지 동심원 형태의 순환도로 교통체계로 되어 있다. 가운데의 중심인 一环(1환)이 바로 자금성이다. 그리고 五环wǔhuán(5환) 동북쪽 부근에는 코리아타운(Korea Town)이라 불리는 望京Wàngjīng[왕징(망경)]이 자리하고 있는데 '베이징을 바라보는 곳'이라는 뜻이다. 왕징은 옛날에는 베이징의 외곽 위성 소도시였으나 지금은 고가의 아파트가 즐비하고 좋은 교육환경 때문에 중국인들이 살고 싶어 하는 신도시로 발전했다.

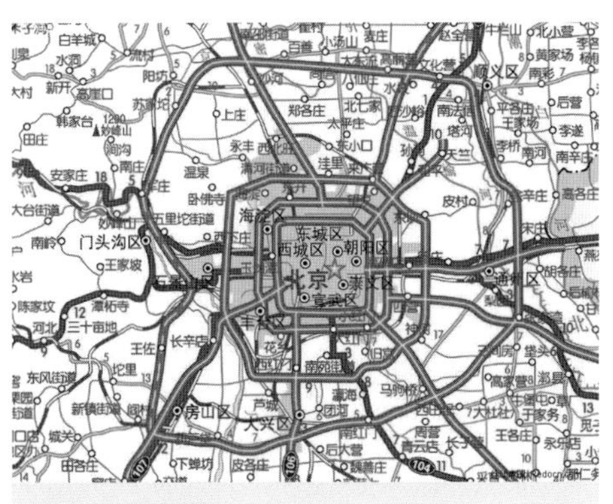

베이징의 5환 지도

★ 알아두면 유용한 단어

禁止jìnzhǐ(금지): 금지하다 | 严禁yánjìn(엄금): 엄금하다 | 不禁bùjīn(불금): 참지 못하고 자기도 모르게 | 门禁卡ménjìnkǎ(문금가): (사무실 등) 출입카드 | 禁忌jìnjì(금기): 금하고 피하다, 금기시하다 | 监禁jiānjìn(감금): 감금하다

기사로 보는 키워드

英'托福禁令'对中国人影响不大. 영국의 '토플[托福]시험 금지령'은 중국인들에게 영향이 크지 않다.

영국에서 토플, 토익 부정시험과 관련하여 시험금지 방침이 결정되자, 중국인들에게는 큰 영향이 없다고 신속하게 보도하고 있다.

_<环球时报>(2014. 3. 14.)

당 현종이 양귀비까지 잃으며 피난 가던 험한 길 〈촉도난蜀道难〉

keyword

难-難nán(어려울 난)

蜀道难shǔdàonán(촉도난; 촉나라 가는 길은 힘들어라), 难于上青天nányúshàng qīngtiān(난어상청천; 하늘에 올라가는 것보다 더 힘들구나). 이 글은 唐Táng(당)나라의 诗仙(시선)이라 불린 李白Lǐbái(이백)의 시 <蜀道难>의 첫 구절로 높은 산으로 둘러싸인 四川Sìchuān[쓰촨(사천)]으로 가는 험한 여정을 노래하고 있다.

汉Hàn(한)나라의 유방과 蜀Shǔ(촉)나라의 유비는 촉도의 험난함을 이용하여 나라를 세우기도 하고 또 적으로부터 지키기도 했다. 또한 당나라의 玄宗(현종)은 믿었던 측근 安禄山(안록산)이 반란을 일으키자 사랑하는 杨

쓰촨성으로 통하는 험한 길 촉도

贵妃Yángguìfēi(양귀비)의 고향인 촉땅으로 피난 가는 도중, 호위 병사들의 빗발치는 원망에 그토록 사랑하던 연인 양귀비를 죽이게 되는 눈물의 蒙尘(몽진)길이 되었다.

여기에 쓰인 难-難nán(어려울 난)은 堇(진흙 근)과 隹(새 추)로 이루어진 글자로 진흙[堇] 속에 빠진 새[隹]가 빠져 나오기 위해 하늘을 향해 어렵게 날갯짓을 하는 모습을 나타낸 형성문자다. 堇이 들어가는 글자에는 谨-謹jǐn(삼가할 근), 仅-僅jǐn(겨우 근), 槿jǐn(무궁화 근), 勤qín(부지런할 근) 등이 있으며, 모두 진흙과 관련하여 뜻풀이를 할 수 있다.

중국은 매년 3월 초에 연중 가장 큰 정치행사인 两会liǎnghuì(양회)를 개최한다. 양회란 전국 인민대표들이 베이징에 모여 개최하는 우리의 國會(국회)와 같은 全国人民代表会议(전국인민대표회의), 즉 全人代Quánréndài(전인대)와, 70년대 우리나라의 통일주체국민회의와 비슷한 정치자문기구인 全国人民政治协商会议(전국인민정치협상회의), 줄여서 政协Zhèngxié(정협)을 일컫는 말이다.

李克强Lǐkèqiáng[리커창(이극강)] 중국 총리는 2014년 3월 양회 연설에서 "매사에 어려움을 걱정하지 말고, 준비가 없음을 걱정하라[凡事不患难fánshì búhuànnàn(범사불환난), 但患无备dànhuàn wúbèi(단환무비)]", 또 "도끼를 잘 갈아 두어야 비로소 장작을 팰 수 있다[磨好了斧子móhǎole fǔzi(마호료부자), 才能劈开柴cáinéng pīkāichái(재능벽개시)]" 등의 속담을 力說(역설)했다. 이 연설은 국민들의 소요 없이 공산당 정권을 유지하기 위해서는 최소 연 8%의 경제성장을 이어가야 한다는 중국 정부의 경제정책, 이른바 保八[바오빠] 정책이 후퇴하는 등 점점 어려워지고 있는 중국 경제에 대한 有备无患yǒubèiwúhuàn(유비무환)의 자세를 강조하는 총리의 공식적인 우려로 해석되면서 언론의 많은 주목을 받기도 했다.

‘难(어려울 난)’이 들어간 표현 가운데 중국인들이 자주 사용하는 몇 가지를 살펴보면 다음과 같다.

- 骑虎难下qíhǔnánxià(기호난하): 호랑이 등에 올라탔지만 내려오기가 어렵다는 말로, 힘든 일을 시작은 했지만 끝내지도 중단하지도 못하며 쩔쩔매는 경우를 일컫는 말이다. 앞뒤가 모두 계곡뿐이라 이러지도 저러지도 못하는 进退维谷jìntuìwéigǔ(진퇴유곡)과 같은 뜻으로 사용된다.
- 难得糊涂nándéhútu(난득호도): 똑똑한 사람이 바보인 척하는 것이 더 어렵다는 말로, 糊涂(호도)는 풀칠을 한 듯한 모양, 즉 멍청한 바보를 뜻하며, 우리말 “호도하지 마라” 등에도 사용되는 말이다.
- 难为兄nánwéixiōng(난위형), 难为弟nánwéidì(난위제): 형제간의 실력이 비슷하여 우열을 가릴 수 없다는 难兄难弟(난형난제)의 뜻이다.
- 艰难度日jiānnándùrì(간난도일): 가난하게 지내다, 가난하고 힘들게 살고 있다는 뜻이다.

한편 难과 모양은 약간 다르지만 의미가 같은 글자인 艰-艱jiān(어려울 간)은 堇(진흙 근)과 艮(끌 흔)이 합쳐져 진흙 속에서 몸을 질질 끌고 다니는 힘든 상황을 나타낸 글자다. 우리말 가난은 중국어 艰难jiānnán(간난)에서 유래된 것이 아닌가 추측된다.

★ 알아두면 유용한 단어

艰难jiānnán(간난): 힘들다, 가난하다 | 困难kùnnan(곤란): 곤란하다 | 难以nányǐ(난이): 부 ~하기가 어렵다 | 难得nándé(난득): 형 ~하는 것은 어렵다, 드물다 | 难过nánguò(난과): 지내기가 어렵다, 힘들게 지내다 | 灾难zāinàn(재난): 재난

행인들의 넋을 빼놓는
욕단혼欲断魂의 살구꽃비, 봄비

keyword

断-斷duàn(끊을 단)

断-斷duàn(끊을 단, 절벽 단)은 幺(작을 요)와 匚(감출 혜), 斤(도끼 근)으로 이루어진 글자로 작은 것들을 모아 만든 물건을 도끼로 끊어 버린다는 뜻의 회의문자다. 반대말인 继-繼jì(이을 계)도 糸(실 사)와 匚(감출 혜), 그리고 幺(작을 요)가 합쳐져 작은 실들을 모아 두었다가 필요할 때 이어서 실[糸]로 사용한다는 뜻으로 해석할 수 있다.

중국어로 断食duànshí(단식)은 '밥을 주지 않다', '식사 공급을 끊다'라는 뜻이며, 우리말 단식에 해당하는 말은 绝食juéshí(절식)이다. 따라서 '단식투쟁'은 绝食斗争juéshídòuzhēng(절식투쟁)이라고 하며 绝食抗议juéshíkàngyì(절식항의)라고도 한다.

중국 속담에 "二人同心èrréntóngxīn(이인동심), 其利断金qílìduànjīn(기리단금)"이라는 말이 있는데, 두 사람이 서로 마음을 합치면 그 날카로움을 이용해서 쇠도 끊을 수 있다는 뜻이다. 쉬운 일이라도 협력해서 하면 더 쉽다는 뜻의 우리 속담 "백지장도 맞들면 낫다."와 비슷한 의미지만 협력의 효과를 더 강조한 말이다.

'국정을 垄断-壟斷lǒngduàn(농단)하다.'에서 垄断은 논두렁을 뜻하는 垄-壟(논두렁 롱)과 절벽을 뜻하는 断(끊을 단, 절벽 단)으로 이루어져 원래의 뜻은 '높은 곳', '언덕'을 뜻하는 말이었다. 아무도 모르게 높은 곳(언덕, 垄断)에 올라가 시장에서 가장 장사가 잘되는 곳을 알아보고, 미리 자리를 잡아 이익을 독점하였다는 데서 유래한 이 말은 ≪孟子(맹자)≫의 <公孫丑(공손추)>에 나오는 이야기다. 우리나라에서는 '제멋대로 하다'라는 뜻으로, 중국에서는 주로 '독과점하다'라는 뜻으로 사용되며, 垄断价格lǒngduànjiàgé(농단가격)이라고 하면 독과점 가격을 뜻하는 말이다.

여기서 断(끊을 단)이 들어간 杜牧Dùmù(두목)의 유명한 唐诗(당시), <清明Qīngmíng(청명)>을 감상해보자.

清明时节雨纷纷 qīngmíngshíjié yǔfēnfēn (청명시절우분분)
路上行人欲断魂 lùshàngxíngrén yùduànhún (노상행인욕단혼)
借问酒家何处在 jièwènjiǔjiā héchùzài (차문주가하처재)
牧童遥指杏花村 mùtóngyáozhǐ xìnghuācūn (목동요지행화촌)

청명절에 봄비가 분분히 내려
길가던 행인들은 정신이 하나도 없네.
(목이 컬컬하여) 주막이 어디냐고 물어보니
소 치는 아이는 살구꽃 핀 마을을 가리키네.

이백이나 두보보다 100년쯤 뒤에 태어난 晚唐(만당) 때의 천재시인 두목이 이 시에서 술 익는 동네 '杏花村xìnghuācūn(행화촌)'이라는 말을 사용한 이후 우리나라에서도 '술 익는 마을', '주막' 등을 뜻하는 말로 자주 사용되었다. 박목월, 이호우 등의 시에서도 '술 익는 마을', 또는 '살구꽃 핀 마을' 등의 표현이 비슷한 의미로 등장한다. 흥미롭게도 중국 山西省Shānxīshěng[산시성(산서성)]에는 杏花村Xìnghuācūn(행화촌)이라는 마을이 있는데, 汾酒Fénjiǔ(분주)라는 유명한 중국술이 바로 이곳에서 생산된다. 한편, 살구꽃이 피는 청명, 한식 때 내리는 4월의 봄비를 杏花雨xìnghuāyǔ(행화우)라고 부르기도 한다.

중국에서는 4월 초 24절기의 5번째인 清明Qīngmíng(청명)이 국가공휴일이다. 冬至Dōngzhì(동지)로부터 104일째 되는 날이며, 105일 째 되는 날이 寒食Hánshí(한식)이다. 또 4년에 한 번씩 청명과 한식은 같은 날이 되기도 한다. 이렇게 한식과 청명은 하루 사이이므로 우리 옛말에 하루 먼저 죽으나 뒤에 죽으나 같다는 뜻으로 "한식에 죽으나 청명에 죽으나"라는 재미있는 표현도 있다.

★ 알아두면 유용한 단어

断绝duànjué(단절): 단절(하다), 끊다 | 判断pànduàn(판단): (칼로 나누고 도끼로 끊다) 판단하다 | 不断búduàn(부단): 부 끊임없이 | 垄断lǒngduàn(농단): 독과점하다, 멋대로 농단하다 | 断定duàndìng(단정): 단정하다, 결론짓다

유방과 항우의 운명을 건 마지막 승부
도건곤일척賭乾坤一擲

keyword

赌-賭dǔ(노름 도)

赌-賭dǔ(노름 도)는 贝(조개 패, 돈, 재물)와 者(놈 자)로 이루어진 글자로 돈을 탐내는 자 또는 돈 있는 자가 도박을 한다는 뜻의 형성문자다. 打赌dǎdǔ(타도)는 동사 打dǎ(칠 타)를 사용하여 '내기를 하다', '도박을 하다'라는 뜻이며, '포커를 치다', '카드를 하다'는 포커(poker)를 음차하여 打扑克dǎpūkè(타박극)이라고 한다.

打 대신에 下xià(아래 하)를 동사로 사용하는 경우도 있다. 바둑은 중국어로 돌을 가지고 둘러싼다는 의미에서 围棋wéiqí(위기)라고 하며, 将棋(장기)는 象(코끼리 상)을 넣어 象棋xiàngqí(상기)라고 한다. '장기를 두다.'라는 말은 손으로 알을 집어 아래로 놓기 때문에 동사 打 대신 下를 사용하여 下象棋xiàxiàngqí라고 말한다. '내기 바둑을 두다.'라고 할 때는 赌下围棋dǔxiàwéiqí(도하위기)라고 하면 된다.

唐宋八大家tángsòngbādàjiā(당송팔대가)의 한 사람인 당나라 韩愈Hányù(한유)는 <過鸿沟Guòhónggōu(과홍구; 홍구를 지나며)>라는 시에서 真成一掷赌乾坤zhēnchéngyízhì dǔqiánkūn(진성일척도건곤)이라고 노래했다. 项羽Xiàngyǔ(항우)와 刘邦Liúbāng(유방)이 천하를 걸고 싸웠던 마지막 전쟁터였던 홍구의 유적지를 천 년이 지난 후에 지나면서 두 영웅의 천하쟁패를 마치 하늘과 땅을 걸고 운명적인 마지막 큰 도박을 벌인 것처럼 멋지게 표현하고 있다.

龙疲虎困割川原 lóngpíhǔkùn gēchuānyuán (용피호곤할천원)
亿万苍生性命存 yìwàncāngshēng xìngmìngcún (억만창생성명존)
谁劝君王回马首 shéiquànjūnwáng huímǎshǒu (수권군왕회마수)
真成一掷赌乾坤 zhēnchéngyízhì dǔqiánkūn (진성일척도건곤)

용도 지치고 호랑이도 피곤하여 강과 들을 나누었네.
억만창생들이 목숨을 지켰구나.
누가 군왕에게 말머리를 돌리자고 권했던가.
정말로 천하를 걸고 한판 승부를 겨룰 것인가.

용과 호랑이로 표현된 유방과 항우는 전선이 교착상태에 빠지자 지금의 河南省Hénánshěng[허난성(하남성)]에 있는 鸿沟Hónggōu(홍구)라는 강을 경계로 서쪽은 유방이, 동쪽은 항우가 다스리기로 휴전에 합의한다. 하지만 유방이 참모인 张良Zhāngliáng(장량)의 권유를 받아들여 말머리를 돌려 항우를 공격하였고, 항우는 유방의 대장군 韩信Hánxìn(한신)과의 垓下城(해하성) 전투에서 참패한 후 자살함으로써 초한전쟁, 즉 楚汉争衡chǔhànzhēnghéng(초한쟁형)이 마무리되고 마침내 한나라의 400년 역사가 시작된다. 초한전쟁으로 인해 강의 이름인 고유명사 홍구는 요즘에는 '두 사람 사이의 좁혀지지 않는 간격' 또는 '완벽한 경계' 등을 뜻하는 일반명사로도 사용되고 있다.

★ 알아두면 유용한 단어

打赌dǎdǔ(타도): 내기를 하다, 도박하다 | 赌钱dǔqián(도전): 돈내기를 하다 | 赌下围棋dǔxiàwéiqí(도하위기): 내기 바둑을 두다 | 赌博dǔbó(도박): 도박하다 | 赌场dǔchǎng(도장): 도박장 | 赌博竞赛dǔbójìngsài(도박경새): 도박경기

시의 성인圣人 두보의 명시 〈등악양루登岳阳楼〉

keyword

登dēng(오를 등)

登dēng(오를 등)은 癶(필발머리, 걸을 발, 걸어 가다)와 豆(콩 두, 제기 두)로 이루어진 글자로 고대 제사장이 제사용 그릇[豆]을 들고 제단 위로 걸어[癶] 올라가는 모습을 나타내는 회의문자다.

중국에서는 '산에 오르다', '등산하다'를 登山dēngshān(등산)이라고도 하지만, 爬虫类páchónglèi(파충류)에 쓰인 爬(기어갈 파)를 사용하여 爬山páshān(파산)이라는 말을 더 많이 사용한다. 그리고 攀(잡고 오를 반)을 사용한 攀登pāndēng(반등)은 손으로 잡고 오른다는 의미로 '등반하다'라는 말이며, '비행기에 오르는 표'라는 뜻의 登机牌dēngjīpái(등기표)는 비행기표, 즉 비행기 탑승권을 뜻한다.

무협소설에 자주 등장하는 羽化登仙yǔhuàdēngxiān(우화등선)이라는 말은 새털처럼 가벼워져서 신선이 되어 날아오르는 것을 뜻한다. 이 말은 서정성 짙은 唐Táng(당)나라의 詩(시)문학에 철학적 요소가 가미된 宋Sòng(송)나라 赋(부)의 완결이라는 평가를 받는 苏东坡Sūdōngpō(소동파)의 <赤壁赋Chìbìfù(적벽부)>에 나오는 표현이다. 친구들과 적벽에서 뱃놀이를 할 때 마치 신선이 되어 하늘을 날아오르는 것 같았다는 소동파 자신의 기분을 시적으로 멋지게 표현하고 있다. 참고로, 위에서 말한 적벽은 삼국지의 적벽과는 900년의 시차가 있을 뿐만 아니라, 장소도 다른 곳이다.

崔颢Cuīhào(최호)의 <登黄鹤楼Dēnghuánghèlóu(등황학루)>와 함께 唐诗(당시)의 최고봉으로 꼽히는 杜甫Dùfǔ(두보)의 <登岳阳楼Dēngyuèyánglóu(등악양루; 악양루에 올라)>를 감상해 보자.

후난성 둥팅호에 있는 중국의 대표 정자 악양루

昔闻洞庭水 xīwén dòngtíngshuǐ (석문동정수)

今上岳阳楼 jīnshàng yuèyánglóu (금상악양루)

吴楚东南坼 wúchǔ dōngnánchè (오초동남탁)

乾坤日夜浮 qiánkūn rìyèfú (건곤일야부)

亲朋无一字 qīnpéng wúyīzì (친붕무일자)

老病有孤舟 lǎobìng yǒugūzhōu (노병유고주)

戎马关山北 róngmǎ guānshānběi (융마관산북)

凭轩涕泗流 píngxuān tìsìliú (빙헌체사류)

옛날에 들어본 동정호(에 와서) / 오늘에야 악양루에 올라보네.

오나라와 초나라는 동남으로 펼쳐져 있고

하늘과 땅은 (동정호에) 밤낮으로 떠 있구나.

친구, 친척에게서는 편지 한 자 없고 / 늙고 병든 몸은 외로운 배 위에서 떠도네.

북쪽 고향땅에는 전란이 끝이 없고 / 난간에 기대 서니 눈물이 그치질 않네.

청두의 두보초당에 있는 두보의 동상

이백과 함께 당나라 최고 시인이며 시의 圣人(성인)으로 추앙받고 있는 두보의 시답게 백성들의 고된 삶과 슬픔, 고뇌 등이 묻어나오는 서사적인 서정시다. 安禄山(안록산)의 난을 피해 옮겨간 쓰촨에서의 힘든 피난생활과, 한 조각의 배에 병든 몸을 싣고 양쯔강을 따라 떠돌다 생을 마감한 두보 자신의 고단한 삶을 노래하고 있다.

참고로 湖南省Húnánshěng[후난성(호남성)]의 洞庭湖Dòngtínghú[둥팅호(동정호)]에 있는 岳阳楼Yuèyánglóu(악양루)는 湖北省Húběishěng[후베이성(호북성)] 武汉Wǔhàn[우한(무한)]에 있는 黄鹤楼Huánghèlóu(황학루)와 함께 중국을 대표하는 양대 정자이며, 潇湘八景xiāoxiāngbājǐng(소상팔경) 중의 하나인 洞庭秋月dòngtíngqiūyuè(동정추월) 그림의 画提(화제)로도 유명한 곳이다. 그리고 황학루는 삼국시대 吴Wú(오)나라의 孙权Sūnquán(손권)이 군사적 목적으로 만든 망루였으나, 당나라 때부터 정자로 활용되었다고 전해진다.

★ 알아두면 유용한 단어

登录dēnglù(등록): 등록하다 | 登记dēngjì(등기): 등기하다 | 登山dēngshān(등산): 등산하다 | 攀登pāndēng(반등): (잡고) 오르다, 등반하다 | 登场dēngchǎng(등장): 등장하다 | 登陆dēnglù(등륙): 상륙하다

사슴을 가리켜 말이라고 하는 지록위마指鹿为马

keyword

鹿lù(사슴 록)

鹿lù(사슴 록)은 머리에 뿔이 나고 네 발로 다니는 사슴의 모습을 형상화한 상형문자다. 참고로 塵chén(먼지 진)은 鹿과 土(흙 토)로 구성된 글자로 사슴이 달릴 때 발밑에서 이는 흙먼지를 나타낸다. 현대에 만들어진 간체자인 尘(먼지 진)은 小와 土가 합쳐져 작은 흙먼지라는 뜻으로 만들어진 글자가 아닌가 생각한다.

鹿寨lùzhài(녹채)는 사슴뿔 모양의 울타리[寨(울타리 채)]라는 뜻으로 삐죽삐죽하게 사슴뿔 모양으로 울타리를 친 군사용 방어진지를 말한다. 비슷한 뜻의 山寨shānzhài(산채)는 산속에 목책 따위를 둘러 만든 진터나 산적의 소굴을 뜻하는 말이지만, 요즘 중국에서는 은밀한 곳(산채)에서 만들어지는 짝퉁이나 모조품을 일컫는 말로 사용되고 있다.

指鹿为马zhǐlùwéimǎ(지록위마)라는 말은 사슴을 가리켜 말이라고 한다, 즉 거짓된 행동으로 윗사람을 농락하는 것을 뜻한다. 秦Qín(진)나라의 환관 趙高Zhàogāo(조고)는 秦始皇QínShǐhuáng(진시황)의 유언을 조작하여 둘째아들 胡亥Húhài(호해)를 2대 황제로 옹립한 후 권력을 장악한다. 그리고 반대파를 숙청하기 위해 사슴을 가리켜 말이라고 할 정도로 거짓을 고하며 권세를 누렸는데, 여기서 유래한 말이 지록위마다. 汉Hàn(한)나라 때 서방에서 몸집이 큰 汗血马(한혈마)가 수입되기 전까지 중국의 말들은 몸집이 그리 크지 않아서 큰 사슴과 그 높이가 비슷하였다고 하니 이런 성어

가 만들어질 만도 하다. 여기서 재미있는 것은 일본어 ばかやろう[馬鹿野郎(바카야로)]라는 말은 사슴과 말을 구분하지 못하는 멍청한 놈이라는 뜻으로, '바보', '멍청이'를 가리킨다.

중국에서는 고대부터 사슴을 천하쟁패의 대상으로 종종 비유하곤 했다. 司马迁Sīmǎqiān(사마천)은 ≪史记Shǐjì(사기)≫에서 '秦失其鹿qínshīqílù(진실기록), 天下共逐之tiānxià gòngzhúzhī(천하공축지)', 즉 '진나라는 사슴을 잃어버렸고, 천하가 그 사슴을 쫓고 있다.'라고 쓰고 있다.

'逐鹿中原zhúlùzhōngyuán(축록중원), 鹿死谁手lùsǐshéishǒu(녹사수수)'는 토사구팽의 주인공인 韩信Hánxìn(한신)이 말한 것으로 전해진다. 사슴을 쫓아 중원을 달렸고, 누구 손에 사슴이 죽을지 아무도 모른다는 이 말은 영웅들이 일어나 천하를 다투지만 최후의 승자는 누가 될지 아무도 모른다는 의미로, 중국 사람들이 즐겨 사용하는 말이다. 앞의 '축록중원'은 천하쟁패의 뜻으로, 그리고 뒤의 '녹사수수'는 최후의 승자는 누가 될지 모른다는 뜻으로 자주 인용되고 있다.

참고로 중국에서는 麒麟qílín(기린)을 龙lóng(용)처럼 상상 속의 동물로 생각하고 있으며, 그 모습은 수사자와 비슷한 것으로 상상하고 있다. 우리가 동물원에서 흔히 볼 수 있는 기린은, 중국에서는 '목이 긴 사슴'이라는 뜻으로 长颈鹿chángjǐnglù(장경록)이라 부르기 때문에 중국인들에게 '동물원의 기린'이라고 말하면 알아듣지 못한다. 반면에 일본에서는 우리처럼 기린[キリン(麒麟)]이라고 부른다. 또 우리말 꽃사슴을 중국에서는 '매화꽃 무늬가 있는 사슴'이라는 의미로 梅花鹿méihuālù(매화록)이라고 한다.

★ 알아두면 유용한 단어

鹿寨lùzhài(녹채): 방어 진지 | 鹿茸lùróng(녹용): (새로 난 부드러운) 사슴뿔 | 鹿角lùjiǎo(녹각): (다 자라서 단단해진) 사슴뿔 | 鹿死谁手lùsǐsheíshǒu(녹사수수): 누구 손에 사슴이 죽게 되는가, 누가 최후의 승자가 될지는 아무도 모른다.

문수보살의 산스크리트어 만주쉬리와 만주滿洲의 탄생

keyword

满-滿mǎn(찰 만)

1636년에 일어난 병자호란 때 송파나루 三田渡(삼전도)에서 조선에 치욕을 안겼던 清太宗(청태종) 皇太极[홍타이지]는 佛经fójīng(불경)에 지혜의 상징인 文殊菩萨Wénshūpúsà(문수보살)이 동북지방에 살고 있다고 쓰여 있는 점에 착안하였다. 그리하여 女真族(여진족)의 발원지인 중국의 동북지역을 문수보살이 사는 곳이라 여기고 文殊(문수)의 산스크리트어 '만주쉬리(Manjusri)'를 音译yīnyì(음역)한 满洲Mǎnzhōu(만주)라는 단어를 처음으로 사용하였다. 그러고는 조선을 침공하기 직전인 1635년에 여진족을 满洲族(만주족)이라고 개칭하였는데, 그때 만들어진 만주라는 단어가 지금까지 사용되고 있다.

여진족(만주족)은 한반도의 북부까지 들어와 살았는데, 그 흔적이 지금까지도 남아 있다. 예를 들어 북한의 탄광도시 '아오지'는 만주어로 '불타는 돌'이라는 뜻으로 옛날에도 석탄이 많이 나는 지역이었음을 알 수 있다. 중국 黑龙江省Hēilóngjiāngshěng[헤이룽장성(흑룡강성)]의 수도 哈尔滨Hāěrbīn[하얼빈]은 만주어로 '명예'라는 뜻이다.

참고로 청나라 황제의 姓(성)은 爱新觉罗Àixīnjuéluó(애신각라)이다. 청나라 乾隆帝Qiánlóngdì(건륭제)의 이름은 愛新覺羅弘曆Àixīnjuéluó hónglì(애신각라홍력)이며, 청태종 홍타이지의 이름은 愛新覺羅皇太极(애신각라황태극)이다. 만주어로 àixīn은 金(금)을, juéluó는 민족을 뜻하는 말로 爱新觉罗àixīnjuéluó는 '금의 민족', '금의 겨레'라는 뜻이 된다. 청나라 이전에 만주족이 세운 나라의 이름이 金Jīn(금)나라, 청나라를 后金(후금)이라 부른 이유가 여기에 있다.

혹자는 爱新觉罗Àixīnjuéluó(애신각라)라는 만주족 황제의 姓(성)이 '신라를 사랑하고 신라를 기억하자'에서 유래되었다고 해석하고, 新罗(신라) 왕실의 성이 金(김)이었던 점을 들어 만주족, 즉 여진족은 멸망한 신라의 후예라고 주장하기도 한다.

滿-满mǎn(가득할 만)은 氵(삼수변)과 㒼(좌우가 평평할 만)으로 이루어진 글자로, 큰 그릇에 물이 가득 차서 찰랑찰랑하는 모습을 나타낸 형성문자다. 满이 들어간 중국어 가운데 充满chōngmǎn(충만)은 좋은 것이나 나쁜 것이나 구분 없이 '가득하다', '충만하다'라는 뜻이다. 그러나 나쁜 것으로 '가득하다'라고 말할 때는 充斥chōngchì(충척)이라고 하며, 充斥有毒气体(충척유독기체)라고 하면 유독가스로 가득하다는 뜻이다.

예로부터 인구가 많은 중국은 '사람이 많아서 문제다', '사람이 많아서 걱정이다'라는 표현으로 人满为患rénmǎnwéihuàn(인만위환)이라는 말을 많이 사용했다. 최근에는 도시마다 차가 너무 많아서 걱정이라는 표현으로 车满为患chēmǎnwéihuàn(차만위환)이라는 말이 생겨나서 인터넷을 통해 유행하고 있다.

★ 알아두면 유용한 단어

满足mǎnzú(만족): **동** 만족하다, 만족시키다 | 满意mǎnyì(만의): **형** 만족하다 | 满月mǎnyuè(만월): 보름달 | 满洲Mǎnzhōu(만주): 만주지방 | 满族Mǎnzú(만족): 만주족 | 满人Mǎnrén(만인): 만주 사람 | 满山红叶mǎnshānhóngyè(만산홍엽): 온 산에 단풍이 가득하다

삼국지 3대 전투의 백미 적벽대전赤壁大战

keyword

壁bì(벽 벽)

壁bì(벽 벽)은 辟(물리칠 벽, 임금 벽)과 土(흙 토)가 합쳐져 적을 물리치기 위해 또는 임금님을 보호하기 위해 흙[土]으로 쌓은 벽을 뜻하는 형성문자다.

壁이 들어간 단어 중 자주 쓰이는 间壁jiànbì(간벽)은 간이 칸막이 또는 이웃을 뜻하는 말이다. 예전 중국의 화장실은 칸막이가 없기로 유명했다. 在农村的厕所至今没有间壁zàinóngcūnde cèsuǒ zhìjīn méiyǒu jiànbì(재농촌적측소지금몰유간벽). 이 말은 시골의 화장실[厕所(측소)]에는 지금(至今)도 칸막이가 없다는 뜻인데, 사실 중국의 도심 공원에까지도 아직 칸막이 없는 화장실이 남아 있다.

隔壁堂亲gébìtángqīn(격벽당친)이라는 말은 우리말로 이웃사촌을 뜻하고, 远亲不如近邻yuǎnqīn bùrújìnlín(원친불여근린)은 먼 곳에 사는 친척[远亲]보다는 가까운 이웃[近邻]이 낫다는 뜻의 중국 속담이다.

开天辟地kāitiānpìdì(개천벽지)는 하늘과 땅이 새로 열린다는 뜻의 우리말 天地開闢(천지개벽)과 같은 말이다. 비슷한 뜻으로 破天荒pòtiānhuāng(파천황)이라는 표현이 있는데, 天荒(천황)은 천지가 开辟kāipì(개벽)하기 전의 혼돈 상태를 의미한다. 당나라 때, 적벽대전의 무대이며 군사 및 물류의 요충지였던 荆州Jīngzhōu(형주) 땅에서 과거 급제자가 한 사람도 나오지 않자, 형주를 '天荒'이라고 불렀는데, 나중에 이곳에서 최초의 급제자가 탄생하자 '드디어 천황을 깨버렸다'는 의미에서 형주 땅을 '破天荒'이라 부르기 시작했다. 여기서 유래되어 파천황이라는 단어는 '새로운 세상을 열다',

'새로운 기록을 세운다'는 뜻으로 사용하는 말이 되었다.

赤壁之战Chìbìzhīzhàn(적벽지전), 즉 赤壁大战(적벽대전)은 삼국시대 魏Wèi(위)나라가 吴Wú(오)나라와 蜀Shǔ(촉)나라의 연합군과 长江Chángjiāng [창장(장강)]의 적벽에서 싸웠던 전투이다. 적벽대전은 ≪三国演义Sānguóyǎnyì (삼국연의)≫에서 말하는 官渡之战(관도지전), 赤壁之战(적벽지전), 夷陵之战(이릉지전) 등, 이른바 3대 전투 가운데 하나다. 이 3대 전투에는 다음과 같은 특징이 있다.

첫째, 먼저 전쟁을 일으킨 원소, 조조, 유비가 모두 패하였다는 점이다. 그만큼 고대 전투에서는 공격이 훨씬 어렵다는 반증이기도 하다. 두 번째는 세 전투 모두 더 적은 수의 군대가 상대의 대군을 물리쳤다는 점이다. 현대의 경영이론에서 말하는 큰 놈보다는 빠른 놈이 더 강하다는 것과 일맥상통한다. 그리고 마지막으로 기존의 균형이 완전히 깨어지고 새로운 변화를 가져오는, 역사적·정치적으로 큰 전기가 되는 전투였다는 점이다. 이렇게 약한 쪽이 강한 쪽을 물리치는 것을 중국인들은 以弱胜强 yǐruòshèngqiáng(이약승강)이라고 표현한다.

참고로 ≪삼국연의≫의 3대 전투에 대해 살펴보면 다음과 같다.

- 官渡之战(관도지전): 서기 200년에 권문세족 袁绍Yuánshào(원소)와 신흥 귀족 曹操Cáocāo(조조)가 华北Huáběi[화베이(화북)]지방의 패권을 장악하기 위해 관도, 지금의 河南省Hénánshěng[허난성(하남성)]의 수도인 郑州 Zhèngzhōu[정저우(정주)] 부근에서 맞붙었던 큰 전투로, 关羽Guānyǔ(관우)의 도움으로 조조가 승리하고 曹魏CáoWèi(조위) 건국의 기초를 마련한 전투이다.
- 赤壁之战(적벽지전): 서기 208년에 중원의 배꼽으로 불리는 요충지 荆州Jīngzhōu[징저우(형주)]를 중심으로 한 창장강 赤壁Chìbì(적벽)에서 있었

던 큰 전투이다. 창장 이남까지 석권하기 위한 조조의 공격을 손권과 유비의 연합군이 극적으로 물리치며 삼국이 鼎立dǐnglì(정립)되는 계기가 되었으며, 아울러 吴나라의 명장 周瑜Zhōuyú(주유)가 사라지고 诸葛亮Zhūgěliàng(제갈량)이라는 28살의 젊은 천재가 中原Zhōngyuán(중원)에 데뷔하게 된다.

- 夷陵之战(이릉지전) 또는 猇亭大战(효정대전): 서기 222년에 촉나라의 유비가 오나라를 침공한다. 그러나 유비가 이릉에서 손권의 형인 孙策Sūncè(손책)의 사위 陆逊Liùxùn(육손)에게 패하고 백제성에서 제갈량에게 어린 아들을 맡기고 사망하게 되는데, 그 후 촉나라의 급속한 쇄망으로 삼국의 균형이 깨지는 전기가 된 전투이다.

★ 알아두면 유용한 단어

壁画bìhuà(벽화): 벽화 | 壁报bìbào(벽보): 벽보 | 隔壁gébì(격벽): 이웃 = 邻居línjū(인거) | 隔壁堂亲gébìtángqīn(격벽당친): 이웃사촌 | 悬崖绝壁xuányájuébì(현애절벽): 공중에 걸려 있는 높은 절벽

삼국지에 나타난 유비刘备의 서번트리더십

Keyword

备-備bèi(갖출 비)

备-備bèi(갖출 비)는 亻(사람인변)과 冓(짤 구)로 이루어진 글자이며, 전쟁에 대비해 대나무로 화살통 같은 통을 짜서 준비한다는 뜻의 형성문자다. 여기서 冓는 대나무를 짜서 만든 통의 모양을 형상화한 상형문자다. 계산용 나뭇가지, 즉 칩(chip)을 뜻하는 筹chóu(산가지 주)를 사용한 筹备委chóubèiwěi(주비위)는 준비위원회 또는 임시 TFT(Task Force Team)에 해당하는 단어로 중국에서 많이 사용하는 말이다.

서기 208년 겨울, 赤壁大战Chìbìdàzhàn(적벽대전)을 준비하던 제갈량과 주유는 압도적으로 많은 조조의 대군을 물리치기 위한 전략으로 火功(화공)을 선택한다. 吴Wú(오)나라와 蜀Shǔ(촉)나라 연합군은 조조군의 배들을 서로 묶도록 유도하는 连环计liánhuánjì(연환계)와 늙은 黄盖Huánggài(황개) 장군이 거짓으로 항복하는 苦肉计kǔròujì(고육계) 등 대부분의 전술 준비를 마쳤지만, 长江Chángjiāng[창장(장강)] 북쪽 기슭에 长蛇阵chángshézhèn(장사진)을 친 조조군을 불로 공격하기 위해서는 동남풍이 꼭 필요했다. 하지만 때가 서북풍만 불던 겨울이어서 연합군 진영은 동남풍을 초조하게 기다리고 있었다. 여기서 유래한 말이 万事俱备wànshìjùbèi(만사구비), 只欠东风zhǐqiàndōngfēng(지흠동풍)이다. '모든 것이 준비되었지만 오직 동풍만이 없구나.'라는 뜻의 이 말은 철저하게 다 준비했지만 꼭 필요한 하나가 부족하다는 의미로 중국 사람들이 즐겨 사용하는 속담이다. 具를 사용한 具备jùbèi(구비)는 갖추다, 구비하다는 말이지만, 위에서는 俱jù(모두 구)를

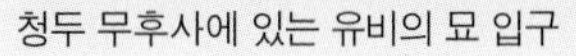

청두 무후사에 있는 유비의 묘 입구

유비의 묘(사진 오른쪽 삼단 축대 위의 둥근 숲)

사용한 俱备jùbèi(구비)이므로 '모두 준비했다'는 뜻이다.

刘备摔孩子liúbèishuāiháizi(유비솔해자), 收买人心shōumǎirénxīn(수매인심)이라는 말이 있는데, 刘备(유비)가 아들을 던져 버리고 백성들의 인심을 얻었다는 뜻이다. ≪三国演义Sānguóyǎnyì(삼국연의)≫의 赤壁大战(적벽대전)에서 유비는 백성들과 함께 피난 중이었다. 유비 진영의 후방 적진에서 赵云Zhàoyún[조운; 赵子龙(조자룡)]이 주군의 아들 刘禅(유선)을 극적으로 구출하여 유비의 품에 안겨 주자, 그는 너 때문에 아끼는 조자룡을 잃을 뻔했다고 백성들 앞에서 불같이 화를 내며 아들을 땅바닥에 던져 버렸다는 고사에서 나온 말이다. 힘든 상황에서도 백성과 부하들을 끌어안았던 유비의 덕성이 빛나는 이 이야기는 현대 사회에서 요구하는 '섬김의 리더십(servant leadership)'을 강조하는 중국 속담이다.

凡事不患难fánshì búhuànnàn(범사불환난), 但患无备dànhuànwúbèi(단환

무비)라는 말은 모든 일[凡事]의 어려움을 걱정하지 말고 준비가 부족함을 걱정하라는 뜻이다. 2014년 3월에 개최된 중국 两会(양회)에서 리커창 총리가 인용한 고사인데, 그는 이 외에도 도끼를 잘 갈아 두어야만 비로소 장작을 팰 수 있다는 '磨好了斧子móhǎole fǔzi(마호료부자), 才能劈开柴cáinéng pīkāichái(재능벽개시)' 등을 인용하면서 급변하는 세계경제 상황과 이에 대처하는 중국 공무원들의 유비무환의 자세를 강조하였다.

우리나라 사극을 보다 보면 備邊司(비변사)라는 말을 자주 듣게 된다. 이 말은 글자 그대로 변방(邊)지역의 여진족이나 왜구의 침범에 대비(備)하여 만든 임시 조직이었다. 그러나 임진왜란과 병자호란의 큰 전란을 겪으면서 이 조직은 의정부를 대신하는 상설기구로 확대되었고, 나중에는 중요한 나랏일을 결정하는 중추조직으로 바뀌었다.

★ 알아두면 유용한 단어

准备zhǔnbèi(준비): 준비하다 | 储备chǔbèi(저비): 비축하다 | 筹备委chóubèiwěi(주비위): 준비위원회, TFT | 预备yùbèi(예비): 예비하다, 준비하다 | 备忘录bèiwànglù(비망록): (잊지 않기 위해 기록한) 비망록, MOU | 装备zhuāngbèi(장비): 장비 | 设备shèbèi(설비): 설비

keyword

오색 구름 감도는 백제성을 아침에 떠나며
조사백제채운간朝辞白帝彩雲间
辞-辭cí(떠날 사)

辭cí(말씀 사, 떠날 사)는 亂(어지러울 란)과 辛(매울 신)으로 이루어진 글자다. 정신이 어지럽고 눈물 때문에 눈이 매운 이별 또는 작별의 말을 뜻하는 회의문자다. 간체자인 辞는 舌(혀 설)과 辛으로 이루어져 울어서 입이 아픈 이별 또는 입이 매운 말씀 정도로 이해하면 될 것이다.

辞(辭)는 汉Hàn(한)나라 이전인 고대에는 주로 '말씀 사'로, 한나라 이후에는 '떠날 사', 즉 이별을 뜻하는 글자로 많이 사용되고 있다. 우리나라에서 연말연시에 묵은해를 보내고 새해를 맞이한다는 뜻으로 많이 사용하는 送旧迎新(송구영신)을 중국에서는 辞旧迎新cíjiùyíngxīn(사구영신)이라고도 한다. 이 밖에 '떠날 사'의 뜻으로 쓰이는 단어로는 辞职cízhí(사직), 辞让círàng(사양), 그리고 말술도 사양하지 않는다는 뜻의 斗酒不辞dòujiǔbùcí(두주불사) 등이 있다.

한나라 이후에는 '말씀'의 뜻으로 辞 대신 词-詞(말씀 사)가 많이 사용되고 있다. 예로 词典cídiǎn(사전)이 있는데, 辞典cídiǎn(사전)과 발음과 뜻이 모두 같으며 字典zìdiǎn(자전)이라고도 한다.

중국어 공부를 하다 보면 楚辞Chǔcí(초사)라는 말을 자주 접하게 된다. 초사는 春秋战国ChūnqiūZhànguó(춘추전국) 시대 초나라의 문학작품 또는 형식을 말한다. 나라를 잃은 울분으로 자살한 초나라의 충신 屈原Qūyuán(굴원)이 쓴 <离骚Lísāo(이소; 나라를 떠나며)>는 중국의 端午节

Duānwǔjié(단오절)과 관련이 깊은 대표적인 초사로, 후대 중국문학에 큰 영향을 끼쳤으며 오늘날에도 높이 평가된다.

시대에 따라 불리는 중국문학을 정리해 보면, 대체로 고대의 诗经(시경), 춘추전국시대의 楚辞(초사), 汉Hàn(한)나라 때의 산문형식인 汉赋(한부), 서정미의 정수 唐诗(당시), 唐诗에 철학적 요소가 가미된 宋Sòng(송)나라 때의 宋词(송사), 元Yuán(원)나라 때의 희곡인 元曲(원곡), 明Míng(명)나라 때의 明小說(명소설), 清Qīng(청)나라 때의 清剧(청극) 등으로 구분할 수 있으며, 고려와 조선의 문학에도 영향을 끼친 것으로 알려져 있다.

당나라 때 李太白Lǐtàibái(이태백)의 명시 <早发白帝城Zǎofābáidìchéng(조발백제성; 아침 일찍 백제성을 떠나며)>을 감상하면서 辞(떠날 사)의 뜻을 음미해보자.

朝辞白帝彩云间 zhāocíbáidì cǎiyúnjiān (조사백제채운간)
千里江陵一日还 qiānlǐJiānglíng yīrìhuán (천리강릉일일환)
兩岸猿声啼不住 liǎngànyuánshēng tíbùzhù (양안원성제부주)
轻舟已过万重山 qīngzhōuyǐguò wànchóngshān (경주이과만중산)

오색 구름이 찬란한 백제성을 아침에 떠나
천리 길 머나먼 강릉을 하루 만에 돌아왔네.
강기슭 원숭이들은 울음소리를 멈추지 않고
가벼운 조각배는 벌써 첩첩산중을 지나가네.

贵州Guìzhōu(귀주)로 유배 가는 도중, 白帝城Báidìchéng(백제성) 근처에서 赦免shèmiǎn(사면) 소식을 듣고 설레는 마음으로 长江三峡Chángjiāngsānxiá[창장싼샤(장강삼협)]를 미끄러지듯 통과하며 长安(장안)으로 돌아가고 있는 이백의 들뜬 마음이 잘 나타나 있다. 특히 彩雲间(채운간)이라는 표현은 시인의 상기된 마음을 대변하는 구절이며, 流配(유배)라는 绝

유비가 어린 아들을 부탁했던(讬孤) 백제성

望juéwàng(절망)에서 解配(해배)라는 希望xīwàng(희망)을 노래한 명시로 평가된다. 이 시는 江泽民Jiāngzémín[장쩌민(강택민)] 전 주석이 쿠바의 카스트로와 미국의 조지 부시 대통령 앞에서 낭송하면서 더욱 유명해졌고, 중국의 어린 학생들도 즐겨 외우는 국민시다.

백제성은 이릉전투에서 육손에게 패배한 유비가 숨을 거두면서 제갈량에게 어린 刘禅(유선)을 맡기는 讬孤tuōgū(탁고; 임금이 죽기 전에 어린 황태자를 신하에게 부탁하는 것)로도 유명한 곳이다. 백제성에서 长江Chángjiāng[창장(장강)]을 따라 江陵(강릉)까지는 300km가 넘어, 실제로 천리(400km)에 가까운 거리라고 한다.

★ 알아두면 유용한 단어

辞职cízhí(사직): 사직하다 | 告辞gàocí(고사): 작별을 고하다 = 告别gàobié(고별) | 辞让círàng(사양): 사양하다 | 辞典cídiǎn(사전): 사전 | 致辞zhìcí(치사): 인사말을 하다 | 祝辞zhùcí(축사): 축사

청황제의 여름궁전 피서산장避暑山庄

keyword

暑shǔ(더울 서)

暑shǔ(더울 서)는 日(해 일)과 者(놈 자)로 이루어져 해 아래 사람이 서 있으니 무척 덥다는 뜻의 형성문자다. 참고로 者(놈 자)는 老(늙을 로)와 白(말할 백, 흰 백)으로 구성되어 늙은 노인이 어린 아이에게 하는 말 '놈'에서 유래된 회의문자다.

暑shǔ(더울 서)와 热-熱rè(뜨거울 열)은 모두 뜨겁다는 뜻이지만, 뜨거움의 원인이 다르다. 태양[日]에 의해 더워지는 暑는 자연적인 더움, 뜨거움을 나타내고, 불[灬, 火] 때문에 뜨거운 熱은 좀 더 인공적인 뜨거움을 나타내는 글자다. 24절기 중 '더위를 다스린다', '더위를 처치한다'는 뜻의 处暑Chǔshǔ(처서)는 자연적인 더위가 끝남을 의미하기도 한다. 8월 20일 전후의 처서가 지나고 나면, 찬 이슬이 내린다는 白露Báilù(백로)가 찾아온다.

우리말에 '더위를 먹다'라는 표현이 있는데, 중국어에도 비슷한 의미로 '더위에 명중당하다' 또는 '더위병'이라는 뜻의 中暑zhòngshǔ(중서)라는 말이 있다. 여기서 中zhòng(가운데 중)은 '的中(적중)하다', '命中mìngzhòng(명중)하다'라는 뜻이다. 예를 들어 他中暑了tā zhòngshǔle라고 하면 그는 더위를 먹었다는 뜻이다.

避暑山庄Bìshǔshānzhuāng(피서산장)은 베이징의 북쪽 承德Chéngdé(승덕)에 있는 청나라 황제의 피서용 별장으로 온천이 있어서 热河行宫Rèhéxínggōng(열하행궁)이라고도 불렀다. 청태조 누루하치와 청태종 皇太极[홍타이지]의 무덤이 있는 만주 奉天(봉천), 지금의 沈阳Shěnyáng[선양(심양)]을

청나라 황제의 여름궁전 피서산장

항상 그리워한 만주족 황제들은 베이징과 봉천 사이 만리장성의 밖에 있는 온천지역에 아름다운 별궁을 지어 유목민의 향수를 달랬다. 이 피서산장은 19세기 아편전쟁 때는 황제의 피난처로 활용되기도 했다.

조선의 셰익스피어로 불리는 산문의 대가 燕岩(연암) 朴趾源(박지원)은 ≪熱河日記(열하일기)≫의 <一夜九渡河記(일야구도하기; 하룻밤에 아홉 번 강을 건너다)>에서 깜깜한 밤에 열하를 아홉 번이나 건너는 공포스런 분위기를 코믹하게 묘사하면서 燕行[연행; 사신이 중국의 베이징(燕)에 가던 일)] 길의 고단함을 달랬던 것 같다.

暑와 비슷한 모양의 글자를 잠시 살펴보자. 署shǔ(관청 서)는 罒(그물 망)과 者(놈 자)로 구성된 한자로, 그물 안의 물고기처럼 많은 사람들이 모이는 관청을 뜻하는 형성문자다. 자주 쓰이는 말로는 警察署jǐngcháshǔ(경찰서), 署名shǔmíng(서명) 등이 있다. 薯shǔ(마 서, 감자 서)는 땅속 줄기에 그물[罒] 속 물

피서산장 소(小)포탈라궁

고기처럼 많은 덩이 줄기가 생기는 식물[艹]을 뜻하는 글자다. 중국에서는 감자를 말의 목에 다는 방울처럼 생겼다고 하여 马铃薯mǎlíngshǔ(마령서)라 불렀는데, 옛날 우리나라에서도 이렇게 불렀다. 고구마는 '붉은 마'라는 뜻의 红薯hóngshǔ(홍서)라고 한다. 참고로 고구마는 对马岛(대마도)를 통해 18세기에 우리나라에 들어왔는데, 배고픔을 해결하는 구황식물인 이 고구마를 '부모님께 효도하는 마'라는 뜻으로 부르던 일본어 こうこうま[고우코우마, 孝行麻(효행마)]가 우리말 고구마의 기원이 되었다고 한다.

★ 알아두면 유용한 단어

暑假shǔjià(서가): 여름방학, 여름휴가. 寒假hánjià(한가): 겨울방학 | 放暑假fàngshǔjià(방서가): 여름방학을 하다 | 避暑bìshǔ(피서): 더위를 피하다, 피서하다 | 处暑Chǔshǔ(처서): 24절기(节气jiéqi)의 처서

황제가 하늘에 제사 지내는 봉선封禅의 땅 태산

Keyword

禅-禪chán(참선할 선)

禅-禪chán/shàn(참선할 선/물려줄 선)은 礻(볼 시)와 单-單(홀로 단)으로 이루어진 글자로 신(神) 앞에 홀로[单] 앉아서 선경에 들며 참선하는 모습을 나타내는 형성문자다. '礻'가 들어간 한자는 대부분 '神(신)'과 관계가 있음을 알아두자.

禅宗chánzōng(선종)은 参禅cānchán(참선)을 중요시하는 불교의 종파를 말한다. 이와 상대적인 개념으로 부처의 가르침인 经典jīngdiǎn(경전)을 중시하는 불교의 종파를 教宗(교종)이라고 한다. 이 参禅의 禅은 나라마다 발음이 다른데, 한국에서는 '선', 중국에서는 'chán', 그리고 일본에서는 젠(ぜん)으로 발음한다.

황제가 산에 올라 하늘에 제사 지내는 것을 封fēng(봉), 산에서 내려와 땅에 제사 지내는 것을 禅shàn(선)이라고 하며, 이를 합쳐 封禅fēngshàn(봉선)이라고 한다. 봉선은 山东省Shāndōngshěng[산둥성(산동성)]에 있는 泰山Tàishān(태산)에서만 행해졌는데, 진시황이 중국 역사상 최초로 봉선하였으며, 이후 70여 명의 황제가 이를 행했다고 전해진다.

고대 중국에서는 5개의 신령스런 산을 五岳Wǔyuè(오악)이라 불렀다. 이 오악은 자연스럽게 中原Zhōngyuán(중원)의 경계가 되었는데, 이를 살펴보면 다음과 같다.

- 東岳(동악): 산둥성의 태산을 가리킨다. 孔子Kǒngzǐ(공자)의 사당인 孔庙

오악의 하나인 동악, 태산

Kǒngmiào(공묘)가 부근에 있으며, 앉은 듯이 듬직한 산[泰山如坐]이라는 별명을 가졌다. 공자가 태산에 올라 '登东山而小鲁dēngdōngshān érxiǎo lǔ(등동산이소로), 登泰山而小天下dēngtàishān érxiǎotiānxià(등태산이소천하)'라 하였는데, 이는 동산에 올라 보니 鲁Lǔ(노)나라가 작아 보이고, 태산에 올라 보니 천하가 작아 보인다는 뜻으로, 더 큰 뜻을 품고 더 큰 세상을 보라는 가르침이다. 참고로 태산은 해발 1,500m에 이르는 높은 산이다.

- 西岳(서악): 陕西省Shǎnxīshěng[산시성(섬서성)]의 华山Huáshān(화산)을 말한다. 가장 웅장하며 2,100m의 우뚝 선 산이라고 하여 华山而立huàshānérlì(화산이립)이라는 별칭을 가진 바위산, 즉 骨山(골산)이다. 이 화산의 서쪽에 있는 长安Chángān(장안)을 포함하여 동서남북의 4악이 고대 중국에서 문명과 비문명을 구분하던 중원의 경계가 되기도 했다.
- 南岳(남악): 湖南省Húnánshěng[후난성(호남성)]의 상징인 湘水Xiāngshuǐ[샹수이(상수)] 주변의 衡山Héngshān(형산)을 가리키며, 1,300m 정도의 낮은 산이지만 주변이 강과 평원이라 날아갈 듯[衡山如飛] 높아 보이는 산이다.

중원의 중심을 이루는 중악, 숭산

- 北岳(북악): 山西省Shānxīshěng[산시성(산서성)]에 있는 움직이는 듯[恒山如行] 생동감 있는 산 恒山Héngshān(항산)을 말하며, 大同Dàtóng[다퉁(대동)]에 있는 공중에 매달린 절 悬空寺Xuánkōngsì(현공사)로 유명하다.
- 中岳(중악): 河南省Hénánshěng[허난성(하남성)]의 嵩山Chóngshān(숭산)을 가리킨다. 누운 듯이[嵩山如臥] 少林寺Shàolínsì(소림사)를 품고 있으며 중원의 중심을 이루는 1,500m 높이의 산이다. 여기서 少林寺의 少는 'shǎo'로 발음하면 '적다'는 의미이고 'shào'로 발음하면 '젊다'는 뜻이 된다.

★ 알아두면 유용한 단어

参禅cānchán(참선): 참선하다 | 禅宗chánzōng(선종): 참선을 중요시하는 불교의 분파 선종 | 禅院chányuàn(선원): 참선 도장 | 封禅fēngshàn(봉선): 황제가 태산에 올라 하늘에 제사 지내는 의식 | 禅位shànwèi(선위): 왕위를 물려주다

세계 최대 GDP 국가이던 청나라, 아편전쟁鸦片战争으로 망하다

keyword
鸦-鴉yā(갈가마귀 아)

우리말에 "사방이 쥐 죽은 듯이 고요하다."라는 말이 있다. 중국어에도 이와 비슷한 의미의 鸦雀无声yāquèwúshēng(아작무성)이라는 말이 있는데, 주위에 까마귀나 참새 소리조차 없이 사방이 고요하다는 뜻이다. 여기에 쓰인 鸦-鴉yā(갈가마귀 아)는 牙(이 아)와 鳥(새 조)로 이루어진 글자로 부리가 긴 갈가마귀를 뜻하는 형성문자다.

아편은 양귀비꽃 열매에 상처를 내어 받은 즙을 말려서 가공한 것으로, 양귀비즙을 뜻하는 희랍어 'opion'을 중국어로 음역해서 阿片āpiàn이라 하였고, 색상이 갈색의 갈가마귀(鸦)와 비슷하다 하여 나중에는 鸦片yāpiàn(아편)이라 불렀다.

1644년에 명나라를 멸망시킨 청나라는 건륭제가 사망한 1799년(조선 제22대 왕 정조는 1800년에 사망)까지 약 160년간 전성기를 구가한다. 특히 康熙帝Kāngxīdì(강희제), 雍正帝Yōngzhèngdì(옹정제), 乾隆帝Qiánlóngdì(건륭제), 이른바 康雍乾(강옹건)으로 계승되는 시대에 가장 넓은 영토와 세계 최대의 GDP를 자랑하는 최강국이었다. 하지만 건륭제가 사망한 지 불과 40년 만인 1840년, 영국과의 鸦片战争Yāpiànzhànzhēng(아편전쟁)에 패하면서 급속한 패망의 길로 접어든다. 여기서 흥미로운 것은 청나라의 최고 전성기 '강옹건시대'는 한반도도 조선의 르네상스라고 불린 '영정조시대'였으며, 西太后Xītàihòu(서태후)의 수렴청정으로 청나라가 사실상 망국의 길로 접어든 시기에는 조선도 홍선대원군의 섭정 등으로 나라가 휘청거리는 혼란의 시대가 시작된다는 점이다.

중국에서는 까마귀를 乌鸦wūyā(오아)라고 부른다. 乌-烏wū(까마귀 오)를 자세히 보면 烏(새 조)에서 눈을 나타내는 점을 뺀 글자가 된다. 즉 까마귀는 검은색으로 눈이 있는지 없는지 구별이 되지 않는 새라는 뜻이다. 乌가 들어간 단어를 살펴보면, 乌黑wūhēi[오흑; 새까맣다 = 漆黑qīhēi(칠흑; (검은 옻을 칠한 듯) 새까맣다)], 乌黑的眼睛wūhēideyǎnjing(오흑적안정; 새까만 눈동자), 乌鲁木齐Wūlǔmùqí[오로목제; 新疆Xīnjiāng[신장]의 수도 우루무치], 乌合之众wūhézhīzhòng[오합지중; (까마귀 무리처럼) 질서 없고 힘없는 무리, 오합지졸], 屋乌之爱wūwūzhīài(옥오지애; 연인의 집 지붕 위에 있는 까마귀조차 사랑스럽다, 마누라가 예쁘면 처갓집 말뚝에도 절을 한다) 등이 있다.

乌头白wūtóubái(오두백), 马生角mǎshēngjiǎo(마생각)이라는 재미있는 표현이 있다. 까마귀의 머리가 하얗게 되고, 말머리에 뿔이 생긴다는 의미인데, 불가능한 일이나 있을 수 없는 일을 뜻하는 말이다. 战国Zhànguó(전국)시대 진시황은 어릴 때 赵Zhào(조)나라에서 燕Yān(연)나라의 태자 丹Dān(단)과 친한 친구 사이였지만, 秦Qín(진)나라의 왕이 된 후에는 단을 인질로 잡고 억류하고 있었다. 연나라와 조나라에서 단의 석방을 요구하자, 까마귀의 머리가 하얗게 되거나 말머리에 뿔이 생기면 그때 풀어 주겠다고 하면서 단을 계속 억류했다. 극적으로 진나라를 탈출한 단은 진왕 嬴政(영정; 진시황의 이름)을 암살하기 위해 자객 荆轲Jīngkē(형가)를 보내지만 실패한다는 이야기가 ≪史记Shǐjì(사기)≫의 <刺客列传Cìkèlièzhuàn(자객열전)>에 전한다. 자객 형가가 진나라로 떠나기 전 易水(역수; 이수)를 건너면서 죽음을 각오하며 비장하게 불렀던 유명한 <易水歌Yìshuǐgē(역수가)>를 잠시 감상해 보자.

风萧萧兮易水寒 fēngxiāoxiāoxī Yìshuǐhán (풍소소혜역수한)

壮士一去兮不复返 zhuàngshìyīqùxī bùfùfǎn (장사일거혜불복환)

深虎穴兮入蛟宫 shēnhǔxuéxī rùjiāogōng (심호혈혜입교궁)

仰天嘘气兮成白虹 yǎngtiānxūqìxī chéngbáihóng (앙천허기혜성백홍)

바람은 소슬하고 역수는 차가운데

壮士(장사) 한 번 가면 다시 돌아오지 못하나니

깊은 호랑이굴과 교룡의 궁으로 들어가노라.

하늘을 보며 큰 숨 몰아쉬니 하얀 무지개가 생기네.

★ 알아두면 유용한 단어

鸦片yāpiàn(아편): 아편 | 鸦片中毒yāpiànzhòngdú(아편중독): 아편(마약)에 중독되다 | 乌鸦wūyā(오아): 까마귀 | 鸦雀无声yāquèwúshēng(아작무성): 주의가 고요하다 | 鸦静yājìng(아정): 조용히 하다

기사로 보는 키워드

'甲午遗产'是日本的精神鸦片. '갑오유산'은 일본의 정신적 아편이다.

1894년 갑오년에 조선의 동학혁명을 계기로 청과 일본이 조선의 지배권을 두고 다툰 청일전쟁을 중국에서는 甲午战争(갑오전쟁)이라고 부른다. 이 전쟁의 결과, 청의 북양함대가 전멸하면서 일본은 대만과 요동반도를 차지하게 되고, 청의 조선에 대한 권리도 박탈당한다. 2014년, 120년 만에 다시 갑오년을 맞게 되자 청일전쟁(갑오전쟁) 패배에 대한 반성과 일본에 대한 경계에 대해 보도하고 있다.

_<环球时报>(2014. 1. 3.)

토포악발吐哺握发로 인재를 중시한 주공

keyword

握wò(쥘 악)

握wò(쥘 악)은 뜻을 나타내는 扌(재방변, 손)과 屋wū(집 옥)의 발음을 빌려 떨어지지 않게 집의 난간 또는 기둥 등을 손으로 꽉 쥐고 있다는 뜻의 형성문자다. 여기서 屋은 尸(주검 시, 몸)와 至(이를 지)가 합쳐져 몸이 이르러서 쉬는 곳인 집을 뜻하는 회의문자다.

중국의 공항이나 백화점 등에서 에스컬레이터를 탈 때 '紧握扶手jǐnwòfúshou(긴악부수)'라는 안내방송을 자주 듣게 되는데, 이 말은 '손잡이[扶手]를 꼭 잡으세요.'라는 뜻이다. 여기에 쓰인 紧握jǐnwò(긴악)은 '붙잡다', '움켜쥐다'의 뜻이 있고, 把握bǎwò(파악)은 '파악하다'라는 동사 외에 명사로 '믿음'이라는 뜻도 있다. 对你有把握duìnǐ yǒu bǎwò라고 말하면, 너에게 믿음이 있다는 뜻이며, 相信你xiāngxìnnǐ[너를 믿는다], 对你有信心duìnǐ yǒu xìnxīn[너에게 믿음이 있다]도 같은 뜻으로 사용되는 말이다. 또 掌握zhǎngwò(장악)이라는 말은 '~에 정통하다', '~을 장악하다'의 두 가지 의미로 사용된다.

'먹던 것을 토해내고 감던 머리채를 잡다.'라는 뜻의 吐哺握发tǔbǔwòfà(토포악발)이라는 유명한 고사가 있다. 殷Yīn(은)나라를 멸망시키고 周Zhōu(주)나라를 세운 武王(무왕)의 동생 周公Zhōugōng(주공) 旦Dàn(단)에 관한 이야기로, 一饭三吐yífànsāntǔ(일반삼토), 一沐三捉yímùsānzhuō(일목삼착)이라고도 한다. 주공은 일찍 사망한 형 무왕을 대신해서 조카인 成王(성왕)

이 어른이 될 때까지 섭정한 뒤 물러났다. 그는 아들에게 “나는 밥을 먹다가 손님이 찾아오면 세 번씩 밥을 뱉어 가며 손님을 맞았고, 목욕 중이라도 젖은 머리를 세 번이나 움켜쥐고 나와서 손님을 맞이했다.”며 인재의 소중함과 겸손을 가르쳤다. 공자는 왕위를 욕심 내지 않고 끝까지 어린 조카를 도운 주공을 고대 중국의 이상적인 군주이자 성인으로까지 생각했다.

酒池肉林jiǔchíròulín(주지육림)이라는 고사를 낳은 은나라의 멸망에 얽힌 이야기를 소개하면 다음과 같다. 주나라는 술과 여자를 좋아하는 은나라 纣王Zhòuwáng(주왕)을 멸하기 위해 妲己Dájǐ(달기)라는 천하절색의 여인을 보내서 결국 미인계로 은나라를 멸망시킨다. 술이 연못을 이루고 고기가 숲을 이룬다는 뜻의 주지육림이라는 말은 여기에서 생겨났다. 호화롭고 사치스런 酒宴(주연)을 비유하는 이 성어는 은나라 주왕이 못을 파서 술을 채우고, 숲의 나뭇가지에 고기를 걸어 놓고 잔치를 즐겼던 데서 유래한다. 여기서 妲己라는 여인의 이름은 주공의 이름이 旦(단)이므로 旦의 여자[女], 즉 주공이 보낸 주공의 여자[妲]였다는 재미있는 해석도 있다.

★ 알아두면 유용한 단어

握手wòshǒu(악수): 악수하다 | 把握bǎwò(파악): 명 믿음, 동 파악하다 | 掌握zhǎngwò(장악): ~에 정통하다, 장악하다 | 握力wòlì(악력): 손아귀의 힘 | 握枪wòqiāng(악창): 총을 잡다 | 握笔wòbǐ(악필): 붓을 잡다, 집필하다 | 大权在握dàquánzàiwò(대권재악): 대권을 손에 쥐다

기사로 보는 키워드

85人掌握全球一半财富. 85명이 전세계 재산의 1/2을 장악하고 있다.

부의 불균형에 대해 보도하고 있다.

_<环球时报>(2014. 1. 22.)

멀리 보이는 폭포는 강을 매단 듯
요간폭포괘장천遥看瀑布挂长川

keyword

遥-遙yáo(멀 요)

遥-遙yáo(멀 요)는 䍃(질그릇 요)와 辶(책받침, 천천히 갈 착)으로 이루어진 글자로 질그릇에 물과 음식을 준비해서 천천히 가야 할 정도로 먼 곳을 뜻하는 형성문자다. 䍃는 爫(손톱 조)와 缶(물병 부)로 구성되어 손으로 들 수 있는 배가 볼록한 물장군(물병)인 작은 질그릇 통이나 병을 뜻하는 글자다.

遥控yáokòng(요공)은 멀리서 조종하다, 원격 조종하다, 먼 거리에서 통제한다는 뜻으로 쓰이는 단어이며, 멀리서 조종하는 기계인 리모콘은 遥控器yáokòngqì(요공기)라고 한다. 遥遥领先yáoyáolǐngxiān(요요령선)은 앞장서서 나아가다, 큰 점수 차로 앞선다는 말인데, '要么一直遥遥领先yàome yìzhí yáoyáolǐngxiān, 要么甘于位居人后yàome gānyú wèijūrénhòu'라고 하면 계속 앞장서서 나아가든지, 아니면 기꺼이 사람들의 뒤에 서는 걸 감수(甘受)하든지 하라는 표현이 된다.

遥看yáokàn(요간)은 멀리서 바라본다는 뜻이다. 여산폭포의 장엄함을 멀리서 바라보며 그 위용을 노래한 이백의 낭만적 서정시 <望庐山瀑布 Wànglúshānpùbù(망여산폭포; 여산폭포를 바라보며)>를 잠시 감상해 보자.

日照香炉生紫煙 rìzhàoxiānglú shēngzǐyān (일조향로생자연)
遥看瀑布挂长川 yáokànpùbù guàchángchuān (요간폭포괘장천)
飞流直下三千尺 fēiliúzhíxià sānqiānchǐ (비류직하삼천척)

疑是銀河落九天yíshìyínhé luòjiǔtiān(의시은하락구천)

향로봉에 해가 뜨니 자색 안개가 일어나고

멀리서 폭포를 바라보니 긴 강을 매단 듯하구나.

아래로 날아서 삼천자를 떨어지니

은하수가 하늘에서 떨어지나 생각했네.

이 시에 등장하는 江西省Jiāngxīshěng[장시성(강서성)]의 아름다운 庐山Lúshān[루산(여산)]은 陶渊明Táoyuānmíng(도연명)이 지은 <归去来辞Guīqùláicí(귀거래사)>의 무대였으며, 중국 인문학의 산실이라고 해도 과언이 아니다. 송나라의 苏东坡Sūdōngpō(소동파)도 '庐山真面目Lúshānzhēnmiànmù(여산진

이백의 상 뒤로 여산폭포가 보인다. 예로부터 많은 시인들이 이 폭포의 웅장함을 찬양하였는데, 이제는 절벽을 따라 흘러내리는 물줄기가 너무나 약해서 아쉽다.

면목)'이라는 구절의 <题西林壁(제서림벽)>이라는 명시를 남겼는데, 여기에서 사물의 참모습이나 진정한 가치를 뜻하는 真面目zhēnmiànmù(진면목)이라는 말이 생겨났다. [376쪽, 识(알 식) 참조]

참고로 䍃(질그릇 요)가 들어간 다른 글자들을 살펴보자.

- 谣-謠yáo(노래할 요): 言(말씀 언)과 䍃로 이루어진 글자로 술이 든 질그릇을 손에 들고 노래[言]를 부른다는 뜻의 형성문자다. 자주 쓰이는 단어로는 童谣tóngyáo(동요; 어린이의 노래), 民谣歌手mínyáogēshǒu(민요가수), 谣言yáoyán(요언; 노래와 말, 유언비어) 등이 있다.
- 摇yáo(흔들릴 요): 扌(재방변, 손)과 䍃로 이루어진 글자로 손으로 물병 또는 술병[䍃]을 들고 흔들어본다는 뜻의 형성문자다. 많이 쓰는 단어로는 摇摆yáobǎi(요바; 흔들다), 摇滚乐yáogǔnyuè(요곤악; 흔들고 구르는 음악, 로큰롤), 摇头yáotóu(요두; 고개를 가로젓다, 반대의사를 표시하다), 摇头不算yáotóubúsuàn(고개를 흔들며 동의하지 않는다), 点头算diǎntóusuàn(고개를 끄덕이며 동의하다), 摇号yáohào(요호; 번호를 뽑다, 흔들다, 추첨하다) 등이 있다.

★ 알아두면 유용한 단어

遥远yáoyuǎn(요원): 요원하다 | 遥控yáokòng(요공): 멀리서 조종하다 | 遥远的地方yáoyuǎnde dìfang(요원적 지방): 아득하게 먼 곳 | 遥远的将来yáoyuǎnde jiānglái(요원적 장래): 아득한 미래 | 遥远的往事yáoyuǎnde wǎngshì(요원적 왕사): 아득한 옛날 | 遥指yáozhǐ(요지): 멀리 가리키다 | 遥看yáokàn(요간): 멀리 바라보다

마음이 통하는 벗 지음知音은 만나기가 어렵다
지음난우知音难遇

keyword
遇yù(만날 우)

遇yù(우연히 만날 우)는 禺(긴꼬리원숭이 우)와 辶(책받침, 갈 착)으로 구성된 글자로 우연히[偶] 원숭이를 만난다는 뜻을 가진 형성문자다. 그리고 禺는 꼬리가 긴 원숭이의 형상을 나타낸 상형문자다.

千载一遇(천재일우)는 천 년[载] 동안 단 한 번 우연히 만난다는 뜻으로, 좀처럼 만나기 어려운 좋은 기회를 이르는 말이다. 같은 뜻으로 중국에서는 千载难逢qiānzǎinánféng(천재난봉)이라는 말을 더 많이 사용한다.

偶遇ǒuyù(우우)는 우연히 만난다는 뜻이며, 偶遇佳人ǒuyùjiārén(우우가인)은 우연히 좋은 사람(배우자)을 만나다, 즉 천생연분의 배우자는 우연히 운명적으로 만난다는 뜻이다.

知音难遇zhīyīnnányù(지음난우)는 자기를 알아주는 진정한 친구, 즉 지음(知音)은 평생 만나기가 쉽지 않다는 뜻을 가진 성어다. 이 말은 춘추전국시대 거문고의 명인인 伯牙Bóyá(백아)가 자기의 음악을 잘 이해해 주고 높게 평가해 주던 钟子期(종자기)가 병으로 일찍 사망하자, 더 이상 자신의 음악을 알아줄 사람이 없다는 생각에 거문고의 줄을 끊어버리고 다시는 연주하지 않았다는 伯牙绝弦bóyájuéxián(백아절현)의 고사에서 유래한다. 그 후 진정한 친구를 나의 음악을 알아주는 사람이라는 뜻으로 知音이라고 부르게 되었다.

伯牙绝弦(백아절현)처럼 진정한 친구 사이를 뜻하는 고사성어는 아주 많다. 여기에 몇 가지를 소개해 본다.

- 管鲍之交guǎnbàozhījiāo(관포지교): 管仲Guǎnzhòng(관중)과 鲍叔牙Bàoshūyá(포숙아)의 사귐이란 뜻으로, 우정이 아주 돈독한 영원히 변치 않는 친구 관계를 이르는 말이다. 포숙아는 벗인 관중이 머리가 좋고 계산이 빨라서 늘 자기보다 이득을 많이 보지만, 그래도 항상 이해하고 좋은 말로 관중을 보호한다. 나중에는 군주에게 추천하여, 춘추오패 중 첫 번째 패자가 되는 齐桓公QíHuángōng(제환공)의 참모이자 명재상이 되도록 돕는다. 이와 같이 포숙아는 관중을 끝까지 믿어 그를 밀어주었고, 관중도 일찍이 포숙아를 가리켜 "나를 낳은 것은 부모님이지만, 나를 알아주는 사람은 포숙아밖에 없다[生我者父母 知我者鲍子也]"라고 말하기도 했다.
- 刎颈之交wěnjǐngzhījiāo(문경지교): 서로 죽음을 함께할 수 있는 막역한 사이를 이르는 말이다. 战国Zhànguó(전국)시대 赵Zhào(조)나라의 맹장 廉頗Liānpō(염파)는 나이 어린 藺相如Lìnxiāngrú(인상여)가 재상이 되자 그를 시기하며 험담을 하고 다녔다. 그럼에도 인상여는 적국 진나라가 우리나라를 침범하지 못하는 이유는 염파 장군이 있기 때문이라며 그를 칭찬하였다. 젊은 인상여의 넓은 도량에 감동한 염파는 회초리를 등에 매고 용서를 구하는 이른바 负荆请罪fùjīngqǐngzuì(부형청죄)를 하였으며, 그 후 두 사람은 서로를 위해서는 목[颈]을 베어도[刎] 변치 않는 좋은 사이가 되었다고 한다.
- 水鱼之交shuǐyúzhījiāo(수어지교): 물과 물고기의 사귐이란 뜻으로, 물고기가 물을 떠나서는 잠시도 살 수 없는 것과 같이 매우 친밀하고 떨어질 수 없는 사이를 이르는 말이다. 50세에 가까운 유비가 삼고초려 끝에 28세의 젊은 제갈량을 참모로 영입하면서 "제갈공명을 얻은 것은 마치

물고기가 물을 만난 것과 같다."라고 한 말에서 유래한다. 나중에는 절친한 친구 사이를 뜻하는 말로 사용되었다.

- 金兰之交jīnlánzhījiāo(금란지교): 친구 사이의 굳은 우정을 이르는 말로, 공자가 "참된 친구 사이는 쇠처럼 단단하고, 난초 같은 아름다운 향기가 배어나와야 한다."라고 한 말에서 나온 성어다.

★ 알아두면 유용한 단어

遇到yùdào(우도): 우연히 만나다 | 待遇dàiyù(대우): 대우(하다) | 待遇好dàiyùhǎo(대우호): 대우가 좋다 | 待遇不公dàiyùbùgōng(대우불공): 대우가 불공평하다 | 遭遇zāoyù(조우): 조우하다, 우연히 만나다

기사로 보는 키워드

韩国旅游打'明星偶遇'牌. 한국의 여행사들은 '(한류) 스타 우연히 만나기[偶遇]'라는 상품을 개발했다.

한국의 가수나 탤런트 또는 예능 스타들을 중국 관광객과 만나게 하는 관광상품을 소개하고 있다.

_<环球时报>(2014. 1. 30.)

'来自星星的你'来自韩国非偶然. <별에서 온 그대>가 한국에서 온 것은 우연(偶然)이 아니다.

SBS 드라마 <별에서 온 그대>가 중국에서 대장금 이후 '귀가시계'로 불릴 정도로 크게 성공한 것은 결코 우연이 아니라 한국 드라마의 우수성 때문이며, 중국도 이를 배워야 한다는 자성의 목소리가 담겨 있다.

_<环球时报>(2014. 2. 25.)

중국이 오랑캐라 불렀던 만이융적蛮夷戎狄 사실은 훌륭한 전사집단?

keyword

戎róng(병장기 융)

고대 중국의 华夏Huáxià(화하) 민족은 스스로를 세상의 중심이라 생각하여 中华Zhōnghuá(중화)라 불렀고, 주변 국가 및 민족들을 이른바 오랑캐라고 하여 南蠻nánmán(남만), 東夷dōngyí(동이), 西戎xīróng(서융), 北狄běidí(북적)이라 불렀다. 이는 마치 유럽의 그리스, 로마제국이 주변국을 바바리안(Barbarian)이라 낮춰 불렀던 것과 같다고 할 수 있다.

简称jiǎnchēng(간칭, 약칭)으로 蠻夷戎狄mányíróngdí(만이융적)이라 불리는 네 글자에는 각각의 지역적 특색이나 활용한 병장기들이 잘 나타나 있는데, 이 글자들을 자세히 살펴보면서 한자의 재미를 느껴 보자.

- 南蠻(남만): 독충이나 뱀[虫] 등이 많고 전투에서도 이를 많이 활용한 민족이다. 长江Chángjiāng[창장(장강)] 유역에 있던 춘추시대의 강국 楚Chǔ(초)나라, 吴Wú(오)나라, 越Yuè(월)나라, 그리고 삼국시대 越南Yuènán(월남) 등 남쪽 민족들을 부르던 말이다.
- 東夷(동이): 큰 활[大弓]을 잘 다루었던 중국의 동쪽에 있던 민족으로 金Jīn(금)나라, 清Qīng(청)나라, 朝鲜Cháoxiǎn(조선) 등이 여기에 속한다. 고구려의 시조 동명성왕인 朱蒙(주몽)의 이름은 활을 잘 쏘는 사람이라는 뜻이다.
- 西戎(서융): 창[戈]을 잘 사용했던 서쪽 민족으로 티베트, 위구르, 돌궐, 匈奴Xiōngnú(흉노) 등이 서융으로 불리던 민족이다.

• 北狄(북적): 추운 북쪽 지방이라 불[火]을 잘 활용했고 큰 맹수(犭, 큰 개견)같이 용감했던 민족으로, 隋Suí(수)나라, 唐Táng(당)나라, 몽골의 元Yuán(원)나라, 거란의 辽Liáo(요)나라 등이 이 북적에 속했던 민족이다.

이처럼 중국에서 오랑캐라고 무시했던 이민족들이 중국 대륙을 지배한 기간은 생각보다 상당히 길었으며, 야만족이라고 무시당했던 그들이 오히려 더 훌륭한 전사집단이었음을 알 수 있다.

여기에 쓰인 戎róng(병장기 융, 오랑캐 융)은 十(열 십) 또는 甲(갑옷 갑)과 戈(창 과)로 이루어진 글자로, 열 개의 창 또는 갑옷과 창 등의 병장기를 뜻하는 회의문자다. 이 戎이 들어간 단어 중 戎马róngmǎ(융마)는 전쟁용 말 또는 전쟁을 뜻하는 말이다. 당나라 시인 杜甫Dùfǔ(두보)의 명시 <登岳阳楼Dēngyuèyánglóu(등악양루)>에도 '戎马'라는 표현이 나오는데, 그 구절을 옮겨 본다.

[204쪽, 登(오를 등) 참조]

戎马关山北 róngmǎ guānshānběi (융마관산북)
凭轩涕泗流 píngxuān tìsìliú (빙헌체사류)

북방에서는 전란이 끝이 없는데
난간에 기대서니 흐르는 눈물이 그치질 않는구나.

★ 알아두면 유용한 단어

戎服róngfú(융복): 갑옷 | 投笔从戎tóubǐcóngróng(투필종융): 붓을 던지고 군에 입대하다 | 戎马róngmǎ(융마): 전투용 말, 전쟁

은자隐者를 찾아갔으나 만날 수 없네 〈심은자불우寻隐者不遇〉

keyword 隐-隱yǐn(숨을 은)

김수현이 주연한 영화 <은밀하게 위대하게>는 중국에서 <隐秘而伟大Yǐnmìér wěidà(은비이위대)>라는 제목으로 상영되었고, 중국인들의 '귀가시계'가 되었던 <来自星星的你Láizì xīngxingde nǐ(별에서 온 그대)>는 김수현을 2014년 중국 최고의 스타[明星míngxīng]로 만들었다. 그의 인기에 힘입어 과거에 방송된 한국의 드라마나 영화가 중국에서 폭발적인 인기를 누리고 있는데, 드라마 <해를 품은 달>은 <拥抱太阳的月亮Yōngbào tàiyángde yuèliang(옹포태양적월량)>이라는 제목으로 큰 인기를 모았다.

隐-隱yǐn(숨을 은)은 阝(좌부방, 언덕)과 急-㥯(급할 급)으로 이루어진 글자로 사냥, 전투 등에서 급히 언덕 뒤에 숨는다는 뜻으로 이해할 수 있는 형성문자다. 隐과 비슷한 뜻을 가진 한자 掩yǎn(가릴 엄)은 손[扌]으로 다른 것을 이용하여 가린다[奄(가릴 엄)]는 뜻의 형성문자이며, 掩护yǎnhù(엄호; 엄호하다), 掩盖yǎngài(엄개; 복개하다, 덮어서 가리다), 掩蔽yǎnbì(엄폐; 엄폐하다, 가리다) 등으로 쓰인다.

군 복무 시절, 隐蔽yǐnbì(은폐)와 掩蔽yǎnbì(엄폐)의 차이에 대해 배웠던 기억이 난다. 은폐는 적[敌人dírén(적인)]의 시야 또는 관찰로부터 나를 숨기는 것이고, 엄폐는 적의 총탄이나 공격으로부터 다른 것을 이용하여 나를 가리고 보호하는 것이다.

杜牧Dùmù(두목)과 함께 晩唐(만당) 때 활동한 贾岛Jiǎdǎo(가도)가 지은 시 <寻隱者不遇Xúnyǐnzhě bùyù(심은자불우; 은자를 찾아갔으나 만날 수 없네)>는 많은 사람들이 <松下問童子(송하문동자)>로 제목을 알고 있을 정도로 우리나라에도 잘 알려진 당나라 시다.

松下问童子 sōngxià wèntóngzǐ (송하문동자)
言师采药去 yánshī cǎiyàoqù (언사채약거)
只在此山中 zhǐzài cǐshānzhōng (지재차산중)
云深不知处 yúnshēn bùzhīchù (운심부지처)

소나무 아래에서 동자에게 물으니
스승께서는 약초를 캐러 가셨다고 하네.
이 산중에 계시는 건 확실하나
구름이 깊어 어디쯤 계시는지 알 수 없다고 하네.

推敲tuīqiāo(퇴고)는 글을 쓸 때 여러 번 생각하여 고치고 다듬는다는 뜻이다. 하루는 贾岛(가도)가 <僧敲月下门(승고월하문; 스님이 달빛 아래서 문을 두드리네)>이라는 시구에서 문을 밀다[推]와 문을 두드리다[敲]를 놓고 길거리에서 생각에 잠겼다가 높은 사람의 행차를 방해하게 된다. 그때 마주친 귀인이 다름 아닌 唐宋八大家tángsòngbādàjiā(당송팔대가)의 한 사람인 韩愈Hányù(한유)였다. 전후 사정을 들은 한유는 주위에서 벌을 내려야 한다는 청을 물리치고 敲(두드릴 고)가 더 좋다는 조언을 한다. 퇴고란 이처럼 推를 敲로 바꿀까 망설이다가 한유의 조언으로 敲로 결정했다는 고사에서 유래한다. 그 후 가도와 한유는 평생을 文友(문우)로서 가깝게 지냈다고 전해진다.

★ 알아두면 유용한 단어

隐私yǐnsī(은사): 개인 비밀, privacy | 隐瞒yǐnmán(은만): 숨기고 속이다 | 隐匿yǐnnì(은닉): 숨기다 | 隐蔽yǐnbì(은폐): 은폐하다 | 隐居yǐnjū(은거): 은거하다, 숨어 살다 | 隐遁yǐndùn(은둔): 은둔하다 | 隐逸yǐnyì(은일): 숨어 지내다 | 隐身人yǐnshēnrén(은신인): 투명인간

토사구팽의 주인공 한신의 다다익선多多益善

keyword

益yì(더할 익)

益yì(더할 익)은 水(물 수)와 皿(그릇 명)으로 이루어져 皿 위에 水를 옆으로 쓴 모양을 하고 있는 회의문자다. 그릇에 물을 자꾸 붓다, 더하다, 그릇에 물이 차서 넘친다는 뜻으로 사용되는 한자다.

늙을수록 더 건강해진다는 뜻의 老益壮(노익장)을 중국에서는 老当益壮lǎodāngyìzhuàng(노당익장)이라고 한다. 이 말은 後漢(후한)을 세운 光武帝Guāngwǔdì(광무제)의 오른팔이었고 삼국시대 촉나라의 명장 马超Mǎchāo(마초)의 조상인 马援Mǎyuán(마원) 장군이, 사람은 가난하고 어려울수록 더욱 굳건해야 하고, 나이가 들수록 더욱 강건해야 한다는 뜻으로 말한 穷当益坚qióngdāngyìjiān(궁당익견), 老当益壮lǎodāngyìzhuàng(노당익장)이라는 말에서 유래했다. 마원은 실제로 나이가 들어서도 남방 정벌을 직접 지휘하는 등 노익장을 과시하였다.

多多益善duōduōyìshàn(다다익선)이라는 말은 영어로 the more the better, 즉 많으면 많을수록 좋다는 뜻이다. 어느 날 刘邦Liúbāng(유방)이 자신의 대장군 韩信Hánxìn(한신)에게 "나는 몇 명의 병사를 지휘할 수 있겠는가?"라고 묻자, "폐하는 10만 명 정도를 지휘할 수 있습니다."라고 대답했다. "그러면 그대는 몇 명의 병사를 거느릴 수 있는가?"라고 유방이 다시 묻자, "소인은 多多益善, 즉 많으면 많을수록 좋습니다."라고 대답했다. 이에 은근히 화가 난 유방이 "그러면 그대는 왜 나의 부하가 되었는가?" 하고 묻자 "폐하께서는 저 같은 장군들을 통솔할 수 있는 하늘이 주신 능력을 가지셨지만 저에게는 그러한 능력이 없기 때문입니다."라고 대답했다는 이야기에서 多多益善이라는 成语chéngyǔ(성어)가 유래했다. 이미 한신의 능력을 의심하고 질투하던 유방은 그를 楚王(초왕)에서 淮阴侯(회음후)로 강등시켰다가 결국에는 兔死狗烹tùsǐgǒupēng(토사구팽)의 주인공으로 만들고 만다는 이야기가 ≪史记Shǐjì(사기)≫의 <淮阴侯列传(회음후열전)>에 전한다.

참고로 多多益善의 善shàn(착할 선)에 대해 살펴보면, 이 글자는 羊(양 양)과 口(입 구)로 이루어져 양처럼 선한 사람, 양의 입처럼 입이 무겁고 말없이 착한 사람을 뜻하는 회의문자다. 많이 사용하는 단어로 改善gǎishàn(개선; 개선한다), 善恶shànè(선악; 선과 악), 善良shànliáng(선량; 선량하다, 착하다), 完善wánshàn(완선; 완벽하다) 등이 있다. 또한 좋은 의도로 하는 선의의 거짓말을 善意的谎言shànyìde huǎngyán(선의적황언)이라고 하며, 白色谎言báisèhuǎngyán(백색황언)이라고도 한다. 그리고 善终shànzhōng(선종)은 선하게 살고 복되게 끝을 맺는다는 善生福终(선생복종)의 뜻이 있는데, 이 말은 천주교에서 사망을 뜻하는 말로 많이 사용한다. 불교에서는 '고요함에 들다'라는 뜻의 入寂rùjì(입적)이라는 말을, 기독교에서는 '하늘의 부름을 받다'라는 의미로 召天(소천)이라는 말을 사망의 뜻으로 사용하기도 한다.

★ 알아두면 유용한 단어

利益lìyì(이익): 이익 | 损益sǔnyì(손익): 손익 | 效益xiàoyì(효익): 효율과 이익, 효익 | 获益不浅huòyìbùqiǎn(획익불천): 얻는 것이 넘치고 얕지 않다. 즉 수확이 크다, 얻는 것이 많다 | 益鸟yìniǎo(익조): 이로운 새 | 公益事业gōngyìshìyè(공익사업): 공익사업

위를 보면 부족하고 아래를 보면 여유가 있다
장상부족將上不足 비하유여比下有余

keyword

将-將jiàng(장수 장, 미래 장)

将-將은 爿-丬(나무조각 장, 무기 장)과 月(육달월, 고기), 寸(마디 촌, 손)으로 이루어져 두 가지 의미로 사용된다. 将jiàng(장수 장)은 무기를 들고 사냥을 마친 후 고기를 가져가는 '우두머리'와 '장수'를 뜻하고, 将jiāng(미래 장)은 '将次(장차) ~할 것이다'라는 미래의 뜻으로 사용되는 형성문자 또는 회의문자다. 여기에 쓰인 爿은 나무로 만든 무기를 뜻하는 상형문자다. 멋지고 늠름한 군인 또는 남자 등을 뜻하며, 많이 쓰이는 글자로 壮zhuàng(壯, 늠름할 장), 状-狀zhuàng(모양 상), 装-裝zhuāng(꾸밀 장) 등이 있다.

중국 속담에는 한자 将이 많이 들어간다. 예를 들면, 王侯将相wánghóu jiàngxiàng(왕후장상), 宁有种乎níngyǒuzhǒnghū(영유종호)란 "왕후장상의 씨가 어찌 따로 있겠는가, 누구나 다 왕후장상이 될 수 있다."라는 말이 있다. 秦Qín(진)나라 말기인 BC 209년에 중국 역사상 최초의 민중반란이 일어났는데, 이 난을 일으킨 陈胜Chénshèng(진승)이 檄文(격문)으로 사용했던 말이다. 고려시대 최충헌의 노비였던 萬積(만적)이 난을 일으켰을 때도 이 격문으로 궐기했다고 전해진다. [348쪽, 宁(차라리 녕) 참조]

또한 败军之将不语兵bàijūnzhījiàng bùyǔbīng(패군지장불어병)이라는 속담이 있는데, 전쟁에 패한 장수가 병법에 대해 운운하는 것은 말이 되지 않는다, 즉 전투에서 진 장수가 변명을 하면 안 된다는 뜻으로, 깨끗한 承服(승복)을 강조하는 말이다.

한편 ≪三国演义Sānguóyǎnyì(삼국연의)≫에는 刘备Liúbèi(유비)가 汉中王(한중왕)이 된 후 关羽Guānyǔ(관우), 张飞Zhāngfēi(장비), 马超Mǎchāo(마초), 黄忠Huángzhōng(황충), 赵云Zhàoyún(조운) 등 다섯 명의 将帅jiàngshuài(장수)를 五虎将军wǔhǔjiāngjūn(오호장군)으로 임명했다는 이야기가 나온다.

중국에서는 바둑을 '둘러싼 돌'이라는 뜻으로 围棋wéiqí(위기)라 하고, 将棋(장기)는 象棋xiàngqí(상기)라고 한다. 그런데 이 장기의 宫(궁) 또는 왕을 나타내는 글자가 우리나라와 다르다. 西楚霸王xīchǔbàwáng(서초패왕) 项羽Xiàngyǔ(항우)를 뜻하는 초록색 말 '楚'가 중국에서는 '将'이고, 汉Hàn(한)나라의 刘邦Liúbāng(유방)을 나타내는 붉은 말 '漢'은 '帅'이다. 이 둘을 합치면 将帅jiàngshuài(장수)가 된다. 그리고 각 말들이 다니는 길과 방법도 우리와 약간 다르다. 참고로 棋(바둑 기)에 木(나무 목)이 들어간 것은 고대의 바둑돌이 단단한 나무뿌리로 만든 것에서 연유한다.

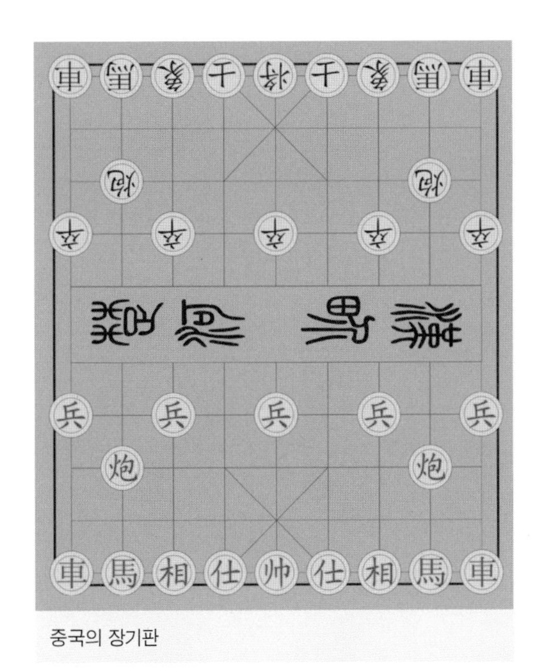

중국의 장기판

한편 미래[将jiāng(미래 장)]의 뜻으로 쓰인 예 중 대표적인 속담으로 将上不足jiāngshàngbùzú(장상부족), 比下有余bǐxiàyǒuyú(비하유여)라는 표현이 있다. 위를 보면 늘 부족하고, 아래(자기보다 못한 처지의 사람)와 비교하면 여유가 있다는 뜻인데 중국 사람들이 즐겨 사용하는 속담이다.

★ 알아두면 유용한 단어

将官jiàngguān(장관): 장관 | 王侯将相wánghóujiàngxiàng(왕후장상): 왕(王), 제후(诸候), 장수(将帅), 재상(宰相)을 아울러 이르는 말 | 将军jiāngjūn(장군): 장군 | 将来jiānglái(장래): 장래, 미래

기사로 보는 키워드

韩收到朝'无預警打击'警告, 韩国官方应'将严惩'. 북한으로부터 '예고 없는 타격' 경고를 받은 한국정부는 이에 대해 '엄중하게 응징'할 것이라고 대응했다.

이 기사에서 将은 将jiāng(미래 장)으로 사용되었다.

_<环球时报>(2013. 12. 21.)

붉은악마 치우천왕과 지남철指南铁

keyword

指zhǐ(손가락 지)

指zhǐ(손가락 지)는 扌(재방변, 손)과 旨zhǐ(맛 지, 뜻 지)로 이루어져 음식의 맛을 보는 손, 또는 뜻을 가리키는 손, 즉 손가락을 뜻하는 형성문자다. 참고로 旨는 匕(비수 비, 숟가락 비)와 曰(말할 왈, 입)로 구성되어 숟가락으로 음식을 떠서 입으로 맛본다는 뜻의 회의문자다.

나침반은 중국어로 罗针盘luózhēnpán(나침반)이라고 하는데, '남쪽을 가리키는 침'이라는 의미로 指南针zhǐnánzhēn(지남침)이라고도 한다. 자석을 나타내는 指南鐵(지남철)에서 나온 말인데 그 유래가 재미있다. 중국 华夏Huáxià(화하)족의 시조로 추앙받는 三皇五帝Sānhuáng Wǔdì(삼황오제) 중 한 사람인 黄帝(황제)와, 한국 축구 국가대표팀 응원단 '붉은악마'의 상징이 된 东夷Dōngyí(동이)족의 蚩尤(치우)가 涿鹿(탁록)에서 최후의 일전을 치를 때의 일이다. 치우의 신출귀몰하는 붉은 안개 전술에 방향을 구분하지 못하고 며칠을 고전하던 황제가 어느 날 항상 남쪽을 가리키는 指南车zhǐnánchē(지남차)라는 신무기를 만들었다. 늘 일정한 방향을 가리키는 이 신무기 덕택에 안개를 마음대로 부리던 치우를 물리치고 화하족이 황하 유역에 삶의 터전을 잡을 수 있었다고 한다. 덧붙여, 중국에서는 여행안내서 또는 가이드북을 指南书zhǐnánshū(지남서)라고 부른다.

了如指掌liǎorúzhǐzhǎng(요여지장)이라는 말은 '자신의 손가락이나 손바닥을 보듯 훤하다.'라는 의미로 손금 보듯이 훤하다, 또는 잘 알고 있다는 뜻이다. 여기서 掌zhǎng(손바닥 장)은 尚(위 상)과 手(손 수)로 구성되어 손의 위쪽 방향인 손바닥을 뜻한다.

중국어로 손바닥은 手掌shǒuzhǎng(수장), 손등은 手背shǒubèi(수배)라고 한다. 指甲zhǐjia(지갑)은 손가락의 맨 앞[甲]에 있는 손톱을, 指甲油zhǐjiayóu(지갑유)는 매니큐어를 뜻하며, 剪指甲jiǎnzhǐjia(전지갑)은 '손톱을 깎다'라는 말이다. 그리고 指甲花zhǐjiahuā(지갑화)는 손톱 위에 피는 꽃이라는 뜻으로 鳳仙花(봉선화)를 뜻한다. 참고로 발톱은 趾zhǐ(발가락 지)를 사용하여 趾甲zhǐjiǎ(지갑)이라고 하며 발음은 손가락과 같다.

또 중국에서는 가락지, 반지를 戒指jièzhi(계지)라고 부른다. 타인 또는 스스로에게 경계를 삼기 위해 손가락에 낀 표식에서 유래한 말이다. 结婚戒指jiéhūnjièzhi(결혼계지)는 결혼반지를 뜻하고, 钻石戒指zuànshíjièzhi(찬석계지) 또는 줄여서 钻戒zuànjiè(찬계)는 다이아몬드[钻石zuànshí(찬석)] 반지를 뜻한다. 우리는 무늬가 있다는 뜻의 斑指(반지)라는 말을 많이 쓰고, 일본에서는 둥근 가락지라는 의미로 유비와[ゆびわ(指環)]라고 부른다.

★ 알아두면 유용한 단어

戒指jièzhi(계지): 반지 | 手指shǒuzhǐ(수지): 손가락 | 指导zhǐdǎo(지도): 지도하다 | 指甲zhǐjia(지갑): 손톱 | 指南针zhǐnánzhēn(지남침): (남쪽을 가리키는 침) 나침반(罗针盘) | 指数基金zhǐshùjījīn(지수기금): (주식지수 연계기금) 인덱스 펀드(index fund)

뛰어난 인재는 주머니 속에 숨겨도 송곳처럼 삐져나온다

낭중지추囊中之锥

keyword

锥-錐zhuī(송곳 추)

우리가 흔히 쓰는 "立锥(입추)의 馀地(여지)가 없다."라는 말은 송곳조차 세울 수 없을 정도로 많은 사람들이 꽉 들어찬 경우를 비유적으로 이르는 말이다. 중국에도 이와 비슷하지만 뜻이 약간 다른 立锥之地lìzhuīzhīdì(입추지지)라는 말이 있다. 송곳을 세울 만한 좁은 땅이라는 뜻으로 여력이 없다는 말이다. 또 송곳의 끝을 의미하는 锥刀之末zhuīdāozhīmò(추도지말)은 매우 작은 부분 또는 아주 작은 이익을 말하며, 다른 말로 锥刀之利zhuīdāozhīlì(추도지리)라고도 한다. 여기에 쓰인 锥-錐zhuī(송곳 추)는 金(쇠 금)과 隹(새 추, 새 꼬리 추)로 이루어져 새 꼬리의 깃털처럼 뾰족하게 쇠로 만든 송곳을 뜻하는 형성문자다. 그리고 隹는 새의 꼬리 또는 깃털의 모양을 형상화한 상형문자다.

囊中之锥nángzhōngzhīzhuī(낭중지추)라는 고사성어가 있다. 주머니 속의 송곳이 삐져나오듯 훌륭한 인재는 가만히 있어도 저절로 알려진다는 뜻으로, 이 말에는 다음과 같은 유래가 전한다. 전국시대 말, 秦Qín(진)나라의 침입을 받고 위기에 처한 赵Zhào(조)나라는 재상 平原君(평원군)을 남쪽의 강대국 楚Chǔ(초)나라에 보내 구원을 요청하기로 한다. 이에 평원군이 초나라에 동행할 참모를 모집하던 중, 毛遂Máosuì(모수)라는 사람이 자원을 하자 평원군이 말하기를, "주머니 속의 송곳도 삐져나와 자신의 존재를 알리는데, 그대 같은 사람의 실력을 아는 사람이 아무도 없으니 불가하다."라고 하였다. 이에 "저를 언제 주머니 속에 넣어 보기나 하셨는지요?"라고 모수가 반문하자, 이 말을 들은 평원군이 그의 패기를 인정하여 조나라에 동행하게 되었다. 이후 모수의 화려한 언변과 논리 덕분에 마침내 동맹에 성공하게 되는데, "스스로를 추천하여 중임을 맡다."라는 뜻의 毛遂自荐máosuìzìjiàn(모수자천)이라는 말도 이 이야기에서 유래되었다.

囊中之锥와 같은 뜻으로 사용되는 말로 "송곳이 주머니 속에 들어 있다."는 뜻의 锥处囊中zhuīchǔnángzhōng(추처낭중)이 있다. 이 밖에 群鸡一鹤(군계일학)을 뜻하는 鹤立鸡群hèlìjīqún(학립계군), 颖yǐng(벼이삭 영)을 사용하여 벼이삭처럼 뾰족한 것은 숨겨도 자꾸 튀어 나온다는 의미의 颖脱yǐngtuō(영탈)이라는 말도 같은 뜻으로 자주 사용되는 표현이다.

法家思想(법가사상)으로 중무장한 군사대국 진나라와, 학문과 예술이 발달한 문화강국 조나라는 여러 가지 면에서 고대 그리스의 도시국가(polis)였던 스파르타, 아테네와 흡사하다. 조나라 수도는 邯郸Hándān(한단)이었는데 한단에서 걸음걸이를 배운다는 뜻으로 문화수준이 높은 한단 사람들의 걸음걸이를 흉내낸다는 의미의 邯郸学步hándānxuébù(한단학보)라는 말이 있었는가 하면, 한단에서 꾼 꿈이라는 뜻으로 인생의 덧없음을 뜻하는 邯郸之梦hándānzhīmèng(한단지몽)이라는 말도 있다. 또한 전국시대에는 각 나라마다 글자가 달랐는데, 특히 조나라의 글자는 아름답기로 유명했다. 2002년에 상영된 李连杰Lǐliánjié[리리앤지에(이연걸)] 주연의 영화 <英雄Yīngxióng(영웅)>에서 梁朝偉Liángzhāowěi[량차오웨이(양조위)]가 모래 위에 글씨 연습을 하면서 조나라 글씨에 대한 자부심을 한껏 뽐내던 장면이 떠오른다.

★ 알아두면 유용한 단어

改锥gǎizhuī(개추): 드라이버 | 冰锥bīngzhuī(빙추): (얼음 송곳) 고드름 | 圆锥yuánzhuī(원추): 원뿔 | 锥子zhuīzi(추자): 송곳 | 锥囊zhuīnáng(추낭): 뛰어난 사람

솥을 부수고 배를 가라앉힌 항우의 배수진

파부침주破釜沉舟

keyword

沉-沈chén(가라앉을 침)

西楚霸王(서초패왕)이라고 불린 项羽Xiàngyǔ(항우)의 전술에서 비롯된 破釜沉舟pòfǔchénzhōu(파부침주)는 밥 지을 솥을 깨뜨리고 돌아갈 때 타고 갈 배를 가라앉힌다는 뜻으로, 살아 돌아가기를 기약하지 않고 죽을 각오로 싸우겠다고 하는 굳은 결의를 비유하여 이르는 말이다. 여기에 쓰인 沉-沈chén(가라앉을 침)은 氵(삼수변)과 冘-冗(나아갈 임)으로 이루어진 글자로 물속으로 나아가다, 즉 물속으로 가라앉는다는 뜻을 가진 형성문자다.

秦始皇QínShǐhuáng(진시황)이 사망한 후 진나라를 멸망시키기 위해 전국의 영웅들이 지금의 西安Xīān[시안(서안)]인 진나라의 수도 咸阳Xiányáng(함양)을 향해 진군하는 가운데, 강을 건너 钜鹿Jùlù(거록)이라는 곳에 도착한 항우는 자신들이 타고 온 배를 부수어 침몰시키라고 명령을 내린다. 그러고는 싣고 온 솥도 모두 깨뜨려 버리고 주위의 집들도 모두 불태워 버리게 했다. 돌아갈 배도 없고 또 밥을 지어 먹을 솥마저 없었으므로 병사들은 죽기를 각오하고 전투에 임하여 큰 승리를 거두었으며, 이 거록전투의 대승으로 항우는 마침내 연합군의 맹주 자리에 오르게 된다. 항우의 이 같은 전술은 그와 천하를 다투던 刘邦Liúbāng(유방)의 오른팔인 대장군 韩信Hánxìn(한신)의 전술 '背水阵bèishuǐzhèn(배수진; 물을 등지고 진을 친다)'과 같은 뜻을 담고 있어 동시대의 군사적 라이벌이었던 두 천재가 비슷한 전술로 후세에 이름을 남긴 셈이다.

세계 8대 경이 중 하나로 꼽히는 진나라의 수도 시안의 진시황릉 병마용 갱

浮甘瓜於清泉fúgānguā yúqīngquán(부감과어청천), 沈朱李於塞水chénzhūlǐ yúhánshuǐ(침주리어한수)라는 글은 삼국시대 曹操Cáocāo(조조)의 장남으로 魏Wèi(위)나라의 황제가 된 曹丕Cáopī(조비)가 여름에 피서하는 방법을 묘사한 것이다. "달콤한 오이(참외)는 맑은 샘에 띄워 놓고, 붉은 자두는 찬물에 담가둔다."는 뜻인데, 이후 甘瓜(감과; 참외)와 朱李(주리; 자두)는 피서를 뜻하는 말이 되었다고 전해진다. 참고로, 자두는 보라색 복숭아를 뜻하는 자도(紫桃)에서 생겨난 말이다.

★ 알아두면 유용한 단어

沉默chénmò(침묵): 침묵하다 | 沉没chénmò(침몰): 침몰하다 | 沉重chénzhòng(침중): 무겁다 | 沉滞chénzhì(침체): 침체되다 | 沉睡chénshuì(침수): 깊이 잠들다 | 沉睡的美女chénshuìde měinǚ(침수적미녀): 잠자는 미녀 | 沉沉稳稳chénchen wěnwěn(침침온온): 말과 행동이 점잖다 | 沉溺于酒色chénnìyújiǔsè(침닉어주색): 주색에 빠지다

춘추시대 5인의 패자를 일컫는 춘추오패春秋五霸

keyword

霸-覇bà(으뜸 패)

霸-覇bà(으뜸 패)는 襾(덮을 아, 머리에 쓰다)와 朝(으뜸 패)로 이루어진 글자이며 머리에 관을 쓰고 있는 우두머리를 뜻하는 형성문자다. 또는 귀한 가죽[革(가죽 혁)]을 몸[月(육달월, 몸)]에 덮어[襾] 쓰고 있는 부족의 우두머리를 뜻하는 회의문자로도 볼 수 있다. 참고로 朝는 革과 月로 구성되어 가죽을 몸에 두른 으뜸 권력의 소유자를 뜻한다.

<霸王别姬Bàwángbiéjī(패왕별희)>는 서초패왕 항우와 그의 연인 우희가 죽음을 앞두고 이별을 준비하는 비장한 스토리의 베이징 전통극으로, 아마도 중국 사람들이 가장 사랑하는 京剧Jīngjù(경극)일 것이다. 항우의 <垓下歌Gāixiàgē(해하가)>와 우희의 답가는 그 애절함으로 관객들의 가슴을 저미게 한다.

[169쪽, 盖(덮을 개) 참조]

称霸chēngbà(칭패)는 '패자로 불리다' 또는 '제패하다'라는 뜻의 동사다. 그리고 '缓称王huǎnchēngwáng(완칭왕), 缓称霸huǎnchēngbà(완칭패)'라는 말은 유방이 라이벌인 항우로부터 의심을 받지 않기 위해 张良Zhāngliáng(장량)의 권유를 받아들여 왕이라 부르는 것을 미루고, 또한 패자로 불리는 것마저 늦추었다는 이야기에서 유래한 말로, 자신을 낮추며 지극히 조심한다는 중국인다운 지략이 숨어 있는 표현이다.

春秋五霸chūnqiūwǔbà(춘추오패)는 周Zhōu(주)나라가 힘이 약해지는 东周Dōngzhōu(동주)시대인 기원전 770년경부터 战国Zhànguó(전국)시대가 시작되는 기원전 470년경까지 약 300년 동안 각 제후국을 이끌었던 다섯 명의 霸者(패자)를 일컫는 말이며, 五伯wǔbài(오백)이라고도 한다. 이들을 살펴보면 다음과 같다.

- 齐桓公QíHuángōng(제환공): 권력투쟁 과정에서 자신을 죽이려 한 管仲Guǎnzhòng(관중)을 鲍叔儿Bàoshūyá(포숙아)의 추천으로 중용하여 齐Qí(제)나라를 최대 강국으로 만들고 초대 패자에 오른 인물이다. 관중이 사망하자 제나라는 약소국으로 전락해버린다. 제나라의 명재상 관중은 그가 사망하고 800여 년 후에 诸葛亮Zhūgěliàng(제갈량)이 자신의 롤모델로 꼽을 정도로 중국 고대사에서 최고의 经世济民(경세제민)을 실행한 인재로 추앙받고 있다.
- 晋文公JìnWéngōng(진문공): 19년간의 긴 망명생활 끝에 卷土重来juǎntǔchónglái(권토중래)하여 천토에 제후들을 불러 모은 践土会盟jiàntǔhuìméng(천토회맹)을 통해 충성 맹세를 받아낸 重耳公子(중이공자) 문공을 말한다. 그는 60세가 넘어 춘추시대 두 번째 패자가 되었고, 군림한 기간은 그리 길지 않았지만 晋Jìn(진)나라가 그 후 100여 년간 강국으로 군림하도록 기초를 다졌다.
- 楚庄王ChǔZhuāngwáng(초장왕): 당시 주나라 외에는 아무도 왕이라는 칭호를 사용하지 못하던 시절, 초나라 莊王Zhuāngwáng(장왕)이 제일 먼저 왕이라 칭하였다. 长江Chángjiāng[창장(장강)] 유역에서 南蛮nánmán(남만)이라 불리며 오랑캐 취급을 받던 그는 북쪽 中原Zhōngyuán(중원)을 공격하여 세 번째 패자에 오른다. 재위기간 20여 년간 가장 많은 고사성어를 만들어낸 인물로도 유명하다. [174쪽, 驚(놀랄 경) 참조]
- 吴王(오왕) 闔閭Hélǘ(합려): 掘墓鞭尸juémùbiānshī(굴묘편시)로 유명한 복수

의 화신 吴子胥Wǔzixū(오자서)와 ≪孙子兵法Sūnzǐbīngfǎ(손자병법)≫의 주인공 孫武Sūnwǔ(손무) 등의 도움으로 강남에서 패자에 오른 인물이다. 그의 아들 夫差Fūchā(부차)를 패자로 보는 학자도 있다.

- 越王Yuèwáng(월왕) 句践Gōujiàn(구천): 오왕 합려와 싸워 그를 죽였고, 그의 아들 부차에게 패했으며 부차와의 싸움으로 생긴 卧薪尝胆wòxīnchángdǎn(와신상담)의 고사로 유명하다. 참모 范蠡Fànilí(범려)의 도움으로 오나라를 멸망시키고, 徐州Xúzhōu(서주)에서 会盟(회맹)하여 패자에 올랐다. 그가 사망한 후 월나라는 초나라에 병합되면서 춘추시대가 막을 내리고 전국시대가 시작된다. 1965년에 湖北省Húběishěng[후베이성(호북성)] 荊州Jīngzhōu[징저우(형주)]에서 구천의 이름이 새겨진 청동검이 출토되어 세상을 놀라게 하기도 했다.
- 학자에 따라서는 百里奚Bǎilǐxī(백리해)를 등용해 秦(진)나라를 강국으로 만든 秦穆公(진목공)을 춘추오패로 꼽기도 한다.

참고로 执牛耳zhíniúěr(집우이)라는 말이 있다. '소의 귀를 잡다'라는 뜻인데, 패자에 오르는 춘추오패가 会盟(회맹)을 통해 제후들을 모아 놓고 소의 귀를 잘라 충성 맹세를 받던 의식에서 비롯된 말로, '맹주에 오르다' 또는 '일인자가 되다'라는 뜻으로 사용되는 말이다.

★ 알아두면 유용한 단어

霸道bàdào(패도): 패도, 포악하다 | 霸权bàquán(패권): 패권 | 霸王车bàwángchē(패왕차): 교통법규를 상습적으로 위반한 차 | 霸主bàzhǔ(패주): 맹주 | 霸王龙bàwánglóng(패왕룡): 티라노사우루스

자라 보고 놀란 가슴 솥뚜껑 보고도 놀란다

풍성학려风声鹤唳

keyword

鹤-鶴hè(두루미 학)

鹤-鶴hè(두루미 학)은 隺(희고 고상할 각)의 발음과 鳥(새 조)의 뜻으로 이루어진 글자로 희고 고상한 새인 두루미나 황새를 나타내는 형성문자다.

鹤胸背hèxiōngbèi(학흉배)는 조선시대 양반 중 문반의 관복 흉배를 말한다. 정책결정에 참여할 수 있는 正三品(정삼품) 이상의 堂上官(당상관)은 두 마리의 雙鶴(쌍학), 堂下官(당하관)은 單鶴(단학) 흉배로 신분을 구분했다. 그런가 하면 무반인 무관들은 범과 표범이 그려진 虎豹(호표) 흉배의 관복을 입었는데, 무반 역시 당상관의 흉배에는 두 마리의 호랑이가 그려져 있었다. 한편, 조선의 왕은 발톱이 다섯 개인 五爪龍(오조룡)의 흉배를, 왕세자는 四爪龍(사조룡)의 흉배를 단 옷을 입었다.

鹤이 들어가는 중국의 속담은 兔(토끼 토) 못지않게 많다. 재미있는 표현 몇 가지를 소개하면 다음과 같다.

- 黄鹤楼上看翻船huánghèlóushang kànfānchuán(황학루상간번선): 황학루에서 배가 가라앉는 것을 보다. 즉 강 건너 불구경하다.
- 一琴一鹤yīqínyīhè(일금일학): 가진 것이라곤 거문고 하나와 학 한 마리. 청렴하고 청빈한 관리를 뜻하는 성어로, 송나라 때 赵抃Zhàobiàn(조변)이라는 관리가 임지에 부임할 때 그의 전 재산인 거문고와 학 한 마리를 데리고 간 고사에서 유래된 말이다.

- 鹤立鸡群hèlìjīqún(학립계군): 닭의 무리 가운데 학이 서 있다는 뜻으로 무리 중에서 뛰어난 자를 말한다. 群鸡一鹤(군계일학)과 같은 뜻인데, 중국에서는 군계일학이라는 말은 사용하지 않는다.
- 风声鹤唳fēngshēnghèlì(풍성학려), 草木皆兵cǎomùjiēbīng(초목개병): 바람소리, 학 우는 소리, 그리고 풀과 나무 모두가 병사 같다는 말이다. 우리 속담에 "자라 보고 놀란 가슴 솥뚜껑 보고 놀란다."와 같은 뜻이다. 중국의 5호16국 시절, 前秦(전진)의 왕 符坚Fújiān(부견)이 남쪽 建业(건업; 지금의 南京)으로 도망간 东晋(동진)을 멸하고 천하를 통일하기 위해 남진했다가 淝水Féishuǐ(비수)에서 크게 패하고 정신없이 북으로 후퇴할 때, 나뭇가지를 스치는 바람소리와 학이나 새들의 울음소리에도 놀라고, 풀과 나무들을 보고도 적군으로 착각해서 도망갔던 이야기에서 비롯된 말이다. 중국의 몇몇 역사학자들은 383년(고구려 광개토대왕의 부친 고국양왕 시절) 지금의 安徽省[안후이성(안휘성)] 淮水Huáishuǐ[화이수이(회수)] 근처에서 있었던 淝水战斗Féishuǐzhàndòu(비수전투)에서 동진이 승리함에 따라 长江Chángjiāng[창장(장강)] 이남이 중국의 역사에 정식으로 편입되는 계기가 되었다고 정의하고, 중국 역사상 가장 의미 있는 사건으로 규정하기도 한다.

黄鹤楼Huánghèlóu(황학루)는 湖北省Húběishěng[후베이성(호북성)] 武汉Wǔhàn[우한(무한)]에 있는 정자로, 삼국시대 赤壁大战Chìbìdàzhàn(적벽대전)이 끝나고 평화가 유지될 때 위나라의 曹丕Cáopī(조비)가 孙权Sūnquán(손권)을 吴王(오왕)으로 봉하자 수도를 建业(건업)에서 武昌(무창)으로 옮기면서 군사방어 목적으로 만든 망루였다. 전쟁이 잠잠해진 당나라 때부터는 정자로 이용하였고, 지금은 天下江山第一楼(천하강산제일루)라는 현판을 걸고 중국을 대표하는 관광명소가 되었다. 李白Lǐbái(이백)이 읽어보고는 자신은 황학루에 관한 시를 짓지 않겠다고 극찬한 崔颢Cuīhào(최호)의 명시 <登黄鹤楼Dēnghuánghèlóu(등황학루; 황학루에 올라)>의 일부를 감상해보자.

후베이성 우한에 있는 황학루

昔人已乘黃鶴去 xīrényǐchéng huánghèqù (석인이승황학거)

此地空餘黃鶴楼 cǐdìkōngyú huánghèlóu (차지공여황학루)

黃鶴一去不复返 huánghèyīqù búfùhuán (황학일거불복반)

白云千載空悠悠 báiyúnqiānzǎi kōngyōuyōu (백운천재공유유)

옛 사람은 이미 황학을 타고 가버렸고

이곳에는 쓸쓸히 빈 황학루만 남아 있네.

황학은 한 번 가서 다시 돌아오지 않고

흰 구름만 천년 동안 유유히 떠도네.

★ 알아두면 유용한 단어

鶴立hèlì(학립): (학처럼) 우뚝 서다 | 鶴立远望hèlìyuǎnwàng(학립원망): 학처럼 서서 멀리 바라보다, 학수고대(鶴首苦待)하다, 기다리다 | 鶴氅衣hèchǎngyī(학창의): 선비가 입던 흰 두루마기 | 鶴胸背hèxiōngbèi(학흉배): (문관의) 흉배 | 鶴发童顔hèfàtóngyán(학발동안): 백발동안, 흰머리에 젊은 얼굴

제비나 참새 따위가 어찌 기러기나 백조의 큰 뜻을 알겠는가, 연작안지燕雀安知 홍곡지지鸿鹄之志

keyword

鸿-鴻hóng(큰 기러기 홍)

鸿-鴻hóng(큰 기러기 홍, 클 홍, 편지 홍)은 江(강 강)과 鳥(새 조)로 이루어진 글자로 강가에 사는 큰 새인 기러기를 뜻하는 형성문자다. 雁yàn(기러기 안)도 물가의 언덕 기슭[厂(민엄호, 언덕, 기슭)]에 사는 새[隹(새 추)]라는 뜻으로 기러기를 뜻한다. 가을, 겨울이 되면 남쪽으로 내려와 강가에 서식하고, 봄이 되면 먼 북쪽으로 이동하는 철새여서 먼 지역의 소식을 전해주는 새라고 여겨 편지를 뜻하기도 한다. 또 雁行ànháng(안항)은 V자 모양의 질서 있는 기러기 행렬을 말하지만 사이좋은 형제를 뜻하기도 하여 남의 형제를 높여 부르는 말이기도 하다.

燕雀安知yànquèānzhī(연작안지), 鸿鹄之志hónghúzhīzhì(홍곡지지)란 '제비나 참새 같은 작은 새들이 어찌 기러기나 고니(백조)같이 큰 새의 뜻을 알겠는가.'라는 뜻으로, 중국 역사상 최초로 농민 반란을 일으킨 秦Qín(진)나라의 陈胜Chénshèng(진승)이 한 말이다. 그는 진시황이 사망한 후 초나라를 계승한다는 의미에서 张楚(장초)라는 나라를 세웠고, 이에 자극을 받은 항우와 유방도 그 후 군사를 일으켜 새로운 세상에 도전하게 된다.

≪史记Shǐjì(사기)≫를 쓴 司马迁Sīmǎqiān(사마천)은 진승이 비록 머슴 출신의 농부이긴 하나 최초의 농민봉기를 일으켰다는 점에서 제후나 공자와 같이 世家shìjiā(세가)로 분류하여 역사적으로 의미 있는 대우를 하고 있다. 또 사마천은 "사람은 언젠가 한 번은 죽지만, 그 삶의 가치는 태산보다 무

거울 수도 있고 기러기 털보다 가벼울 수도 있다(人固有一死rén gùyǒu yìsǐ, 重于泰山zhòngyútàishān, 轻于鸿毛qīngyúhóngmáo)"는 말을 남겼는데, 이 말에서 그의 역사관과 인생철학을 엿볼 수 있다. 太史公书(태사공서)라고도 불린 ≪사기≫의 구성을 살펴보면 본기, 세가, 열전 및 표 등으로 이루어져 있다.

- 本纪Běnjì(본기): 秦始皇(진시황)本纪, 项羽(항우)本纪, 高祖(고조)本纪, 吕太后(여태후)本纪 등 12명의 황제 및 황제에 버금가는 인물에 대한 이야기
- 世家Shìjiā(세가): 楚(초)世家, 越王勾践(월왕구천)世家, 孔子(공자)世家, 陈胜(진승)世家, 外戚(외척)世家 등 30명의 제후 및 그에 버금가는 인물에 관한 이야기
- 列传Lièzhuàn(열전): 伯夷(백이)列传, 伍子胥(오자서)列传, 吕不韋(여불위)列传, 淮阴侯(회음후)列传, 孟子(맹자)列传, 刺客(자객)列传, 朝鲜(조선)列传 등 70권으로 서술된 주요 인물들의 이야기
- 年表(연표) 등의 表(표) 10권과 정책 및 제도를 설명한 書(서) 8권으로 이루어져 있다.

한편, ≪사기≫의 특색을 살펴보면, 한나라 4대 창업공신 중 萧河Sùhé(소하), 曹参(조참), 张良Zhāngliáng(장량)은 세가에 실었지만, 토사구팽된 韩信Hánxìn(한신)은 <회음후열전>에 싣고 있다. 그리고 한나라의 신하였던 태사공 사마천이 한나라를 세운 고조 유방의 라이벌이자 황제가 아니었던 항우를 유방보다 앞쪽 본기에 서술하고, 유방의 황후 여태후를 본기에 실어 황제에 버금가는 대우를 하는 등 역사에 끼친 인물의 영향력을 중심으로 서술하고 있는 점을 알 수 있다. 그리고 공자는 세가, 맹자는 열전에서 다루고 있는데, 여기서도 그의 뚜렷한 역사관을 엿볼 수 있다.

역사 서술 체계의 하나인 纪传体(기전체)는 本纪(본기)의 '纪(기)'와 列传(열전)의 '传(전)'에서 따온 말로 사마천의 ≪사기≫에서 비롯되었다.

중국 역사서나 영화에 자주 등장하는 단어로 鸿门宴Hóngményàn(홍문연)이 있다. 秦Qín(진)나라의 수도 咸阳Xiányáng(함양)을 먼저 정복한 유방을 죽이기 위해 항우의 책사 范增Fànzēng(범증)은 진나라의 수도 咸阳(함양)성 밖 자신들의 진영에 軍门(군문)을 세우고 유방을 초청해 연회를 베풀기로 하여 이른바 홍문연이 열리게 된다. 범증은 항우의 사촌 동생 项庄Xiàngzhuāng(항장)으로 하여금 칼춤을 추다 유방을 죽이도록 계획을 세우지만, 범증 못지 않은 유방의 책사 张良Zhāngliáng(장량)이 이를 간파하고 樊噲Fánkuài(번쾌)로 하여금 맞춤을 추게 하여 위기를 모면한다. 项庄舞剑xiàngzhuāngwǔjiàn(항장무검), 意在沛公yìzàipèigōng(의재패공)은 항장이 칼춤을 추는 뜻은 패공(유방)을 죽이는 데 있다는 뜻으로, 실제 행동과 의도가 다를 때 쓰는 말이다. [171쪽, 剑(칼 검) 참조]

赴鸿门宴fùhóngményàn(부홍문연)은 '홍문연으로 가다'라는 뜻으로, 위험한 일을 맡다, 중요한 일을 책임진다는 뜻으로 쓰인다. 그리고 燕鸿之歎(연홍지탄)이라는 말은 가을이 되면 여름새인 제비는 남쪽으로 떠나가고 겨울새인 기러기는 북쪽에서 날아 와서 서로 만나지 못한다는 뜻이다. 즉 길이 어긋나서 서로 만나지 못함을 탄식한다는 뜻으로 사랑하는 사람과의 이별의 아픔을 나타내는 표현이다.

★ 알아두면 유용한 단어

远方来鸿yuǎnfāngláihóng(원방래홍): 멀리서 온 편지 | 鸿福hóngfú(홍복): 큰 복 | 鸿鹄之志hónghúzhīzhì(홍곡지지): 기러기와 고니같이 큰 새를 뜻함. 큰 뜻 | 鸿雁hóngyàn(홍안): 큰 기러기와 작은 기러기를 뜻함. 편지, 서신 | 鸿毛hóngmáo(홍모): 가벼운 기러기의 털을 의미. 하찮은 일, 사소한 일

봄밤에 소리 없이 내리는 기쁜 비
두보의 〈춘야희우春夜喜雨〉

keyword

喜xǐ(기쁠 희)

喜xǐ(기쁠 희)는 壴(악기 주)와 口(입 구)로 이루어진 한자다. 사람들이 모여 악기를 두드리고 입으로 노래를 부르며 즐거워하는 모습을 뜻하는 회의문자로, 결혼, 임신, 장수 등의 기쁜 일을 比喻bǐyù(비유)하는 표현에 많이 사용되기도 한다. 여기서 壴는 세워 놓고 연주하는 악기를 나타내는 상형문자이며, 壴에 攴(칠 복)을 더하면 鼓gǔ(북 고)가 되고, 彡(무늬 삼)을 더하면 彭péng(북소리 팽, 성씨 팽)이 된다.

喜新厌旧xǐxīnyànjiù(희신염구)는 새로운 것을 좋아하고 옛 것을 싫어한다는 뜻으로 남녀 사이의 애정은 시간이 지남에 따라 식어 간다, 즉 애정이 한결같지 않다는 의미이며, 요즘 말로 '사랑은 움직이는 것'이라는 뜻이 된다. 비슷한 뜻의 世态炎凉shìtàiyánliáng(세태염량)은 세력이 있을 때는 아첨하여 따르고 힘이 약해지면 푸대접하여 금방 뜨거워졌다 차가워지는 세상인심을 비유적으로 이르는 말이다.

2009년에 쓰촨성 청두에 있는 杜甫草堂Dùfǔcǎotáng(두보초당)을 배경으로 제작된 정우성, 高园园Gāoyuányuán[가오위엔위엔(고원원)] 주연의 <好雨时节Hǎoyǔshíjié(호우시절)>은 때를 알고 내리는 단비처럼 다시 찾아온 사랑을 주제로 한 영화다. 두보의 유명한 시 <春夜喜雨Chūnyèxǐyǔ(춘야희우)가 이 영화의 모티브가 된 것 같다는 생각도 든다. 잠시 그 명시를 감상해 보자.

好雨知时节 hǎoyǔ zhīshíjié (호우지시절)

当春乃发生 dāngchūn nǎifāshēng (당춘내발생)

随风潛入夜 suífēng qiánrùyè (수풍잠입야)

润物細无声 rùnwù xìwúshēng (윤물세무성)

野径云俱黑 yějìng yújùhēi (야경운구흑)

江船火烛明 jiāngchuán huǒzhúmíng (강선화촉명)

晓看紅湿处 xiǎokàn hóngshīchù (효간홍습처)

花重锦官城 huāchóng jǐnguānchéng (화중금관성)

좋은 비는 내려야 할 시절을 알아서

봄이 되면 만물을 소생케 하네.

바람 따라 몰래 한밤중에 내려와

만물을 윤택하게 하면서 소리조차 내지를 않네.

(밤이 되니) 들길도 구름도 모두 캄캄해지고

강가의 배들에선 불빛만 반짝이네.

새벽녘 붉게 물든 곳들을 쳐다보니

아, 금관성(성도)에 (진달래) 꽃이 만발한 거로구나.

이 시에서 특히 '바람 따라 몰래 한밤중에 내려와 만물을 윤기 나게 하면서도 자신은 소리조차 내지 않는다.'라는 구절은 혼탁한 세상에 남을 위해 묵묵히 희생하는 성인의 모습을 그린 것으로 诗圣shīshèng(시성) 두보를 좋아하는 중국인들이 자주 인용하는 구절이다.

고대에는 喜와 七을 같은 뜻으로 사용하여 喜寿(희수)는 77세를 달리 이르는 말이다. 참고로 나이를 나타내는 한자 표현을 살펴보자.

- 伞寿(산수): 傘-伞(우산 산)을 破字(파자)하면 八과 十이므로 80세를 가리키는 말이다.
- 米寿(미수): 米(쌀 미)를 파자하면 八十八이므로 88세를 달리 이르는 말이다.
- 白寿(백수): 百에서 一을 빼면 그 모양이 白(흰 백)이 된다. 즉 100에서 1을 뺀 99세를 이르는 말이다.
- 古稀gǔxī(고희): 두보의 시 <曲江Qūjiāng(곡강)>의 '人生七十古来稀rénshēngqīshí gǔláixī(인생칠십고래희)'에서 유래되었으며 '인생 70세는 고래(古来)로 드물다는 뜻으로 70세를 달리 이르는 말이다.

중국인들은 숫자 6(六liù)이 流liú(흐를 류)와 발음이 비슷한, 이른바 谐音字xiéyīnzì(해음자)로 순조로움을 뜻하여 8 못지않게 좋아한다. 그래서 중국인들은 66세가 되면 66大寿liùliùdàshòu(육육대수)라는 생일잔치를 여는데, 여기서 大寿dàshòu(대수)는 50세 넘은 어른의 생일, 즉 우리말로 생신과 같은 표현이다.

이 밖에 15세는 志学zhìxué(지학), 20세는 弱冠ruòguàn(약관) · 芳年fāngnián(방년) · 妙龄miàolíng(묘령), 30세는 而立érlì(이립), 40세는 不惑búhuò(불혹), 50세는 知天命zhītiānmìng(지천명), 60세는 耳顺ěrshùn(이순), 61세는 60년을 뜻하는 甲子(갑자)의 甲을 사용하여 花甲huājiǎ(화갑) · 华甲(화갑) · 还甲(환갑) · 回甲(회갑), 62세는 進甲(진갑) 등으로 표현하기도 한다.

★ 알아두면 유용한 단어

喜欢xǐhuan(희환): 좋아하다 | 喜悦xǐyuè(희열): 기쁘다 | 喜帖xǐtiě(희첩): 청첩, 청첩장=请帖qǐngtiě(청첩) | 喜酒xǐjiǔ(희주): 결혼 축하주. 喝喜酒hēxǐjiǔ(갈희주)는 결혼 축하주를 마신다는 뜻이고, 喝闷酒hēmènjiǔ(갈민주)라고 하면 홧김에 술을 마신다는 뜻이다. | 喜车xǐchē(희차): 웨딩카(wedding car) | 喜糖xǐtáng(희당): 결혼식에서 먹는 기념 사탕 | 喜怒哀乐xǐnùāilè(희노애락): 기쁘고 화내고 슬퍼하고 즐거워하다, 사람의 마음(감정) | 喜怒无常xǐnùwúcháng(희노무상): 기쁘고 화내는 것이 일정하지 않다, 변덕스런 성격

기사로 보는 키워드

东亚各方喜悦盘点春节游客. 동아시아 각국들은 (중국) 춘절 여행객들[游客(요우커)]을 점검[盘点; 주판을 두들기며]하면서 기뻐하고 있다.

이 기사는 2014년 춘절 특수를 기뻐하는 아시아 국가들의 표정을 다루고 있다. 참고로 2015년 춘절 기간 중 일본을 방문한 요우커[游客]의 수는 무려 45만 명으로 한국 방문객의 3배에 이르며, 이들이 1주일 동안 일본에서 구매한 상품이 약 1조 원 가량이라고 한다. 이를 두고 중국 내에서의 반응은 1년 만에 15%나 절하된 엔화의 영향이 컸다는 분석과 함께, 반일감정을 앞세워 매국노라는 비판도 일고 있다. 어쨌건 2015년 춘절에는 동아시아 국가 중 일본이 가장 喜悦xǐyuè(희열)을 느꼈을 것이다.

_<环球时报>(2014. 2. 7.)

3.

한국과 중국의 옛문화로 살펴본
중국 이야기

15분의 짧은 시간이 마치 3년처럼 길다
일각一刻이 여삼추如三秋

keyword 刻kè(칼로 새길 각)

刻kè(각)은 고대 중국에서 100을 뜻하는 시간의 단위로 쓰였다. 하루가 1,440분(24시간×60분=1,440분)이고, 이의 1/100인 15분 정도가 一刻(일각)이 된다. 즉 100개의 '刻'을 하루로 여기고 시간단위로 활용했는데, 놀랍게도 이를 지금까지도 사용하고 있는 것이다. 예를 들어 7시 15분은 七点一刻qīdiǎnyíkè(칠점일각)이라고 하며, 45분은 三刻sānkè(삼각)이 된다.

一刻如三秋(일각여삼추)라는 말은 15분 정도의 짧은 시간이 가을이 세 번 바뀌는 3년과 같다는 뜻이다. 학처럼 목을 빼고 기다린다는 鶴首苦待(학수고대)와 비슷한 뜻인데, 중국에서는 이 말을 학처럼 서서 멀리 바라보며 기다린다는 뜻의 鹤立远望hèlìyuǎnwàng(학립원망)이라고 한다. 또 중국 속담에 一刻千金yíkèqiānjīn(일각천금)이라는 말이 있는데, 이는 15분 정도의 짧은 시간도 천금처럼 소중히 하라. 즉 '시간이 돈이다.'라는 뜻이다.

여기에 쓰인 刻은 亥hài(열두 번째 地支 해, 또는 돼지 해)와 刂(선칼도방, 칼)으로 이루어져 칼을 가지고 돼지뼈에 그림이나 글을 새긴다는 뜻의 형성문자다. '바로', '즉시'라는 부사로는 서서 새긴다는 뜻의 立刻lìkè(입각)이 있는데, 앉지 않고 서서 바로, 즉시 글이나 그림을 새긴다는 뜻으로 이해하면 쉽게 기억할 수 있다. '인상, 영향 등이 깊다'라는 뜻의 중국어 深刻shēnkè(심각)과 부정적인 뜻인 우리말 '상태가 좀 深刻(심각)하다'의 '심각'은 한자는 같지만 그 쓰임새가 약간 다르므로 유의해서 사용해야 한다.

刻舟求剑kèzhōuqiújiàn(각주구검)은 어리석고 융통성이 없음을 뜻하는 말이다. 춘추시대에 남쪽 楚Chū(초)나라의 어떤 어리석은 사람이 배를 타고 강을 건너다가 귀한 물건을 그만 강에 빠뜨리고 만다. 그러자 배에다 그 위치를 칼로 새겨두고 다음에 와서 그 물건을 찾았다는 고사에서 나온 말이다.

한자는 시대에 따라 그 모양이 계속 변해 왔다. 篆書(전서) · 隷書(예서) · 楷書(해서) · 行書(행서) · 草書(초서) 등으로 불리는 다섯 가지 글꼴을 한자의 5체라고 하는데, 잠시 한자(간체자)의 글꼴에 대해 살펴보자.

전서	예서	해서	행서	초서
馬	馬	马	马	马
龍	龍	龙	龙	龍
飛	飛	飞	飞	飛

- 篆书zhuànshū(전서체): 秦Qín(진)나라 때 글씨로 도장에 새기던 글씨체이며, 篆(도장 전)을 사용하여 이름을 지었다.
- 隶书lìshū(예서체): 진나라가 6국을 통일한(BC 221) 후 복잡한 篆书(전서) 대신 행정 공무원격인 徒隷túlì(도예)들이 행정의 편리성을 위해 사용하기 시작한 글씨체로, 전서에 비해 간단해졌다. 도예의 隷(隶, 노예 예)를 사용하여 이름 지었다고 한다.

• 楷书kǎishū(해서체): 楷kǎi(본뜰 해, 모범 해, 바를 해)자를 사용하여 이름을 지었으며, 반듯한 정자체를 말한다.

• 行书xíngshū(행서체): 楷书(해서)와 草书(초서)의 중간 모양으로 반 흘림 모양의 글씨체이다.

• 草书cǎoshū(초서체): 바람에 흔들리는 풀잎 모양의 흘림체로 草(풀 초)를 사용하여 이름 지었다고 한다.

★ 알아두면 유용한 단어

立刻lìkè(입각): 바로, 즉시 | 刻苦kèkǔ(각고): (뼈를 깎는) 고생하다 | 深刻shēnkè(심각): 인상 깊다 | 篆刻zhuànkè(전각): 도장을 새기다 | 雕刻diāokè(조각): 조각(하다)

기사로 보는 키워드

象牙保护者聚集中国驻英使馆前, 要求销毁所有库存, 希望关闭雕刻工厂.
상아 보호주의자들은 주영 중국대사관 앞에 모여 창고에 보관 중인 상아의 소각[销毁(소훼)]과 조각(雕刻) 공장의 폐쇄(关闭)를 요구했다.

_<环球时报>(2014. 3. 6.)

거북이 등껍질과 구리로 만든 거울로 자신을 돌아보던 귀감龟鉴

keyword 鉴-鑑jiàn(거울 감)

鉴-鑑jiàn(거울 감)은 金(쇠 금)과 監(볼 감)으로 이루어진 글자로 옛날 청동기 시대에 구리[銅(동)]를 사용하여 만든 거울을 뜻하는 형성문자다. 여기서 监-監jiān(볼 감)은 臣(신하 신, 눈을 크게 뜬 모습)과 皿(그릇 명)으로 구성되어 세수하기 전에 그릇에 담긴 물속에 비친 자신의 얼굴을 살펴본다는 뜻의 회의문자다. 臣이 들어간 한자들은 대부분 눈을 크게 뜨고 오랫동안 쳐다본다는 의미가 포함되어 있다. 监이 들어간 주요 단어로는 监督jiāndū(감독; 감독하다), 监禁jiānjìn(감금; 감금하다), 监狱jiānyù(감옥), 国子监guózǐjiàn(국자감; 고대 중국의 중앙 교육기관) 등이 있으며, 모두 자세히 들여다본다는 뜻이 내포되어 있다.

본보기라는 뜻으로 자주 사용하는 龟鉴guījiàn(귀감)이라는 말은 고대에 거북의 등껍질을 불에 태워 갈라지는 무늬를 보고 전쟁의 승패나 재난 등을 점치던 龟(거북 귀)와, 자신을 볼 수 있는 구리로 만든 거울인 鉴(거울 감)이 합쳐져 만들어진 단어이다.

참고로 卜bǔ(점칠 복)은 고대 국가에서 전쟁 등의 중대사에 앞서 길흉을 점치기 위해 거북의 등껍질을 불에 태웠을 때 등껍질이 갈라지는 소리('뽁' 또는 '뿌우')와 갈라진 후의 무늬를 형상화한 글자다. 우리말 卜債(복채)는 점쟁이에게 점을 보고 진 빚, 즉 점값을 뜻하며, 중국어로 卜卦bǔguà(복괘)라는 말은 점을 친다는 표현이다.

중국어를 공부하다 보면 우리에게 익숙한 단어가 중국어에서는 다른 개념으로 쓰여 혼란스러운 경우가 종종 있다. 예를 들면 중국어에서 鉴赏jiànshǎng(감상)이라는 말은 주로 예술품 등을 감상한다는 뜻으로 쓰이며, 목적어가 대부분 구체적인 물건이다. 한편 비슷한 뜻으로 자주 사용하는 欣赏xīnshǎng(흔상)은 주로 경치 또는 음악, 미술품 등을 감상한다는 뜻으로 추상적 목적어와 구체적 목적어를 모두 사용할 수 있어 鉴赏(감상)보다는 좀 더 넓은 뜻으로 자주 사용된다.

우리가 많이 쓰는 监督jiāndū(감독)이란 말도 중국에서는 '감독하다'라는 뜻의 동사로 사용되며, 감독이라는 의미의 명사로 쓰이는 단어는 따로 있다. 예를 들어 '영화감독'은 연기를 이끌어 주는 사람이라는 뜻으로 导演dǎoyǎn(도연)이라고 하며, '공사 감독'은 공사를 영도하는 사람이라는 뜻으로 领工lǐnggōng(영공)이라고 한다. '스포츠 팀의 감독'은 우리의 군사훈련을 뜻하는 '교련'과 같은 한자를 써서 教练jiàoliàn(교련)이라고 하는데, 选手xuǎnshǒu(선수)들의 훈련을 지도하는 사람이라는 뜻이다.

★ 알아두면 유용한 단어

鉴定jiàndìng(감정): 감정하다 | 鉴别jiànbié(감별): 감별하다 | 鉴赏jiànshǎng(감상): (예술품 등을) 감상하다 | 借鉴jièjiàn(차감): (거울을 빌리다) 본보기로 삼다 | 鉴于jiànyú(감어): ~에 비춰보다

금성의 다른 이름 계명성启明星

keyword

启-啓qǐ(깨우칠 계)

启-啓qǐ(깨우칠 계, 문을 열 계)는 户(문 호)와 攵(칠 복), 口(입 구)로 이루어진 글자로 문[户]을 두드려[攵] '식구[口]들을 깨우다', 또는 '문을 열고 새로 시작하다'와 같이 여러 가지 좋은 의미를 가진 글자다. 이에 반해 현대에 만들어진 간체자는 문[户]과 사람[口]만으로 이루어져 다양한 뜻이 모두 담기지 못한 것이 아쉽다.

启蒙qǐméng(계몽)이라는 말을 한자 그대로 풀어보면 지붕이 풀[艹]로 덮여 있는 돼지[豕]우리[冖]같이 어두운 곳[蒙(어두울 몽)]을 열어[启] 깨어나게 한다, 즉 어리석음을 깨우친다는 뜻이 명확하게 들어 있다.

중국에서는 몽골을 蒙(어두울 몽)을 사용하여 蒙古Měnggǔ(몽고)라고 부르는데, 몽골사람들은 이 표현을 무척 싫어한다. 몽골의 원래 의미는 용감하다는 뜻인데, 중국인들이 몽골을 비하하려는 의도에서 어리석고 낡았다는 뜻의 몽고라고 표현했다고 여기기 때문이다. 일본이 점령했던 지금의 内蒙古Nèiměnggǔ(내몽고)는 일본의 패망과 함께 중국에 편입되어 내몽고 자치구가 되었으며, 지금의 몽골, 이른바 외몽골은 소련의 영향하에서 독립한 국가다. 따라서 몽골은 엄격한 의미로는 분단국가인 셈이다.

태양계 행성 가운데 지구보다 태양에서 더 멀리 있는 外行星(외행성)들과는 달리, 태양과 더 가까이에 위치한 内行星(내행성)인 金星jīnxīng(금성)은 해가 뜨기 전과 해가 지기 전에도 볼 수 있다. 밤하늘에서 달 다음으로 밝은 별인 금성은 예로부터 사람들의 삶에 많은 영향을 끼쳤고, 그로 인해 동서고금을 막론하고 수많은 별명들을 가지고 있다. 금성의 재미있는 별명에 대해 잠시 살펴보자.

- 金星(금성; Gold Star): 황금색 황산 가스가 많아 붙여진 이름
- 启明星qǐmíngxīng(계명성) 또는 启星qǐxīng(계성): 하루의 밝음[明], 즉 새벽 또는 아침을 여는[啓(열 계)] 별
- 晨星chénxīng(신성), 晓星xiǎoxīng(효성): 晨(새벽 신)과 晓(새벽 효)로 이루어져 우리말의 새벽별, 샛별과 같은 뜻이다.
- 鸡鸣星(계명성): 닭이 우는 새벽에 뜨는 별
- 太白星(태백성): 저녁나절 서쪽에 뜨는 흰색의 밝고 큰 별
- 개밥바라기: 하루 종일 밭일을 마치고 해 질 무렵 귀가하여 강아지에게 밥을 주면서 보던 별
- 루시퍼(Luciffer): 빛(lux), 즉 아침을 가져온다는 뜻의 라틴어
- 비너스(Venus): 그리스 로마 신화에 나오는 미의 여신
- Phosphor, Morning Star, Evening Star

★ 알아두면 유용한 단어

启发qǐfā(계발): 계발하다, 일깨우다 | 启示qǐshì(계시): 계시(하다) | 启蒙主义qǐméngzhǔyì(계몽주의): (어리석음에서 깨어나게 하는) 계몽주의 | 启动电脑qǐdòng diànnǎo(계동전뇌): 컴퓨터를 부팅하다 | 启明星qǐmíngxīng(계명성): (새벽을 여는 별) 금성

엽전 천 개를 꿴 꾸러미, 일관一贯

keyword

贯-貫guàn(꿸 관)

옛날 중국에서는 엽전 천 개를 꿰놓은 꾸러미를 一贯yíguàn(일관)이라 하였는데, 엽전 일관은 언제나 변함없이 천 개라는 말에서 '일관되다'라는 표현이 유래했다고 한다. 一贯钱yíguànqián(일관전)의 贯은 숫자를 세는 양사로 엽전 한 꾸러미를 뜻하고, 一贯的政策yíguànde zhèngcè(일관적 정책)이라고 하면 일관된 정책을 뜻한다. 또 初志一贯chūzhìyíguàn(초지일관)은 '처음의 뜻 그대로, 변화 없이'라는 뜻으로 쓰이는 표현이다.

우리나라에서는 시조 어른의 고향인 本贯(본관)이 중요한 의미를 가진다. 그런데 중국에서는 본관이라는 말 대신 비슷한 의미로 籍贯jíguàn(적관)이라는 표현을 사용한다. 이는 본적지를 나타내는 原籍yuánjí(원적)이라는 말과도 비슷한 뜻인데, 예를 들어 '그는 山西Shānxī[산시(산서)] 사람이다'라고 표현할 때는 '他的籍贯是山西tade jìguàn shì Shānxī'라고 말한다.

위에서 쓰인 贯-貫guàn(꿸 관, 고향 관)은 毌(꿸 관)과 貝(조개 패, 돈)로 이루어져 옛날 돈으로 사용하던 조개껍질 또는 엽전 등을 줄에 꿰어 휴대하고 다니던 모습을 나타낸 형성문자다.

비슷한 뜻을 가진 한자로 串chuàn(꿸 관, 꿸 천, 땅이름 곶)이 있는데, 이 또한 옛날에 조개나 물고기를 꿰어서 묶은 모습을 나타낸 상형문자다. 串이 쓰인 단어로는 중국인들이 좋아하는 양고기 꼬치인 羊肉串yángròuchuàn(양육천)이 있는데, 우리 동포들이 많이 사는 延边Yánbiān[옌볜(연변)]에서는 이를 '꾐고기'라고 부르며, 이 글자가 들어간 한글 간판들을 자주 볼 수 있다. 또한 드라마나 영화에 특별 출연하거나 엑스트라, 까메오로 출연하는 것을 客串kèchuàn(객천)이라고 하는데, 특히 스타들이 우정 출연하는 것을 明星客串míngxīngkèchuàn(명성객천)이라고 한다. 그리고 동네를 꿰차고 다닌다는 뜻의 串门chuànmén(천문)은 우리말로 옮기면 '동네 마실을 다니다' 정도가 될 것이다.

한편, 串은 우리나라에서 湾(만)의 반대 개념인 '곶'으로 발음되기도 한다. 이 串이 쓰인 지명으로는 경북 포항의 해돋이 명소로 우리나라 지도에서 호랑이 꼬리처럼 생긴 虎尾串(호미곶)과 황해도의 长山串(장산곶) 등이 있다.

★ 알아두면 유용한 단어

一贯yíguàn(일관): 일관되다 | 贯通guàntōng(관통): 정통하다 | 贯彻guànchè(관철): 관철하다 | 贯注guànzhù(관주): 집중하다 | 贯珠guànzhū(관주): 구슬 꾸러미 | 贯耳guàněr(관이): (귀를 꿰뚫다) 소문이 자자하다

세 번 절하고 아홉 번 머리를 조아려 절하는 삼궤구고두례三跪九叩头礼

keyword

跪guì(꿇어앉을 궤)

跪guì(꿇어앉을 궤)는 足(다리 족)과 危(위태로울 위)로 이루어진 글자로 다리가 위태롭게 보이도록 꿇어앉은 자세를 표현한 형성문자다. 참고로 足(발 족, 다리 족)은 서 있는 사람의 다리를 나타낸 상형문자이며, 危는 人(사람 인)과 厂(언덕 엄), 卩(병부 절)로 이루어져 사람이 언덕 위에서 군대를 지휘하며 싸우는 위태로운 상황을 나타낸 회의문자다.

"꿇어!"라는 명령은 下跪xiàguì(하궤)라고 한다. 동사인 下와 목적어인 跪를 조합하면 '무릎 꿇다' 또는 '무릎 꿇어'라는 표현이 되는 것이다. 반대로 跪下guìxià(궤하)라는 말은 동사 跪와 방향보어인 下가 합쳐져 '무릎 꿇고 앉다'라는 뜻이 되며, 跪下求饶guìxiàqiúráo(궤하구요)라고 하면 '무릎을 꿇고 용서를 빌다'라는 표현이다. 跪와 비슷한 모양의 글자로는 蹲dūn(쭈그릴 준)이 있는데, 足과 尊(존경할 존)으로 이루어진 글자로 '쭈그리다'라는 뜻이다. 蹲下dūnxia(준하)라고 하면 '쭈그리고 앉다'라는 뜻이 된다.

1636년 丙子年(병자년)의 겨울이 지나고 1637년 정월, 조선의 인조는 40여 일간의 남한산성 笼城(농성)을 포기하고 소나무 가득한 송파의 나루터 三田渡(삼전도)에서 清太宗(청태종) 皇太极[홍타이지]에게 三跪九叩sānguìjiǔkòu(삼궤구고)[또는 三拜九叩头礼(삼배구고두례)]를 행하며 역사상 전례 없는 치욕의 항복[求降qiúxiáng(구항)]을 한다. 삼궤구고는 女真Nǚzhēn(여진)족

삼전도의 욕비라고도 불리는 청태종공덕비

의 예법으로 최고의 예를 갖춘다는 표시로 세 번 무릎을 꿇고 아홉 번 머리를 땅에 조아리는 행위이다. 인조는 항복 이후 큰아들 소현세자와 작은 아들 봉림대군(효종)을 청나라의 볼모로 보내고 나서야 겨우 자신의 왕위를 보존하게 된다. 이후 인조는 자신의 왕위를 지키기 위해 아들과 며느리, 손자까지 희생시키는 조선 역사상 가장 庸劣(용렬)한 군주로 오욕의 이름을 한 번 더 남기게 된다.

★ 알아두면 유용한 단어

下跪xiàguì(하궤): 무릎 꿇다 | 跪拜guìbài(궤배): 무릎 꿇고 절하다 | 跪着坐guìzhezuò(궤착좌): 무릎 꿇고 앉다 | 跪射guìshè(궤사): (사격 자세 중) 무릎 쏴

연개소문渊盖苏文이 천개소문泉盖苏文이 된 까닭

기휘忌讳

keyword

忌jì(꺼릴 기)

忌jì(꺼릴 기)는 己(몸 기)와 心(마음 심)으로 이루어진 글자로 몸[己]과 마음[心]이 싫어하고 꺼린다는 뜻을 나타내는 형성문자다.

우리가 흔히 말하는 忌日jìrì(기일)은 꺼리는 날, 즉 사람이 사망한 날을 뜻하는 말이다. 또 忌祭jìjì(기제)는 忌祭祀(기제사), 즉 설날 같은 명절에 지내는 제사가 아닌, 사망한 날 지내는 제사를 말한다. 중국어로 忌空腹服用jìkōngfù fúyòng(기공복복용)이라고 하면 공복에 약 따위의 복용을 삼가라는 표현이고, 식당에서 음식을 주문할 때 종업원이 "有没有忌口的?yǒuméiyǒu jìkǒude?"라고 물으면, "못 드시는(싫어하는) 음식이 있나요?"라는 뜻이다

忌讳jìhuì(기휘)는 諱huì(꺼릴 휘)까지 더해져 왕의 이름이나 조상의 이름 중 같은 글자를 삼가고 피하는 것이다. 우리나라와 중국에 있었던 기휘의 예를 잠시 살펴보자.

660년 백제 멸망 당시 唐Táng(당)나라 장수는 苏定方Sūdìngfāng(소정방)이었고, 668년 고구려가 망할 때 당나라의 장수는 李世勣(이세적)이었다. 이세적은 唐太宗(당태종) 李世民(이세민)의 이름 중, 世(세)를 기휘하여 李勣(이적)으로 이름을 바꾸었다. 또한, 세상에 견줄 만한 사람이 없을 정도로 뛰어나게 아름다운 여인을 뜻하는 绝世佳人(절세가인)이라는 말도 당태종의 이름에 들어가는 世를 피해, 당나라 때부터는 绝代佳人juédàijiārén(절

대가인)으로 바꿔 불렀다. 도교와 불교가 성행했던 당나라에서 대중의 고단함을 보고 들어준다는 불교의 观世音菩萨Guānshìyīnpúsà(관세음보살)도 당나라 때부터 观音菩萨Guānyīnpúsà(관음보살)로 불리게 된 이유가 여기에 있다.

고구려의 대막리지 渊盖苏文Yuāngàisūwén(연개소문)을 당나라에서는 당을 세운 고조 李渊(이연)의 渊(물가 연)을 피하기 위해 같은 '물'의 뜻인 泉(샘 천)을 사용하여 泉盖苏文(천개소문)이라고 역사서에 기록했으며, 중국을 事大(사대)했던 고려의 유학자 金富軾(김부식)도 ≪三国史記(삼국사기)≫에 泉盖苏文(천개소문)이라 기록하고 있다. 그러나 유학자가 아닌 승려 一然(일연)은 ≪三国遺事(삼국유사)≫에 정확하게 渊盖苏文(연개소문)이라고 기록하여 그 덕분에 오늘날 우리가 연개소문의 이름을 알 수 있게 된 것이다.

또한 大邱(대구)시는 조선시대에는 大丘(대구; 큰 언덕)였으나, 孔子Kǒngzǐ(공자)의 이름 孔丘(공구)의 丘(언덕 구)를 기휘하여 영조 때 고을을 뜻하는 阝(우부방)을 붙여 大邱(대구)로 이름을 바꾸었다고 한다.

조선의 왕들은 이름을 지을 때 잘 사용하지 않는 어려운 한자를 쓰고 게다가 외자로 이름을 지었다. 세종의 이름은 李祹(이도), 숙종은 李焞(이순), 정조는 李祘(이산)이었다. 이는 백성들의 삶에서 기휘의 불편함을 최소화하기 위한 배려였다고 하니, 역시 중국과는 달리 조선은 爱民(애민) 사상이 높은 나라였던 것 같다.

★ 알아두면 유용한 단어

忌讳jìhuì(기휘): 피하다, 꺼리다 | 猜忌cāijì(시기): (의심하고 꺼리다) 시기하다 | 忌口jìkǒu(기구): 음식을 가리다 | 忌烟jìyān(기연): 담배를 끊다, 담배를 싫어하다 | 忌日jìrì(기일): 기일, 삼가고 피하는 날 | 忌人jìren(기인): (어떤) 사람을 피하다 | 忌生冷jìshēnglěng(기생랭): 날[生]음식과 찬[冷] 음식을 피하다

단오절端午节 풍습 쫑즈粽子에 얽힌 충신 굴원의 이야기

keyword

端duān(끝 단)

중국에서 음력 5월 5일은 우리나라와 마찬가지로 端午节Duānwǔjié(단오절)로 국가 공휴일이다. 단오는 태양이 하늘의 한가운데를 지나는 절기로 天中Tiānzhōng(천중)이라고도 한다. 이때는 离骚Lísāo(이소)라는 작품으로 유명한 战国Zhànguó(전국)시대 초나라의 충신 屈原Qūyuán(굴원)이 멱라수에 투신하여 자살한 것을 추도하기 위해 강에서 龙舟赛lóngzhōusài(용주새)라는 龍船(용선) 경주 시합을 하거나, 粽子zòngzi[쫑즈]라는 대나무 잎에 싼 밥을 먹기도 하고 강으로 던지기도 하는 风俗fēngsú(풍속)이 있다. 이 모든 풍습들은 秦(진)나라에 멸망한 조국 초나라의 망국의 한을 안고 강에 뛰어들어 자살한 굴원의 시신을 물고기들이 먹지 못하게 하기 위한 것에서 전래되었다고 한다.

여기에 쓰인 端duān[(명) 끝 단, (형) 바를 단, (동) 두 손으로 바르게 할 단]은 立(설 립)과 耑(시작 단, 끝 단)으로 이루어진 글자로 끝이나 가장자리, 또는 바르게 서 있는 모습을 나타내는 형성문자다. 耑은 옮겨 심은 苗木(묘목)에서 뿌리가 내리고 새싹이 올라오는 모습으로, 새 생명의 '시작'을 상징하는 상형문자다.

端은 동사, 형용사 그리고 명사 등으로 다양하게 사용되는 한자다. 동사로 쓰일 때는 '두 손으로 바르게 들다'라는 뜻으로도 자주 사용하는데, '她端着一杯咖啡tā duānzhe yìbēi kāfēi'라고 하면 '그녀는 커피 한 잔을 바르게 받쳐 들고 있다'라는 뜻이고, '小龙打工的时候Xiǎolóng dǎgōngde shíhou, 干过端盘子gànguò duānpánzi'는 소룡이는 아르바이트[打工]를 할 때 쟁반을 들어봤다, 즉 음식 나르는 일을 해봤다는 뜻이 된다.

端正duānzhèng(단정)은 형용사로 쓰일 때는 우리말의 '단정하다'와 같은 의미지만, 동사로 쓰일 때는 '바로잡다'라는 뜻으로도 쓰인다. 예를 들어, '老师要端正学生的态度lǎoshī yào duānzhèng xuéshengde tàidu'는 '선생님은 학생의 태도를 바로잡아야 한다'라는 뜻이다.

아울러 '끝'이라는 명사로도 많이 쓰이는데, 예를 들어 报端bàoduān(보단)이라는 말은 报纸bàozhǐ(신문)의 가장자리[端]라는 의미지만, 일반적으로 '신문지상', '신문'이라는 뜻으로 쓴다. 不断有老人上大学的新闻见诸报端[노인들이 끊임없이 대학에 진학하는 뉴스(新闻)들이 여러 신문지상(报端)에 보도되고 있다]. 首鼠两端shǒushǔliǎngduān(수서양단)에서도 '끝'이라는 명사로 쓰이는데, 쥐구멍에서 머리를 내민 쥐가 양쪽 끝을 번갈아 보면서 어디로 갈까 망설이는 모습을 나타낸 재미있는 표현이다. 결정을 못하고 우유부단[优柔不断, 중국어로는 优柔寡断yōuróuguǎduàn(우유과단)]한 태도를 뜻한다.

★ 알아두면 유용한 단어

两端liǎngduān(양단): 양쪽 끝 | 极端jíduān(극단): 부 아주, 명 극단 | 尖端jiānduān(첨단): (뾰족한 끝) 첨단 | 终端机zhōngduānjī(종단기): 단말기(端末机), **terminal** | 端正duānzhèng(단정): 형 단정하다, 동 바로잡다 | 端雅duānyǎ(단아): 단아하다 | 端午节Duānwǔjié(단오절): 단오

고관대작의 관복을 장식하던 옥대玉带

keyword

带-帶dài(띠 대)

带-帶dài(띠 대)는 옛날 관리들이 허리에 두른 띠 모양을 형상화한 상형문자다. 옛날 관리들의 관복을 장식하던 玉带yùdài(옥대)와 같이 허리에 두르는 띠를 带라고 불렀으며, 绅士, 绅士服shēnshìfú(신사복) 등에 쓰이는 글자 绅-紳shēn(띠 신)은 带에서 아래로 늘어뜨린 부분을 가리킨다. 따라서 젠틀맨을 뜻하는 绅士(신사)라는 말에는 훌륭한 장신구로 멋을 낸 멋쟁이라는 뜻도 들어 있다고 볼 수 있다. 우리나라에서 긴 칼처럼 생겨서 '갈치'라는 이름이 붙은 생선을 중국에서는 긴 띠처럼 생겼다고 하여 带鱼dàiyú(대어)라고 부른다.

한편 중국 비행기를 타면 系好安全带jìhǎoānquándài[안전띠를 (잘) 매 주세요]라는 안내방송을 자주 듣게 되는데, 긴 끈으로 된 것을 맬 때는 系jì(계), 풀 때는 解jiě(해)라는 동사를 사용한다. 예를 들면, 系领带jì lǐngdài(계령대; 넥타이를 매다), 解开领带jiěkāi lǐngdài(넥타이를 풀다)라는 표현들이 있다.

带는 安全带ānquándài(안전대)에서처럼 명사로도 사용하지만, '(물건을) 가지고 가다', '(사람을) 데리고 가다'라는 뜻의 동사로도 많이 사용하는데, 높은 사람을 모신다는 뜻의 陪péi(모실 배)와 비슷한 뜻이다. 예를 들어, 我带他去故宫wǒ dàitā qùGùgōng[내가 그를 데리고 고궁(자금성)에 갔다] 또는 带孩子上学dài háizi shàngxué[아이를 데리고 학교에 가다]처럼 상대적으로 만만한 사람을 带同(대동)하고 간다는 뜻으로 일상에서 자주 쓰이는 표현이다.

格言géyán(격언) 또는 箴言zhēnyán(잠언) 중에 风带来的东西fēng dàiláide dōngxi[바람이 데리고 온 것들은], 最后也会被风带走zuìhòu yěhuì bèifēngdàizǒu [결국 바람이 데리고 갈 것이다]라는 말이 있는데 이 문장에서도 带의 동사적 용법을 이해할 수 있다. 참고로 잠언의 箴zhēn(깨우칠 잠)이라는 한자는 竹(대나무 죽)과 咸(모두 함)으로 이루어진 글자로 모든 사람들이 볼 수 있게 대나무에 새겨 사람들을 깨닫게 한다는 의미다.

최근 一带一路yídàiyílù(일대일로)라는 단어가 중국 언론에 자주 등장하고 있다. 이는 2015년 3월, 중국인들이 아시아의 다보스 포럼이라고 부르는 海南岛Hǎinándǎo[하이난도(해남도)]의 博鳌Bóáo[보아오(박오)] 포럼에서 시진핑 중국 국가주석이 밝힌 신실크로드[丝绸之路sīchóuzhīlù] 정책을 이르는 말이다. 즉 중국 내에서 상대적으로 발전속도가 느린 중서부 지역을 개발하고 이를 통해 중앙아시아 및 유럽을 연결하는 현대판 지상 실크로드를 지칭하는 '一带(일대)'와, 비교적 발전속도가 빠른 중국 남부 지방을 중심으로 아시아 및 아프리카 등을 연결하는 이른바 해양 실크로드 정책인 '一路(일로)'를 가리키는 말이다. 중국은 이 정책을 통해 세계 60여 나라와의 연결을 시도하는데, 그 비용은 우리나라도 참여한 AIIB(아시아인프라투자은행)의 기금 1,000억 달러(한화 약 100조원) 등을 활용할 계획이라고 하며, 소위 中國梦[중국꿈(중국몽)]의 실현을 통해 미국을 뛰어넘는 세계 G1을 향한 야심찬 포석으로 이해할 수 있다. 이에 부응하듯, 상하이 주가지수가 한때 5,000포인트를 돌파하는 등 '일대일로'에 대한 중국 전역의 반응이 뜨겁다.

중국 외교가에서 자주 사용하는 말 중에 一衣带水yíyídàishuǐ(일의대수)라는 말이 있다. 허리띠만큼 좁은 강물, 즉 왕래하기 쉬운 아주 가까운 거리를 뜻하는 말이다. 隋Suí(수)나라 文帝(문제) 杨坚Yángjiān(양견)이 당시 扬

子江Yángzǐjiāng[양쯔강(양자강)] 남쪽의 东晋(동진)을 공격하기에 앞서 넓고 긴 长江Chángjiāng[창장(장강)]을 가리켜 마치 내 옷의 띠처럼 조그만 강이 두려워서 건너지 못하는 것은 말이 안 된다고 선언하였고, 마침내 589년에 다시 중국을 통일했다는 고사에서 유래한 말이다. 지금도 중국 정치 지도자들은 주변의 가까운 나라들을 两国是一衣带水的邻国liǎngguóshì yíyídàishuǐde línguó(양국시일의대수적인국), 즉 두 나라는 아주 가까운 이웃국가라고 자주 말하곤 한다.

★ 알아두면 유용한 단어

携带xiédài(휴대): 휴대하다 | 领带lǐngdài(영대): (옷 깃에 매는 띠) 넥타이 | 皮带pídài(피대): (가죽으로 만든 끈) 혁대 | 安全带ānquándài(안전대): 안전벨트 | 绷带bēngdài(붕대): 붕대

기사로 보는 키워드

手机普及带动全球背包热. 핸드폰[手机]의 보급이 전 세계[全球]에 배낭[背包] 열풍을 가져왔다[带动].

핸드폰의 보급으로 손가방은 줄고, 대신 배낭을 메는 사람들이 늘고 있는 세계적인 추세를 알 수 있다. 여기서 带动dàidòng(대동)은 '대동하다', '가지고 오다'라는 뜻이다. 중국에서는 배낭을 背包bèibāo(배포)라고 한다.

_<环球时报>(2014. 2. 20.)

어버이를 모시고자 하나 기다려 주시지 않네
자욕양이子欲养而 친부대亲不待

keyword

待dài(기다릴 대)

待dài(기다릴 대)는 彳(두인변, 가다, 걷다)과 寺(관공서 시, 절 사)로 이루어진 글자로 옛날 백성들은 관아[寺]에 가서[彳] 원님의 결정을 기다려야 한다는 뜻의 형성문자다. 참고로, 寺는 땅[土]을 관리[寸(마디 촌, 손)]하던 고대의 관청을 뜻하는 회의문자이며, 외국의 사신 또는 인도에서 온 승려들이 머물던 관공서를 지칭하는 단어에서 나중에는 절을 뜻하는 단어가 되었다고 한다.

等待děngdài(등대)와 期待qīdài(기대)는 둘 다 '기다리다'라는 뜻이지만, 等待面试结果děngdài miànshì jiéguǒ(등대면시결과; 면접결과를 기다리다)처럼 구체적인 결과를 기다리는 等待와는 달리, 期待는 期待成功qīdàichénggōng(기대성공; 성공을 기다리다, 기대하다)에서 알 수 있듯이 추상적인 기다림을 말한다. 또 북한에 있을 듯한 招待所zhāodàisuǒ(초대소)라는 간판을 중국 도시에서 볼 수 있는데, 이는 '공공기관의 숙소'를 이르는 말이다.

나무 그루터기를 지키며 토끼를 기다린다는 뜻의 守株待兔shǒuzhūdàitù(수주대토)라는 말은 우연한 행운 또는 불로소득을 바라는 어리석음을 이르는 말이다. 송나라 때의 한 농부가 어느 날 우연히 나무 그루터기[株]에 부딪혀 죽은 토끼를 발견한 후에는 농사는 짓지 않고 하루 종일 그루터기에 앉아 토끼가 와서 부딪히기만을 기다렸다는 이야기로, ≪韩非子Hánfēizǐ(한비자)≫에 나오는 고사에서 비롯되었으며, 비슷한 의미의 성어로 刻舟求剑kèzhōuqiújiàn(각주구검)이 있다.

[268쪽, 刻(칼로 새길 각) 참조]

树欲静而风不止shùyùjìngér fēngbùzhǐ(수욕정이풍부지), 子欲养而亲不待zǐyùyǎngér qīnbúdài(자욕양이친부대)라는 말이 있는데, 이는 '나무는 조용히 있고자 하나 바람이 가만두질 않고, 자식은 모시고자 하나 부모님은 기다려주지 않는다.'라는 뜻으로, 효도를 하고 싶어도 어버이가 이미 돌아가셔서 안타까워 하는 마음을 나타낸다. 汉Hàn(한)나라 때 韩婴(한영)의 글에 나오는 말로, 줄여서 风树之叹fēngshùzhītàn(풍수지탄)이라고도 한다.

[188쪽, 刮(깎을 괄) 참조]

★ 알아두면 유용한 단어

等待děngdài(등대): 기다리다 | 期待qīdài(기대): 기대하다 | 接待jiēdài(접대): 접대하다 | 待遇dàiyù(대우): 대우하다 | 相待xiāngdài(상대): 상대하다 | 虐待儿童nüèdàiértóng(학대아동): 아동을 학대하다 | 款待客人kuǎndàikèrén(관대객인): 손님을 환대하다

Keyword

신라新罗의 국호
덕업일신德業日新 망라사방网四罗方
罗-羅luó(그물 라)

30대 왕인 文武王(문무왕)이 삼국을 통일한 新罗(신라)는 22대 智证王(지증왕) 때까지 국호가 斯盧國(사로국)이었고, 임금의 호칭도 왕이 아닌 麻立干(마립간)이었다. 503년, 지증마립간은 '德業日新(덕업일신; 덕업을 나날이 새롭게 하여), 網羅四方(망라사방; 온 사방을 망라하다)'이라고 선포하면서, 이 8글자 중 新자와 羅자를 합쳐 국호를 新罗(신라)로 변경하였고, 임금의 칭호 또한 지증왕으로 바꾸면서 본격적인 국가의 모습을 갖추기 시작하였다.

羅luó(그물 라, 비단 라, 펼칠 라)는 罒(그물망머리, 그물, 网)와 維wéi(매달 유)로 이루어진 글자로 새를 잡기 위해 높은 나무에 그물을 매달아 펼친다는 뜻의 회의문자다. 그리고 維는 糸(실 사)와 隹(새 추)로 이루어진 글자로 새를 사냥하여 줄에 매단다는 뜻으로 이해할 수 있다. 현대에 만들어진 간체자인 罗는 충분하지는 않지만 저녁[夕]에 새를 잡기 위해 펼친 그물[罒] 정도로 해석할 수 있겠다.

网罗wǎngluó(망라)는 '모든 것을 망라하다', '다 모으다'라는 뜻이지만, 원래 의미는 새를 잡는 그물인 罗(라)와 물고기 잡는 그물인 网(망)을 합쳐서 만든 말로 모든 그물을 다 동원하여 잡는다는 의미이며, 网罗人才wǎngluóréncái(망라인재)라고 하면 모든 인재를 망라해서 받아들인다는 뜻이다. 중국에서 普罗列塔利亚pǔluóliètǎlìyà(보라열탑리아)는 무산계

급인 프롤레타리아를 일컫는 말이며, 유산계급 부르주아는 布尔乔亚 bùěrqiáoyà(포이교아)라고 한다. 중세 유럽의 지명 중 브란덴부르크, 함부르크, 하이델베르크 등에 들어가는 burg는 城(성)을 뜻한다. 부르주아는 이 burg에서 유래하였으며, 성 안에 살고 있는 유산층을 가리키는 말이었다.

참고로, 罗(그물 라)에 艹(초두, 식물)를 더해 萝卜luóbo(나복)이라고 하면 채소인 무를 말하는데, 중국인들이 자주 사용하는 속담 중에 萝卜白菜 luóbobáicài(나복백채), 各有所爱gèyǒusuǒài(각유소애)라는 말이 있다. 이 말은 무와 배추[白菜], 사람마다 좋아하는 바가 다르다, 즉 사람마다 기호와 개성이 다르다는 사실을 인정하고 존중해야 한다는 뜻으로 중국에서 자주 듣는 말이다. 여기서 배추라는 우리말은 한자 白菜(백채)에서 유래되었을 가능성이 높다. 마치 상추라는 채소가 生菜(생채)라는 한자와 관련이 있는 것처럼.

★ 알아두면 유용한 단어

罗列luóliè(나열): 나열하다 | 天罗地网tiānluódìwǎng(천라지망): 하늘과 땅에 그물을 치다, 물 샐 틈 없이 포위하다 | 网罗wǎngluó(망라): 망라하다 | 罗马Luómǎ(라마): 로마(Rome) | 罗马教皇Luómǎjiàohuáng: 로마교황 | 希腊罗马神话xīlàluómǎ shénhuà(희랍라마신화): 그리스 로마 신화 | 新罗Xīnluó(신라): 신라 | 爱新觉罗 àixīnjuéluó(애신각라): 청나라 황제의 姓

은하수를 손으로 잡을 수 있는 산
한라산汉拏山

Keyword 拿-拏ná(잡을 라)

拏ná(잡을 라)는 '손[手(손 수)]으로 도망간 노비[奴(종 노)]를 잡는다'라고 해석할 수 있는 형성문자이며, 간체자인 拿는 두 손[手]을 합쳐서[合(합할 합)] 잡는다는 뜻으로 이해할 수 있다.

중국어 拿手náshǒu(나수)는 명사로 '자신감', 형용사로 '자신감이 있다'는 뜻이다. 拿手戏náshǒuxì(나수희)라고 하면 제일 잘하는 '장기' 또는 일본식 표현인 '18번'이라는 뜻이고, 拿手菜náshǒucài(나수채)는 제일 자신 있게 만들 수 있는 음식을 뜻하는 말이다.

열 개를 손에 쥐면 아홉은 틀림없다는 뜻의 十拿九准shínájiǔzhǔn(십나구준)은 우리말 十中八九(십중팔구)와 비슷한 의미이고, 拿东拿西nádōngnáxī(나동라서)라는 말은 '여기저기서 급하게 끌어 모으다'라는 뜻으로 쓰인다. 또한 桑拿sāngná(상라)는 뽕나무를 잡는다는 뜻이 아니라 사우나(sauna)를 译音yìyīn(역음; 음역)한 말인데, '사우나를 하다'라는 표현은 洗桑拿xǐsāngná(세상라)라고 하며, 桑拿天sāngnátiān(상라천)이라는 표현은 몹시 더운 날씨를 표현하는 말로 푹푹 찌는 사우나 같은 날씨라는 뜻이다.

현재 중국에서는 繁体字fántǐzì(번체자) 拏ná(잡을 라)는 거의 사용하지 않고 拿ná(잡을 라) 하나만 사용하는데, 그러다 보니 제주도의 汉拏山(한라산)을 중국에서는 汉拿山Hànnáshān으로 표기한다. 참고로 한라산은 汉-漢(한나라 한, 은하수 한)을 써서 '은하수를 손으로 잡을 수 있는 산'이라는 뜻이다. 북쪽에서 남쪽으로 흘러 长江Chángjiāng[창장(장강)]과 합쳐지는 큰 강인 汉水Hànshuǐ[한수이(한수)]강이 '마치 밤하늘에 남북으로 흐르는 은하수와 같다'는 뜻에서 汉을 붙여 한수이강이 되었다고 한다. 한수이강의 북쪽 고을은 汉阳(한양), 즉 지금의 湖北省Húběishěng[허베이성(호북성)] 武汉市Wǔhànshì[우한시(무한시)]이며, 한수이강의 중간 지점인 汉中(한중)은 华北Huáběi[화베이(화북)]와 华南Huánán[화난(화남)]을 잇는 전략적 요충지로, 중국 역사상 수많은 제후들이 먼저 차지하기 위해 다투었던 兵家必争之地bīngjiābìzhēngzhīdì(병가필쟁지지)였다. 刘邦Liúbāng(유방)도 이 한중 땅을 점령하여 汉中王(한중왕)이 되고, 후에 汉Hàn(한)나라의 황제에 등극하였으며, 刘备Liúbèi(유비)도 한중왕에 올라 최고의 전성기를 누린 후 蜀汉Shǔhàn(촉한)의 황제에 올랐다.

참고로 지명에 阳(볕 양)자가 들어 있는 도시는 남쪽에 강을 두고 북쪽에 산을 둔, 背山临水bèishānlínshuǐ(배산임수)의 고을을 일컫는 말이다. 예를 들어 洛阳Luòyáng[뤄양(낙양)]이라는 도시는 洛水Luòshuǐ[뤄수이(낙수)]의 북쪽에 있는 고대 중국의 수도 중 하나였으며, 济阳Jǐyáng[지양(제양)]은 济水Jǐshuǐ[지수이(제수)]강 북쪽에 있는 도시다. 咸阳Xiányáng[셴양(함양)], 沈阳Shěnyáng[선양(침양)] 등의 유래도 이와 같다. 서울의 옛 이름 漢陽(한양)도 漢江(한강)의 북쪽에 있는 큰 고을이라는 뜻이다.

★ 알아두면 유용한 단어

拿手náshǒu(나수): 자신감 (있다) | 拿手菜náshǒucài(나수채): 제일 잘 만드는 요리 | 拿捕nábǔ(나포): 나포하다, 체포하다 | 拿出来náchūlái(나출래): 끄집어내다

프랑스어 로망roman이 낭만浪漫이 되기까지

keyword

浪làng(큰 물결 랑)

浪làng(큰 물결 랑)은 氵(삼수변)과 良liáng(좋을 량)으로 이루어진 글자로 배를 앞으로 나아가게 해주는 순풍이 만드는 좋은 물결을 뜻하는 형성문자다. 참고로 良은 곡식을 고르는 기구의 모양을 본뜬 상형문자로 좋은 곡식을 고르는 도구를 뜻한다.

浪漫làngmàn(낭만)은 한자 그대로 해석하면 '물결이 가득하다'라는 뜻이지만 실제로 쓰이는 의미는 '낭만적이다', '로맨틱하다'라는 뜻이다. 이 단어의 유래는 프랑스어 로망(roman)을 일본에서 그 발음대로 ろうまん(로만)으로 표기한 것을 한자로 浪漫이라 옮긴 것이 중국과 한국에서 그대로 사용되면서 浪漫이라는 표기와 발음이 지금까지 사용되고 있는 것이다.

浪子回头làngzǐhuítóu(낭자회두)라는 말은 물결처럼 떠돌던 집 나간 자식인 浪子làngzǐ(낭자) 또는 荡子dàngzǐ(탕자)가 집으로 돌아온다는 의미로 '마음을 잡다', '새 출발하다'라는 뜻으로 사용된다. 또 风口浪尖fēngkǒulàngjiān(풍구랑첨)이라는 표현은 '바람의 입과 물결의 꼭지점'이라는 의미로 바다에서 항해 중 바람과 물결이 가장 센 지점을 뜻하는 말이었지만, 지금은 '뜨거운 감자', 또는 '관심을 끄는 첨예한 사안' 등을 의미하는 말로 사용된다.

필자가 중국에 근무할 당시 天津Tiānjīn[톈진(천진)]의 한 저녁 회식자리에서 长江后浪推前浪Chángjiāng hòulàng tuī qiánlàng(장강후랑퇴전랑; 양쯔강의 뒤의 물결이 앞의 물결을 밀어낸다)이라는 말을 인용하여 세대교체에 대한 이야기를 나누던 중에, 나이 드신 중국인 한 분이 "我已经成为了沙滩wǒ yǐjīng chéngwéile shātān[나는 이미 (물결에 밀려) 모래사장이 되었다]"라고 농담을 던져 좌중이 한바탕 웃음바다가 된 적이 있다.

长风破浪chángfēngpòlàng(장풍파랑)이라는 말은 큰 바람에 물결을 가르다, 즉 큰 바람과 파도를 타고 배가 앞으로 나아간다는 뜻으로, 삶의 역경을 극복한다는 의미로도 쓰인다. 이백의 시 <行路难(행로난)>의 한 구절로, 2014년 시진핑 국가주석이 서울을 방문했을 때 연설문에서 "한중 양국이 큰 바람을 타고 파도를 헤치며 같이 나아가자"는 뜻으로 인용하기도 했다.

长风破浪会有时 chángfēngpòlàng huìyǒushí (장풍파랑회유시)
直挂云帆济沧海 zhíguàyúnfān jìcānghǎi (직괘운범제창해)

큰 바람에 파도를 가르는 날이 꼭 올 것이니
(그날이 오면) 곧바로 구름 같은 돛을 달고 푸른 바다(창해)를 건너리라.

★ 알아두면 유용한 단어

浪漫小说làngmànxiǎoshuō(낭만소설): 로맨틱 소설 | 浪费làngfèi(낭비): 낭비하다 | 流浪liúlàng(유랑): (흐르는 물결) 유랑하다, 떠돌다 | 浪人làngrén(낭인): 부랑자 | 浪子làngzǐ(낭자) = 浪荡子làngdàngzǐ(낭탕자): (집 나가 물결처럼 떠도는 자) 탕자 | 波浪bōlàng(파랑): 물결, 파도

기사로 보는 키워드

高知女性转为家庭主妇, 韩媒感叹'太浪费'. 고학력 여성들이 가정주부가 되어 가는 것을 한국 언론[韩媒]에서는 '큰 낭비'라고 한탄[感叹]한다.

이 기사에 쓰인 太浪费tàilàngfèi(태낭비)는 큰 낭비라는 뜻이다.

_<环球时报>(2014. 1. 10.)

조선 최고의 애연가 정조대왕의 담배
남령초南灵草

keyword
灵-靈líng(신령 령)

灵-靈líng(신령 령, 민첩할 령)은 세 명[3口]의 무당[巫(무당 무)]이 하늘에 비[雨(비 우)]를 빌고 있는 신령한 모습을 나타낸 글자로 회의문자, 또는 霝(비 내릴 령)을 활용한 형성문자로 생각할 수 있다. 그리고 巫는 춤추는 무당의 옷소매를 형상화한 상형문자다.

한자 '灵'은 우리말로 용하다는 뜻으로 많이 사용되는데, 灵药língyào(영약)은 용하고 효험이 좋은 약을 뜻하고, 失灵shīlíng(실령)은 영발이 다하다, 즉 효력이 없다는 뜻이다. 그리고 犀xī(코뿔소 서, 무소 서)를 사용한 灵犀língxī(영서)라는 말은 코뿔소의 뿔 중간에 구멍이 나 있어 잘 통한다는 의미로 '서로 잘 통하는 마음'이라는 뜻의 书面语shūmiànyǔ(서면어; 문어체)이다.

중국에서 烟草yāncǎo(연초)라고 불리는 담배를 조선시대에는 '남쪽 왜국에서 건너온 신령스러운 풀'이라는 의미로 南灵草(남령초) 또는 南草(남초)라고 불렀다. 조선의 최고 애연가 중 한 사람이었던 계몽군주 정조대왕은 과거시험의 시제로 '남령초의 유익한 점에 대해 논술하라'고 출제할 정도였다고 한다. 참고로 정조의 호는 弘齋(홍재)이며 서울의 홍재동은 정조의 호에서 유래한 이름이다.

한편 중국에서 '담배를 피우다'라는 표현은 문어체에서는 吸(빨아들일 흡)을 사용하여 우리말과 같이 '吸烟xīyān(흡연)'이라고 하지만, 구어체에서는 抽(뺄 추)를 사용하여 '抽烟chōuyān(추연)'이라는 말을 사용한다.

★ 알아두면 유용한 단어

灵活línghuó(영활): 날쌔다, 융통성이 있다 | 灵敏língmǐn(영민): 영민하다 | 灵魂línghún(영혼): 영혼 | 灵芝língzhī(영지): 영지버섯 | 灵感línggǎn(영감): 영감 | 灵药língyào(영약): 효험이 좋은 약 | 心灵鸡汤xīnlíngjītāng(심령계탕): 명언, 교훈

기사로 보는 키워드

哈佛, 剑桥等名校校训一定带有'心灵鸡汤'的味道. 하버드[哈佛], 케임브리지[剑桥] 등 명문대학의 교훈에는 반드시[一定] 지혜로운 의미가 담겨 있다.

생활에 도움이 되는 명언을 心灵鸡汤xīnlíngjītāng(심령계탕)이라고 한다.

_<环球时报>(2014. 1. 10.)

오이밭에서는 신발을 고쳐 신지 말라
과전불납리瓜田不纳履

keyword

履lǚ(신발 리)

履lǚ(신발 리, 걸을 리)는 尸(주검 시, 몸)와 復(다시 복, 다시 부)으로 이루어진 글자로 '몸이 다시 움직인다', '걷는다', 또는 다시 걷게 하는 신발 등을 뜻하는 회의문자다. 우리나라에서도 옛날에 짚신을 한자로 草履(초리)라고 불렀다.

중국에서도 우리처럼 履历lǚlì(이력), 履历书lǚlìshū(이력서)라는 말을 쓰지만, 자신의 간단한 역사라는 의미의 简历jiǎnlì(간력)이라는 단어를 더 많이 사용한다.

如履薄冰rúlǚbóbīng(여리박빙)은 얇은 얼음, 즉 살얼음을 밟듯이 조심한다는 말이며, 따뜻해지는 봄날에 살얼음을 밟듯 항상 조심한다는 뜻의 如履春冰rúlǚchūnbīng(여리춘빙)과 같은 말이다. 茶山(다산) 정약용의 堂号(당호)는 與猶堂(여유당)인데, 與(여)는 겨울철 언 냇물을 건너는 모습 또는 코끼리를, 猶(유)는 조심스럽게 두리번거리는 원숭이를 뜻한다. 자신의 후원자였던 정조의 사망, 남인과 노론의 정권 교체, 기독교의 박해 등 당시의 정치적·사회적 격변 속에서 살아남기 위해 여리박빙하던 다산의 생활철학을 그의 당호에서 엿볼 수 있다. 참고로 與猶(여유)라는 말은 老子Lǎozǐ(노자)의 ≪道德经Dàodéjīng(도덕경)≫에 나오는 말이다.

瓜田不纳履guātián búnàlǚ(과전불납리), 李下不整冠lǐxià bùzhěngguàn(이하부정관)은 오이 밭에서 신발을 고쳐 신지 말고, 오얏나무, 즉 자두나무 아래에선 갓을 고쳐 쓰지 말라는 뜻이다. 예로부터 군자는 미리 조심하여 의심 받을 일을 하지 말라는 의미로, 전국시대 齐Qí(제)나라의 威王(위왕)과 후궁 虞姬(우희)의 고사에서 유래한 말로 瓜田李下guātiánlǐxià(과전이하)라고 줄여서 표현하기도 한다.

★ 알아두면 유용한 단어

履行lǚxíng(이행): 걷고 행하다, 이행하다 | 履行合同lǚxínghétong(이행합동): 계약을 이행하다 | 履历lǚlì(이력): 걸어 온 자취, 이력 = 简历jiǎnlì(간력): 간단한 역사, 이력 | 履历书lǚlìshū(이력서): 이력서 | 如履虎尾rúlǚhǔwěi(여리호미): (범의 꼬리를 밟은 것 같이) 매우 위태롭다

keyword

보리와 콩도 구별 못하는 숙맥菽麦 같은 사람

숙맥불변菽麦不辨

麦-麥mài(보리 맥)

麦-麥mài(보리 맥)은 來(올 래)와 夂(천천히 올 치)로 이루어져, 봄철 보리밟기를 할 때 많은 사람들이 천천히[夂] 오면서[来] 밟는다는 의미로 보리밟기를 하는 정경을 나타낸 회의문자다. 간체자인 麦은 많은[丰(많을 풍)] 사람이 천천히[夂] 밟고 온다는 정도로 이해할 수 있다. 또한 來-来lái(올 래)는 곡식이 귀하던 옛날, 하늘에서 내려온 귀한 곡식인 보리의 모양을 형상화한 상형문자인데, 나중에 '오다'라는 뜻으로 변형되어 사용되었다고 한다.

踏青tàqīng(답청)은 음력 3월 3일 삼짓날 전후로 봄에 새로 돋은 풀들을 밟으며 산보하는 풍습인데, 보리밟기와 비슷한 의미로 쓰이기도 한다. 보리를 수확하기 전인 春穷期chūnqióngqī(춘궁기)를 우리말로는 보릿고개라 부르고, 중국에서는 麦口期màikǒuqī(맥구기)라고 하는데, 둘 다 비슷한 의미다. 그리고 麦饭石màifànshí(맥반석)이라는 돌은 그 무늬가 보리밥을 뭉쳐 놓은 것과 비슷해서 붙여진 이름이다.

알맹이가 밀보다 커서 大麦dàmài(대맥)이라 불리는 보리와 작은 보리라고 불리는 小麦xiǎomài(소맥), 즉 밀은 밭에서 보면 생김새가 비슷해서 구분하기가 쉽지 않다. 그러나 콩[菽shū(숙)]은 생김새가 보리와 확연히 달라서 쉽게 구별할 수 있다. '菽麦(숙맥) 같다'라는 우리말이 있는데, 이는 菽麦不辨shūmàibúbiàn(숙맥불변)을 줄인 말로, 쉬운 콩과 보리의 구별조차 못한다는 뜻이다. 즉 세상 물정을 잘 모르는 어리석은 사람을 뜻하며, 중국에서도 동일한 표현으로 사용한다.

麦秀之叹màixiùzhītàn(맥수지탄)이라는 말은 周Zhōu(주)나라에 의해 고국 은나라(또는 商나라)가 멸망하자, 뒷날 그 폐허[殷墟(은허; 은나라의 터)]에 넘실대며 잘 자라는 보리의 황금물결[麦浪màilàng(맥랑)]을 보면서 箕子Jīzǐ(기자)가 亡国(망국)의 안타까움과 서러움을 노래했던 고사에서 유래한 말로, 망국의 비애를 뜻하는 말이다

참고로 面-麵miàn(밀가루 면, 국수 면)은 麥mài(보리 맥)과 面(얼굴 면)으로 이루어진 글자로 小麦(소맥; 밀)으로 만든 국수라는 뜻이다. 麥의 어원만 이해하면 쓰기가 어렵지 않은 글자다. 그런데 간체자는 面(얼굴 면)으로 面(국수 면)까지 같이 표현하고 있어서 좀 난감하다는 생각도 든다. 편리한 면이라는 의미의 方便面fāngbiànmiàn(방편면)은 라면, 또는 컵라면을 일컫는 말이다. 요즘 젊은이들은 音译yīnyì(음역)한 拉面lāmiàn(랍면)이라는 단어도 많이 사용한다.

★ 알아두면 유용한 단어

大麦dàmài(대맥): 보리 | 大麦茶dàmàichá(대맥차): 보리차 | 小麦xiǎomài(소맥): 밀 | 小麦粉xiǎomàifěn(소맥분): 밀가루 | 麦芽màiyá(맥아): (맥주 원료) 맥아, 보리싹 | 麦当劳Màidāngláo(맥당로): 맥도날드 | 麦克风màikèfēng(맥극풍): 마이크(microphone)

전쟁을 멈추게 하는 글자, 무武

Keyword

武wǔ(호반 무)

武wǔ[굳셀 무, 호반(虎班) 무]는 止(그칠 지)와 戈(창 과)로 이루어진 글자로 전쟁을 그치게 하는 것, 즉 전쟁을 억제하는 굳센 힘을 뜻하는 회의문자다. 참고로 戈gē(창 과)는 날이 갈고리 모양으로 생긴 창의 모양을 형상화한 상형문자다.

고대 중국의 대표 무기였던 창은 모양과 용도에 따라 이름을 달리 불렀는데, 그 종류를 살펴보자.

- 戈gē(창 과): 날이 갈고리 모양인 창을 말한다. 옛날 변방을 지키던 戍(수)자리 또는 戍楼shùlóu(수루) 등에 쓰이는 戍shù(지킬 수)는 사람[人]이 창[戈]을 들고 지킨다는 뜻이며, 戒jiè(경계할 계)는 스무 명[廾(스물 입)], 즉 많은 사람들이 창[戈]을 들고 경계를 하고 있다는 뜻의 회의문자다.
- 矛máo(창 모): 창끝이 뾰족하고 삼각형 모양인 창을 말한다. 창과 방패를 뜻하는 矛盾máodùn(모순)이나, ≪삼국연의≫에서 张飞Zhāngfēi(장비)가 사용하던 창인 丈八蛇矛zhàngbāshémáo[장팔사모; 8척(약 2.4m) 길이로 뱀의 머리같이 뾰족한 창] 등에 쓰인 글자다.
- 戟jǐ(창 극): 창끝이 두세 갈래로 갈라진 창을 말한다. 삼국시대 马中赤兔mǎzhōngchìtù(마중적토), 人中吕布rénzhōngLǚbù(인중여포)라고 불린 吕布Lǚbù(여포)가 분신처럼 사용한 창, 方天画戟(방천화극) 등에 쓰인 글자다.

항저우에 있는 악비의 사당 악왕묘와 악비상

홍콩 작가 金庸[진융(김용)]의 대표적인 武侠小说wǔxiáxiǎoshuō(무협소설)인 ≪倚天屠龙记Yǐtiāntúlóngjì(의천도룡기)≫는 하늘의 기를 의지하는 명검 倚天剑(의천검)과 용도 죽일 수 있는 屠龙刀(도룡도)에 얽힌 江湖jiānghú(강호)의 이야기를 재미있게 풀어내 한국에서도 꽤 유명한 작품이다.

중국이나 우리나라의 민간 신앙에서는 장수를 神(신)으로 모시는 경우가 많다. 중국에서 武庙wǔmiào(무묘)라고 하면 三國時代(삼국시대) 蜀漢(촉한)의 명장으로 五虎(오호)대장의 우두머리였던 关羽Guānyǔ(관우)를 모신 關帝廟(관제묘)와 南宋(남송)의 이순신 같은 충신인 岳飞Yuèfēi(악비)를 모신 杭州Hángzhōu[항저우] 岳王庙(악왕묘) 등이 유명하다. 두 사람 모두 나름대로 억울하게 죽은 장수들인데, 우리나라에서도 억울하게 죽은 고려의 최영 장군이나 조선 초기의 남이 장군 등, 민간에서는 한이 많은 장수들이 영험하다고 믿고 신으로 모시는 경우가 많다. 관제묘, 악왕묘라는 표현에서 중국사람들은 삼국시대의 관우를 죽어서는 황제로 대접하고 있으며,

송나라의 악비는 죽은 뒤에 왕으로 추대하고 있는 것을 알 수 있다

참고로, 우리는 '보무도 당당히'라는 표현을 많이 쓰는데, 여기서 步武(보무)는 위엄 있고 활기차게 걷는 걸음걸이를 뜻하는 말이다. 고대 중국에서는 步(보)는 한 걸음 또는 5尺(약 1.5m)을 말하고, 武(무)는 반 보, 즉 1/2尺(약 0.8m)을 뜻하는 단위였으며, 步武bùwǔ(보무)는 큰 걸음과 작은 걸음을 합친 걸음걸이, 또는 아주 짧은 거리를 뜻하는 단위이기도 했다. 따라서 步武堂堂(보무당당)이라는 말은 걸음걸이가 씩씩하고 당당하다는 뜻이다.

또한 중국에서도 '오십보백보'라는 우리 표현과 비슷한 뜻의 五十步笑百步wǔshíbùxiào bǎibù(오십보소백보)라는 말이 있다. 전투에서 오십 걸음 도망간 병사가 백 걸음 도망간 병사를 비웃는다는 의미인데, 둘 다 잘못한 바가 큰 차이가 없다는 뜻이며, '똥 묻은 개가 겨 묻은 개 나무란다'와 비슷한 의미다. 줄여서 五十步百步wǔshíbù bǎibù(오십보백보)라고도 한다.

★ 알아두면 유용한 단어

武术wǔshù(무술): 중국의 무술 우슈 | 武打片wǔdǎpiàn(무타편): 액션영화, 무술영화 | 武侠片wǔxiápiàn(무협편): 무협영화 | 武侠小说wǔxiáxiǎoshuō(무협소설): 무협소설 | 武器wǔqì(무기): 무기 | 武士wǔshì(무사): 무사 | 武士债券wǔshìzhàiquàn(무사채권): 사무라이본드 | 武装冲突wǔzhuāngchōngtū(무장충돌): 무장충돌 | 文武双全wénwǔshuāngquán(문무쌍전): 문무겸비(文武兼备wénwǔjiānbèi) | 武林秘笈wǔínmìjí(무림비급): 무협소설 무림비급

과거급제자에게 임금이 하사하던 종이꽃
어사화御赐花

keyword

赐-賜cì(줄 사)

赐-賜cì(줄 사)는 貝(조개 패)와 易yì(쉬울 이, 바뀔 역)로 이루어져 하늘(日, 月→易)이 귀한[貝] 것을 내려 준다는 뜻의 형성문자이며, '윗사람이 아랫사람에게 내려 주다', '下赐(하사)하다'라는 의미로 쓰인다. 참고로 易는 日(해 일)과 月(달 월)이 합쳐진 글자로 밤과 낮이 바뀌는 자연현상, 자연의 순조로움을 뜻하는 회의문자다.

御赐花yùcìhuā(어사화)는 과거에 状元及第zhuàngyuánjídì(장원급제)한 신하에게 임금이 내리는 종이로 만든 꽃을 말한다. 及第jídì(급제)라는 말은 순서에 도달했다, 즉 1~3의 순위에 들었다는 뜻이다. 1등 급제자를 状元zhuàngyuán(장원), 2등은 榜眼bǎngyǎn(방안), 3등은 探花tànhuā(탐화)라고 했으며, 探花郎tànhuāláng(탐화랑)이라고 하면 3등 급제자를 부르던 호칭이다.

조선시대 과거 중 小科(소과)는 成均馆(성균관)에 입학할 수 있는 生员(생원), 進士(진사)의 자격시험이며, 大科(대과)를 통과해야 공식적인 관직에 나갈 수 있었다. 우리가 사극이나 영화에서 보게 되는 과거의 종류는 매우 다양한데, 그중 몇 가지를 살펴보자.

- 式年试(식년시): 3년 간격의 정기적인 과거시험
- 谒圣试(알성시): 성인을 알현한다는 알성은 왕이 성균관에 있는 圣人(성인) 공자의 위패를 알현한 후 실시한 과거시험

• 增广试(증광시): 왕의 즉위나 세자 책봉 등 국가 경축행사를 기념하여 치르는 과거시험
• 黄柑试(황감시): 당시에 무척 귀했던 제주의 감귤(柑橘)을 성균관 학생들에게 하사하고 실시하는 시험

왕이 원로대신에게 등받이인 安席(안석)과 지팡이를 선물하는 것을 赐几杖(사궤장)이라 했으며, 공립학교 격인 乡校(향교)와 대비되는 일종의 사립학교인 书院(서원) 중에 왕이 이름을 지어 내린 서원을 赐額书院(사액서원)이라고 불렀다. 그리고 도봉산 근처에 있는 赐牌山(사패산)은 선조가 정휘옹주에게 하사한 산이라고 하여 붙은 이름이다. 赐暇(사가)는 '휴가를 주다'라는 뜻인데 세종대왕은 读书赐暇制(독서사가제)라고 하는 책 읽는 휴가제도를 만들어 신하들에게 휴식을 통해 문화창달을 유도한 대단한 군주였다.

★ 알아두면 유용한 단어

赐予cìyǔ(사여): ~에게 내려주다(하사하다) = 赐与cìyǔ(사여) | 赐死cìsǐ(사사): 사사하다, (사약 등으로) 죽음을 내리다 | 赐教cìjiào(사교): 가르침을 주다 | 赐假cìjià(사가): 휴가를 주다

keyword

옥수수는 촉蜀지방의 구슬玉 같은 수수

옥촉서玉蜀黍

黍shǔ(수수 서)

黍shǔ(기장 서, 수수 서)는 禾(벼 화, 곡식)와 雨(비 우, 氽)로 이루어진 글자로 비만 내려도 잘 자라는 곡식 또는 물[水]을 여덟[八] 번만 주어도 잘 자라는 곡식[禾]인 기장, 수수 등을 뜻하는 회의문자다.

≪诗经Shījīng(시경)≫에 나오는 黍离之叹shǔlízhītàn(서리지탄)이라는 말은 공자가 늘 이상적인 국가로 생각하던 周Zhōu(주)나라가 망하고, 그 왕궁 터에 기장이나 피 같은 식물들이 무성하게 자란 모습을 보고 兴亡盛衰xīngwángshèngshuāi(흥망성쇠)의 덧없음과 인생의 무상함을 탄식한 말이다. 이는 주나라에 의해 멸망한 殷Yīn(은)나라 궁궐의 터가 보리밭으로 변해 麦浪màilàng(맥랑)이 일렁이는 모습에 망국의 서러움을 한탄했던 箕子Jīzǐ(기자)의 麦秀之叹màixiùzhītàn(맥수지탄)과 같은 뜻으로 사용되는 성어다.

고대 중국에서는 기장 알맹이 100개의 길이를 一尺(1척, 약 33cm)이라 했고, 1,000개의 길이를 一丈(1장, 약 3.3m)이라고 불렀다. 또 1,200개의 기장 알맹이 부피를 一合(1홉, 약 100cc), 12,000개 정도의 부피는 一升(1승; 한 되, 약 1리터)이라고 한 점으로 미루어 고대 사람들에게 기장은 매우 소중한 곡식이었음을 알 수 있다.

玉蜀黍yùshǔshǔ(옥촉서)는 촉(蜀), 즉 四川Sìchuān[쓰촨(사천)] 지방에서 생산되는 기장으로 지금의 옥수수를 말한다. 지금은 玉蜀黍yùshǔshǔ라는 말보다 구슬 같은 동그란 쌀이라는 뜻으로 玉米yùmǐ(옥미)라고 많이 부르는데, 玉蜀黍의 중국 발음 '위슈슈'와 우리말 한자 발음 '옥촉서'를 합쳐보면, '옥수수'라는 발음이 쉽게 나온다. 이는 마치 말이 많다는 뜻의 중국어 说多shuōduō(설다)의 앞쪽 중국어 발음과 뒤쪽의 우리 발음이 합쳐져서 '수다'라는 우리말이 된 것이나, '헬기'라는 말이 영어의 helicopter와 우리말 비행기가 합쳐져서 생긴 것처럼, 우리말 옥수수가 중국의 玉蜀黍에서 유래했을 가능성이 높은 것으로 여겨진다.

수수, 기장은 高粱gāoliang(고량)이라고도 하며, 수수로 만든 중국 전통술은 高粱酒gāoliangjiǔ(고량주)라고 한다. <红高粱Hónggāoliang(홍고량; 붉은 수수밭)>은 2012년 노벨문학상(诺贝尔文学奖nuòbèierwénxuéjiǎng)을 수상한 莫言Mòyán[모옌(막언)]의 ≪红高粱家族(홍고량가족)≫을 张艺谟Zhāngyìmó[장이머우(장예모)] 감독이 1988년 영화화하여 더욱 유명해진 작품이다.

참고로 黎lí(검을 려, 백성 려)는 黍shǔ(기장 서)와 勿(없을 물, 말 물)로 이루어진 글자이며, 식량으로 기장, 수수조차도 없는 깜깜하고 절망적인 상황과 또 그렇게 살아가는 백성들을 나타내는 회의문자라고 이해하면 쉽게 기억할 수 있다. 黎明límíng(여명)은 어두움[黎]에서 점점 밝아진다[明]는 의미로 새벽을 뜻하며, 凌晨língchén(능신)과 같은 뜻으로 많이 쓰인다. 또 일반 서민, 백성이라는 뜻으로 黎民百姓límíngbǎixìng(여민백성)이라는 단어도 많이 사용된다.

★ 알아두면 유용한 단어

黍子shǔzi(서자): 기장, 기장쌀 = 黄米huángmǐ(황미) | 玉蜀黍yùshǔshǔ(옥촉서): 옥수수 = 玉米yùmǐ(옥미) | 黍离之叹shǔlízhītàn(서리지탄): 인생무상

날이 추워진 후에야 소나무의 푸르름을 안다

세한지송백岁寒知松柏

keyword

岁-歲suì(해 세)

歲suì(해 세)는 步(걸음 보)와 戌(11번째 지지 술, 개 술)로 이루어진 글자로 12地支[시간, 세월, 년] 중 11번째 지지인 戌[시간]이 걸어간다, 즉 세월이 간다는 뜻의 형성문자 또는 회의문자다. 간체자인 岁는 산[山] 아래로 해가 저물어 저녁[夕]이 되는 정경을 표현한 것으로 한 해가 저물어 가는 모습으로 생각할 수 있다.

중국 속담에 三岁看大sānsuìkàndà(삼세간대), 七岁看老qīsuìkànlǎo(칠세간로)라는 말이 있다. 세 살 때 보면 그 아이의 어른 모습을 볼 수 있고, 일곱 살 때 (언행을) 보면 노인이 되었을 때의 모습을 알 수 있다는 말이다. 우리 속담 "세살 버릇 여든까지 간다."와 비슷한 말이다. 또 岁月不饶人suìyuè bùráorén(세월불요인)이라는 말도 많이 쓰는데, 세월은 사람을 용서하지 않는다, 사람에게 풍요롭지 않다는 의미로 세월은 사람을 기다려 주지 않는다는 뜻이며 岁月不待人suìyuè búdàirén(세월부대인)과 같은 말이다.

한편, 岁寒suìhán(세한)이라는 말은 설 전후의 추위를 뜻하는 말로, 岁寒知松柏suìhán zhīsōngbǎi(세한지송백)이라는 멋진 말은 중국의 사회 지도층에서 새해 挥毫(휘호)로 자주 인용하는 글이다. ≪论语Lúnyǔ(논어)≫에 나오는 이 문장은 '날씨가 추워진 후에야 소나무와 잣나무의 푸르름을 알 수 있다.'라는 뜻으로, 나라가 어지러울 때 진정한 충신을 알 수 있고, 형편이 어려울 때 진정한 친구를 알 수 있다는 의미다.

추사 김정희의 세한도

우리나라의 국보인 <岁寒图(세한도)>는 秋史(추사) 金正喜(김정희)가 제주도 유배 중에 ≪논어≫에 나오는 "歲寒然後, 知松柏之後凋也(세한연후, 지송백지후조야; 날씨가 추워진 후에야 비로소 소나무와 잣나무의 늦게 시듦을 알 수 있다)"라는 명문장을 넣어 그린 문인화이다. 이 작품은 译官(역관)인 李尚迪(이상적)이 청나라에서 귀한 책을 구해 유배 중인 김정희를 만나러 배를 타고 제주도까지 온 것에 감동하여, 한 겨울의 소나무와 잣나무 같은 진정한 벗이자 제자인 이상적에게 답례로 그려준 선물이었다. 그림과 글씨도 명품이지만, 안동 김씨와 함께 당대 최고의 명문 귀족이었던 영조의 사위 집안인 月城 金氏(월성 김씨, 경주 김씨) 집안에서 남부러울 게 없었던 추사의 눈물겨운 말년 이야기가 담겨 있어 그 가치가 더욱 높은 작품이다.

★ 알아두면 유용한 단어

岁月suìyuè(세월): 세월 | 岁时风俗suìshífēngsú(세시풍속): 새해 풍속 | 压岁钱yāsuìqián(압세전): 세뱃돈 | 岁月如流suìyuèrúliú(세월여류): 시간이 흐르는 물같이 빨리 간다

선비는 모름지기 다섯 수레의 책을 읽어야 한다

남아수독오거서男儿须读五车书

keyword

须-須xū(반드시 수)

须-須xū[모름지기 수, 수염 수(鬚)]는 彡(검은 털 삼)과 頁(머리 혈)로 이루어진 글자다. 얼굴[頁]에 검게 난 털[彡], 수염을 뜻하며, 아울러 수염을 중요시했던 옛날, 남자는 어른이 되면 모름지기 수염[须]이 나야 한다는 뜻이 있는 회의문자다.

男儿须读五车书nánérxūdú wǔchēshū(남아수독오거서)는 ≪庄子Zhuāngzǐ(장자)≫에 나오는 말로 선비(남자)는 모름지기 다섯 수레분의 책을 읽어야 한다는 뜻이다. 춘추전국시대에 대나무로 만든 책 다섯 수레분이라면 지금의 책과 비교해서 그렇게 많은 양은 아니지만, 당시의 정보량을 감안한다면 역시 적지 않은 양의 책이었을 것이다.

당송팔대가의 한 사람인 송나라 王安石Wánganshí(왕안석)의 시 <咏石榴诗Yǒngshíliushī(영석류시)>에 须의 쓰임새가 잘 표현되어 있다.

万绿丛中紅一点 wànlǜcóngzhōng hóngyìdiǎn (만록총중홍일점)
动人春色不须多 dòngrénchūnsè bùxūduō (동인춘색불수다)

온통 푸른 이파리 속에 핀 붉은 꽃 한 송이
사람 마음을 들뜨게 하는 봄의 색깔은 많을 필요가 없네(붉은 석류 하나면 족하다네).

不须bùxū(불수)는 '~할 필요가 없다'라는 표현이고, 不须多bùxūduō(불수다)는 '반드시 많을 필요가 없다'라는 말이다. 또 不须多言bùxūduōyán(불수다언)은 여러 말이 필요 없다는 뜻으로 자주 사용하는 표현이다. 여럿 중 특이한 것, 또는 남자들 가운데 유일한 여성 등을 뜻하는 紅一點hóngyìdiǎn(홍일점)이라는 단어는 이 시에서 유래한 말이다. 왕안석은 비단 위에 꽃을 수놓아 더 아름답다는 뜻의 锦上添花jǐnshàngtiānhuā(금상첨화)라는 말을 即事(즉사; 일종의 즉흥시)에서 처음 사용한 시인이기도 하다.

참고로 石榴shíliu(석류)는 한나라 때 安石国(안석국)으로 불리던 페르시아에서 수입된 과일로 처음에는 安石榴ānshíliu(안석류), 즉 페르시아[安石]의 과일[榴]이라고 불리던 것이 나중에 줄여서 석류로 불리게 된 것이다.

★ 알아두면 유용한 단어

必须bìxū(필수): 반드시 | 须知xūzhī(수지): 숙지사항, 모름지기 알아야 할 사항 | 胡须húxū(호수): 수염 | 须发xūfà(수발): 수염과 머리 | 触须chùxū(촉수): (동식물의 감각 수염) 촉수 | 必须如此bìxūrúcǐ(필수여차): 반드시 이렇게 해야 한다 | 须弥山xūmíshān(수미산): 불교에서 말하는 우주의 중심

자연自然과 문화文化, Nature & Culture

keyword 然rán(그러할 연)

然rán(그러할 연, 불 탈 연)은 月(육달월, 고기)과 犬quǎn(개 견), 灬(불화밑, 불)으로 이루어진 글자로 개고기를 불에 익혀 먹는다는 뜻의 회의문자 또는 형성문자다. 먹을 것이 늘 부족하던 고대에는 가축의 일종인 개를 먹을 것, 즉 음식으로 생각한 것이 자연스런 현상이었을 듯하다.

自然zìrán(자연)은 '스스로 그러하다'라는 의미로 사람의 손길이 닿지 않고 스스로 있는 상태를 말하는데, 영어 nature의 어원도 '태어나다'라는 뜻의 nascor이다. 自然의 상대어인 文化wénhuà(문화)는 사람 손길이 닿거나 문자화 또는 문명화된 상태를 말하며, 영어의 culture 역시 라틴어로 '키우다'라는 뜻의 cultura에서 나온 것으로, 동서양을 막론하고 두 단어가 뜻하는 바가 비슷한 것 같다.

위에 예를 든 단어 외에도 중국어에서는 然을 사용하여 웬만한 부사들을 다 표현하는데, 태산처럼 그렇게 태연하다는 泰然tàirán(태연), 하늘처럼 그러하다는 天然tiānrán(천연), 갑자기 그러하다는 突然tūrán(돌연), 엄숙하다는 뜻의 肃然sùrán(숙연) 등이 있다.

또한 井然jǐngrán(정연)이라는 말은 가지런히 잘 정리되어 있다는 뜻인데, 고대 주나라의 이상적인 토지제도인 井田制jǐngtiánzhì(정전제)는 井(우물 정) 모양으로 9등분한 토지를 공동으로 경작하고 1/9에 해당하는 가운데 토지의 소출을 세금으로 냈던 제도였다. 이처럼 가지런한 밭의 모습에서 井然이라는 말이 유래한 것이라고 한다.

중국 사람들이 좋아하는 표현 중 顺其自然shùnqízìrán(순기자연)이라는 말이 있다. 한때 젊은이들 사이에서 유행했던 영화음악 <Whatever Will Be Will Be>의 가사에 나오는 스페인어 '케세라세라(Que Sera Sera)'와 비슷하게 '될 대로 되라'는 의미로 많이 사용한다. 원래는 최선의 노력을 다하고 그 결과는 겸허하게 순리에 맡긴다는 뜻이다. 삼국시대 전투 중 지형이 마치 표주박처럼 생겨서 葫芦谷Húlugǔ(호로곡)전투라고 불린 싸움에서 诸葛亮Zhūgěliàng(제갈량)이 火功(화공)을 이용해 거의 다 잡았던 司马懿Sīmǎyì(사마의)를 갑자기 내린 비 때문에 놓치게 되자, "일을 꾸미는 것은 사람이 하지만, 일의 승패는 역시 하늘에 달렸다."라고 한 '谋事在人móushìzàirén(모사재인), 成事在天chéngshìzàitiān(성사재천)'이라는 말과도 일맥상통한다고 할 수 있겠다.

'아득하다', '묘연하다'라는 뜻의 杳然yǎorán(묘연)이라는 표현이 들어있고, 또 우리에게도 낯설지 않은 李白Lǐbái(이백; 李太白)의 명시 <山中問答Shānzhōngwèndá(산중문답)>을 잠시 감상해보자.

问余何事栖碧山 wènyúhéshì qībìshān (문여하사서벽산)
笑而不答心自闲 xiàoérbúdá xīnzìxián (소이부답심자한)
桃花流水杳然去 táohuāliúshuǐ yǎoránqù (도화유수묘연거)
别有天地非人间 biéyǒutiāndì fēirénjiān (별유천지비인간)

어인 일로 푸른 산속에 사느냐고 물으면
대답 않고 그저 웃고만 있어도 마음이 편안하네.
복사꽃 물에 실려 아득히 흘러가는 곳
이곳은 사람 세상이 아니라 별천지라네.

道教Dàojiào(도교)에 심취했던 이백의 시는 대부분 인간 세상을 뛰어넘어 도교의 仙界xiānjiè(선계)를 노래한 시가 많다. 그런 까닭에 민중의 현실적인 삶의 고뇌를 노래한 杜甫Dùfǔ(두보)를 诗圣(시성)이라 부르고, 이백을 诗仙(시선)이라 부른다. 盛唐(성당) 때 같은 시대를 산 王维Wángwéi(왕유)의 시는 佛教Fójiào(불교)적인 색채가 짙어 그를 诗佛(시불)이라고 불렀다. 이로써 당나라의 시세계에는 儒佛仙(유불선)이 모두 있는 셈이다.

★ 알아두면 유용한 단어

然后ránhòu(연후): ~하고 난 연후에 | 然而ránér(연이): 그러나, but | 自然zìrán(자연): 스스로 그러하다, 자연스럽다, 자연(nature) | 当然dāngrán(당연): 당연히 그러하다, 당연하다 | 偶然ǒurán(우연): 우연히 | 忽然hūrán(홀연): 홀연히 | 猛然měngrán(맹란): 갑자기 | 果然guǒrán(과연): 과연 | 仍然réngrán(잉연): 계속해서 그러하다, 여전히 | 释然shìrán(석연): (풀어 놓아서 그러하다) 개운하다 | 竟然jìngrán(경연): 뜻밖에 | 依然yīrán(의연): 의연하다, 이전과 같다 | 浑然húnrán(혼연): 하나가 된 듯이, 혼연일체가 된 듯이, 완전히

깨끗한 땅에는 소나무를, 더러운 땅에는 대나무를
정송오죽净松污竹

keyword

污-汚wū(더러울 오)

污-汚wū(더러울 오)는 氵(삼수변, 물)과 亏kuī(이지러질 휴)로 이루어진 글자로 물이 흐르지 못하고 고여 있어서 이지러지다, 즉 오염되다의 뜻이 있는 형성문자다. 중국 속담 중에 功亏一篑gōngkuīyíkuì(공휴일궤)라는 말이 있는데, 이는 높은 산을 쌓아 올리는 데 한 소쿠리[一篑]의 흙이 부족해서 실패한다는 뜻이며, 목전에서 일을 망친다는 뜻의 우리 속담 "다 된 밥에 코 빠뜨리다."와 비슷한 의미다. 月满则亏yuèmǎnzékuī(월만즉휴), 水满则溢shuǐmǎnzéyì(수만즉일)이라는 말도 많이 사용하는데, "달이 차면 기울고, 물도 차면 넘친다."라는 의미심장한 뜻이다.

'오염되다', '오염시키다'라는 뜻의 污染wūrǎn(오염)을 한자 그대로 풀어보면 '나무[木]에서 나오는 즙[氵]에 아홉 번[九] 정도 적셔 물을 들이다.'라는 뜻의 染rǎn(물들일 염)이 들어가 '더러운 물이 들다'라는 뜻이다. 2014년 2월 15일자 <北京晨报(북경신보)>의 기사를 보면, '严重污染闹场元宵节, 今天依旧为重度污染 敏感人群应停止户外活动[심각한 오염의 원소절(정월 대보름)이 시작되었다. 오늘도 여전히[依旧] 심한 오염으로 과민[敏感(민감)]한 사람들은 외부활동을 중지하였다]라고 보도하고 있는데, 이는 폭죽놀이의 소음과 오염으로 시끄러운 정월대보름의 모습을 전하는 기사다. 여기에 쓰인 闹场nàochǎng(요장)은 중국전통 연극인 京剧jīngjù(경극) 등에서 개막을 알리는 시끄러운 타악기 소리를 뜻하며 시작한다는 뜻도 포함되어 있다.

净松污竹(정송오죽)이라는 말은 '깨끗한 땅에는 소나무를 심고, 더러운 땅에는 대나무를 심는다.'라는 뜻이다. 대나무가 소나무에 비해 더러운 곳에서도 잘 자라는 나무라서 생긴 말인데, 재능이 다른 여러 인재들을 각자 능력에 맞게 適材適所(적재적소)에 활용해야 한다는 뜻이다. 발음이 같은 正松五竹(정송오죽)이라는 말도 있는데, '소나무는 정월에 옮겨 심고, 대나무는 음력 오월에 옮겨 심는다.'라는 뜻이다. 남쪽에서 잘 자라는 대나무는 습기가 많은 여름, 음력 오월에 심어야 잘 자라서 조선시대에는 음력 5월 13일을 대나무를 심는 날이라는 뜻으로 竹迷日(죽미일)이라고도 불렀다.

★ 알아두면 유용한 단어

污染wūrǎn(오염): 오염되다(시키다) | 污染指数wūrǎnzhǐshù(오염지수): 오염지수 | 污名wūmíng(오명): 더러운 이름 | 生活污水shēnghuówūshuǐ(생활오수): 생활오수 | 污点wūdiǎn(오점): 오점 | 贪污公款tānwūgōngkuǎn(탐오공관): 공금을 횡령하다

기사로 보는 키워드

松下给赴华员工发'污染津贴'. 마쓰시타[松下]는 중국에 파견(赴华) 근무 중인 직원들에게 '오염수당(污染津贴)'을 지급하기로[发] 했다.

스모그가 점점 심해지는 중국 근무 주재원들에게 오염수당을 지급하겠다는 일본 마쓰시타의 정책을 보도하고 있다.

_<环球时报>(2014. 3. 14.)

한양성의 서쪽 정문이 돈의문敦義门이 된 까닭은?

keyword

义-義yì(옳을 의)

义-義yì(옳을 의)는 羊(양 양)과 我(나 아)로 이루어진 글자다. 고대 사회에서 신에게 내가 아끼는 귀한 양을 바치며 신을 향한 올바른 마음을 뜻하는 형성문자인데, 흰색과 서쪽을 상징하기도 한다.

우리말의 봉사활동, 자원봉사를 중국에서는 의로운 활동이라는 의미로 义工yìgōng(의공)이라고 하며, '자원봉사를 하다'라고 말할 때는 동사 做zuò(만들 주)를 사용하여 做义工zuòyìgōng(주의공)이라고 한다. 참고로 '아르바이트를 하다'는 打工dǎgōng(타공)이라고 말한다.

背恩忘义bèiēnwàngyì(배은망의)라는 말은 은혜를 배신하고 의리를 잊는다는 뜻인 背恩忘德(배은망덕)과 같은 뜻이며, 弃qì(버릴 기)를 써서 背信弃义bèixìnqìyì(배신기의)라고도 한다.

义(옳을 의)는 동양의 五行思想wǔxíngsīxiǎng(오행사상)에서 金(쇠 금)을 상징하며, 방향은 五方(오방) 중에서 서쪽, 색상은 五色(오색) 중에서 백색, 그리고 계절 중에서는 가을을 상징한다. 이성계와 함께 조선을 세운 三峯(삼봉) 정도전은 漢陽城(한양성)을 만들 때, 五行(오행)과 五常(오상) 등을 활용하여, 동쪽 대문을 興仁之門(흥인지문), 남쪽은 崇禮門(숭례문), 서쪽 대문은 敦義門(돈의문) 그리고 북쪽 정문은 肅智門(숙지문)이라고 이름 지었다. 북쪽은 산세 때문에 왕래하는 백성이 없어 거의 닫혀 있었으며, 북서쪽의 작은 彰義門[창의문, 현 자하문(紫霞門)]이 그 기능을 대신하였는데, 이

숙지문은 후에 肃靖門(숙정문)으로 명칭을 바꾸었다. 이렇게 한양성 내부에 동서남북으로 仁義禮智(인의예지)를 배치하고, 마지막으로 한 가운데인 종로에 普信阁(보신각)을 만들어 仁義禮智信(인의예지신), 즉 五常(오상)을 완성하였다. 한양의 네 방위 중 气(기)가 제일 약하다고 생각했던 동문에 之자를 더 넣어 興仁之門(홍인지문)으로 기를 보강했지만, 임진년 왜란 때 왜군이 홍인지문으로 제일 먼저 입성하는 등, 큰 효력이 없었다는 이야기도 전해진다.

어질고, 예의가 높고, 의로움을 도탑게 하고, 지혜가 깊다는 동양의 철학이 담긴 멋진 사대문의 이름들을 마다하고, 일본 제국주의자들이 편리함을 위해 부르던 동대문, 남대문, 서대문이라는 이름을 아직까지도 널리 부르고 있다는 것은 참으로 안타까운 일이다.

오방과 오색, 오상, 천간 등의 관계를 표로 나타내면 아래와 같다.

오방(五方)	계절(季节)	오행(五行)	오색(五色)	오상(五常)	천간(天干)		동물
동(东)	춘(春)	목(木)	청(青)	인(仁)	갑(甲)	을(乙)	청룡
남(南)	하(夏)	화(火)	적(赤)	예(礼)	병(丙)	정(丁)	주작
중(中)		토(土)	황(黄)	신(信)	무(戊)	기(己)	
서(西)	추(秋)	금(金)	백(白)	의(義)	경(庚)	신(辛)	백호
북(北)	동(冬)	수(水)	흑(黑)	지(智)	임(壬)	계(癸)	현무

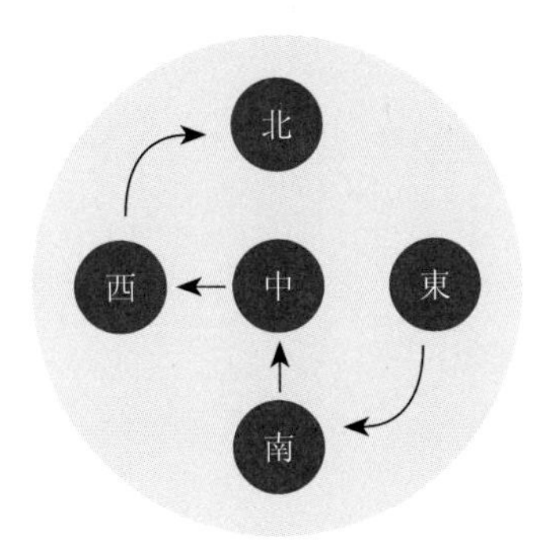

고대에는 北极星běijíxīng(북극성)을 별의 제왕으로 여겼고, 북극성의 상징색인 紫色(자색)과 검은색은 왕의 상징이었다. 베이징의 紫禁城Zǐjìnchéng(자금성)은 황제[紫] 외에는 다른 사람의 기거를 금한다는[禁] 뜻이다. 그리고 周礼(주례)에도 왕은 남쪽을 향해 南面(남면)하면서 북쪽에 앉았고, 왕위에 오르는 대례에서도 검은색 衮龍布(곤룡포)를 입었다. 후대에는 中(가운데 중)이 왕의 상징이 되면서 임금 외에는 궁궐에서 中의 상징인 황색옷을 입을 수 없었다.

우리가 2015년을 青羊(청양)의 해라고 하는 것은 乙未年(을미년)의 乙이 青을 뜻하기 때문이다. 마찬가지로 任辰年(임진년)의 任은 검은색이므로 흑룡의 해가 되고, 己亥年(기해년)의 己는 황색이므로 황금돼지의 해가 되며, 庚午年(경오년)에 태어난 사람은 백말띠가 된다.

★ 알아두면 유용한 단어

义务yìwù(의무): 의무 | 义举yìjǔ(의거): 의로운 궐기 | 正义zhèngyì(정의): 정의(롭다) | 贬义biǎnyì(폄의): 부정적인 의미 | 字句的含义zìjùde hányì(자구적함의): 문장의 숨은 뜻 | 结义兄弟jiéyìxiōngdì(결의형제): 의형제

불가佛家의 승려들도 담을 넘게 한 맛
불도장佛跳墙

keyword

墙-墻qiáng(담 장)

墙-墻qiáng(담 장)은 土(흙 토)와 啬(아낄 색)으로 이루어진 글자이며, 아끼는 것을 보호하기 위해 흙으로 쌓은 벽, 담장 등을 뜻하는 형성문자다. 요즘 중국에서는 잘 쓰지 않지만 爿-丬(나무조각 장)이 들어간 牆(담장 장)은 나무로 만든 벽이나 담장을 뜻한다. 참고로 啬-嗇sè(아낄 색)은 来(올 래)와 回(돌아올 회)가 합쳐져 자기에게 온 것을 내보내지 않고 아낀다는 뜻의 회의문자이며, 이 글자가 들어간 단어로는 吝啬lìnsè(인색; 인색하다)이 있다.

佛跳墙fótiàoqiáng(불도장)은 중국 남동부 福建省Fújiànshěng[푸젠성(복건성)]의 대표 음식으로 청나라 때 만들어진 고급 요리의 하나다. 닭고기와 돼지고기, 상어 지느러미, 버섯 등을 넣고 오랜 시간 동안 삶아낸 음식으로 그 독특한 향기에 수행 중인 사찰의 승려들도 참지 못하고 담을 넘었다는 이야기에서 불도장이라는 이름이 유래했다고 한다.

墙里开花墙外香qiánglǐkāihuā qiángwàixiāng(장리개화장외향)이라는 말이 있는데, 이는 담장 안에 핀 꽃에서 나는 향기가 담장 밖까지 퍼진다는 말로, '좋은 일은 알리지 않아도 저절로 알려진다', 혹은 '훌륭한 인재는 가만히 있어도 저절로 소문이 난다'라는 뜻이다. 중국인들이 좋아하는 桃李不言táolǐbùyán(도리불언), 下自成蹊xiàzìchéngxī(하자성혜), 즉 복숭아나무와 자두나무는 아무 말을 하지 않아도 (워낙 맛있어서) 사람들이 찾아와 그 밑에 저절로 길이 생긴다는 말과 같은 의미다. 중국인들은 탐스럽고 맛있는 복숭아와 자두를 옛날부터 훌륭한 사람이나 인재로 比喻bǐyù(비유)했는데, 桃李满天下táolǐmǎntiānxià(도리만천하)라고 하면 천하에 인재가 가득하다는 뜻이다.

한편, 路柳墙花lùliǔqiánghuā(노류장화)라는 말은 길가의 버드나무와 담장 위의 꽃을 말하며, 누구나 감상할 수 있는 화초 또는 妓房jìfáng(기방)의 여인들을 가리키던 말로, 墙花路柳qiánghuālùliǔ(장화로류)라고도 한다.

우리 속담 중 "아랫돌을 빼서 윗돌에 쌓다."라는 뜻과 같이 임시변통을 뜻하는 중국 속담으로 拆东墙chāidōngqiáng(탁동장), 补西墙bǔxīqiáng(보서장)이라는 말이 있다. 적군의 공격에 대비해 동쪽의 담장을 허물어서 약한 서쪽 담장을 보강한다는 의미다.

또 고집이 세고 무슨 일이든 끝을 본다는 뜻의 속담으로 不撞南墙不回头buzhuàngnánqiáng buhuítóu(부동남창불회두)라는 말이 있다. 남쪽 벽에 부딪치기 전까지는 절대 고개를 돌리지 않겠다는 의미로 황소고집을 뜻한다.

참고로 황소고집과 관련하여 犟jiàng(고집셀 강)이라는 한자가 있는데 強(강할 강)과 牛(소 우)가 합쳐져 말 그대로 황소고집을 뜻하는 글자다. 우리말에서도 고집이 센 사람을 碧昌牛(벽창우) 또는 벽창호라고 하는데, 평안도 碧潼(벽동)과 昌城(창성) 지방의 두 글자를 합친 것으로, 그곳에서 나고 자란 덩치가 크고 힘이 센 소에서 생겨난 말이라고 한다. 한국이나 중국이나 고집이 센 사람을 황소에 비유한 것이 흥미롭다.

★ 알아두면 유용한 단어

墙壁qiángbì(장벽): 담 | 墙上qiángshang(장상): 담장 위 | 城墙chéngqiáng(성장): 성벽 | 墙外汉qiángwàihàn(장외한): (담장 밖 사람) 관계없는 사람, 제삼자 | 跳墙tiàoqiáng(도장): 담을 넘다

발등에 오줌 누는 여름의 시작 망종芒种

keyword

种-種zhǒng(씨 종)

种-種zhǒng/zhòng[(명사) 씨 종, (동사) 씨 뿌릴 종]은 禾(벼 화)와 重zhòng(무거울 중)으로 이루어진 글자로, 곡식 중 가장 무겁고 중요한 부분인 씨, 종자를 뜻하는 형성문자다. 重은 千(천 천)과 里(마을 리)로 이루어져 천릿길을 걷고 나면 몸과 다리가 무거워진다는 뜻을 가진 회의문자다.

이 한자가 쓰인 멋진 말 중, <史记Shǐjì(사기)>를 쓴 司马迁Sīmǎqiān(사마천)의 "人固有一死réngùyǒu yìsǐ, 重于泰山zhòngyútàishān(중어태산), 轻于鸿毛qīngyúhóngmáo(경어홍모)"[사람은 반드시 한 번 죽기 마련이지만, 그 (삶의) 가치는 태산보다 무거울 수도 있고, 기러기의 깃털보다 가벼울 수도 있다.]라는 말이 있다. 남성의 상징을 제거당하는 치욕적인 宫刑(궁형)을 받고도 죽음을 택하는 대신 불멸의 역사서를 쓴 사마천의 삶이 고스란히 드러나는 말이라 더욱 와 닿는다.

우리 속담의 "콩 심은 데 콩 나고, 팥 심은 데 팥 난다."라는 표현을 중국에서는 种瓜得瓜zhòngguādéguā(종과득과), 种豆得豆zhòngdòudédòu(종두득두)라고 한다. 오이 심은 데서 오이를 얻고, 콩 심은 데 콩이 난다는 의미인데, 원인이 있으면 반드시 결과가 있다는 뜻이다.

24节气jiéqì(절기)는 음력을 보완하기 위해 태양의 기울기를 15도마다 계산하여(15도×24=360도), 농사 및 생활에 활용한 일종의 태양력이다. 그러다 보니 추석(음력 8월 15일)이나 단오(음력 5월 5일)처럼 음력으로 정확히 날짜가

정해지지 않고 15일 정도의 주기로 순환되고 있다. 이러한 24절기 중 하나인 芒种Mángzhòng(망종)은 芒(까끄라기 망, 벼 수염 망)이 들어 있어 벼를 심는 모내기 때를 뜻하는 말이다. '여름에 도달하다'라는 뜻의 夏至Xiàzhì(하지)보다 보름 전인 6월 초가 망종이다. 망종이 지나면 보리가 더 이상 자라지 않아 보리는 망종 전에 베어야 한다는 말도 있으며, 보리타작과 모내기 등으로 연중 가장 바쁜 농사철이 망종이기 때문에 "망종 때에는 발등에 오줌 눈다."는 정겨운 속담도 있다.

참고로 양력 8월 23일경인 处暑Chǔshǔ(처서)는 立秋Lìqiū(입추)와 白露Báilù(백로) 사이의 절기로 더위를 물리친다, 즉 더위의 끝을 뜻하며, "처서가 지나면 모기의 주둥이가 비뚤어진다."라는 재미있는 속담도 있다.

★ 알아두면 유용한 단어

品种pǐnzhǒng(품종): 품종 | 品种多样pǐnzhǒngduōyàng(품종다양): 다양한 품종 | 种子zhǒngzi(종자): 씨앗 | 种族zhǒngzú(종족): 종족 | 种族差别zhǒngzú chābié(종족차별): 인종차별 | 播种bōzhòng(파종): 파종하다 | 种玉米zhòngyùmǐ(종옥미): 옥수수를 심다

말을 알아듣는 꽃, 해어화解语花 양귀비

keyword

解jiě(풀 해)

解jiě(풀 해)는 칼[刀(칼 도)]을 가지고 소[牛(소 우)]의 살은 물론 뿔[角(뿔 각)]까지 다 발라내서 분해한다는 뜻의 회의문자이며, 角jiǎo/jué(뿔 각)은 소나 사슴 등의 뿔 모양을 형상화한 상형문자다.

解语花jiěyǔhuā(해어화)란 '말을 알아듣는 꽃'이라는 의미로, 사랑스러운 여인 또는 미인을 比喻bǐyù(비유)적으로 표현한 말이다. 당나라 玄宗Xuánzōng(현종)이 어느 날 太液池(태액지)라는 연못에서 연꽃을 감상하다가 지천으로 핀 연꽃과 杨贵妃Yángguìfēi(양귀비)를 비교하면서 "何如此解语花hérúcǐ jiěyǔhuā[어찌 이 해어화(양귀비)만 하겠느냐]"라고 한 데서 유래한 말이다.

현종은 며느리였던 杨玉环(양옥환)을 미모에 반해 자신의 후궁으로 앉히고 황후 다음 서열인 贵妃guìfēi(귀비)의 칭호를 하사하였다. 양귀비 덕분에 하늘 높은 줄 모르고 권세를 누리던 양귀비의 사촌오빠 杨国忠Yángguózhōng(양국충)과 지금의 베이징 부근의 야전사령관이었던 돌궐족 출신 安禄山Anlùshān(안록산) 간의 충성 전쟁은 결국 안록산의 난이라는 국가 위기로 이어졌다. 현종은 양귀비의 고향인 쓰촨으로 먼지를 뒤집어쓰고 피난을 가는 그야말로 蒙尘méngchén(몽진)길에서 자신이 살기 위해 그토록 사랑했던 양귀비를 죽게 방치하면서, 결국 세기의 사랑도 배신과 비극으로 끝이 났다.

반세기 정도가 지난 후 白居易Báijūyì(백거이)는 유명한 서사시 <长恨歌Chánghèngē(장한가)>를 통해 连理枝liánlǐzhī(연리지)와 比翼鸟bǐyìniǎo(비익조)

라는 표현을 사용하면서 두 사람의 애절했던 사랑을 노래했다.

在地愿为连理枝 zàidìyuànwéi liánlǐzhī (재지원위연리지)
上天愿作比翼鸟 shàngtiānyuànzuò bǐyìniǎo (상천원작비익조)

(살아서) 땅에서는 두 뿌리 한 나무인 연리지가 되고,
(죽어서) 하늘에서는 암수 한 몸의 비익조가 되길 바랬노라.

연리지는 뿌리가 다른 두 나무가 한 몸으로 자라는 나무를 말하고, 비익조는 암수가 한 몸인 전설상의 새를 일컫는데, 모두 남녀 간에 정이 지극하여 사랑으로 일심동체가 된 연인 사이를 비유적으로 이르는 말이다.

참고로, 解放军jiěfàngjūn(해방군) 또는 인민해방군이라고 불리는 중국의 군대는 국가 지휘하에 있는 군대가 아니라 共产党gòngchǎndǎng(공산당) 지휘하에 있는 당의 군대이며, 군통수권자는 국가의 수반인 主席zhǔxí(주석)에게 있는 것이 아니라 공산당 书记shūji(서기)에게 있다. 따라서 '공산당이 없으면 중국도 없다[没有共产党méiyǒu gòngchǎndǎng, 没有中国méiyǒu Zhōngguó].'라는 말처럼 중국에서는 국가의 조직인 경찰과는 비교가 되지 않을 정도로 당의 조직인 군대의 위상이 높다. 물론 중국의 국가주석과 공산당 서기는 같은 사람이 맡으며 지금은 시진핑 국가주석이 공산당 서기를 겸하고 있다.

★ 알아두면 유용한 단어

解释jiěshì(해석): 해석하다 | 解决jiějué(해결): 해결하다 | 和解héjiě(화해): 화해하다 | 解放jiěfàng(해방): 해방되다, 해방시키다 | 结者解之jiézhějiězhī(결자해지): 묶은 사람이 풀어야 한다. 즉 자기가 저지른 일은 자기가 해결해야 한다. | 解语花jiěyǔhuā(해어화): (말을 알아 듣는 꽃) 미인 | 瓦解wǎjiě(와해): (기와가 깨지다) 와해되다

keyword

삼존불의 곁보살, 협시보살胁侍菩萨

胁-脇-脅xié(겨드랑이 협)

胁-脇-脅xié(겨드랑이 협)은 月(육달월, 몸)과 劦(힘 합칠 협)으로 이루어진 글자로 가장 활동적이고 힘이 센 팔의 겨드랑이를 뜻하는 형성문자다.

胁士xiéshì(협사)라는 말은 높은 사람을 옆에서 모시는 사람이라는 뜻으로, 佛教Fójiào(불교)에서는 三尊佛(삼존불) 중 本尊佛(본존불)을 좌우에서 모시고 있는 곁보살, 즉 胁侍菩萨(협시보살)을 뜻하기도 한다. 불교에는 과거, 현재, 미래의 부처가 있다고 하는데, 毘盧遮那佛(비로자나불)이 대표적인 과거불이다. 우리에게 익숙한 금강산, 소백산의 최고봉인 비로봉은 바로 이 비로자나불의 이름을 본떠 지은 것이다. 释迦牟尼Shìjiāmóuní(석가모니)는 현세불이며, 미래에 중생을 구제한다는 弥勒佛Mílèfó(미륵불)이 대표적인 미래불이다. 이러한 본존불은 협시보살을 좌우에 두어 삼존불을 이룬다.

- 석가모니불: 文殊菩薩(문수보살)과 普賢菩薩(보현보살)을 좌우의 협시보살로 두고 있고, 大雄殿(대웅전)이라는 金堂(금당)에 모신다. 서울 북한산의 大南门(대남문) 좌우 봉우리는 이를 본떠 문수봉과 보현봉으로 불린다.
- 阿彌陀佛(아미타불): 觀世音菩薩(관세음보살)과 大勢至菩薩(대세지보살)을 좌우에 협시보살로 두고 있다. 아미타여래는 극락을 주관하며, 그 수명이 无量(무량)하여 极乐宝殿(극락보전) 또는 无量寿殿(무량수전)이라는 금당에 모신다고 한다. 불교 신자들이 "나무아미타불 관세음보살"이라고 붙여서 말하는 까닭이 본존불과 협시보살의 이름에서 연유한 것이다.
- 药师如来佛(약사여래불): 병든 중생들을 구제한다고 하는 약사여래불의

협시보살은 日光菩萨(일광보살)과 月光菩萨(월광보살)이며, 药师殿(약사전)이라는 금당에 모신다.

- 毘盧遮那佛(비로자나불): 과거불인 비로자나불을 모시는 금당은 大寂光殿(대적광전)이라고 하며, 본존불을 모시는 금당에는 임금이 기거하는 궁궐과 같이 殿(전)을 붙여 존엄을 표시하고 있다.

이처럼 부처를 모시는 금당은 각각 그에 맞는 이름을 가지고 있어 사찰에 가서 금당의 현판을 보면 그 사찰이 어떤 부처를 모시는지 구분할 수 있다. 참고로 菩萨(보살)은 산스크리트어의 菩提薩陀(보리살타)의 줄임말로 진리[菩提Bodhi(보리)]와 지혜를 찾는 사람이라는 뜻이며, 중국어로는 菩萨 púsà(보살)이라고 한다.

★ 알아두면 유용한 단어

胁迫xiépò(협박): 협박하다 | 威胁wēixié(위협): 위협하다 | 两胁liǎngxié(양협): 양쪽 겨드랑이

기사로 보는 키워드

英财相威胁脱离欧盟. 영국의 재무장관은 EU(유럽연합) 탈퇴를 위협했다.

유로화가 아닌 파운드화를 사용하는 영국은 국민정서상 독일, 프랑스가 주도하는 EU의 탈퇴를 항상 고민하고 있다는 내용이다. 이 기사에서 威胁wēixié(위협)은 두 팔로 위엄 있는 자세를 취하며 위협한다는 뜻이다.

_<环球时报>(2014. 1. 17.)

가을철 털갈이한 잔털처럼 아주 작고 보잘 것 없다

추호秋毫

keyword

毫háo(잔털 호)

毫háo(잔털 호)는 髙gāo(높을 고)와 毛(털 모)로 이루어진 글자로 공중에 높이 날리는 가벼운 잔털, 터럭을 뜻하는 형성문자다.

秋毫qiūháo(추호)는 짐승들이 가을철 털갈이를 할 때의 가느다란 잔털을 말하며 아주 작고 보잘 것 없다는 뜻이다. 秋毫无犯qiūháowúfàn(추호무범)이라는 말은 추호도 범하지 않는다, 또는 조금도 건드리지 않는다는 의미다. 참고로 짐승들의 털갈이와 관련된 말 중 豹变bàobiàn(표변)이라는 말이 있다. 원래는 추운 겨울을 대비해 새로 털갈이를 한 아름답고 선명한 표범의 무늬를 뜻하는 좋은 뜻이었지만, 지금은 부정적인 의미로 '갑자기 변하다', '표변하다'라는 뜻으로 사용된다.

'아주 작다', '털끝만 하다'라는 말은 중국어로 毫末háomò(호말)이라고 하는데 우리와 비슷한 比喻bǐyù(비유)라고 할 수 있다. 毫末之利háomòzhīlì(호말지리)라고 하면 '털끝만큼의 이익', '보잘 것 없는 이익'이라는 의미로 자주 사용하는 표현이다.

'조금도 없다'는 뜻의 毫无háowú(호무)와 '조금도 아니다'라는 뜻의 毫不háobù(호불)은 중국에서 매우 빈번하게 사용하는 표현인데, 두 단어는 의미가 비슷해 보이지만 용법이 다르기 때문에 유의하여 활용하도록 한다.

- 毫无 + 명사: 털끝만큼도 없다, 하나도 없다(一点儿也没有yìdiǎner yěméiyǒu)의 뜻이 있으며, 毫无疑义háowúyíyì(호무의의; 털끝만큼의 의심도 없다), 毫无关联háowúguānlián(호무관련; 전혀 관계 없다) 등으로 표현한다.
- 毫不 + 형용사, 동사: 털끝만큼도 아니다, 전혀 아니다(一点儿也不yìdiǎner yěbù)의 뜻이 있으며, 毫不犹豫háobùyóuyù(호불유예; 조금도 주저하지 않다), 毫不在乎háobúzàihū(호불재호; 조금도 마음에 담아두고 있지 않다) 등으로 표현한다.

毫升háoshēng(호승)이라는 단어는 mg 또는 cc를 나타내는 단위이다. 毫는 '작다' 또는 '적다'는 뜻으로 1/1,000을 의미한다. 升shēng(오를 승)은 한 되(1리터)를 나타내므로 毫升은 1리터의 1/1,000, 즉 1cc가 된다. 또 米mǐ(쌀 미)는 1m를 나타내므로 毫米háomǐ(호미)는 1m의 1/1,000인 1mm를 뜻한다.

참고로 중국 전통의 度量衡dùliànghéng(도량형)과 미터법을 비교해서 나타내면 다음과 같다.

度dù(길이)의 단위	
一公里(일공리)	1 km
一千米(일천미)	1,000 m
一百万毫米 (일백만호미)	1,000,000 mm
一丈yizhàg(일장)	3.3 m
一尺(일척; 한 자)	33 cm
一寸(일촌; 한 치)	3.3 cm

衡héng(무게)의 단위	
一公斤(일공근)	1 kg
一千克(일천극)	1,000 g
一百万毫克 (백만호극)	1,000,000 mg
一斤(일근; 한 근)	500 g
一两(일냥; 한 냥)	50 g
一钱(일전; 한 돈)	5 g

量liàng(부피)의 단위	
一斗(일두; 한 말)	10리터
一升(일승; 한 되)	1리터
一毫升(일호승)	1 cc

중 국 문 화 산 책

故宫博物院

4.

고사성어와 속담으로 살펴본
중국 이야기

팔다리같이 소중한 신하, 고굉지신股肱之臣

keyword

股gǔ(허벅지 고)

股gǔ(허벅지 고, 넓적다리 고)는 月(肉, 육달월)과 殳(몽둥이 수, 날 없는 창 수)로 이루어진 글자로 사람의 신체[月] 중에 몽둥이[殳]같이 길고 탄탄한 부위인 허벅지를 뜻하는 형성문자다. 현대 중국어에서는 주식[股票gǔpiào(고표)]을 뜻하는 말에 가장 많이 쓰인다.

주식시장을 뜻하는 股市gǔshì(고시)에서 일반투자자나 개미투자자는 股民gǔmín(고민)이라 하고, 기관투자자는 机构投资者jīgòutóuzīzhě(기구투자자)라고 한다. 그리고 주주는 股东gǔdōng(고동)이라고 하는데, 여기서 东(동녁 동)을 '주인'이라는 뜻으로 사용하는 것은, 고대 중국에서는 손님이 집으로 찾아오면 주인이 동쪽에 앉아서 서편에 앉은 손님을 맞이한 풍습에서 유래한다. 부동산 시장에서도 집주인은 房东fángdōng(방동), 세입자는 房客fángkè(방객)이라고 한다. 또한 주식시장에서 시세를 조종하는 이른바 '작전'이라는 표현은 '주식을 불에 볶아서 튀긴다.'라는 의미로 炒作股票chǎozuògǔpiào(초작고표)라고 한다. 볶음밥을 일컫는 炒饭chǎofàn(초반)에 쓰인 炒chǎo(볶을 초)는 요리의 뜻 외에 시세를 조종한다는 뜻의 경제용어로도 많이 사용되는 말이다. 예를 들어 '외환시세를 조종하다', '외환투기를 하다'는 炒外汇chǎowàihuì(초외회)라고 하며, '금투기를 하다'는 炒黄金chǎohuángjīn(초황금)이라고 표현한다.

민간에서 많이 사용하는 俗语súyǔ(속어; 속담) 중에 老虎屁股摸不得lǎohǔpìgu mōbude(노호비고모부득)이라는 말이 있다. 범의 엉덩이는 만질 수 없다, 즉 위험한 일은 손대지 말고 미리미리 조심하고 피하라는 뜻으로 쓰이는 말이다. 또 股肱之臣gǔgōngzhīchén(고굉지신)이라는 말은 고대 중국의 이상적인 왕으로 칭송받는 舜Shùn(순)임금이 훌륭하고 믿음직한 신하들을 가리켜 '나의 팔다리같이 소중한 사람들'이라고 한 故事gùshi(고사)에서 유래한다. 자신의 분신과 같은 소중한 동료나 구성원을 가리키는 표현이다.

중국 사람들은 고대 중국의 이상적인 군주로 堯Yáo(요), 舜Shùn(순), 禹Yǔ(우), 汤Tāng(탕), 文Wén(문), 武Wǔ(무), 그리고 周公Zhōugōng(주공)을 꼽는다. 孔子Kǒngzǐ(공자)는 특히 조카가 成人(성인)이 될 때까지 옥좌를 탐하지 않고 끝까지 보좌한 주공을 圣人(성인)으로까지 칭송했다. 儒教Rújiào(유교)를 国是(국시)로 삼은 조선에서도 이들을 이상적인 군주로 여겼다. 충무공 이순신 장군의 부친 李貞(이정)은 아들 넷을 두었는데, 그들의 이름을 伏羲-伏犧(복희), 堯-尧(요), 舜(순), 禹(우) 등의 이름을 빌려서, 첫째부터 羲臣(희신), 堯臣(요신), 舜臣(순신), 그리고 禹臣(우신)이라 지었다. 그에게 아들이 한 명 더 있었더라면 아마도 湯臣(탕신)이라 짓지 않았을까. 유교의 세계에서는 尧舜时代yáoshùnshídài(요순시대)가 아마도 유교의 이상적인 세상, 즉 大同dàtóng(대동) 세상이었을 것이다.

★ 알아두면 유용한 단어

股票gǔpiào(고표): 주식 | 股东gǔdōng(고동): 주주 | 股份gǔfèn(고분): 지분, 주식 | 股市gǔshì(고시): 주식시장 | 股关节gǔguānjié(고관절): 허벅지 관절 | 一股花香yīgǔhuāxiāng(일고화향): **양사** 한 줄기 꽃향기 | 一股酒味儿yīgǔjiǔwèir(일고주미아): **양사** 한 가닥 술냄새

※ 양사: 중국어에서 명사 앞에 쓰여 사물의 단위를 나타냄.

사공이 많으면 배가 산으로 간다
용다사고龙多死靠

keyword

靠kào(기댈 고)

중국 속담 가운데 在家靠父母zàijiā kàofùmǔ(재가고부모), 出门靠朋友chūmén kàopéngyou(출문고붕우)라는 말이 있다. 즉 집에서는 부모님께 기대고, 밖에서는 친구들에게 의지한다는 뜻인데, 지금은 在家靠电脑zàijiā kàodiànnǎo(재가고전뇌), 出门靠手机chūmén kàoshǒujī(출문고수기)라 하여 집에서는 PC에 의존하고, 밖에서는 핸드폰에 의지한다는 말로 바뀌어 사용되고 있다. 우리나라나 중국이나 할 것 없이 최근 젊은이들의 세태를 반영한 比喻bǐyù(비유)적인 표현이라 할 수 있다.

여기에 쓰인 靠kào(기댈 고, 의지할 고)는 告(고할 고)와 非(아닐 비)로 이루어져 주위와 상의[告]하지 않고[非] 신 또는 운명에 의지하여 일을 처리한다는 뜻으로 해석할 수 있는 형성문자다. 이 글자는 우리나라에서는 잘 쓰지 않는 한자지만 중국에서는 아주 많이 사용하는 글자다. 참고로 告(고할 고)는 牛(소 우)와 口(입 구)로 이루어져 신에게 牺牲xīshēng(희생)으로 소[牛]를 잡아 소원을 아뢴다[口]는 재미있는 뜻이 있다.

중국에서는 2012년경부터 靠谱kàopǔ(고보)라는 단어가 인터넷상에서 유행하고 있다. 이는 음표가 乐谱yuèpǔ(악보)의 오선에 의지[靠]하고 있다, 또는 오선 내에 있다는 말로, '현실성이 있다', '믿을 만하다'는 뜻으로 사용하는 단어다. 반대말인 离谱lípǔ(이보)는 음표가 오선지를 떠났다[离], 즉 '터무니없다' 또는 '신뢰성이 없다'는 뜻이며, 太离谱了tàilípǔle(태리보료)라고 하면 '와, 말도 안 돼!'라는 뜻이 된다. 또 공항에서 비행기 티케팅을 할 때 복도 쪽 좌석을 부탁하는 경우에는 '请安排靠通道qǐngānpái kàotōngdào(통로 쪽으로 부탁합니다)'라 하고, 창가 쪽을 원할 때는 '靠窗户kàochuānghu(고창호)'라고 말하면 된다. 이 밖에도 중국에서 고속도로를 달리다 보면 大型车靠右dàxíngchēkàoyòu(대형차고우)라는 표지를 자주 볼 수 있는데, 이 말은 '대형차량은 (오른편에 의지해서) 우측으로 운행하세요.'라는 뜻이다.

"사공이 많으면 배가 산으로 간다."는 우리 속담과 비슷한 뜻의 중국 속담으로 龙多死靠lóngduōsǐkào(용다사고)라는 말이 있다. 똑똑한 사람들이 너무 많으면 죽음의 편에 서게 된다, 즉 실패하게 된다는 뜻이다. 또 可靠kěkào(가고)는 '기댈 만하다', '믿을 만하다'는 뜻으로 쓰이는 말인데, 중국어에는 이와 같이 형용사에 可(가능할 가)를 더해 본래의 형용사보다 더 강한 의미를 나타내는 말들이 많다. 예를 들면, 可信kěxìn(가신; 믿을 만하다), 可怕kěpà(가파; 무섭다), 可口kěkǒu(가구; 맛있다), 可惜kěxī(가석; 섭섭하다), 可笑kěxiào(가소; 우습다, 가소롭다), 可怜kělián(가련; 가련하다) 등이 있다.

참고로 중국에서는 코카콜라를 可口可乐kěkǒukělè[커코우커러(가구가락)]라고 한다. 이 말은 코카콜라와 발음도 비슷하지만 '맛있고 즐겁다'는 뜻이 있어 요즘 표현으로 '완전 대박'이다. 펩시콜라는 百事可乐bǎishìkělè[바이쓰커러(백사가락)]라고 하는데, 모든 일[百事], 즉 만사가 즐겁다는 뜻이다. 여기에 쓰인 可乐kělè[커러(가락)]는 '즐겁다', '우습다'라는 형용사의 뜻 외에도 '콜라'라는 보통명사로도 많이 사용하는 단어다.

★ 알아두면 유용한 단어

依靠yīkào(의고): 의지하다 | 可靠kěkào(가고): 믿을 만하다, 신뢰할 수 있다 | 可靠的投资kěkàode tóuzī(가고적투자): 신뢰할 만한 투자, 안전투자 | 靠近kàojìn(고근): 형 가깝다, 동 접근하다 | 靠通道kàotōngdào(고통도): 통로 쪽, 복도 쪽

귀를 씻고 상대방의 말을 공손히 듣다
세이공청洗耳恭听

keyword

恭gōng(공손할 공)

중국에서는 축하한다는 표현을 할 때 祝贺zhùhè(축하)라는 말도 많이 쓰지만, 좀 더 고급스런 표현으로 恭喜gōngxǐ(공희)라는 말을 많이 사용한다. 두 손을 모으고 恭喜恭喜gōngxǐgōngxǐ(공희공희)라고 말하면 축하하는 마음이 상대방에게 진심으로 전달된다고 여겨 많이 사용하는 표현이다.

여기에 쓰인 恭gōng(공손할 공)은 共(공공 공)과 ⺗(밑마음 심)으로 이루어져 대중을 대하는 마음, 즉 공손함을 나타내는 형성문자다. 참고로 共은 廿(스물 입)과 八(여덟 팔), 즉 28로 아주 많다는 뜻이며 '공공', '대중'을 의미한다.

恭喜发财gōngxǐfācái(공희발재)는 '돈 많이 버세요' 혹은 '부자 되세요'라는 뜻으로 주로 새해인 春节chūnjié(춘절)에 친지나 친구들에게 덕담으로 하는 표현이다. 중국에는 돈만 있으면 귀신도 부린다는 뜻의 财能通神cáinéngtōngshén(재능통신)이라는 말이 있다. 이처럼 拜金思想bàijīnsīxiǎng(배금사상)이 강한 중국인들은 '재물이 생기다', '돈을 벌다'라는 뜻을 가진 发财(발재)의 发fā(필 발)과 발음이 비슷한 숫자 八bā(여덟 팔)을 아주 좋아한다. 베이징 올림픽 때 개막식을 2008년 8월 8일 저녁 8시 8분에 시작한 것도 숫자 8을 선호하기 때문이었다.

또 중국인들은 외제 차량 가운데 아우디(Audi; 奥迪àodí)를 가장 선호하는데, 아우디의 동그라미 4개가 있는 엠블럼이 숫자 '88'과 비슷한 모양이기 때문이라고 한다. 习近平Xíjìnpíng[시진핑(습근평)] 정부가 부패척결을 선언하기 이전인 2013년까지 중국에서는 중고위층 공무원들의 공식 업무차량이 아우디였을 정도로 그 인기가 대단하다.

고사성어 洗耳恭听xiěrgōngtīng(세이공청)은 '귀를 씻고 공손히 듣다', '정중하고 진지하게 듣다'라는 말로, 몸을 기울여[倾] 자세히 듣는다는 의미의 倾叮(경청)과 그 뜻이 비슷하다. 이 말의 유래를 살펴보면, 고대 중국의 尧舜YáoShùn(요순)시대 때 許由(허유)라는 사람이 尧Yáo(요)임금으로부터 왕위를 맡아달라고 부탁을 받자, 들어서는 안 될 속세의 나쁜 이야기를 들어 내 귀가 더러워졌다며 강으로 가서 귀를 씻었다. 그 모습을 지켜보던 소를 치던 巢父(소부)라는 사람은 허유에게서 귀를 씻게 된 사연을 듣고는 그 귀를 씻은 더러운 물을 내 소에게 먹일 수 없다고 하며 소에게 물을 먹이지 않고 가버렸다는 고사에서 비롯되었다. 상대방의 이야기를 공경하는 마음으로 자세히 듣는다는 뜻으로 사용되는 말이지만, 상대방의 말을 무시하거나 비웃을 때 농담 삼아 쓰기도 한다.

참고로, 고려시대 34대 마지막 왕의 庙号miàohào(묘호)는 恭让王(공양왕)이다. 선대 임금의 묘호는 다음 왕이 정하는데, 다음 왕조인 조선왕조는 李成桂(이성계)에게 왕위를 공손하게 양보한 고려의 임금이라는 뜻에서 공양왕이라는 묘호를 지었다. 신라의 마지막 왕인 敬顺王(경순왕) 역시 고려의 王建(왕건)을 존경하며 순조롭게 왕위를 양보한다는 의미에서 경순왕으로 묘호를 지었다고 한다.

★ 알아두면 유용한 단어

恭敬gōngjìng(공경): 공경하다 | 恭喜gōngxǐ(공희): 축하하다 | 恭逊gōngxùn(공손): 공손하다 | 恭维gōngwei(공유): 아부하다

겉과 속이 다른 괘양두매구육挂羊头卖狗肉

keyword

挂-掛guà(걸 괘)

挂-掛guà(걸 괘)는 扌(재방변)과 卦guà(점 괘)로 이루어진 글자로 점을 쳐서 占卦(점괘)를 손[扌]으로 집어 벽에 걸어놓고 본다는 뜻을 가진 형성문자다. 简体字jiǎntǐzì(간체자)에서는 卜(점 복)을 생략하였다. 참고로 卦는 圭(좋은 구슬 규)와 卜이 합쳐져 구슬로 점을 친다는 뜻이다. 卜은 고대에 점을 치기 위해 거북의 등껍질을 불에 태울 때 갈라지는 모양[卜]과 소리(bǔ)를 본떠 만든 글자로 생각하면 쉽게 이해할 수 있을 것이다.

중국어에서 挂断guàduàn(괘단)은 걸어서 끊는다는 의미로, '전화를 끊다'의 뜻으로 사용하는 말이다. 초창기의 전화기는 벽에 걸어 놓고 사용했는데, 끊을 때 수화기를 걸었던 풍습에서 나온 것이다. 전화를 끊는다는 뜻의 挂断电话guàduàndiànhuà(괘단전화)의 반대말 '전화를 받다'는 接电话jiēdiànhuà(접전화)라고 한다. 벽시계, 즉 벽에 걸어 사용하는 괘종시계는 挂钟guàzhōng(괘종)이라고 하며, 탁상시계는 座钟zuòzhōng(좌종)이라고 한다.

挂号guàhào(괘호)는 자기 번호를 걸어두다, 즉 '등록하다'의 뜻으로 중국의 병원에서 자주 사용하는 표현이다. 挂号看病guàhàokànbìng(괘호간병)은 진료하기 위해 병원에 접수하다의 뜻이고, 挂号邮件guàhàoyóujiàn(괘호우건)은 등기우편을 말한다. 그리고 挂失guàshī(괘실)은 '분실신고를 하다'의 뜻이며, 挂失支票guàshīzhīpiào(괘실지표)는 분실신고된 수표를 일컫는 말이다.

겉보기만 그럴듯하고 속은 변변하지 않음을 뜻하는 羊頭狗肉(양두구육)

이라는 말은 원래 挂羊头卖狗肉guàyángtóu màigǒuròu(괘양두매구육)이라는 중국 속담에서 나온 말이다. 중국인들이 좋아하는 양고기를 파는 것처럼 양의 머리를 밖에 걸어 놓고 사실은 개고기를 팔고 있다는 뜻이다.

중국의 사극을 보면 挂冠guàguān(괘관)이라는 말을 종종 듣게 되는데, 이는 모자를 걸어 놓다, 즉 관직을 버리고 고향으로 돌아가다, 사직하다는 뜻으로 사용되는 은유적인 표현이다.

★ 알아두면 유용한 단어

挂号guàhào(괘호): 번호를 걸다, 접수하다 | 挂号处guàhàochù(괘호처): 등록처, 접수처 | 挂名guàmíng(괘명): 이름을 걸다, 등록하다 | 挂失guàshī(괘실): 분실신고를 하다 | 挂失支票guàshīzhīpiào(괘실지표): 분실신고된 수표 | 挂上guàshàng(괘상): ~에 내걸다

교만한 군대는 반드시 패한다

교병필패骄兵必败

keyword 骄-驕-驕jiāo(교만할 교)

骄-驕-驕jiāo(교만할 교)는 馬(말 마)와 乔-喬qiáo(높을 교)로 이루어진 글자로 말 위에 높이 앉아 거만한 태도를 취하고 있는 모습을 의미하는 형성문자이며, 驕慢(교만)하다는 뜻이다. 驕와 驕가 같이 쓰인 것으로 보아 喬(높을 교)와 高(높을 고)는 모양도 비슷하고 뜻도 거의 같다는 것을 짐작할 수 있다.

骄가 들어간 단어 가운데 가장 많이 사용하는 말은 骄傲jiāoào(교오)이다. 自大zìdà(자대)처럼 '잘난 척하다', '교만하다'는 나쁜 뜻[贬义biǎnyì(폄의)]으로도 쓰이지만, '자랑스럽다(be proud of)' 또는 '자부심을 느끼다'의 自豪zìháo(자호)와 같은 좋은 뜻[褒义bāoyì(포의)]으로도 쓰인다. 이와 같이 骄傲(교오)는 두 가지 의미가 포함되어 있으므로 문맥의 앞뒤를 잘 살펴서 이해해야 한다. 그리고 '오만하고 방자하다'라는 말은 우리말과 마찬가지로 傲慢放恣àomànfàngzì(오만방자)라 하고, 自負心(자부심)이라는 표현은 自豪感zìháogǎn(자호감)이라는 단어로 사용하고 있다.

骄兵必败jiāobīngbìbài(교병필패)란 교만한 군대는 반드시 패한다는 뜻이다. 삼성 임직원들의 인트라넷 'my single'에서 骄兵必败(교병필패), 马不停蹄(마부정제)라는 말을 소개한 적이 있다. 교만한 군대는 반드시 패배하게 되어 있고, 달리는 말은 말발굽을 멈추지 않는다는 뜻이다. 삼성전자는 한때 일본의 대표적인 전자회사들의 이익 합계보다 더 많은 이익을 낼 정도로 세계 정상의 기업이었다. 그러나 좁쌀이라는 뜻의 중국 기업 小米 xiǎomǐ(소미) 등의 추격으로 인해 휴대전화의 시장점유율이 하락하고, 주식 시장에서도 삼성전자의 시가총액이 미국 애플(Apple)사의 1/4 정도로 추락하자, 삼성 내부에서도 스스로 교만함을 버리고 중단 없는 노력을 통해 다시 선두를 탈환하자는 의미로 임직원들의 주의를 환기시키기 위해 이 사자성어를 인용한 것으로 여겨진다.

马不停蹄mǎbùtíngtí(마부정제)는 적을 공격할 때는 적에게 쉴 틈을 주지 말라는 뜻으로 打的他馬不停蹄(타적타마부정제)를 줄인 말이다. 여기에 쓰인 蹄(발굽 제)는 발굽이 있는 가축인 소나 돼지 등에 발병해 입[口]과 발굽[蹄] 주변에 물집이 생겨 치사율이 높은 질병인 口蹄疫(구제역)을 떠올리면 쉽게 이해할 수 있을 것이다.

★ 알아두면 유용한 단어

骄傲jiāoào(교오): 교만하다, 자랑스럽다 | 骄慢jiāomàn(교만): 교만하다 ↔ 谦虚qiānxū(겸허): 겸손하다 | 骄傲自大jiāoàozìdà(교오자대): 교만하고 우쭐대다 | 骄气jiāoqi(교기): 건방진 태도 | 胜不骄shèngbùjiāo(승불교), 败不馁bàibùněi(패불뇌): 이겼다고 교만하지 말고, 졌다고 의기소침하지 마라.

천하 제일의 황산을 보지 않고서 오악을 자랑하지 말라
황산귀래불간악黄山归来不看岳

keyword
归-歸guī(돌아갈 귀)

归-歸guī(돌아갈 귀)는 追(따를 추)와 婦(부인 부)로 이루어진 글자로 결혼 후 아내[婦]가 남편을 따라[追] 친정에서 시댁으로 돌아가는 것을 뜻하는 회의문자다.

중국에서는 해외에서 유학하고 귀국한 사람을 해외에서 돌아왔다고 하여 海归hǎiguī(해귀)라고 부른다. 바다거북 海龟hǎiguī(해구)와 발음이 같아서 해외유학파를 海龟라고도 부른다. 海龟派들의 급격한 증가, 국내파에 비해 부족한 关系guānxi[꽌시(관계); 네트워크] 등으로 인해 海龟들의 입지가 2013년부터 급격히 위축되고 있다는 기사가 자주 보도되고 있다.

아울러 满载而归mǎnzàiérguī(만재이귀)라는 성어도 중국에서 많이 사용하는데, 고기잡이 나갔던 배가 고기를 가득 싣고 돌아온다는 뜻으로, 어떤 일의 결과가 아주 좋을 때 사용하는 표현이다.

중국인들이 자주 사용하는 속담 가운데 五岳归来不看山wǔyuèguīlái bùkānshān(오악귀래불간산)이라는 말이 있다. 유명한 다섯 군데 명산, 즉 五岳을 보지 않고서 감히 산을 보았다고 말하지 말라는 뜻이다. 또 黄山归来不看岳huángshānguīlái bùkānyuè(황산귀래불간악)이라는 속담은 천하 제일의 황산을 보지 않고서 오악이 최고라고 말하지 말라는 뜻이 담겨 있는데, 이 말은 安徽省Anhuīshěng[안후이성(안휘성)]에 있는 황산이 최고의 명산이라는 뜻이며, "뛰는 놈 위에 나는 놈 있다."는 뜻으로도 쓰인다.

안후이성에 있는 황산

고대 중국에서 말하는 이른바 中原zhōngyuán(중원)의 경계, 즉 문명과 비문명의 경계로 여겨졌던 五岳의 명칭을 살펴보면 다음과 같다.

- 東岳(동악): 산둥성의 泰山Tàishān(태산)
- 西岳(서악): 陕西省[산시성]의 華山Huáshān(화산)
- 南岳(남악): 후난성의 衡山Héngshān(형산)
- 北岳(북악): 山西省[산시성]의 悬空寺Xuánkōngsì(현공사)가 있는 恒山Héngshān(항산)
- 中岳(중악): 허난성의 少林寺Shàolínsì(소림사)가 있는 嵩山Chóngshān(숭산)

참고로 归(돌아갈 귀)와 그 모양이 유사한 관련 한자들을 살펴보면서 한자의 재미를 더해보자.

妇-婦fù(지어미 부)는 女(여자 녀)와 帚zhǒu(비 추)로 이루어져 빗자루를 들고 집안일을 하는 여인, 즉 부녀자를 뜻하는 형성문자이며, 자주 사용하는 단어로는 妇人fùrén(부인), 家庭妇女jiātíngfùnǚ(가정부녀; 가정주부), 夫妇fūfù(부부) 등이 있다.

扫-掃sǎo(쓸 소)는 扌(재방변, 손)과 帚로 이루어진 글자로 손에 빗자루를 들고 청소한다는 뜻이며, 打扫dǎsǎo(타소; 청소하다), 扫除sǎochú(소제; 청소하다, 소제하다), 扫墓sǎomù(소묘; 성묘하다), 扫描器sǎomiáoqì(소묘기; 스캐너) 등으로 쓰인다.

★ 알아두면 유용한 단어

归国guīguó(귀국): 귀국하다 | 归还guīhuán(귀환): 돌려주다(받다) | 归省guīxǐng(귀성): (돌아가서 부모님을 보살피다) 귀성하다, 귀향하다 | 海归hǎiguī(해귀): 해외에서 유학하고 귀국한 사람

keyword

비단에 꽃을 수놓아 더 아름답다
금상첨화锦上添花
锦-錦jǐn(비단 금)

锦-錦jǐn(비단 금)은 金(쇠 금)과 帛(비단 백)으로 이루어져 금(金)처럼 반짝이는 화려한 비단을 뜻하는 형성문자다. 그리고 帛은 흰[白] 수건[巾]이라는 의미로 순수한 직물, 비단을 뜻한다.

锦上添花jǐnshàngtiānhuā(금상첨화)는 비단 위에 꽃을 수놓아서 더 아름답다는 뜻으로, 좋은 일 위에 또 좋은 일이 더해짐을 비유적으로 이르는 말이다. 唐宋八大家tángsòngbādàjiā(당송팔대가)의 한 사람인 송나라의 王安石Wánganshí(왕안석)이 그의 정적이었던 司马光Sīmǎguāng(사마광)의 탄핵으로 낙향하면서 즉석에서 지었다는 시 <即事(즉사)>에서 '丽唱仍添锦上花lìchàngréngtiān jǐnshànghuā(여창잉첨금상화)', 즉 즐거운 술자리의 아름다운 노래는 비단에 꽃을 더한 것 같다고 노래한 데서 유래한다. 많은 남자 사이에 끼어 있는 한 여자를 뜻하는 紅一點hóngyìdiǎn(홍일점)이라는 말도 왕안석이 <石榴Shíliu(석류)>라는 시에서 초록빛 잎 속의 붉은 석류를 노래하면서 처음 사용한 것에서 유래한 표현이다.

四川省Sìchuānshéng[쓰촨성(사천성)]의 成都Chéngdū[청두(성도)]는 지금도 중국에서 錦官城jǐnguānchéng(금관성)이라 불린다. 사방이 높은 산들로 둘러싸인 四川盆地(쓰촨분지)는 예부터 天府之国tiānfǔzhīguó(천부지국), 즉 하늘이 준 곳간이라는 말처럼 물산이 풍부한 지역이다. 秦始皇QínShǐhuáng(진시황)이 쓰촨을 병합한 후 뽕나무를 많이 심어 예부터 고급 비단[锦]의 생

쓰촨성 청두에 있는 무후사

산지로 유명하여 금관성이라는 별명을 가지게 되었다. 당나라의 诗圣 shīshèng(시성) 杜甫Dùfǔ(두보)가 诸葛亮Zhūgěliàng(제갈량)의 사당이 있는 쓰촨성 청두의 武侯祠Wǔhóucí(무후사)에서 그를 추모하며 지은 시 <蜀相 Shǔxiāng(촉상)>에 다음의 구절이 나온다.

丞相祠堂何處尋 chéngxiàngcítáng héchùxún (승상사당하처심)
錦官城外柏森森 jǐnguānchéngwài bósēnsēn (금관성외백삼삼)

승상의 사당을 어디 가 찾으리오.
금관성 밖 잣나무 우거진 곳이구나.

위에서 살펴본 锦(비단 금) 외에도 绯缎(비단)을 뜻하는 한자는 아주 많은데, 몇 가지를 살펴보면 다음과 같다.

- 帛bó(비단 백): 결혼식의 예물을 뜻하는 币帛(폐백)에 쓰이는 글자다. 원래 폐백은 돈[币]과 비단[帛]을 뜻하는 단어였지만 지금은 예물이라는 뜻으로 쓰인다.
- 绸chóu(비단 주): 실크로드(Silk Road)를 일컫는 丝绸之路sīchóuzhīlù(사주지로) 등에 쓰인다.
- 缎duàn(비단 단): 내 마음의 绸缎(주단)이라는 노래 가사에 등장한다.
- 绯fēi(붉은 비단 비): 绯缎(비단)이라는 단어에 쓰인다.
- 绫líng(비단 릉) / 罗luó(비단 라, 그물 라) : 绫罗(능라)라는 단어에 쓰인다.
- 绢juàn(비단 견): 绢织(견직)에 쓰인다.
- 纱shā(얇은 비단 사): 纱帽冠带(사모관대)에 쓰인다.

비단의 뜻이 있는 글자가 이처럼 많은 것은 용도에 따른 종류가 다양한 점도 있지만, 중국인들의 비단에 대한 사랑이 그만큼 깊기 때문일 것이다.

★ 알아두면 유용한 단어

锦绣jǐnxiù(금수): 비단에 수를 놓은 것, 아름다운 것(물건) | 锦绣江山jǐnxiùjiāng shān(금수강산): 아름다운 강산 | 锦上添花jǐnshàngtiānhuā(금상첨화): 비단에 꽃을 더하다, 좋은 일들이 겹쳐 생기다, 더 좋다 ↔ 雪上加霜xuěshàngjiāshuāng(설상가상): (눈 위에 서리가 또 내리다) 엎친 데 겹친 꼴이다 | 锦衣夜行jǐnyīyèxíng(금의야행): 비단옷을 입고 밤길을 가다, 아무도 알아주지 않다

왕후장상의 씨가 어찌 따로 있겠는가
왕후장상王侯将相 영유종호宁有种乎

keyword

宁-寧nìng(차라리 녕)

宁-寧níng/nìng(편안할 녕/차라리 녕)은 집 안[宀(갓머리, 집)]의 그릇[皿(그릇 명)]에 음식이 가득하고, 튼튼한 농기구[丁(고무래 정)]가 있으니 마음[心(마음 심)]이 편안하다는 뜻으로 해석할 수 있는 회의문자다.

宁은 우리의 인사말 安宁(안녕)처럼 '편안하다'의 뜻으로 쓰이지만, 중국에서는 부사로 '어찌', '차라리'의 뜻으로 더 많이 사용된다. 이 글자가 들어간 속담이나 표현들을 잠시 살펴보자.

- 宁死不屈nìngsǐbùqū(영사불굴): 차라리 죽을지언정 굴복하지는 않겠다.
- 宁为鸡口nìngwéijīkǒu(영위계구), 不为牛后bùwéiniúhòu(불위우후): 차라리 닭의 머리가 될지언정 소의 꼬리는 되지 않겠다.
- 宁为玉碎nìngwéiyùsuì(영위옥쇄), 不为瓦全bùwéiwǎquán(불위와전): 차라리 부서진 옥이 완전한 기와보다 낫다.
- 宁与千人好nìngyǔqiānrénhǎo(영여천인호), 不与一人仇bùyǔyìrénchóu(불여일인수): 차라리 천 명의 사람과 사이좋게 지낼지언정 한 사람과 원수가 되지는 마라.

王侯将相wánghóujiàngxiàng(왕후장상), 宁有种乎nìngyǒuzhǒnghū(영유종호)라는 말이 있다. 司马迁Sīmǎqiān(사마천)의 ≪史记Shǐjì(사기)≫에 나오는 고사로, '어찌 왕후장상의 씨가 따로 있겠는가'라는 뜻이다. 최초로 중국 대륙을 통일한 진시황이 사망한 뒤 다시 천하가 혼란스러워진 진나라 말기 BC 209년에 소작농인 陈胜Chénshèng(진승)이 중국 역사상 최초의 민중반란을 일으켰다. 진승은 누구나 다 왕이나 제후, 장수 또는 재상이 될 수 있다고 주장하며 반란군을 규합했고, 여기서 王侯将相, 宁有种乎라는 말이 유래했다.

한반도에서도 고려의 무신정권 때인 1200년경 최충헌의 노비였던 万積(만적)이 난을 일으켰다. 그는 정중부의 난 이후에 노예 출신으로 벼슬한 사람이 많은 사실을 지적하며, 우리 같은 노예들도 고려의 귀족이 될 수 있고, 왕후장상도 처음부터 씨가 따로 있는 것이 아니라며 반란을 모의하였으나 실패로 끝이 났다.

★ 알아두면 유용한 단어

安宁ānníng(안녕): 편안하다, 안녕하다 | 辽宁Liáoníng(요녕): 멀고[辽] 편안한[宁] 곳이라는 뜻으로 辽宁省[랴오닝성(요녕성)] | 宁可nìngkě(영가): 설령 ~할지언정

기사로 보는 키워드

法国人笃信'法国造', 七成法国人表示宁可多花钱也要购买法国造的商品.
프랑스인들은 '프랑스제'에 대해 깊은 믿음[笃信(독신)]이 있다. 프랑스인 가운데 70%[七成]는 설령 더 비싸다고 해도 프랑스 상품을 구매하려고 한다.

프랑스 사람들의 국산품 애용에 대해 보도하면서 중국 제품의 이용을 권장하고 있다.

_<环球时报>(2014. 1. 10.)

새해에는 부디 마도성공马到成功하시길

keyword

到dào(이를 도)

到dào(이를 도, 도착할 도)는 至zhì(이를 지)와 刂(선칼도방)으로 이루어진 글자로 전투에서 칼을 들고 적진에 도달한다는 뜻의 형성문자다. 여기서 至는 乙(새 을)과 土(흙 토)로 이루어져 새가 땅에 내려앉다, 즉 땅에 이르다는 뜻으로 쓰인 指事文字(지사문자)다.

至가 들어간 표현 중에 尸至人吉(시지인길)이라는 말이 있다. 한자 그대로 몸이 죽음[尸]에 이르고[至] 사람[人]에게 이롭다[吉]는 뜻이다. 조선 중종 때의 巨儒(거유) 金宏弼(김굉필)의 제자 金正国(김정국)이 "큰 집을 屋(옥)이라 부르고 작은 집을 舍(사)라 하는데, 큰 집인 屋에 살면 몸이 죽음[尸]에 이르고[至], 작은 집인 舍에 살면 사람[人]에게 이롭다[吉]."라고 한 말에서 유래했다. 검소하고 소박한 삶을 강조하는 이야기인데, 물질만능의 현대사회를 사는 우리 후손들이 한 번쯤 새겨볼 만한 교훈이다.

중국어를 공부하다 보면 자주 혼동되는 단어들이 있다. 그 가운데 到达dàodá(도달)은 눈에 보이는 곳, 즉 학교나 지하철역 등 구체적인 장소에 '도착하다'라는 뜻이고, 达到dádào(달도)는 눈에 보이지 않는 추상적인 목표, 예를 들면 성적·지위 등을 '달성하다'라는 뜻으로 쓰인다. 그리고 轮到lúndào(윤도)는 수레바퀴가 도착하다, 즉 순번이 되었다는 뜻이다. '이제는 내 차례다.'라고 할 때는 现在轮到我xiànzàilúndàowǒ라고 말한다.

到期dàoqī(도기)는 '만기가 되다'라는 뜻이며 到期利息dàoqīlìxī(도기이식)은 만기 이자를 뜻한다. 또 过期guòqī(과기)라고 하면 기한을 넘기다, 만기가 지났다는 뜻이다. 중국에는 휴대폰 요금을 납부하는 방법으로 미리 충전하는 요금제가 유행하고 있는데, 매월 만기가 다가오면 过期作废guòqīzuòfèi(과기작폐) 또는 逾期作废yúqīzuòfèi(유기작폐)라는 알림문자가 온다. 기한 내에 요금을 납부하지 않으면 통신 서비스가 중단된다는 뜻이다.

중국에서는 새해 인사로 '부자 되세요'라는 뜻의 恭喜发财gōngxǐfācái(공희발재)라는 덕담을 가장 많이 주고받는다. 马到成功mǎdàochénggōng(마도성공)이라는 덕담도 많이 나누는데, 이 말은 말을 타고 적진에 도착하자마자 바로 승리한다는 뜻이다. 2014년 甲午年(갑오년)과 같은 말의 해에 특히 많이 듣게 되는 덕담이다. 이와 함께 깃발을 펄럭이자마자 승리를 거둔다, 즉 모든 일들이 뜻대로 잘 이루어지길 기원한다는 뜻의 旗开得胜qíkāidéshèng(기개득승)도 중국에서 많이 사용하는 덕담이다.

중국 속담 중에 车到山前必有路chēdàoshānqián bìyǒulù(차도산전필유로)라는 말이 있다. "수레가 산에 막혀도 반드시 길은 있다."는 뜻이며, 길이 없어도 노력하면 반드시 길이 생긴다는 의미다. 우리 속담 "하늘이 무너져도 솟아날 구멍은 있다."와 비슷한 뜻으로 쓰이는 말로, 중국인들이 즐겨 사용하는 표현이다.

★ 알아두면 유용한 단어

达到dádào(달도): 달성하다 | 到达dàodá(도달): 도착하다 | 到期dàoqī(도기): 기한에 이르다, 만기가 되다 | 迟到chídào(지도): 늦게 이르다, 지각하다 | 到处dàochù(도처): 도처에 | 到底dàodǐ(도저): 바닥에 이르다. 부 마침내, 결국은, 도대체

해는 저물고 갈 길은 멀다
복수의 화신 오자서의 일모도원日暮途远

keyword 途tú(길 도)

前途光明qiántúguāngmíng(전도광명)은 장래가 밝다는 뜻이며, 前途洋洋(전도양양)과 같은 말이다. 또 用途广泛yòngtúguǎngfàn(용도광범)은 쓰임새가 많다, 용도가 광범위하다는 뜻으로 쓰이며, 半途而废bàntúérfèi(반도이폐)는 중도에 포기한다는 뜻으로 사용하는 말이다. 여기에 쓰인 途tú(길 도)는 余(나 여, 나머지 여)와 辶-辵(책받침, 천천히 갈 착)으로 이루어져 내가 천천히 가야 할 길을 뜻하는 형성문자다.

'늙은 말이 갈 길을 안다'는 뜻의 老马识途lǎomǎshítú(노마식도)라는 고사가 있다. 춘추시대를 지배했던 다섯 명의 패자 春秋五霸chūnqiūwǔbà(춘추오패) 중 첫 번째 패자였던 齐桓公QíHuángōng(제환공)이 군대를 이끌고 산속을 행군하던 途中túzhōng(도중) 길을 잃자, 경험이 많은 늙은 말을 앞장세워 길을 찾았다고 한다. 여기에서 유래한 이 고사성어는 '늙은 말의 지혜'라는 뜻으로 老马之智lǎomǎzhīzhì(노마지지)라고도 한다. 경험과 지혜가 풍부한 나이 든 사람을 존중해야 한다는 뜻이 담긴 이 고사는 구조조정을 위한 조기퇴직과 명예퇴직 바람이 거센 우리 사회에서도 다시 한 번 되새겨봐야 할 이야기다.

日暮途远rìmùtúyuǎn(일모도원)은 날은 저물고 갈 길은 멀다는 뜻으로, 할 일은 많지만 시간이 없음을 비유하는 말이다. 춘추시대 吴Wú(오)나라 왕

阖闾Hélǘ(합려)의 책사로 복수의 화신이라 불린 伍子胥Wǔzixū(오자서)는 원래 楚Chǔ(초)나라 사람이었다. 초나라 平王(평왕)에게 죽임을 당한 부친의 복수를 위해 고국이었던 초나라를 침공하여 함락시키지만, 원수인 평왕은 이미 죽고 없었다. 결국 평왕의 무덤을 파헤쳐 시신에 300번의 채찍질을 가하는 복수를 하는데, 이러한 그의 행위에 대해 너무 잔인하다는 여론이 들끓었다. 그러자 날은 저물고 갈 길이 멀어 어쩔 수 없이 순리에 어긋난 행동을 했다고 오자서가 해명하지만, 비판으로부터 자유롭지는 못했다. 그는 오나라의 일등공신이었으나 결국 합려의 아들 夫差Fūchāi(부차)의 강요에 의해 자살로 생을 마감하는 비극적인 끝을 맞는다. ≪史记Shǐjì(사기)≫의 <伍子胥列传(오자서열전)>에 나오는 이야기다.

무덤을 파헤쳐 시체에 매질을 한다는 뜻의 掘墓鞭尸juémùbiānshī(굴묘편시)는 상식에 어긋나는 지나친 행동을 일컫는 말이다. 이와 함께 <오자서열전>에서 유래한 倒行逆施dàoxíngnìshī(도행역시)라는 말은 순리에 어긋난 잘못된 행동이라는 뜻인데, 이 말은 2013년에 대한민국 교수들이 뽑은 '올해의 사자성어'로 선정되기도 했다.

★ 알아두면 유용한 단어

前途qiántú(전도): 앞길, 미래 | 长途chángtú(장도): 긴 거리 | 途中túzhōng(도중): 도중 | 用途yòngtú(용도): 용도, 쓰임새

만 권의 책을 읽는 것보다 천 리 길을 여행하는 것이 낫다
독만권서读万卷书 불여행천리로不如行千里路

keyword

读-讀dú(읽을 독)

读-讀dú(읽을 독)은 言(말씀 언)과 賣(팔 매)로 이루어져 시장에서 물건을 팔 때 물건의 특징·가격 등이 적힌 장부를 소리 높여 읽는다는 뜻의 형성문자다. 이 글자는 현대 중국에서는 읽는다는 뜻 외에 공부한다는 뜻으로도 많이 사용한다. 그리고 賣-卖mài(팔 매)는 士(선비 사)와 罒(그물 망), 貝(조개 패)로 이루어져 귀한 물건을 보자기에 싸가지고 와서 사람들이 시장에서 팔고 있는 모습을 나타낸다.

중국인들이 좋아하는 속담 가운데 读万卷书dúwànjuànshū(독만권서), 行万里路xíngwànlǐlù(행만리로)라는 말이 있다. 이는 책을 많이 읽고 여행을 많이 해보라는 가르침으로 풀이된다. 2014년 3월에 버락 오바마 미국 대통령의 영부인 미셸 오바마가 중국을 방문하여 北京大学Běijīngdàxué[베이징대학(북경대학)]에서 연설하였는데, 이때 이 속담을 약간 바꾸어 "读万卷书dúwànjuànshū(독만권서), 不如行千里路bùrúxíngqiānlǐlù(불여행천리로)", 즉 "만 권의 책을 읽는 것보다 천리 길을 여행하는 것이 더 낫다."라고 여행의 중요성을 강조하여 뜨거운 호응을 이끌어낸 바 있다.

读书百遍义自见dúshūbǎibiàn yìzìjiàn(독서백편의자현)이라는 말은 책을 백 번 읽으면 그 뜻이 저절로 보인다, 즉 여러 번 읽다 보면 책 속의 뜻을 저절로 알게 된다는 뜻이다.

读书亡羊dúshūwángyáng(독서망양)은 ≪莊子Zhuāngzǐ(장자)≫에 나오는 이야기로 글을 읽는 데 정신이 팔려서 기르던 양을 잃어버렸다는 뜻이다. 다른 일에 정신을 팔다가 중요한 일을 소홀히 하여 낭패를 본다는 뜻인데, 요즘은 꼼꼼하게 책을 읽는 精读jīngdú(정독)의 중요성을 강조하는 뜻으로도 사용된다.

송나라의 朱子Zhūzǐ(주자; 朱熹Zhūxī)는 올바른 독서방법으로 입으로 큰 소리를 내면서 읽는 口到(구도), 눈을 떼지 않고 읽는 眼到(안도), 온 마음으로 읽어야 한다는 心到(심도) 이 세 가지를 读书三到dúshūsāndào(독서삼도)라 하였는데, 이 또한 정독과 낭독의 중요성을 강조한 말이다. 최근 우리나라에서도 소리 내어 책을 읽는 朗读lǎngdú(낭독)의 중요성이 강조되고 있다.

★ 알아두면 유용한 단어

读者dúzhě(독자): 독자 | 读书dúshū(독서): 책을 읽다, 공부를 하다, 학교에 다니다 | 读博dúbó(독박): 박사과정을 공부하다 | 读完硕士dúwánshuòshì(독완석사): 석사를 끝내다 | 读杂志dúzázhì(독잡지): 잡지를 읽다 | 读懂dúdǒng(독동): 이해하다 = 了解liǎojiě(요해)

글재주가 출중한 팔두지재八斗之才 조식曹植

keyword

斗-鬪 dǒu(말 두)

鬪dǒu(말 두)는 鬥(싸울 투)와 斵(말 두)로 이루어져 두 나라의 왕들[王王]이 창 같이 생긴 무기[| |]를 들고 싸우는 모습을 나타낸 형성문자다. 鬪가 '싸울 투'로 쓰일 때는 dòu로 발음한다. 참고로 간체자인 斗는 한 말, 두 말 등 부피를 재는 도구의 모양을 형상화한 상형문자다.

一斗(1두), 즉 한 말은 열 되인 十升(10승)으로 약 10리터 정도의 부피를 가리킨다. 따라서 斗酒不辞dǒujiǔbùcí(두주불사)라는 말은 한 말(약 10리터)의 술도 사양하지 않고 잘 마신다는 뜻이다. 이렇게 술을 잘 마시는 사람을 중국에서는 海量hǎiliàng(해량)이라고 부르는데, 우리말로 술고래에 해당하는 말이다. 중국 속담에 人不可貌相rénbùkěmàoxiàng(인불가모상), 海水不可斗量hǎishuǐbùkědǒuliáng(해수불가두량)이라는 말이 있다. 사람을 겉모습만 봐서는 안 되고, 바닷물 같은 큰물은 斗[말] 같은 작은 것으로 잴 수 없다는 뜻이다. 다시 말해 큰 인재를 외모나 작은 잣대로 함부로 평가해서는 안 된다는 뜻이다.

北斗běidǒu(북두)는 북쪽 하늘에 있는 일곱 개의 큰 별 北斗七星běidǒuqīxīng(북두칠성)을 가리키며, 北斗星běidǒuxīng(북두성)이라고도 한다. 泰山北斗tàishānběidǒu(태산북두)는 태산처럼 높고 북두칠성처럼 뚜렷하다는 의미로, 그 분야에서 최고 권위자를 가리키는 말이다. 그리고 최근 중국의 젊은이들이 인터넷상[网上wǎngshàng(망상)]에서 자주 사용하는 표현

가운데 战斗机zhàndòujī(전투기)가 있다. 이 말은 단순히 비행기만을 뜻하지 않고, '최고다', '대단하다'는 뜻의 厉害lìhai(여해) 또는 真棒zhēnbàng(진봉)이라는 말을 대신해서 사용하는 은어로 인터넷을 타고 급속히 퍼지고 있다. 'A是手机中的战斗机A shì shǒujīzhōngde zhàndòujī'라고 하면 A는 핸드폰 중에서는 최고라는 뜻이다.

曹操Cáocāo(조조)의 셋째 아들인 曹植Cáozhí(조식)은 훗날 魏Wèi(위)나라 황제가 된 맏형 曹丕Cáopī(조비)와 태자 계승 문제로 갈등한다. 어느 날 형 조비가 일곱 걸음을 걷는 동안에 시 한 수를 짓지 못하면 죽임을 당할 것이라 하자, 그 말이 끝나기가 무섭게 "콩을 삶기 위하여 콩대를 태우니, 콩이 가마 속에서 우노라. 본디 한 뿌리에서 같이 태어났음에도 서로 괴롭히기가 어찌 이리 심한고(煮豆燃豆萁, 豆在釜中泣, 本是同根生, 相煎何太急)"라고 읊었다. 자기를 콩에, 형을 콩대에 비유하여 형제 간의 불화를 상징적으로 노래한 이 시가 바로 그 유명한 <七步之詩(칠보지시)>다. 200여 년이 지난 후에 谢灵运(사령운)이라는 유명한 시인은 "이 세상에는 열 말[十斗, 한 섬]의 재주가 존재하는데, 하늘이 조식에게 여덟 말의 재주를 주었고, 사령운 자신에게는 한 말을 주었으며, 나머지 한 말을 세상 모든 사람에게 골고루 나누어 주었다."라고 조식을 높이 평가하였다. 이 말에서 연유하여 후세 사람들이 조식을 八斗之才bādǒuzhīcái(팔두지재)라 부르게 되었고, 지금은 뛰어난 인재나 재주가 많은 사람을 일컫는 말로 사용된다.

★ 알아두면 유용한 단어

斗争dòuzhēng(투쟁): 투쟁하다 | 思想斗争sīxiǎngdòuzhēng(사상투쟁): 사상투쟁 | 战斗zhàndòu(전투): 명 전투, 동 싸우다 | 战斗力zhàndòulì(전투력): 전투력 | 文学泰斗wénxuétàidǒu(문학태두): 문학의 최고봉

Keyword

공자님 앞에서 문자 쓴다

반문농부班门弄斧

弄nòng(놀 롱)

弄nòng(놀 롱, 희롱할 롱)은 구슬[玉(구슬 옥)]을 손에 받쳐[廾(받쳐들 공, 스물 입)] 들고 가지고 논다는 뜻의 회의문자다. 문맥에 어울리는 적당한 동사가 없을 때 많이 사용하며, 영어의 take, get처럼 쓰이는 글자다.

옛날에 중국에서는 아들을 낳으면 커서 벼슬을 하라는 뜻에서 관리가 들고 다니는 璋zhāng(장)을 선물하였다. 이러한 풍습에서 득남의 기쁨을 弄璋之喜nòngzhāngzhīxǐ(농장지희), 즉 홀[璋]을 가지고 노는 즐거움이라 하였다. 그리고 딸을 낳으면 예쁘게 자라라는 뜻에서 흙으로 구운 빗을 선물하여 弄瓦之喜nòngwǎzhīxǐ(농와지희)라고 하였다.

"공자님 앞에서 문자 쓴다." 혹은 "부처님 앞에서 설법한다."는 뜻의 孔子门前卖孝经kǒngzǐménqián màixiàojīng(공자문전매효경)이라는 속담이 있는데, 공자님의 집 앞에서 孝经(효경)을 판다는 뜻이다. 이와 같은 의미의 성어인 班门弄斧bānménnòngfǔ(반문농부)는 목공예 및 건축의 달인으로 고대 중국의 레오나르도 다빈치라고 평가받는 鲁Lǔ(노)나라 출신의 鲁班(노반)의 집 앞에서 도끼를 가지고 논다는 뜻이다. 중국 사람들이 좋아하고 즐겨 사용하는 표현이다.

弄과 같은 뜻의 한자 玩wán(놀 완, 희롱할 완)은 玉(구슬 옥)과 元(으뜸 원)으로 이루어진 글자로 구슬을 보물 중 최고로 생각하고 가지고 논다는 뜻으로 이해할 수 있는 형성문자다. 많이 쓰이는 단어로는 玩弄wánnòng(완롱; 가지고 놀다), 玩具wánjù(완구; 장난감), 玩得好wándehǎo(완득호; 잘 놀다), 开玩笑kāiwánxiào(개완소; 농담하다) 등이 있다.

★ 알아두면 유용한 단어

弄坏nònghuài(농괴): 망치다 | 弄坏玩具nònghuàiwánjù(농괴완구): 장난감을 부수다 | 愚弄yúnòng(우롱): 놀리다, 우롱하다 | 弄错nòngcuò(농착): 잘못을 하다 | 弄脏nòngzāng(농장): 더럽히다 | 玩弄wánnòng(완롱): 가지고 놀다 | 玩弄手机wánnòngshǒujī(완롱수기): 핸드폰을 가지고 놀다

기사로 보는 키워드

别让'他妈的'弄脏媒体的脸. '제기랄[他妈的]'이라는 표현으로 (언론) 매체의 얼굴을 더럽히지 말자.

이 기사에는 언론들이 언어를 순화해서 사용하자는 자성의 목소리가 담겨 있다. 여기에 쓰인 弄脏nòngzāng(농장)은 더럽힌다는 뜻이다.

_<环球时报>(2014. 1. 4.)

용문龙门을 넘지 못하고 이마에 상처만 입다
용문점액龙门点额

Keyword
龙-龍lóng(용 룡)

龙门Lóngmén(용문)은 黄河Huánghé(황하) 上流shàngliú(상류)에 위치한 물살이 아주 거센 지역의 명칭이다. 황하의 거센 물살을 이겨내고 잉어들이 이곳을 뛰어오르면 용이 된다는 전설이 전해 내려오는 곳으로, '과거에 급제하다' 또는 '고시에 패스하다'라는 뜻의 登龙门dēnglóngmén(등용문)이라는 말은 그 옛날 이곳 용문에서 생겨났다.

한편, 잉어가 용문을 넘지 못하고 이마에 상처만 남게 된다는 뜻의 龙门点额lóngméndiǎné(용문점액)은 '시험에 떨어지다', '낙제하다'라는 뜻으로 쓰이는 표현이다. 고대 중국의 禹Yǔ(우)가 이 용문에서 물길을 터서 홍수를 예방하였다고 하며, 그 공로로 舜Shùn(순)임금으로부터 왕위를 물려받았다는 大禹治水dàyǔzhìshuǐ(대우치수) 이야기의 무대가 되었던 곳이기도 하다.

여기에 쓰인 龙-龍lóng(용 룡)은 상상 속의 동물인 용의 모양을 형상화한 글자로 임금을 상징하기도 하는 상형문자다. 참고로 용의 우리 옛말인 미르는 용과 밀접한 물에서 파생된 말이라고 한다. 摆龙门阵bǎilóngménzhèn(파룡문진)은 용처럼 긴 진을 친다, 즉 '수다를 늘어놓다', '잡담하다'라는 뜻이며, 聊天儿liáotiānr(요천아)와 같은 뜻으로 사용되는 말이다.

요즘 중국에서는 공산당 고위 간부의 자제들이 사회적 물의를 일으킨 사건들이 심심찮게 인터넷에 올라오고 있는데, 이런 기사들과 함께 龙生凤养lóngshēngfèngyǎng(용생봉양)이라는 표현도 자주 볼 수 있다. 이 말은 용으로 태어나 봉황으로 길러진다는 의미로 태어날 때부터 금숟가락을 물고 나온다는 뜻이다. 용생봉양과 같은 이러한 현상들은 중국의 또 다른 사회적 갈등이 되고 있다.

예나 지금이나 세상의 모든 부모들은 자식이 잘되고 훌륭하게 되길 바라는 마음에는 변함이 없는 것 같다. 자식이 용이 되길 바란다는 뜻의 望子成龙wàngzǐchénglóng(망자성룡)이라는 말은 중국 어디에서나 많이 듣게 되는 표현이다.

또한 중국에는 龙多死靠lóngduōsǐkào(용다사고)라는 속담이 있는데, 인재가 너무 많으면 죽음에 이른다, 즉 똑똑한 사람이 많으면 오히려 일이 잘

허난성 뤄양에 있는 용문석굴(사진 제공: 김용수)

안 풀린다는 뜻이다. "사공이 많으면 배가 산으로 간다."라는 우리 속담과 같은 뜻으로 쓰이는 말이다.

[334쪽, 靠(기댈 고) 참조]

龙门石窟Lóngménshíkū(용문석굴)은 河南省Hénánshěng[허난성(하남성)] 洛阳Luòyáng[뤄양(낙양)] 남쪽에 위치한 석굴사원으로, 북위 때인 5세기 말부터 당나라 때인 9세기까지 4세기에 걸쳐 조성되었으며, 2,300여 개의 석굴과 壁龕(벽감)으로 이루어져 있다. 이 석굴은 특히 예술성이 높은 정교하고 아름다운 조각으로 유명하며, 2000년에 유네스코 세계문화유산으로 지정되었다. 신라의 慧超(혜초) 스님이 쓴 往五天竺国传(왕오천축국전) 필사본이 발견된 敦煌Dūnhuáng[둔황(돈황)]의 莫高窟(막고굴), 그리고 山西省Shānxīshěng[산시성(산서성)] 大同Dàtóng[다퉁(대동)]에 있는 云冈石窟Yúngāngshíkū(운강석굴) 등과 함께 신라의 경주 石窟庵(석굴암) 형식에 큰 영향을 끼친 불교 석굴 유적지로, 중국의 석조 미술의 최고봉이라 할 수 있다.

★ 알아두면 유용한 단어

龙头lóngtóu(용두): 수도꼭지, 자전거 손잡이 | 龙舟lóngzhōu(용주): 단오절에 사용하는 경주용 배 | 登龙门dēnglóngmén(등용문): 과거에 급제하여 벼슬길에 나가다 | 龙井茶lóngjǐngchá(용정차): 용정차 | 龙头蛇尾lóngtóushéwěi(용두사미): 용두사미 | 龙卷风lóngjuǎnfēng(용권풍): 토네이도, 회오리바람

나날이 더욱 번창하시기를 바랍니다
갱상일층루更上一層樓

keyword

楼-樓lóu(다락 루)

중국에서는 사무용 빌딩(office building)을 글 쓰는 건물이라는 뜻에서 写字楼xiězìlóu(사자루)라고 하며, 서재나 사무실은 写字间xiězìjiān(사자간), 공장과 구분되는 사무동 빌딩은 办公楼bàngōnglóu(판공루)라고 부른다. 또한 摩天楼mótiānlóu(마천루)는 한자 풀이 그대로 하늘을 만질 수 있는 건물 또는 하늘에 닿는 건물이라는 뜻으로 고층 빌딩을 가리키는 말이다. 부동산은 집[房]과 땅[地]의 산업이라는 의미에서 房地产fángdìchǎn(방지산)이라고 하는데, 부동산 시장을 뜻할 때는 楼市lóushì(누시)라는 말도 많이 사용한다.

여기에 쓰인 楼-樓lóu(다락 루)는 木(나무 목)과 婁[별 루, 屡(여러 루)]로 이루어져 나무로 여러 겹 쌓아 올린 망루 또는 누각을 나타내는 형성문자다. 그리고 屡-屢는 尸(주검 시)와 婁(별 루)가 합쳐진 글자로 屡次lǚcì(누차; 여러 차례), 屡屡lǚlǚ(누루; 누누이, 여러 번) 등으로 쓰인다.

중국의 옛 诗句(시구) 중에 近水楼台先得月jìnshuǐlóutái xiāndéyuè(근수루대선득월)이라는 말이 있다. 물가에 있는 누각이 달빛을 먼저 받는다는 의미인데, 실력자와 가까이 있는 사람이 먼저 이득을 보게 된다는 뜻으로 쓰이는 표현이다. 또 우리 속담의 "강 건너 불구경하다."와 같은 뜻의 중국 속담 黄鹤楼上看翻船huánghèlóushang kànfānchuán(황학루상간번선)은 황학루에서 배가 전복되는 것을 구경한다는 말이다.

화베이(华北)의 대표 누각 산시성의 관작루

중국인들은 축하 메시지로 '나날이 번창하시길 바랍니다.' 또는 '더욱 더 좋아지시길 바랍니다.'라는 뜻으로 당나라 王之涣Wángzhīhuàn(왕지환)의 시 <登鸛雀楼Dēngguànquèlóu(등관작루)>에 나오는 '更上一層樓gèngshàng yìcénglóu(갱상일층루)' 구절을 인용하여 많이 사용한다. 이 시는 2013년 6월에 박근혜 대통령이 중국을 방문했을 때, 시진핑 국가주석이 한중 관계가 한 단계 더 발전하기를(更上一层楼) 희망한다는 뜻에서 이 시의 서예작품을 선물하여 우리나라에서도 유명해진 작품이다. 잠시 이 시를 감상해 보자.

白日依山盡 báirì yīshānjìn (백일의산진)
黃河入海流 Huánghé rùhǎiliú (황하입해류)
欲窮千里目 yùqióng qiānlǐmù (욕궁천리목)
更上一層樓 gèngshàng yìcénglóu (갱상일층루)

석양은 서산을 의지해서 지고
황하는 바다로 흘러가는데
천 리 밖을 더 보고 싶거든
(관작루의) 한 층을 더 올라가 보세.

盛唐(성당) 때의 시인 왕지환은 玄宗(현종) 때 벼슬을 버리고 천하를 유람한다. 그는 고향 땅 山西Shānxī[산시(산서)]의 鸛雀楼Guànquèlóu(관작루)에 올라 해 저무는 黃河Huánghé(황하)를 바라보며 이 시를 지었는데, 힘든 환경을 포기하지 않고 자신을 한 단계 더 성장시키고자 하는 의지를 담고 있다. 중국인들이 사랑하는 이 시 가운데 '欲窮千里目, 更上一層樓' 구절만 외우고 있어도 중국에서는 중국문화에 대해 잘 아는 유식한 외국인으로 인정받는다.

★ 알아두면 유용한 단어

写字楼xiězìlóu(사자루): 오피스 빌딩 | 办公楼bàngōnglóu(판공루): 사무동 | 三楼sānlóu(삼루): 3층 = 三层sāncéng(삼층) | 高楼林立gāolóulínlì(고루임립): 높은 빌딩이 즐비하다 | 摩天楼mótiānlóu (마천루): 마천루, 고층 빌딩 | 楼市lóushì(누시): 부동산 시장

기사로 보는 키워드

'楼市崩盘论'言过其实. '부동산 시장 붕괴론'은 그 말이 지나치고 사실과 다르다.

중국의 부동산 시장 붕괴론에 대해 근거가 없다고 보도하고 있다. 이 기사에 쓰인 言过其实yánguòqíshí(언과기실)은 말이 지나쳐서 사실과 다르다, 과장되었다는 뜻이다.

_<新京报Xīnjīngbào(신경보)>(2014. 2. 25.)

화와 복은 친한 이웃이다

화복위린祸福为邻

keyword

邻-鄰-隣lín(이웃 린)

邻-鄰-隣lín(이웃 린)은 粦lín(반딧불 린, 도깨비불 린)과 阝(우부방, 마을)으로 이루어진 글자이며, 밤에 멀리서 바라보면 반딧불처럼 옹기종기 모여 살고 있는 이웃 마을을 나타내는 형성문자다. 그리고 粦은 米(쌀 미)와 舛(어긋날 천)으로 이루어져 쌀알처럼 조그만 반딧불 또는 도깨비불이 정신없이 날아다니는 모습을 뜻한다. 참고로 阝(우부방)은 '마을[邑(마을 읍)]'을, 阝(좌부방)은 '언덕[阜(언덕 부)]'을 나타낸다. 또한 舛은 왼발[夕]과 오른발[㐄]이 서로 어긋나게 서 있는 모습, 또는 서로 등지고 서 있는 모습을 나타낸 상형문자다. 많이 쓰이는 단어로는 舛杂chuǎnzá(천잡; 천잡하다, 틀리고 엉망이다), 舛驳chuǎnbó(천박; 천박하다, 순수하지 못하다) 등이 있다.

邻-鄰은 고대 중국에서 다섯 가구를 묶어서 부르던 행정구획 이름이다. 따라서 5邻은 25가구에 해당하며, 이를 1里(마을 리)라고 하였다. 隣이 들어간 단어 중에 조선시대의 외교정책이었던 事大交隣(사대교린)이 있는데, 중국에는 사대정책, 倭(왜)나 女真(여진) 등과는 평화롭게 지내는 교린정책을 원칙으로 삼은 외교정책을 가리킨다.

老子Lǎozǐ(노자)의 ≪道德经Dàodéjīng(도덕경)≫에 나오는 말로 福兮祸所伏fúxī huòsuǒfú(복혜화소복), 祸兮福所伏huòxī fúsuǒfú(화혜복소복)이 있다. 길흉은 꼰 새끼줄과 같아서 복이라는 놈은 화가 있는 곳에 엎드려 있고, 화라는 놈도 복 속에 숨어 있다는 의미로, 재앙과 복은 서로 이웃이라는 뜻의 祸福为邻huòfúwéilín(화복위린)과 같은 뜻으로 쓰이는 표현이다. 인생의 길흉화복은 변화가 많아서 예측하기가 어렵다는 塞翁之马 sāiwēngzhīmǎ(새옹지마)와도 같은 뜻이다.

한편, 중국 속담에 "먼 친척보다 가까운 이웃이 더 낫다."라는 뜻으로 远亲不如近邻yuǎnqīn bùrú jìnlín(원친불여근린)이라는 표현이 있는데, 이는 우리도 자주 사용하는 '이웃사촌'이라는 말과 비슷한 의미다.

★ 알아두면 유용한 단어

邻里línlǐ(인리): 이웃 = 邻居línjū(인거) = 邻近居民línjìnjūmín(인근주민) | 善邻友好shànlínyǒuhǎo(선린우호): 선린우호 | 邻国línguó(인국): 이웃 나라 | 邻居冤家línjūyuānjia(인거원가): 이웃집 원수 | 邻近的人línjìnderén(인근적인): 이웃집 사람

나무는 보고 숲은 보지 못한다
규표일반窺豹一斑

keyword

斑bān(얼룩 반)

斑bān(얼룩 반)은 玨-珏(쌍옥 각)과 文(글월 문)으로 이루어져 옥구슬 속에 무늬[文], 즉 얼룩점이 있다는 뜻의 회의문자다. 한 쌍의 구슬을 뜻하는 玨은 현악기의 현을 조절하는 장치의 모양을 뜻하는 글자로 많이 활용되는데, 그 관련 한자들을 살펴보면 다음과 같다.

- 琴瑟qínsè(금슬): 琴(거문고 금)과 瑟(큰 거문고 슬, 비파 슬)이 합쳐져 거문고와 비파를 아울러 이르는 말로, 부부간의 사랑을 가리키는 말이다.
- 琵琶pípá(비파): 琵(비파 비)와 琶(비파 파)가 합쳐져 현악기 비파를 가리킨다.
- 班bān(나눌 반): 칼로 옥을 쪼개어 나누어 준다는 뜻이며, 上班shàngbān(상반; 출근하다), 加班jiābān(가반; 초과 근무를 하다) 등으로 쓰인다.

얼룩말은 斑马bānmǎ(반마)라고 하며, 얼룩말 무늬와 같이 생긴 선이라는 뜻으로 횡단보도를 斑马线bānmǎxiàn(반마선)이라고 한다. 물론 사람들이 건너가는 길이라는 뜻의 人行横道rénxínghéngdào(인행횡도)라는 말도 많이 사용한다.

斑衣之戏bānyīzhīhū(반의지희)는 늙어서도 부모에게 효도한다는 뜻을 가진 고사성어다. 춘추시대 초나라의 일흔이 넘은 老莱者(노래자)라는 노인이 늙으신 부모님을 기쁘게 해드리기 위해 색동옷[斑衣(반의)]을 입고 노래를 부르며 재롱을 피우기도 하고, 또 일부러 넘어져서 엉엉 우는 흉내를 내면서 어버이를 기쁘게 했다는 이야기에서 유래한 말로, 孝(효)란 무엇인가를 깨닫게 해주는 말이다.

窥豹一斑kuībàoyìbān(규표일반)이라는 말은 좁은 대나무 관으로 표범을 보면 표범의 점 하나만 볼 수 있고 표범의 전체 모습은 볼 수 없다는 뜻의 管中窥豹guǎnzhōngkuībào(관중규표), 可见一斑kějiànyìbān(가견일반)의 준말이다. 书艺[서예; 중국에서는 书法shūfǎ(서법)이라고 함]의 최고봉으로 불리는 东晋(동진)의 서예가 王羲之Wángxīzhī(왕희지)의 아들이 노름판에서 훈수를 두다가 노름판의 전체 국면을 이해하지 못한다고 오히려 사람들로부터 핀잔을 들었다는 이야기에서 유래하며, 상황의 전체 국면을 보지 못하고 일부분만 보는 좁은 식견을 가리키는 말이다. 우리 속담의 "나무는 보고 숲은 보지 못한다.", "장님 코끼리 만지는 격"과 같은 뜻이다.

참고로 豹bào(표범 표)는 豸(돼지시변, 발 없는 벌레 치)와 勺(국자 작)으로 이루어져 국자의 머리 부분처럼 둥그스름한 점이 몸에 박혀 있는 짐승이라는 뜻의 형성문자다. 우리가 흔히 쓰는 '표변하다'라는 말은 중국말로 豹变bàobiàn(표변)이라고 하는데, 추운 겨울이 오기 전에 표범들이 털갈이를 해서 표범의 무늬가 아름답고 선명하게 바뀐다는 말에서 유래된 말이다. 예전에는 君子豹变(군자표변)이라는 말처럼, 모름지기 군자는 늘 선행을 행하며 표범의 무늬처럼 아름답게 변해야 한다는 뜻으로 사용되었지만, 요즘에는 '갑자기 바뀌다', '돌변하다', '표변하다'라는 부정적인 뜻으로 쓰인다.

★ 알아두면 유용한 단어

斑点bāndiǎn(반점): 얼룩, 점 | 斑点狗bāndiǎngǒu(반점구): 얼룩강아지 | 斑纹bānwén(반문): 얼룩무늬 | 老年斑lǎoniánbān(노년반): (나이 들어 생기는) 검버섯 | 斑牛bānniú(반우): 얼룩소 | 红斑hóngbān(홍반): 붉은 반점

급하게 서두르면 오히려 일을 그르친다
발묘조장拔苗助长

keyword
拔bá(뽑을 발)

≪孟子Mèngzǐ(맹자)≫에 나오는 이야기 중에 拔苗助长bámiáozhùzhǎng(발묘조장)이라는 말이 있다. 옛날에 한 어리석은 농부가 모내기를 한 후 벼가 더 빨리 자라기를 바라는 마음에 벼를 조금씩 뽑았다가 그해 농사를 모두 망쳤다는 고사에서 유래된 말로, 급하게 서두르다 오히려 일을 그르친다는 뜻이다. 비교적 느릿느릿 일하는 중국인들이 좋아하는 표현인데, 늘 '빨리 빨리'를 외치는 우리들도 새겨두어야 할 말이다.

여기에 쓰인 拔bá(뽑을 발)은 扌(재방변, 손)과 犮(뺄 발)로 이루어져 손으로 '빼다' 또는 '뽑다'를 뜻하는 형성문자다.

一毛不拔yìmáobùbá(일모부발)은 남을 위해서는 털 한 가닥도 뽑아주지 않는다는 뜻으로 몹시 인색함을 나타내는 말이다. 물건을 사면서 한 근 한 근 일일이 계산하고 비교한다는 뜻의 斤斤计较jīnjīnjìjiào(근근계교)도 이와 비슷한 뜻으로 사용되고, 시장 우물가의 소인배, 시정잡배를 뜻하는 市井小人shìjǐngxiǎorén(시정소인)도 아울러 사용하는 말이다.

老虎嘴上拔毛lǎohǔzuǐshang bámáo(노호취상발모)는 범 주둥이의 털을 뽑다, 즉 호랑이의 코털을 건드린다는 뜻으로 위험천만한 행동을 가리키는 재미있는 표현이다. 또 중국 속담인 骗上高楼拔短梯piànshànggāolóu báduǎntī(편상고루발단제)는 높은 누각에 올라가게 해 놓고 사다리를 뽑아 버린다는 의미로, 부추겨서 실컷 일을 시켜 놓고 나중에는 모른 체 한다는 뜻으로 쓰이는 말이다.

力拔山氣盖世lìbáshān qìgàishì(역발산기개세)라는 말은 项羽Xiàngyǔ(항우)가 산을 뽑을 만한 힘과 세상을 덮을 만한 기운을 가졌으나, 하늘이 돕지 않음을 원망하며 부른 <垓下歌Gāixiàgē(해하가)>의 한 구절이다.

[169쪽, 盖(덮을 개) 참조]

이 같은 항우의 체념 섞인 <해하가>에 그의 연인 虞姬Yújī(우희)는 항우에게 짐이 되지 않기 위해 答歌(답가)를 부르며 자살하고 만다. ≪楚汉春秋(초한춘추)≫에 전하는 우희의 답가를 옮겨 본다.

汉兵已略地 hànbīng yǐlüèdì (한병이약지)
四面楚歌声 sìmiàn chǔgēshēng (사면초가성)
大王义气尽 dàwáng yìqìjìn (대왕의기진)
贱妾何聊生 jiànqiè héliáoshēng (천첩하료생)

한나라 병사들이 이미 땅을 차지하였고
사방에는 온통 초나라 노래뿐이네.
대왕(항우)의 의기 이미 다해버렸으니
천첩이 어찌 살기를 바라리오.

★ 알아두면 유용한 단어

拔剑bájiàn(발검): 발검하다, 칼을 뽑다 | 拔虫牙báchóngyá(발충아): 충치를 뽑다 | 拔智牙bázhìyá(발지아): 사랑니를 뽑다 | 挺拔tǐngbá(정발): 곧고 높다, 우뚝하다 | 海拔高度hǎibágāodù(해발고도): 해발고도

너무나 좋아하여 차마 손에서 놓을 수 없다
애불석수爱不释手

keyword
释-釋shì(풀 석)

昼耕夜读(주경야독)이라는 말은 송나라 때 朱子Zhūzǐ(주자)가 지은 ≪小学(소학)≫에 나오는 昼耕夜读zhòugēngyèdú(주경야독), 手不释卷shǒubúshìjuàn(수불석권)의 줄임말로, 낮에는 밭을 갈고 밤에는 책을 읽으며 손에서 책을 놓지 않는다(풀지 않는다)는 뜻이다. 그리고 爱不释手àibúshìshǒu(애불석수)라는 말은 너무나 좋아하여 손에서 놓지 않는다, 즉 아주 좋아한다는 뜻으로 쓰이는 표현이다.

여기에 쓰인 释-釋shì(풀 석)은 釆(짐승 발자국으로 분별할 변)과 睪(즐겁게 볼 역)으로 이루어진 글자로, 발자국을 보고 무슨 짐승인지를 알아차리고(해석하고) 기뻐한다는 뜻의 형성문자다. 짐승의 발[釆]이 그물[罒]에 걸려 있는 것을 행복[幸]하게 풀어준다고 풀이하면 이해가 좀 더 쉬울 것이다. 그리고 睪(즐겁게 볼 역)은 目(눈 목)과 幸(행복할 행)으로 구성되어 '즐겁게 보다', '엿보다'라는 뜻이고, 釆은 짐승의 발자국 모양을 형상화한 글자로 짐승을 알아낸다는 뜻이다.

참고로 釆와 관련된 한자를 살펴보면, 番fān(순번 번)은 짐승 발자국[釆]이 밭[田]에 찍혀 있는 순서에서 유래했으며, 悉xī(모두 실)은 짐승들이 발[釆]을 이용해 죽어 있는 짐승의 심장[心]까지 모두 파헤쳤다는 뜻이다. 熟悉shúxī(숙실)이라는 말은 모두 다 익었다는 의미로 '익숙하다', '다 잘 안다'라는 뜻으로 사용된다.

佛教Fójiào(불교) 용어 가운데 帝释天dìshìtiān(제석천)이라는 말이 있는데, 魔王mówáng(마왕) 阿修罗āxiūluó(아수라)를 물리친 불교의 호법 신을 가리키는 말이다. 엉망진창을 뜻하는 阿修罗场āxiūluóchǎng(아수라장)이라는 표현은 마왕 아수라의 전쟁터 모습에서 유래된 말이다.

우리가 일상에서 자주 사용하는 '석연치 않다'라는 말은 미심쩍고 마음이 개운하지 않다는 뜻이며, '석연'을 한자로 쓰면 마음을 자연스럽게 탁 풀어 놓는다는 뜻의 释然shìrán(석연)이 된다. 중국어에서는 마음이 개운하고 편안하다는 뜻으로 이 말을 사용한다.

★ 알아두면 유용한 단어

释放shìfàng(석방): 석방하다, 풀어놓다 | 解释jiěshì(해석): 풀어서 설명하다, 해석하다 | 解释误会jiěshìwùhuì(해석오해): 오해를 설명하다, 해명하다 | 假释jiǎshì(가석): 가석방하다 | 注释zhùshì(주석): 주석하다 | 释迦三尊shìjiāsānzūn(석가삼존): 석가삼존불

기사로 보는 키워드

金融界五负责人释放金改信号. 금융 책임자(负责人) 다섯 명이 금융개혁의 신호를 내놓았다.

중국의 5대 금융감독기관 최고책임자들이 기자회견을 통해 금융산업에 대한 개혁의지를 내놓았다고 보도하고 있다. 이 기사에서 **释放**shìfàng(석방)은 **'내놓다'**의 뜻으로 쓰였다.

_<环球时报>(2014. 3. 12.)

오래 자면 꿈도 많다, 수장료몽장睡长了梦长

keyword

睡shuì(잠잘 수)

睡shuì(잠잘 수)는 目(눈 목)과 垂(늘어질 수)로 이루어져 눈이 밑으로 축 늘어지다, 즉 잠을 잔다는 뜻의 형성문자이며, 垂는 버드나무 가지가 아래로 축 늘어진 모습을 나타낸 상형문자다.

이 한자가 들어간 단어로는 예수가 산 위에서 군중과 제자들에게 행한 설교인 山上垂训shānshangchuíxùn(산상수훈), 발을 드리우고 정치에 관여한다는 뜻의 垂帘听政chuíliántīngzhèng(수렴청정), 그리고 悬垂幕xuánchuímù(현수막) 등이 있다. 여기에서 垂는 위에서 아래로 늘어진다는 뜻으로 쓰였다.

睡长了梦长shuìchángle mèngcháng(수장료몽장)이라는 말은 오래 자면 꿈도 길다는 뜻이다. 이 말은 불필요한 꿈을 많이 꿔서 실속이 없다, 또는 일을 오래 끌면 좋지 않은 결론이 나는 경우가 많다는 표현으로 夜长梦多yèchángmèngduō(야장몽다)와 같은 말이다. 우리 속담에 "쇠뿔도 단 김에 빼라."는 말이 있듯이, 중국어에도 쇠는 단 김(뜨거울 때)에 두들기라는 뜻의 趁热打铁chènrèdǎtiě(진열타철)이라는 말이 있다. 좋은 기회가 왔을 때 시간을 끌지 말고 신속하게 처리하라는 뜻이다.

우리말에 '한숨 자다'라는 표현이 있듯이, 중국에서도 같은 뜻으로 睡一觉了shuìyíjiàole(수일각료)라는 표현을 많이 사용한다. 예를 들면, '벌써 새벽 2시인데, 어떻게 오려고 그래?(现在已经半夜2点 xiànzài yǐjīng bànyè liǎngdiǎn, 你怎么才回来? nǐ zěnme cáihuílái?)', '문제 없어, 벌써 한숨 잤어!

(没问题méiwèntí, 我都已经睡一觉了! wǒ dōuyǐjīng shuì yíjiàole!)'라고 한다. 그리고 '먹고 자고, 자고 먹고'라는 말을 중국에서는 吃了睡chīleshuì, 睡了吃shuìlechī라고 하며, '무료한 휴일, 먹고 자고, 자고 먹고 했다'라고 할 때는 无聊的休息日wúliáode xiūxīrì, 吃了睡, 睡了吃라고 말하면 된다.

늦잠 잔다는 표현에는 게으른 잠을 잔다는 뜻의 睡懒觉shuìlǎnjiào(수라각) 외에도 재미있는 표현들이 많다. 침대를 의지한다는 뜻의 赖床làichuáng(뢰상), 침대를 사랑한다는 뜻의 恋床liànchuáng(연상), 그리고 과하게 잠을 잤다는 뜻으로 睡过头shuìguòtóu(수과두) 등이 있다. 今天早上睡过头jīntiānzǎoshang shuìguòtóu, 结果迟到上课了jiéguǒ chídào shàngkèle는 오늘 아침 늦잠을 자서 결국 지각을 했다는 표현이다.

참고로 睡(잠잘 수)와 모양이 유사한 관련 한자들을 살펴보자.

- 锤-鎚chuí(저울 추): 金(쇠 금)과 垂로 이루어져 쇠가 아래로 늘어져서 무게를 잰다는 뜻이며, 대표적인 단어로 秤锤chèngchuí(칭추; 저울추)가 있다.
- 唾tuò(침 타): 口(입 구)와 垂로 이루어져 입에서 아래로 늘어지며 흘러나오는 침을 뜻하며, 唾液tuòyè[타액; 침 = 口水kǒushuǐ(구수)], 吐唾沫tǔtuòmò(토타말; 침을 뱉다) 등으로 쓰인다.
- 邮-郵yóu(우편 우): 垂와 阝[우부방, 마을(邑)]으로 이루어져 여기저기 떨어져 있는 마을과 마을을 연결하는 우편제도를 말하며, 邮局yóujú(우국; 우체국), 电子邮件diànzǐyóujiàn(전자우건; 전자우편, e-mail) 등에 쓰인다.

★ 알아두면 유용한 단어

睡觉shuìjiào(수각): 잠을 자다 | 午睡wǔshuì(오수): 낮잠 | 睡午觉shuìwǔjiào(수오각): 낮잠을 자다 | 睡魔shuìmó(수마): 잠귀신

여산의 진면목을 알지 못하다
불식여산진면목不识庐山真面目

keyword

识-識shí(알 식)

识-識shí(알 식)은 言(말씀 언)과 戠(흙 식)으로 이루어진 글자로 '알다'라는 뜻의 형성문자다. 말하기[言]와 음률[音(소리 음)], 그리고 군사[戈(창 과)] 등 옛날 제후들이 필요로 하는 모든 분야를 다 안다는 뜻의 회의문자로 이해하면 더 기억하기 쉬울 것이다.

아직까지 상대적으로 시민들의 交通意识jiāotōngyìshí(교통의식) 수준이 낮은 편인 중국은 그 수준을 높이기 위해 다양한 캠페인을 벌이고 있다. 보통 교통의식이 높다거나 낮다는 말을 중국에서는 '강하다', '약하다'는 표현을 사용하여 交通意识强jiāotōngyìshí qiáng(교통의식강) 혹은 交通意识薄弱jiāotōngyìshí bóruò(교통의식박약)이라고 표현한다.

그리고 우리 속담 "낫 놓고 기역 자도 모른다."를 쉬운 글자인 정(丁)자조차도 모른다는 의미로 目不识丁mùbùshídīng(목불식정)이라고 하며, 아울러 看破(간파)한다는 표현은 识破shípò(식파)라는 말을 많이 사용한다.

송나라 때의 관리이자 문학가인 苏东坡Sūdōngpō(소동파)가 汝州(여주)로 유배가는 도중 江西省Jiangxi[장시성(강서성)]의 庐山Lúshān(여산)에 열흘 동안 머무르게 되었다. 그때 여산의 아름다움을 西林寺Xīlínsī(서림사) 벽에 남긴 명시 <题西林壁Tíxīlínbì(제서림벽; 서림사 벽에 쓰다)>을 잠시 감상[欣赏xīnshǎng(흔상)]해 보자.

소동파[소식(苏轼)]가 서림사 벽에 남긴 명시 〈제서림벽〉

横看成岭侧成峰 héngkànchénglǐng cèchéngfēng (횡간성령측성봉)

远近高低各不同 yuǎnjìngāodī gèbùtóng (원근고저각부동)

不识庐山真面目 bùshíLúshān zhēnmiànmu (불식여산진면목)

只缘身在此山中 zhǐyuánshēnzài cǐshānzhōng (지연신재차산중)

가로로 보면 고개마루요, 세로로 보면 봉우리네.

멀고 가깝고, 높고 낮음이 제각각 다르구나.

내가 여산의 참모습을 잘 알지 못하는 것은

내 몸이 바로 여산 한가운데 있기 때문이라네.

당송팔대가의 한 사람인 소동파가 지은 이 시의 구절 '不识庐山真面目'에서 사물의 참모습 또는 진가를 뜻하는 真面目(진면목)이라는 말이 생겨났다. 이 말은 지금까지도 중국은 물론 한국, 일본 등에서 많이 사용되

소동파 등이 그 아름다움을 노래한 여산

고 있으며, 일본어로는 真面目[しんめんもく, 신멘모쿠]라고 한다.

한편, 중국인들이 좋아하는 이른바 중국의 4대명산이라 하면 소동파 등 많은 문인들이 그 아름다움을 노래한 庐山Lúshān(여산), 쓰촨성의 峨眉山Éméishānshì(아미산), 五岳wǔyuè(오악) 중 으뜸이라는 산둥성의 泰山Tàishān(태산), 그리고 오악도 꼼짝 못한다는 안휘성의 아름다운 黄山Huángshān(황산)을 꼽는다.

★ 알아두면 유용한 단어

常识chángshí(상식): 상식 | 识别shíbié(식별): 식별하다 | 认识rènshi(인식): 알다 | 知识zhīshi(지식): 지식 | 学识xuéshí(학식): 학식 | 意识yìshí(의식): 명 의식, 동 느끼다 | 意识障碍yìshízhàngài(의식장애): 의식장애 | 识破shípò(식파): 간파하다

태산은 작은 흙덩이도 마다하지 않는다
태산불양토양泰山不让土壤

keyword

让-讓ràng(사양할 양)

讓ràng(사양할 양, 양보할 양)은 言(말씀 언)과 襄(도울 양, 높을 양)으로 이루어져 서로 돕는 말을 하며, 또는 서로를 높여주며 양보한다는 뜻의 형성문자다. 간체자인 让은 言과 上으로 이루어져 상대방이 위로 가게 양보한다는 뜻으로 이해하면 쉬울 것이다.

참고로 襄이 들어간 관련 한자들을 살펴보면, 고구려의 平壤城Píngrǎng chéng(평양성)에 쓰인 壤rǎng(흙 양), 얼마 전까지 우리나라에서도 많이 사용했던 李孃(이양), 金孃(김양)같이 젊은 여성을 부르던 호칭의 孃niáng(아가씨 양), 그리고 중국에서 황후를 부르는 호칭인 娘娘niángniang(양양)에 쓰인 娘niáng(양) 등이 있다. 이 한자들을 보면 繁体字fántǐzì(번체자)에는 모두 襄을 사용했지만, 간체자에서는 上, 襄, 良 등 모두 다른 글자를 사용하고 있어서 한자의 깊은 맛을 느낄 수 없는 것이 아쉽다.

중국에서는 70~80년대의 우리나라처럼 아직도 담배를 많이 권하는 분위기다. '담배를 권하다'는 让烟ràngyān(양연)이라고 하며, 让酒ràngjiǔ(양주)는 '술을 권하다'의 뜻이다. 높은 사람에게 술을 권하여 올릴 때는 예의를 차려 敬酒jìngjiǔ(경주)라고 말하는데, 敬酒不吃jìngjiǔbùchī(경주불흘), 吃罚酒chīfájiǔ(흘벌주)라는 말은 권하는 술은 마시지 않고, 벌주를 마신다는 의미로 우리말로 '좋게 말할 때 들어라.'와 비슷한 의미이다. 영어의 'Excuse me!'처럼 길을 비켜달라고 할 때는 让一下ràngyíxià(양일하)라고 하고, 들어가게 해달라는 표현은 让进ràngjìn(양진)이라고 하면 된다. '为什么不让进?wèishénme búràngjìn?'은 '왜 못 들어가게 해요?'라는 말이다.

2013년 12월 28일자 <环球时报>에는 '安倍参拜让日本陷入孤立[아베(총리)의 (야스쿠니 신사) 참배가 일본을 고립시키고 있다]'이라는 기사가 실렸다. 이 기사처럼 让(양보할 양)이 사역동사로 사용되는 경우도 많다.

泰山不让土壤tàishān búràng tǔrǎng(태산불양토양), 河海不择细流héhǎi bùzé xìliú(하해불택세류). 태산은 작은 흙덩이도 마다하지 않고 다 받아들여 큰 산이 되었고, 강과 바다는 작은 개울물도 가리지 않고 다 받아들여 큰 물이 되었다는 이 말은, 秦(진)나라의 재상 李斯Lǐsī(이사)가 한 말이다. 吕不韦Lǚbùwéi(여불위)의 家臣(가신)에서 진나라 재상으로까지 승승장구하며

산둥성 중부 태안시에 있는 태산

진나라의 개혁을 주도했던 그가 역모죄로 죽음의 위기에 몰리자, 진시황에게 제왕의 넓은 포용력과 다양한 인재 수용을 강력하게 건의하며 고했던 유명한 말이다. 결국 이사는 죽음의 위기를 모면하고, 진시황의 천하통일을 도왔는데, 이 이야기는 ≪史记Shǐjì(사기)≫의 <李斯列传(이사열전)>에 전한다. 2000년이 지난 지금, 다양한 인재와 그에 대한 리더의 포용력이 강조되는 현대 사회에서도 다시 한 번 생각해 봐야 할 중요한 이야기다.

★ 알아두면 유용한 단어

让步ràngbù(양보): 양보하다 | 让路rànglù(양로): (운전할 때) 길을 양보하다 | 让座ràngzuò(양좌): 자리를 양보하다. 给孕妇让座gěi yùnfù ràngzuò: 임산부에게 자리를 양보하다 | 让他去ràngtāqù(양타거): **사동** 그를 가게 하다 | (请)让一下ràng yíxià(양일하): 좀 비켜주세요

기사로 보는 키워드

新加波地铁设彩色座位提醒让座. 싱가포르는 지하철에 컬러풀한 자리를 만들어 좌석양보[让座]를 일깨우고[提醒] 있다.

이 기사에서 地铁dìtiě(지철)은 지하철을, 彩色cǎisè(채색)은 천연색을 뜻한다.

_<环球时报>(2014. 2. 28.)

공부란 흐르는 물을 거슬러 올라가는 배와 같다
역수행주逆水行舟

keyword

逆nì(거스를 역)

逆nì(거스를 역)은 屰(거스를 역)과 辶(책받침, 갈 착, 가다)으로 이루어져 거슬러서 나아간다는 뜻의 형성문자다. 참고로 屰은 그릇[凵]에 大(큰 대)를 뒤집어 넣은 모양으로 '뒤집다', '거스르다'는 뜻으로 생각하면 좀 더 이해하기 쉬울 것이다.

'맞바람' 또는 '역풍을 맞다'는 뜻으로 사용되는 逆风nìfēng(역풍)의 반대말은 顺风shùnfēng(순풍)이다. 옛날에는 넓은 중국을 여행할 때 주로 배를 이용했기 때문에 '순풍을 만나서 편안히 다녀오세요.'라는 뜻으로 一路顺风yílùshùnfēng(일로순풍)이라는 인사말을 사용했지만, 요즘은 비행기로 여행하기 때문에 风(바람 풍)이 들어 있는 인사말은 듣는 사람에게 결례가 될 수 있어서 주로 一路平安yílùpíngān(일로평안)이라고 바꾸어서 말한다.

逆水行舟nìshuǐxíngzhōu(역수행주), 不进则退bùjìnzétuì(부진즉퇴) 혹은 学问如逆水行舟xuéwenrú nìshuǐxíngzhōu(학문여역수행주), 不进则退bùjìnzétuì(부진즉퇴)란 공부를 한다는 것은 흐르는 물을 거슬러 올라가는 배와 같아서 앞으로 나아가지 않으면 퇴보한다는 뜻이다. 중국의 이 멋진 劝学quànxué(권학) 문구는 안중근 의사가 감옥에서 쓴 一日不读书(일일부독서), 口中生荆棘(구중생형극), 즉 하루라도 책을 읽지 않으면, 입 속에 가시가 돋는다는 권학의 말과도 일맥상통한다.

한편 2013년 말, 한국 대학교수들이 2013년 한국 사회를 대변하는 한자성어로 선정한 倒行逆施dàoxíngnìshī(도행역시)는 순리에 어긋나게 행동한다는 말로, 춘추시대 吴Wú(오)나라의 책사였던 伍子胥Wǔzixū(오자서)의 고사에서 비롯된 말이다. [352쪽, 途tú(길 도) 참조]

≪孟子Mèngzǐ(맹자)≫에 顺天者存shùntiānzhěcún(순천자존), 逆天者亡nìtiānzhěwáng(역천자망)이라는 말이 나온다. 하늘의 순리 또는 자연의 순리에 따르면 살아남고, 거스르면 망한다는 뜻인데, 이 말에서 우리나라 전라남도 顺天(순천)의 지명이 유래되었다고 한다.

★ 알아두면 유용한 단어

逆战nìzhàn(역전): 역전하다 | 逆风nìfēng(역풍): 명 역풍, 맞바람, 동 역풍을 맞다 | 逆差nìchā(역차): 무역수지 적자 ↔ 顺差shùnchā(순차): 무역수지 흑자 | 逆差国nìchāguó(역차국): (무역수지) 적자국

기사로 보는 키워드

贸易逆差破纪录, 日媒担忧'贸易立国'遭动摇. (일본) 무역적자 기록을 깨다[破纪录]. 일본 언론들은 '무역입국'이 흔들리는 것[动摇]을 걱정[担忧]하고 있다.

2013년 일본의 무역수지 적자가 110조 원을 돌파하자 일본 언론들이 우려하고 있다고 이 신문은 보도하고 있다.

_<环球时报>(2014. 1. 29.)

세월은 사람을 기다려주지 않는다

세월불요인岁月不饶人

keyword

饶-饒ráo(넉넉할 요)

우리 속담에 "세월 앞에 장사 없다."라는 말이 있듯이, "시간은 사람을 기다리지 않는다(Time and tide wait for no man.)."는 서양 속담과 비슷한 뜻의 중국 속담으로 岁月不饶人suìyuèbùráorén(세월불요인)이라는 말이 있다. 세월은 사람에게 관대하지 않다, 즉 세월은 사람을 기다려 주지 않는다는 뜻이다. 이와 같은 뜻으로 东晋(동진)의 陶潜Táoqián(도잠; 陶渊明)의 시에 나오는 岁月不待人suìyuè bùdàirén(세월부대인)이라는 구절도 많이 사용하는 표현이다.

또한, 민간에서는 이 마을을 지나가면 이 가게(주점)는 다시 없다는 뜻의 '过了这个村guòle zhègecūn, 没这个店méi zhègediàn'이라는 표현을 많이 쓰는데, 한 번 지나간 시간은 되돌릴 수 없다, 즉 시간을 소중히 하라는 의미가 담겨 있는 말이다.

岁月不饶人에 쓰인 饶-饒ráo(넉넉할 요, 풍부할 요)는 食(먹을 식)과 尧-堯yáo(높을 요)로 이루어진 글자로 먹을 것이 늘 부족하던 고대 사회에서 식량이 높이 쌓여 있으니 마음이 넉넉하다는 뜻을 가진 형성문자다. 여기서 堯는 흙[土]을 쌓아 높게 만들어 놓은 것을 뜻하며, 고대 중국의 堯Yáo(요) 임금을 가리키기도 한다.

참고로 堯가 들어간 글자들을 살펴보면 다음과 같다.

- 曉-晓xiǎo(새벽 효): 日(해 일)과 堯로 이루어진 글자로 해가 높이 올라오기 시작하는 새벽을 뜻하는 형성문자다. 주요 단어로는 晓月xiǎoyuè(효월; 새벽달), 晓星xiǎoxīng(효성; 새벽별, 샛별, 금성), 家喻户晓jiāyùhùxiǎo(가유호효; 집집마다 다 알다, 모든 사람이 알다) 등이 있다.
- 燒-烧shāo(불탈 소): 火와 堯로 이루어진 글자로 불꽃이 높이 올라가서 탄다는 뜻의 형성문자다. 주요 단어로는 烧酒shāojiǔ(소주), 燃烧ránshāo(연소; 연소하다) 등이 있다.
- 撓-挠náo(어지러울 뇨): 扌(재방변, 손)과 堯로 이루어진 글자로 손을 높이 들고 흔들어 정신 없다는 뜻을 가진 형성문자다. 많이 사용하는 단어로는 挠乱náoluàn(요란; 방해하다), 挠头náotóu(요두; 머리 아프게 하다, 머리를 긁다) 등이 있다.

★ 알아두면 유용한 단어

饶恕ráoshù(요서): 용서하다 = 原谅yuánliàng(원량) | 富饶fùráo(부요): 풍요롭다 = 丰饶fēngráo(풍요) | 饶人ráorén(요인): 사람에게 관대하다, 용서하다

돈은 귀신도 맷돌을 돌리게 한다
전능사귀추마钱能使鬼推磨

keyword 钱-錢qián(돈 전)

钱-錢qián(돈 전)은 金(쇠 금)과 戔(남을 잔)으로 이루어진 글자로 고대에 가장 중요했던 무기와 농기구를 제작하고 남은 쇠로 만든 동전을 뜻하는 형성문자다. 그리고 戔은 2개의 戈(창 과)로 이루어져 창으로 여러 번 깎아내고 남은 것을 뜻하는 회의문자다.

钱과 비슷한 뜻을 가진 币-幣bì(화폐 폐, 지폐 폐)는 敝bì(옷 해질 폐)와 巾(수건 건)으로 이루어져 낡고 해진 수건[巾]같이 변해 버린 화폐를 뜻한다. 자주 사용하는 단어로는 伪造纸币wěizàozhǐbì(위조지폐), 货币huòbì(화폐), 硬币yìngbì(경폐; 딱딱한 돈, 동전) 등이 있다.

钱钞qiánchāo(전초)는 동전과 지폐, 즉 돈을 가리키는 말이다. 지폐는 钞票chāopiào(초표)라고 하는데, 이는 蒋介石Jiǎngjièshí(장개석) 국민당 정부 시절에 이 초표가 화폐단위로 쓰인 데서 연유한다. 钞票发行银行chāopiào fāxíngyínháng(초표발행은행)은 货币huòbì(화폐)를 발행하는 발권은행, 즉 중앙은행을 가리키는 말이다.

钱이라는 글자를 선호하는 중국에서는 돈과 관련하여 재미있는 속담이 많이 있는데, 그중 몇 가지를 살펴보자.

- 钱可通神qiánkětōngshén(전가통신): 돈이면 귀신도 부린다.
- 有钱能使鬼推磨yǒuqián néngshǐ guǐ tuīmò(유전능사귀추마): 돈이 있으면 귀

신으로 하여금 맷돌도 밀게(돌리게) 한다.

- 没钱的话装有钱méiqiándehuà zhuāngyǒuqián，有钱的话装没有钱yǒuqiándehuà zhuāngméiyǒuqián: (돈이라는 놈은) 없으면 있는 체하고, 있으면 없는 체한다.
- 有什么别有病yǒushénme biéyǒubìng，没什么别没钱méishénme biéméiqián: 있어도 병은 있으면 안 되고, 없어도 돈은 없으면 안 된다
- 一分钱一分货yìfēnqián yìfēnhuò(일분전일분화): 한 푼의 돈이면 한 푼어치 물건을 살 수 있다, 즉 싼 게 비지떡이다. 이 말과 같은 뜻으로 好货不便宜hǎohuò bùpiányi(호화불편의)라는 표현이 있는데, 좋은 물건은 싸지 않다, 즉 값싸고 좋은 물건은 없다는 뜻이다.
- 掉进钱眼里diàojìn qiányǎnlǐ(도진전안리): 엽전 구멍에 빠지다, 즉 돈에 눈이 멀다, 돈독이 오르다.

중국어에서는 钱을 목적어로 사용하는 말들이 많은데, 다양한 표현과 단어들을 이해하고 있으면 중국어 표현을 한결 부드럽게 구사할 수 있다. 예를 들면, 付钱fùqián(부전)은 돈을 지불하다, 돈을 내다의 뜻이며 동의어로 交钱jiāoqián(교전)이 있다. 花钱huāqián(화전)은 돈을 쓴다는 뜻이며, 用钱yòngqián(용전)이라고 표현하기도 한다. 赚钱zhuànqián(잠전)은 돈을 벌다, 挣钱zhèngqián(쟁전)은 죽을 힘을 다해 돈을 벌다, 存钱cúnqián(존전)은 은행에 돈을 저금하다의 뜻이며, 동의어로 存款cúnkuǎn(존관)이 있다. 取钱qǔqián(취전)은 은행 계좌에서 돈을 찾다, 돈을 빼다의 뜻이고 동의어로 取款qǔkuǎn(취관)이 있다. 借钱jièqián(차전)은 돈을 빌리다, 꾸다의 뜻이고, 还钱huánqián(환전)은 돈을 갚다의 뜻이다. 汇钱huìqián(회전)은 은행을 통해 송금하다, 捡钱jiǎnqián(검전)은 길거리 등에서 돈을 줍다, 找钱zhǎoqián(조전)은 거슬러 주다의 뜻이다.

零钱língqián(영전)은 0에 가까운 돈, 즉 잔돈, 거스름돈을 뜻하며, 택시[出租车chūzūchē(출조차)]에서 내리면서 기사에게 거스름돈은 필요 없다고 말할 때는 不要零钱bùyào língqián(불요영전)이라고 하면 된다. 零이 들어가는 단어 중 혼동하기 쉬운 단어인 零花钱línghuāqián(영화전)은 적게 쓰는 돈인 용돈을 뜻하며, 零花línghuā(영화)라고도 한다. 참고로 팁은 少钱이라 하지 않고 小费xiǎofèi(소비)라고 하며, 원금 또는 장사 밑천은 우리말과 같이 本钱běnqián(본전)이라고 한다. 本钱丰厚běnqiánfēnghòu(본전풍후)라고 하면 밑천이 두둑하다는 뜻이 된다.

최근 중국 신문에 钱荒qiánhuāng(전황), 즉 '돈 가뭄'이라는 표현이 자주 등장하는데, 이 말은 유동성 자금 부족으로 인해 발생하는 시장의 금융 위기를 나타낸다. 인민은행이 유동성을 조절하기 위해 시중 자금을 회수한 2013년경부터 시작된 중국 3~4선 도시의 유동성 위기를 뜻하는 표현이다.

참고로 중국에서 표현하는 세계 여러 나라 화폐의 명칭에 대해 살펴보면, 한국의 원화(KRW)는 韩币hánbì(한폐), 일본의 엔화(JPY)는 日元rìyuán(일원), 미국달러(USD)는 美元měiyuán(미원), 유로화(EUR)는 欧元ōuyuán(구원)이라고 한다. 또한 중국의 화폐(元yuán, RMBrénmínbì, CNY)는 人民币rénmínbì(인민폐)라고 한다.

★ 알아두면 유용한 단어

钱包qiánbāo(전포): 지갑 | 压岁钱yāsuìqián(압세전): 세뱃돈 | 零钱língqián(영전): 자투리 돈, 즉 잔돈 | 钱钞qiánchāo(전초): 동전과 지폐, 돈 | 金钱万能主义jīnqiánwànnéngzhǔyì(금전만능주의): 금전만능주의

등잔 밑이 어둡다, 조고각하照顾脚下

keyword

照zhào(비출 조)

照zhào(비출 조)는 昭zhāo(밝을 소)와 灬(연화발, 불)로 이루어져 횃불 등으로 비추어 밝힌다는 뜻의 형성문자다. 昭는 日(해 일)과 召(부를 소)로 이루어진 글자로 햇빛이 가져다준 밝음을 뜻하는 형성문자다. 여기서 昭는 밝다는 형용사로 많이 쓰이는 반면에, 照는 글자 모양에서도 알 수 있듯이 '불[灬]로 비추다', '밝히다'라는 뜻의 동사로 많이 쓰이는 한자다.

执照zhízhào(집조)는 사진[照]이 있는 증명서[执]라는 뜻이며, 면허증·허가증 등 각종 라이선스를 가리키는 말이다. 간혹 운전면허증을 뜻하기도 한다. 이 운전면허증은 옛날에는 '마차를 몰다', 현대에는 '차를 운전하다'라는 뜻의 驾驶jiàshǐ(가사)를 사용하여 驾驶执照jiàshǐzhízhào(가사집조) 또는 줄여서 驾照jiàzhào(가조)라고도 한다. 영업허가증을 말할 때는 营业执照yíngyèzhízhào(영업집조)라고 하면 된다.

肝胆相照gāndǎnxiāngzhào(간담상조)란 서로 간과 쓸개를 꺼내 보인다는 뜻으로, 서로 속마음을 터놓고 가까이 지내는 진정한 우정을 뜻하는 成语chéngyǔ(성어)다. 이는 당송팔대가로 이름 높았던 당나라의 두 文友(문우) 柳宗元Liǔzōngyuán(류종원)과 韩愈Hányù(한유)의 이야기에서 나온 말인데, 넉넉하지 않아 평생을 힘들게 살았지만 늘 진심 어린 애정으로 대해 주던 벗 류종원을 애도하며 한유가 그의 墓志铭(묘지명)에 쓴 글이다.

照顾zhàogù(조고)는 '돌보다', '보살피다'라는 뜻이고, 脚下照顾jiǎoxiàzhàogù(각하조고)는 자신의 발밑을 잘 비추어 보고 살펴본다는 의미로, 현재 자신의 모습을 되돌아보고 참된 자신의 모습을 찾아본다는 뜻이 담긴 불교용어다. 지금은 가까운 사이일수록 조심하고 살펴보라는 뜻에서 등잔 밑이 어둡다는 뜻으로도 쓰인다.

★ 알아두면 유용한 단어

照顾zhàogù(조고): 돌보다, 보살피다 | 照片zhàopiàn(조편): 사진 | 护照hùzhào(호조): 여권 | 执照zhízhào(집조): 면허증, 허가증 | 驾驶执照jiàshǐzhízhào(가사집조): 운전면허증 | 照相机zhàoxiàngjī(조상기): 사진기 | 数码照相机shùmǎ zhàoxiàngjī(수마조상기): 디지털 카메라 | 按照ànzhào: ~에 따라

기사로 보는 키워드

纽约出租车执照拍出百万美元. 뉴욕[纽约]의 택시면허증[执照]은 경매에서 백만 달러[美元]다.

이 기사는 미국의 경기회복 등이 반영되어 뉴욕 시의 택시면허증이 경매에서 백만 달러에 가까운 96만 5천 달러(약 10억 원)에 낙찰되었다는 소식을 전하고 있다.

_<环球时报>(2014. 2. 28.)

말馬머리만 보고 돌격 앞으로!
마수시첨马首是瞻

keyword 瞻zhān(바라볼 첨)

马首是瞻mǎshǒushìzhān(마수시첨)이라는 말은 말머리가 향하는 방향을 보라는 뜻이며, 한 사람의 지휘에 따라 흐트러짐 없이 일사분란하게 행동하는 것을 가리킨다. 춘추전국시대에 강대국이었던 秦Qín(진)나라를 공격하기 위해 晋Jìn(진)나라를 중심으로 10여 개 나라가 연합군을 구성하였는데, 이때 연합군을 지휘한 晋나라의 장수가 "내일 새벽에 닭이 울면 진격할 것이니 모두 내 말[馬]머리가 향하는 곳을 보고 나를 따라 돌격하라." 고 명령하였다. 그러나 여러 나라로 이루어졌던 연합군은 명령체계가 서지 않는 등 많은 문제점이 생겼고, 결국에는 사분오열이 되어 공격에 실패하고 만다. 이 고사에서 유래한 마수시첨은 지금은 '남의 말을 따라 행동하다.' 또는 '다른 사람의 행동을 그대로 따라하다.' 등의 뜻으로 사용한다.

여기에 쓰인 瞻zhān(바라볼 첨)은 目(눈 목)과 詹(넉넉할 담, 두꺼비 섬)으로 이루어져 넉넉한 눈(마음)으로 멀리 바라본다는 뜻의 형성문자다. 詹(넉넉할 담)이 들어간 한자는 의외로 많고 복잡하지만 产(위급할 위)와 言(말씀 언)으로 이루어진 점을 잘 기억해 두면 쉽게 쓰고 이해할 수 있을 것이다.

詹이 들어간 한자를 살펴보면 다음과 같다.

- 胆-膽dǎn(쓸개 담): 月(달 월, 인체)과 詹으로 이루어진 글자로 두꺼비처럼 생긴 장기인 쓸개 혹은 담력을 뜻하는 형성문자다. 주요 단어로는 胆

力dǎnlì(담력; 용기), 胆小鬼dǎnxiǎoguǐ(담소귀; 담이 작은 놈, 겁쟁이), 卧薪尝胆wòxīnchángdǎn(와신상담) 등이 있다.

- 蟾chán(두꺼비 섬, 달 섬): 虫(벌레 충)과 詹으로 이루어진 글자로 달 속에 두꺼비가 산다는 전설이 있어서 달을 뜻하기도 하는 형성문자다. 蟾光chánguāng(섬광; 달빛), 蟾津江Chánjīnjiāng(섬진강) 등이 있다.
- 谵-譫zhān(헛소리할 섬): 言(말씀 언)과 詹으로 이루어진 글자로 谵妄zhānwàng (섬망; 헛소리하는 현상) 등으로 쓰인다.
- 赡-贍shàn(넉넉할 섬): 貝(조개 패)와 詹으로 이루어져 넉넉하게 부모님을 봉양하다, 섬기다의 뜻을 가진 형성문자다. 赡养shànyǎng(섬양; 섬기다, 봉양하다) 등이 있다.

★ 알아두면 유용한 단어

前瞻qiánzhān(전첨): 앞을 내다보다 | 瞻仰zhānyǎng(첨앙): 우러러보다 | 瞻望zhānwàng(첨망): 앞을 바라보다 | 瞻望前途zhānwàngqiántú(첨망전도): 앞길을 내다보다(즉 미래를 생각하다) | 瞻前顾后zhānqiángùhòu(첨전고후): 앞을 보고 뒤를 생각하다. 너무 앞뒤를 재면서 우유부단하게 행동하는 것을 뜻하는 말 | 瞻星台Zhānxīngtái(첨성대): (별을 바라보는 곳)첨성대

가지 많은 나무에 바람 잘 날 없다
수대초풍树大招风

keyword

招zhāo(부를 초)

'큰 나무는 바람을 부른다.'는 뜻의 树大招风shùdàzhāofēng(수대초풍)에는 큰 인재에게는 시기하는 사람들이 많다는 의미가 담겨 있다. 우리 속담의 "가지 많은 나무에 바람 잘 날 없다."라는 말과 같은 뜻이며, 또 비슷한 뜻을 가진 속담으로 "숲에서 잘생기고 큰 나무는 바람이 꺾어버린다."는 木秀于林mùxiùyúlín(목수어림), 风必摧之fēngbìcuīzhī(풍필최지)라는 말도 있다.

여기에 쓰인 招zhāo(부를 초)는 扌(재방변)과 召zhào(부를 소)로 이루어진 글자로, 손짓하며 큰 소리로 부르는 것을 뜻하는 형성문자다. 그리고 召는 刀(칼 도)와 口(입 구)가 합쳐져 전투에서 급하게 전우를 부르는 상황을 뜻하는 회의문자로 보면 된다.

招呼zhāohu(초호)는 '손짓하며 부르다' 또는 '인사하다'라는 뜻으로 많이 쓰인다. 특히 동사 '打'를 사용하여 '인사하다'라는 뜻으로는 打招呼dǎzhāohu(타초호)라고 하며, '작별인사를 하다'라고 할 때는 목적어 告别gàobié(고별)을 더해 打招呼告别dǎzhāohū gàobié(타초호고별)이라고 한다.

招商政策zhāoshāngzhèngcè(초상정책)은 투자유치정책을 뜻한다. 고용 및 GDP 증대를 최고의 목표로 삼고 있는 중국의 중앙 및 지방정부에서는 招商이라는 말이 최고의 화두이다. 중국에는 거의 모든 지방정부에 해외 투자유치를 담당하는 招商工作zhāoshānggōngzuò(초상공작) 부서가 있는데, 이 부서원들은 투자유치 실적에 따라 높은 성과급을 받을 수 있고, 또 비교적 자유롭게 해외출장 등을 다닐 수 있어서 중국 공무원들에게 근무 희망 1순위 부서로 인기가 매우 높다.

한편, 招(부를 초)는 주로 동사로 쓰이지만, 명사로 사용할 때는 方法 fāngfǎ(방법) 또는 형식을 뜻한다. 즉 招式zhāoshì(초식)은 무술의 자세, 품세 또는 무협소설에서 말하는 무공초식을 뜻하며, 一招一式yìzhāoyíshì(일초일식)은 한 가지 동작 또는 한 가지 방법을 일컫는 말이다.

★ 알아두면 유용한 단어

招魂zhāohún(초혼): 혼을 부르다, 부활하다 | 招聘zhāopìn(초빙): 모집하다 | 招聘专家zhāopìnzhuānjiā(초빙전가): 전문가를 초빙하다 | 招待zhāodài(초대): 접대하다 | 招待费zhāodàifèi(초대비): 접대비 | 招商政策zhāoshāngzhèngcè(초상정책): 투자유치정책 | 招生简章zhāoshēngjiǎnzhāng(초생간장): 학생모집 요강 | 打招呼dǎzhāohu(타초호): 인사하다 | 一招儿yīzhāor(일초아): 한 가지 방법 | 两招儿liǎngzhāor(양초아): 두 가지 방법

기사로 보는 키워드

神风特攻队申遗是为法西斯招魂. 가미카제[神风] 자살특공대를 세계기록유산에 신청하는 것은 파시즘[法西斯fǎxīsī]의 망령을 불러오는 것이다.

일본이 제2차 세계대전 때 폭탄이 장착된 비행기를 몰고 자살 공격을 시도한 일본군 특공대의 유적을 세계기록유산으로 신청하려는 움직임에 대해 중국 언론이 강하게 거부하고 있다.

_<环球时报>(2014. 2. 11.)

촉나라 강아지는 해를 보고도 짖는 촌놈
촉견폐일蜀犬吠日

keyword

蜀shǔ(나라이름 촉)

고대 중국에서는 남서부 지역을 巴蜀Bāshǔ(파촉)이라고 불렀다. 巴(큰뱀 파)는 파충류가 많았던 지역으로 지금의 重庆Chóngqìng[충칭(중경)]지방에 해당하고, 蜀은 지금의 四川Sìchuān[쓰촨(사천)]지방에 해당한다. 또한 그 옛날 陇Lǒng(농)으로 불리던 지역은 지금의 甘肃省Gānsùshěng[간쑤성(감숙성)] 남부와 陕西省Shǎnxīshěng[산시성(섬서성)]의 일부 지역에 해당한다. 得陇望蜀délǒngwàngshǔ(득롱망촉)이라는 말은 후한의 光武帝Guāngwǔdì(광무제), 또는 삼국시대 曹操Cáocāo(조조)가 농지방을 얻고 나니 촉지방이 탐난다고 한 데서 비롯되었으며, 인간의 욕심은 끝이 없음을 가리키는 말이다. 우리 속담에 한 가지를 이루면 다음에는 더 큰 욕심을 갖게 된다는 뜻으로 "말 타면 경마 잡히고 싶다."라는 말이 있는데, 이를 중국에서는 "말을 타면 종 부리고 싶다."는 뜻의 骑马欲率奴qímǎyùshuàinú(기마욕솔노)라고 하여, 사람의 욕심은 끝이 없음을 나타낸다.

여기에 쓰인 蜀shǔ(나라이름 촉)은 罒(그물 망)과 勹(쌀 포)와 虫(벌레 충; 뱀의 모습)으로 이루어져 그물로 된 포대 속에 벌레나 뱀 같은 파충류가 가득하다는 뜻의 회의문자, 또는 뱀이 똬리를 튼 모양의 상형문자다. 이 글자에는 덥고 습하며 파충류가 많은 지역의 특색이 잘 나타나 있다.

중국에는 한자 蜀이 들어간 고사성어가 많이 있는데, 그 가운데 蜀犬吠日shǔquǎnfèirì(촉견폐일)은 '촌놈', '촌뜨기' 또는 '견문이 좁은 사람'을 뜻하는 말이다. 항상 습하고 안개가 많은 촉지방에서는 해를 볼 날이 별로 없다 보니 개들이 해를 보고 낯설어서 짖는다는 말이다. 비슷한 뜻을 가진 속담으로 粵犬吠雪yuèquǎnfèixuě(월견폐설)이라는 말도 있는데, 눈 구경을 할 수 없는 더운 粵지방(지금의 광둥성)의 개들이 눈을 보고 신기해서 짖었다는 이야기에서 나온 말이다.

의미는 다르지만 더운 지방과 관련하여 吴牛喘月wúniúchuǎnyuè(오우천월)이라는 고사성어도 있다. 지금의 행정구역상 대략 江苏省Jiāngsūshěng[장쑤성(강소성)]과 浙江省Zhèjiāngshěng[저장성(절강성)] 지역에 해당하는 吴Wú(오)나라는 몹시 더운 곳이어서 더위에 지친 소들이 밤에 뜬 달을 보고 해인 줄 잘못 알고 숨을 헐떡거린다는 뜻에서 나온 말이다. 중국의 4대 火炉(화로; 충칭, 우한, 난징, 난창) 중 하나로 불리는 장쑤성과 저장성의 무더위를 대변해 주는 말이라고 할 수 있다.

蜀 글자는 李白Lǐbái(이백)이 지은 악부 <蜀道难Shǔdàonán(촉도난)>에도 등장하는데, 蜀道之难shǔdàozhīnán(촉도지난), 难於上青天nányúshàng qīngtiān(난어상청천)이라 하여 촉으로 가는 길은 하늘을 오르는 것보다 더 힘들다고 노래하고 있다. 외부에서 침공하기 어렵고, 물산이 풍부한 쓰촨지방은 汉Hàn(한)나라의 刘邦Liúbāng(유방), 蜀汉Shǔhàn(촉한)의 刘备Liúbèi(유비), 그리고 당나라 현종 등 많은 군주들이 재기의 터전으로 삼았던 곳이다. 이러한 연유로 成都市Chéngdūshì[청두시(성도시)] 거리 곳곳에서는 지금도 '하늘이 준 천혜의 땅'이라는 뜻의 天府之国tiānfǔzhīguó(천부지국) 간판을 많이 볼 수 있다. 전국시대 秦(진)나라는 이 천부지국이라고 불리던 남쪽의 풍요로운 파촉을 정벌하여 식량을 확보하고 6국을 통일하는 기초를 다진다. 그리고 촉땅에 뽕나무를 심어 蜀锦shǔjǐn(촉금)이라 불리는 명품 비단을 생산하여 실크로드[丝绸之路sīchóuzhīlù]의 출발점이 된 청두를 锦jǐn(비단 금)을 써서 锦官城jǐnguānchéng(금관성)이라 하였다.

옛날 금관성 시절의 골목과 풍물을 재현해 놓은 청두의 유명 관광지 금리(锦里)

★ 알아두면 유용한 단어

蜀黍shǔshǔ(촉서): (고량주의 원료로 사용되는) 수수, 기장 = 高粱gāoliang(고량) | 玉蜀黍yùshǔshǔ(옥촉서): (촉나라에서 나는 기장) 옥수수 | 蜀汉Shǔhàn(촉한): 삼국시대의 촉한 | 蜀锦shǔjǐn(촉금): (쓰촨지방의) 명품 비단

저울대와 저울추는 떼려야 뗄 수 없는 바늘과 실의 관계, 칭불리타秤不离砣

keyword 秤chèng(저울 칭)

우리 속담에 "작은 고추가 맵다."는 말이 있듯이, 중국 속담에도 비슷한 뜻으로 "저울추는 비록 작지만 능히 천근을 달 수 있다."는 뜻의 秤锤虽小chèngchuísuīxiǎo(칭추수소), 能压千斤néngyāqiānjīn(능압천근)이라는 말이 있다. 작다고 얕보지 말라는 의미가 담긴 재미있는 표현이다. 또 "바늘 가는 데 실 간다."는 우리말과 비슷한 표현으로 秤不离砣라는 말이 있다. 저울대[秤]와 저울추[砣]는 떼려야 뗄 수가 없다는 말이며, 秤不离砣chèngbùlítuó(칭불리타), 媳妇不离婆xífubùlípó(식부불리파)와 같이 두 단어를 对句(대구)로 많이 사용한다. 媳妇不离婆는 며느리[媳妇]와 시어머니[婆]도 좋든 싫든 떼려야 뗄 수 없는 사이라는 뜻이다.

참고로 우리나라에 姑婦葛藤(고부갈등)이라는 말이 있듯이, 중국에도 같은 뜻으로 쓰이는 婆媳不和póxíbùhé(포식불화)라는 표현이 있다. 시어머니와 며느리의 관계는 어느 나라에서나 영원한 숙제인 모양이다.

여기에 쓰인 秤chèng(저울 칭)은 禾(벼 화)와 平(평평할 평)으로 이루어져 수확한 벼[禾]를 저울에 올려놓고 평형[平]을 유지하며 무게를 잰다는 뜻의 회의문자다.

저울을 뜻하는 한자는 秤 외에도 용도에 따라 다양한데, 이 한자들에 대해 알아보자.

- 衡héng(저울 형): 行(갈 행)과 魚(물고기 어)로 이루어진 글자로 물고기가 수평을 유지하며 헤엄치는 모습을 나타내며, 생선 등을 달던 저울을 가리킨다. 많이 쓰이는 단어로는 平衡pínghéng(평형; 균형을 유지하다), 度量衡dùliànghéng(도량형; 길이, 부피, 무게의 단위를 뜻하며, 측정도구인 자, 되, 저울을 뜻하기도 함) 등이 있다.
- 权-權quán(저울 권, 권세 권): 木(나무 목)과 雚(황새 관)으로 이루어진 글자로 나무로 만든 저울을 가리키며, 닭 같은 조류를 달던 저울로 추측된다. 자주 쓰이는 단어로는 权衡quánhéng(권형; 저울대와 저울추, 재다, 따져보다), 权衡得失quánhéngdéshī(권형득실; 득실을 따지다) 등이 있다.
- 铨-銓quán(저울 전): 金(쇠 금)과 全(완전 전)으로 이루어진 글자로 금이나 귀금속의 무게를 재던 저울을 가리킨다. 많이 쓰이는 단어로는 铨衡quánhéng(전형; 됨됨이나 재능을 가려뽑다, 인재를 뽑다), 铨考quánkǎo(전고; 선발고사) 등이 있다.

★ 알아두면 유용한 단어

秤砣chèngtuó(칭타): 저울추 = 秤锤chèngchuí(칭추) | 秤杆儿chènggǎnr(칭간아): 저울대 | 秤花chènghuā(칭화): 저울 눈금 = 秤星儿chèngxīngr(칭상아)

달도 숨고 꽃도 부끄러워하는 절세미인
폐월수화蔽月羞花의 여희驪姬

keyword

蔽bì(가릴 폐)

蔽bì(가릴 폐)는 艹(초두머리, 풀)와 敝bì(해질 폐)로 이루어져 해지고 낡은 부분(약점)을 풀로 가리고 숨기는 것을 나타내는 형성문자다. 그리고 敝는 㡀(낡은 옷 폐)와 攵(칠 복)으로 이루어진 글자로 낡은 옷을 막대기로 쳐서 해지고 찢어진 모습을 나타낸다. 敝가 들어가는 한자가 많고 그 쓰임새 또한 넓으므로 잘 기억해 두면 많은 도움이 될 것이다. 참고로 우리가 쓰는 표현 중 '蔽一言(폐일언)하다'는 (모든 말을 덮고) 한마디로 말한다는 뜻이다.

蔽月羞花bìyuèxiūhuā(폐월수화)는 달이 구름 속에 숨고 꽃도 부끄러워한다는 뜻으로, 미인을 비유적으로 이르는 말이다. 원래는 춘추시대 晋Jìn(진)나라 献公Xiàngōng(헌공)의 애첩 骊姬Líjī(여희)를 두고 한 표현이라고 한다.

중국 역사에는 이른바 4대 미인과 함께, 나라를 망하게 한 4대 妖妇(요부)도 있다. 夏Xià(하)나라를 망하게 했던 末喜Mòxǐ(말희), 酒池肉林jiǔchíròulín(주지육림)의 주인공이자 炮烙之刑páoluòzhīxíng(포락지형)으로 유명한 殷Yīn(은)나라(혹은 商나라)의 妲己Dájǐ(달기), 또 웃음이 없는 그녀를 기쁘게 하기 위해서 왕이 거짓 봉화를 올렸다는 周Zhōu(주)나라의 褒姒Bāosī(포사), 마지막으로 蔽月羞花(폐월수화)의 별명을 가졌던 晋献公JinXiàngōng(진헌공)의 애첩 여희가 그 넷이다. 호색한으로 유명한 진헌공은 4명의 여인으로부터 아들 넷을 두었는데, 여희가 자신의 어린 아들을 왕으로 만들기 위해 음모를 꾸며 첫째 왕자를 살해하자, 둘째와 셋째 왕자는 죽음을 피해 외국으로 도피하였다. 결국 여희는 자신의 아들을 왕으로 만들어 춘추시대 최고의 악녀이자 미인으로 역사에 이름을 남긴다. 이때 해외로 도피했다가 19년 만에 돌아와 예순이 넘는 나이에 패자에 오르게 되는 둘째 왕자 重耳公子(중이공자)가 바로 春秋五霸chūnqiūwǔbà(춘추오패)의 두 번째 패자인 晉文公Jìnwéngōng(진문공)이다.

참고로 敝(해질 폐)가 들어가는 다른 한자들을 살펴보자.

- 敝bì(피폐할 폐, 옷 해질 폐): 㡀(옷 해질 폐; 옷이 찢어진 모습)와 攵(등글월문, 칠 복)으로 이루어진 글자로 낡은 옷을 회초리로 쳐서 해진다는 뜻의 형성문자다. 敝人bìrén(폐인; 나에 대한 겸양어), 敝公司bìgōngsī(폐공사; 우리 회사에 대한 낮춤말, 저희 회사 ↔ 贵公司guìgōngsī(귀공사; 상대 회사에 대한 존칭) 등의 단어에 쓰인다.
- 弊bì(나쁠 폐): 해진 것[敝]을 받들어[廾(받들 공)] 자랑하는 것, 즉 나쁜 행위를 나타내는 형성문자다. 弊端bìduān(폐단; 나쁜 것), 作弊zuòbì(작폐; 나쁜 일을 하다), 弊政bìzhèng(폐정; 나쁜 정치), 作弊者zuòbìzhě(작폐자; 컨닝하는 사람) 등이 있다.
- 瞥piē(눈 깜짝할 별): 敝와 目으로 이루어져 눈이 없다, 즉 눈을 감는다는 뜻의 형성문자다. 주요 단어로는 瞥一眼piēyìyǎn(별일안; 힐끗 보다)이 있다. 우리말 瞥眼間(별안간)은 갑작스럽고 아주 짧은 동안, 즉 눈 깜짝하는 사이를 이르는 말이다.
- 币-幣bì(화폐 폐, 지폐 폐): 敝와 巾(수건 건)으로 이루어진 글자로 낡고 해져서 오래된 수건[巾]처럼 변해버린 지폐를 가리키는 형성문자다. 货币huòbì(화폐), 人民币升值rénmínbì shēngzhí[인민폐승치; 인민폐(RMB) 절상], 韩币hánbì[한폐; 한국의 원화(KRW)], 比特币bǐtèbì(비특폐; 인터넷상의 화폐인 비트코인(bit coin) 등에 쓰인다.

2013년 12월 21일자 <环球时报>에는 "中国玩家纷纷退出变化无常的比特币市场(중국 게이머들은 변화무쌍한 비트코인 시장에서 분분히 퇴장했다)"라는 기사가 난 적이 있다.

★ 알아두면 유용한 단어

隐蔽yǐnbì(은폐): 은폐하다, 숨기다 ↔ 暴露bàolù(폭로): 폭로하다 | 蔽塞bìsè(폐색): 막히다 | 掩蔽物yǎnbìwù(엄폐물): 엄폐물 | 遮蔽zhēbì(차폐): 차폐하다, 가리다 | 雾霾蔽天wùmáibìtiān(무매비천): 스모그가 하늘을 가리다

기사로 보는 키워드

人民币汇率浮动区间扩大至2%. 위안화의 환율 변동폭의 부동구간이 2%까지(至) 확대되었다.

미국의 환율절상 압력에 대한 제스처로서 경제 자율화 확대를 위해 위안화의 일일 환율 변동폭이 상하 1%에서 상하 2%로 확대되었다고 보도하고 있다. 이 기사에서 汇率huìlǜ(회율)은 환율을 뜻한다.

_<环球时报>(2014. 3. 17.)

종이로는 불을 감싸지 못한다
지리포부주화纸里包不住火

Keyword 包bāo(둘러쌀 포)

중국 속담에 종이로는 불을 감쌀 수 없다는 뜻의 纸里包不住火zhǐli bāobúzhù huǒ(지리포부주화)라는 말이 있다. 진실은 결코 숨길 수 없다는 말로, 같은 의미의 속담 雪里埋不住死人xuělǐ máibúzhù sǐrén(설리매부주사인)은 금방 녹아 버릴 눈으로 죽은 사람을 매장할 수 없다는 뜻이다.

여기에 쓰인 包bāo(둘러쌀 포, 포장할 포)는 勹(쌀 포)와 乙(새 을)로 이루어진 글자로, 어미 새가 새끼 새들을 안고 있는 모습을 나타낸 회의문자, 또는 동물이 새끼를 가져 배가 부른 모습을 형상화한 상형문자로 볼 수 있다.

중국어에서 包는 명사와 동사로 그 쓰임새가 아주 많은 글자다. 특히 동사로 사용될 때는 모든 것을 다 싸서 한꺼번에 비용을 지불한다는 뜻으로 자주 쓰인다.

包가 동사로 사용된 예를 살펴보자.

- 今天jīntiān, 我来全包wǒlái quánbāo: 오늘은 내가 모든 비용을 낸다. 즉 오늘은 내가 쏜다.
- 包间bāojiān(포간): 방을 한꺼번에 보자기로 싸다, 즉 식당 등의 방을 빌려 그 비용을 모두 부담하다.
- 包场bāochǎng(포장): (장소를 빌려) 입장권 등 모든 지용을 지불하다.
- 包车bāochē(포처): 차를 전세 내다.
- 包养bāoyǎng(포양): (권력이나 돈 있는 자가 비밀리에) 젊은 여자를 애인으로 둔

다는 뜻이며, 包养小三bāoyǎngxiǎosān(포양소삼)은 숨겨둔 애인과 살림을 차린다는 뜻이다.

한편, 包가 명사로 사용되는 경우에는 주로 가방을 뜻하는 경우가 많은데, 예를 들어 书包shūbāo(서포; 책가방), 背包bèibāo(배포; 배낭), 手包shǒubāo[수포; 손가방, 핸드백 = 手提包shǒutíbāo(수제포)], 公文包gōngwénbāo[공문포; 서류가방(briefcase)] 등이 있다.

중국 만두는 속에 소가 들어가는 것과 들어가지 않는 것으로 나뉜다. 包子bāozi(포자)는 둘러싼다는 뜻의 글자 包가 들어가므로 속에 고기와 야채가 들어 있는 만두를 뜻하고, 馒头mántou(만두)는 만두소[馅儿xiànr(함아)]를 넣지 않고 밀가루만 발효시켜서 만든 비교적 큰 찐빵을 가리킨다. 그리고 饺子jiǎozǐ(교자)는 남쪽에서 주로 만들어 먹었던 작은 만두를 말한다.

다양한 饺子(교자)가 나오는 딤섬(dimsum)은 点心diǎnxin(점심)을 나타내는 남쪽 발음인데, 마음의 점을 찍듯이 간단히 식사한다는 뜻이다. 최근의 딤섬은 다양한 메뉴로 개발되어 교자와 포자가 같이 나오기도 한다.

만두는 그 기원이 제갈량으로부터 시작되었다는 이야기가 있다. 제갈량이 南蛮nánmán(남만)의 孟获Mènghuò(맹획)을 사로잡았다가 그가 悦服(열복)할 때까지 놓아주기를 일곱 번이나 반복했다는 七纵七擒qīzòngqīqín(칠종칠금)의 전과를 올리고 成都Chéngdū[청두(성도)]로 돌아가던 중, 노수라는 강에서 풍랑을 만나 진군을 멈추게 된다. 그 지역의 촌장과 어른들은 사람의 머리 49개를 강에 바쳐서 노수의 신을 달래야만 풍랑이 가라앉을 것이라고 하였다. 그러나 이미 남만에서 많은 인명의 희생을 경험한 제갈량은 사람의 머리 대신 밀가루로 사람 머리모양을 빚어 돼지고기로 속을 채우고 닭의 피를 묻혀 강에 제물로 바치게 했다. 그러자 얼마 후 물결이 잠잠해졌다고 한다. 이후 남만 사람의 머리를 뜻하는 蛮头 mántou(만두)가 발음이 같은 馒头mántou(만두)로 바뀌면서 대중적인 음식이 되었다고 한다.

한자에는 包(둘러쌀 포)가 들어간 글자들이 많이 있는데, 잠시 그 한자들을 살펴보자.

- 胞bāo(배 포): 月(육달월, 몸)과 包로 이루어진 글자로 사람의 몸을 감싸고 있는 부분, 즉 배를 가리킨다. 자주 쓰이는 단어로는 双胞胎 shuāngbāotāi(쌍포태; 쌍둥이), 同胞兄弟tóngbāoxiōngdì(동포형제), 细胞 xìbāo(세포) 등이 있다.
- 飽-饱bǎo(배부를 포): 食(먹을 식)과 包로 이루어진 글자로 음식을 먹고 배가 불룩한 모습을 나타낸다. 饱满bǎomǎn(포만; 포만하다, 충만하다), 饱食 bǎoshí(포식; 포식하다), 大饱眼福dàbǎoyǎnfú(대포안복, 배가 부르고 눈이 행복하다, 즉 잘 먹고 잘 구경하다) 등이 있다.
- 抱bào(안을 포): 扌(재방변, 손)과 包로 이루어진 글자로 손으로 가방을 꽉 껴안는 모습을 나타낸다. 자주 쓰이는 단어로는 拥抱yōngbào(옹포; 포옹하다), 拥抱亲吻yōngbàoqīnwěn(옹포친문; 껴안고 키스하다) 등이 있다.
- 泡pào(거품 포, 물에 담글 포): 氵(삼수변, 물)과 包로 이루어진 글자로 물을 안고 올라오는 공기 덩어리, 즉 거품을 가리키며, 泡沫pàomò(포말; 거품), 气泡儿qìpàor(기포; 공기방울), 泡菜pàocài(포채; 김치) 등이 있다.
- 炮-砲pào(대포 포): 예전에는 돌[石(돌 석)]을 쏘았고 지금은 불[火(불 화), 포탄]을 쏘는 대포를 말한다. 炮弹pàodàn(포탄), 炮兵pàobīng(포병), 鞭炮 biānpào(편포; 폭죽, 채찍 모양의 한 줄로 꿴 폭죽) 등으로 쓰인다.
- 袍páo(윗옷 포, 두루마기 포): 衤(옷 의)와 包로 이루어진 글자로 몸을 감싸는 겉옷을 가리키며, 旗袍qípáo(기포; 치파오. 중국 전통 의상으로 보통 원피스 형태의

여성 의복), 长袍儿chángpáor(장포; 창파오. 중국 전통 의상으로 남자가 입는 긴 두루마기) 등이 있다.

- 跑pǎo(달릴 포): 足(발 족)과 包로 이루어진 글자로 발에 신발이나 수건을 감싸고 달리다의 뜻이다. 跑步pǎobù(포부; 달리기), 赛跑sàipǎo(새포; 달리기 경주), 赛跑运动员sàipǎoyùndòngyuán(새포운동원; 달리기 주자, 육상 선수), 晨跑chénpǎo(신포; 새벽에 뛰기, 조깅) 등이 있다.
- 咆páo(포효할 포): 口(입 구)와 包로 이루어진 글자로 입으로 대포 소리처럼 으르렁거리다의 뜻이다. 咆哮páoxiào(포효; 포효하다), 咆哮声páoxiàoshēng(포효성; 포효소리) 등으로 쓰인다.

★ 알아두면 유용한 단어

书包shūbāo(서포): 책가방 | 面包miànbāo(면포): 빵 | 包子bāozi(포자): 찐빵, 만두 | 包子馅儿bāozǐxiànr(포자함아): 만두 속 | 包饺子bāojiǎozǐ(포교자): 교자(만두)를 빚다 | 包括bāokuò(포괄): 포함하다 | 包围bāowéi(포위): 포위하다 | 包装bāozhuāng(포장): 포장하다 = 打包dǎbāo | 包装搬家bāozhuāngbānjiā(포장반가): 포장이사 | 包修bāoxiū(포수): 수리를 보증하다 | 红包儿hóngbāor(홍포아): (붉은 봉투) 보너스 또는 세뱃돈 = 压岁钱yāsuìqián(압세전)

기사로 보는 키워드

手机普及带动全球背包热. 핸드폰[手机]의 보급이 전세계[全球]에 배낭[背包] 열풍을 가져왔다[带动].

핸드폰의 보급으로 손가방은 줄고 두 손이 자유로운 배낭을 많이 사용하고 있는 트랜드에 대해 보도하고 있다.

_<环球时报>(2014. 2. 20.)

keyword

세 자의 얼음은 하루 만에 얼지 않는다
빙동삼척冰冻三尺 비일일지한非一日之寒

寒hán(찰 한)

寒hán(찰 한)은 宀(갓머리, 집)와 共(함께 공)과 冫(이수변, 얼음 빙)으로 이루어진 글자로, 집 안에 온 식구가 함께 있어야 견딜 수 있을 정도의 얼음 같은 추위로 이해할 수 있는 회의문자다. 참고로 한자에서 冫(이수변)은 고드름을, 氵(삼수변)은 물을 뜻하는 상형문자다.

寒食Hánshí(한식)은 24절기에는 속하지 않고 24절기의 하나인 清明Qīngmíng(청명)의 다음 날이 된다. 겨울에 이른다는 뜻의 冬至Dōngzhì(동지)로부터 104일째 되는 날이 청명이고, 105일째 되는 날이 한식이다. 우리 속담에 "한식에 죽으나 청명에 죽으나"라는 말이 있듯이, 한식과 청명은 하루 사이이므로 하루 먼저 죽으나 뒤에 죽으나 같다는 재미있는 표현이다.

한식은 介子推(개자추)라는 사람의 이야기에서 유래한다. 春秋五霸chūnqiūwǔbà(춘추오패)의 두 번째 패자였던 晋文公JìnWéngōng(진문공)이 19년 동안의 기나긴 망명 기간 중에 먹을 것이 없어 굶주릴 때, 개자추라는 신하가 자신의 다리 살을 잘라서 국을 끓여 올리는 등 문공에게 충성을 다하며 망명생활을 보필했다. 후에 문공이 왕위에 오르고 많은 賢臣(현신)을 등용하였으나, 개자추는 論功(논공)에서 제외되었고, 이에 크게 실망한 그는 산속으로 은거해 버린다. 문공이 뒤늦게 자신의 잘못을 뉘우치고 그를 다시 불렀으나 나오지 않자, 그를 나오게 하기 위해 산에 불까지 질렀으나 그는 끝내 나오지 않고 불에 타죽고 만다. 이를 안타깝게 여긴 문공은 개자추를 위로하기 위해 그가 사망한 날로부터 3일간 불의 사용을 금지시키고 찬 음식을 먹게 했다고 한다. 이는 바람이 많이 불고 날씨가 건조해지는 새봄에 산불이나 마을의 화재를 예방하고자 생긴 풍습이거나, 혹은 왕궁에서 새 불씨를 민간으로 보내는 시기에 만들어진 이야기가 아닐까 추측된다.

冰冻三尺bīngdòngsānchǐ(빙동삼척), 非一日之寒fēiyírìzhīhán(비일일지한)이라는 말은 3자(약 1m) 두께의 얼음은 하루 추위로 만들어지는 것이 아니라는 뜻이다. 이 말은 중국인들이 좋아하는 소설 ≪金瓶梅Jīnpíngméi(금병매)≫에 나오는 표현으로, 서양 속담 "로마는 하루아침에 이루어지지 않았다(Rome was not built in a day)."와 비슷한 뜻이지만 좀 더 시적인 비유이다. 또 이 말은 시진핑 중국 국가주석이 2014년 7월에 한국을 방문했을 때 서울대학교에서 한 연설에서, 북핵문제를 해결하기 위해서는 오랜 시간 꾸준한 노력이 필요하다는 뜻으로 인용하기도 하였다.

岁寒知松柏suìhánzhīsōngbǎi(세한지송백)은 날씨가 추워진 후에야 소나무[松]와 잣나무[柏]의 푸른 진면목을 알 수 있다는 뜻으로, 어려움에 처해봐야 진정한 친구를 알 수 있고, 나라가 어지러울 때 비로소 진정한 충신을 알 수 있다는 뜻이다. ≪论语Lúnyǔ(논어)≫에 나오는 말로 秋史(추사) 김정희의 작품 岁寒图(세한도)의 주제이기도 하다. [307쪽, 岁-歲(해 세) 참조]

참고로 寒(추울 한)과 비슷한 모양의 한자들을 잠시 살펴보자.

- 塞sài(요새 새)/塞sè(막을 색): 宀(갓머리, 집)와 共(함께 공)과 土(흙 토)로 이루어진 글자로, 다 함께 흙으로 집(요새)을 만든다는 뜻이다. 자주 쓰이는 단어로는 要塞yàosài(요새; 요새), 塞外sàiwài(새외; 변방), 交通堵塞

jiāotōngdǔsè(교통도색; 차가 막히다), 塞翁之马sāiwēngzhīmǎ(새옹지마), 闭塞bìsè(폐색; 막히다) 등이 있다.

- 赛-賽sài(굿할 새): 宀와 共과 貝(조개 패, 돈, 재물)로 이루어진 글자로 돈이나 재물을 바치며 함께 굿을 한다는 뜻이며, 요즘에는 운동경기를 주로 가리킨다. 즐겨 쓰는 단어로는 比赛bǐsài(비새; 경기, 시합), 赛马sàimǎ(새마; 경마), 淘汰赛táotàisài(도태새; 토너먼트전) 등이 있다.
- 寨zhài(나무우리 채): 宀와 共과 木으로 이루어진 글자로, 외진 곳에 다 함께 나무로 대충 만든 집 또는 가축의 우리를 뜻한다. 山寨shānzhài(산채)는 원래 도적들의 소굴을 뜻하는 말이지만, 요즘에는 은밀한 곳에서 몰래 만드는 모조품(짝퉁)을 가리키는 말로도 사용한다.

★ 알아두면 유용한 단어

寒冷hánlěng(한랭): 춥고 차다 | 寒假hánjià(한가): 겨울방학, 겨울휴가 | 贫寒pínhán(빈한): 가난하다, 빈한하다 | 寒食Hánshí(한식): 한식날 | 寒带植物hándàizhíwù(한대식물): 한대식물

벼랑 끝에 이르러서야 비로소 말고삐를 쥔다
현애늑마悬崖勒马

keyword
悬-懸xuán(매달 현)

悬-懸xuán(매달 현)은 县-縣xiàn(매달 현, 고을 현)과 心(마음 심)으로 이루어진 글자로 '마음이 걸리다' 또는 '마음을 허공에 매달다'의 뜻이 있는 형성문자다. 縣은 首(머리 수)를 뒤집은 글자에 糸(실 사)를 더해서 옛날 고을 수령이 죄인의 머리에 줄을 걸어 거꾸로 매단 형벌을 뜻하는 회의문자로, 매단다는 뜻과 함께 행정 단위인 고을을 의미한다.

懸이 들어가는 단어 중에 懸垂幕(현수막)은 한자의 뜻 그대로 풀이하면 공중에 매달아서 늘어뜨린 막을 가리킨다. 중국에서는 이 말을 거의 쓰지 않고, 대신 横幅héngfú(횡폭)이라는 단어를 더 많이 사용한다. 또 悬崖xuányá(현애)는 하늘에 걸려 있는 낭떠러지를 뜻하는데, 绝壁juébì(절벽)보다 더 위험하고 높은 곳을 표현할 때 쓰는 말이다.

진시황 때 진나라에는 사람들의 마음을 들여다볼 수 있는 거울이 높게 걸려 있어 신하들이 항상 공정하게 일 처리를 했고, 이를 바탕으로 국력을 쌓아 전국을 통일할 수 있었다고 한다. 이 故事에서 유래한 말이 明镜高悬míngjìnggāoxuán(명경고현)이다. 일을 바르고 공정하게 처리한다는 뜻이며, 秦镜高悬qínjìnggāoxuán(진경고현)이라고도 한다.

벼랑 끝에 이르러서야 비로소 말고삐를 당긴다는 뜻의 悬崖勒马xuányálèmǎ(현애늑마)라는 말은 위기를 느껴야만 비로소 정신을 차리는 것을 의미한다. 중국인들이 가장 좋아하는 소설인 曹雪芹Cáoxuěqín(조설근)

의 ≪红楼梦Hónglóumèng(홍루몽)>에 나오는 말로, 적군을 만나야 비로소 창을 간다는 뜻의 '临阵磨枪línzhènmóqiāng(임진마창)'과 같은 뜻이다.

耳懸鈴鼻懸鈴(이현령비현령)이라는 말은 '귀에 걸면 귀걸이, 코에 걸면 코걸이'라는 뜻으로, 어떤 사실이 이렇게도 저렇게도 해석됨을 이르는 말이다. 또 '고양이 목에 방울 달기'라는 말은 중국어로 猫项悬铃māoxiàngxuánlíng(묘항현령)이라고 한다.

悬空寺Xuánkōngsì(현공사)는 중국의 山西省Shānxīshěng[산시성(산서성)] 大同Dàtóng[다퉁(대동)]에 위치한 사찰로 5세기경에 세워졌다. 중국인들이 자랑하는 五岳(오악) 중 北岳(북악)인 恒山(항산) 공중[空]에 매달리듯[悬] 세워진 유명한 절이다. 참고로 현공사는 오르내리는 계단이 좁아서 아침 일찍 관광하지 않으면 밑에서 반나절 가량 기다릴 각오를 해야 할 만큼 관광객이 급증하고 있다.

산시성 다퉁에 위치한 현공사(사진 제공: 김용수)

县-縣은 우리나라의 경우에는 삼국시대부터 조선시대까지 지방 행정구역의 하나로 사용되었고, 중국이나 일본 등지에서는 지금도 행정단위로 사용되고 있다. 중국의 행정구역을 살펴보면 23개 성과 5개의 자치구, 4개의 직할시, 2개의 특별행정구로 구성되어 있다. 중국의 행정단위를 우리나라 행정단위와 비교하면 아래와 같다.

중국과 한국의 행정단위 비교	
중국	한국
省shěng(성)	도
市shì(시)	시
县-縣xiàn(현)	군
乡-鄉xiāng(향)	읍
镇-鎭zhèn(진)	면
대도시의 행정구역 구분	
市shì(시)	시
区qū(구)	구
街道jiēdào(가도)	가, 로
社区shèqū(사구)	지역사회의 가장 작은 단위. 아파트의 경우 단지 또는 동네

2013년에 출범한 중국의 제5세대 지도부인 시진핑 정부는 중국의 내수 및 소비 진작을 위해 인구 300만 규모의 도시 30개를 조성하여 도시화율을 높이고자 新型城镇化xīnxíngchéngzhènhuà(신형성진화) 정책을 발표하였다. 연간 4조 위안(RMB)씩 총 10년간 40조 위안(RMB), 원화로 약 7,000조 원을 투자하여 추진하는 초대형 도시화 정책으로 언론에 자주 등장하는 용어다.

★ 알아두면 유용한 단어

悬案xuánàn(현안): 걸려 있는 안건, 즉 진행 중인 안건 | 悬念xuánniàn(현념): (걸려 있는 생각) 걱정, 서스펜스(suspense), 긴장감 | 悬崖xuányá(현애): 절벽, 벼랑 | 悬垂xuánchuí(현수): 공중에 매달다 | 悬垂桥xuánchuíqiáo(현수교): (공중에 매달려 있는 다리) 현수교

기사로 보는 키워드

乌克兰站在内战悬崖边. 우크라이나[乌克兰]는 내전의 벼랑 끝에 서 있다.

친러시아와 친서방파 사이에서 내전으로 번져가고 있는 우크라이나의 상황을 보도하고 있다. 이 기사에 쓰인 悬崖边xuányábiān(현애변)은 절벽끝, 벼랑끝을 뜻한다.

_<环球时报>(2014. 2. 22.)

安倍应'悬崖勒马, 马上认错'. 아베는 위기를 느껴야만 정신을 차릴 것인가[悬崖勒马], 당장 잘못을 인정하라.

일본의 아베 총리는 중국과의 관계를 개선하기 위해 2014년 초 재일 중국인들에게 한 春节chūnjié(춘절) 인사말에서, 일본은 지난 60여 년간 평화를 사랑하고 인류애를 추구하기 위해 노력해 왔다고 말했다. 이에 중국 외교부가 위와 같은 성명을 발표함으로써 결과적으로 아베의 시도는 아니 함만 못하게 되었다고 보도하고 있다.

_<新华日报(신화일보)>(2014. 1. 25.)

원수는 외나무다리에서 만난다
협로상봉狹路相逢

keyword

狹-狭xiá(좁을 협)

狹-狭xiá(좁을 협)은 犭(개사슴 록)과 夾-夹jiā(낄 협)으로 이루어진 글자로, 날쌘 짐승들조차 끼일 정도로 폭이 좁다는 뜻의 형성문자다. 그리고 夾은 큰[大] 사람이 양 옆구리에 작은 사람[人] 둘을 끼고 있는 모습으로 '끼다', '좁다'는 뜻의 회의문자이며, 많이 쓰이는 단어로 夹子jiāzi(협자; 집게), 文件夹子wénjiànjiāzi(문건협자; 문서 집게, 문서 홀더) 등이 있다.

狭이 들어가는 단어 중에 狭隘xiáài(협애), 狭窄xiázhǎi(협착)은 '좁다'는 뜻이며, 狭小xiáxiǎo(협소)와 같은 말이다. 예를 들면, 见闻狭隘jiànwénxiáài(견문협애)라고 하면 견문이 좁다, 견문이 짧다는 뜻이며, 이와 반대로 '넓다', '광활하다'의 뜻으로는 广阔guǎngkuò(광활) 또는 宽大kuāndà(관대)라고 말한다. 一家狭小的会议室挤满了50多人yìjiā xiǎoxiáde huìyìshì jǐmǎnle wǔshíduōrén이라고 하면 좁은 회의실 하나가 50명이 넘는 사람으로 가득 찼다는 뜻이다. 또 좁은 길에서 마주친다는 뜻의 狭路相逢xiálùxiāngféng(협로상봉)이라는 말은 '원수는 외나무다리에서 만난다.'는 의미로 쓰이는 표현이다.

한자에는 夹(낄 협)이 들어가는 글자들이 많이 있는데, 이들 글자들을 살펴보면서 한자 지식의 외연을 넓혀 보자.

- 挟-挾xié(낄 협): 扌(재방변, 손)과 夹으로 이루어진 글자로 손으로 잡아서 옆구리에 낀다는 뜻의 형성문자다. 많이 쓰이는 단어로는 '끼고 가져가다', '몰래 감추고 간다'는 뜻의 挟带xiédài(협대)가 있다. 曹操挟天子以令诸侯Cáocāo xiétiānzǐ yǐlìng zhūhóu는 조조가 천자(황제)를 옆에 끼고 제후들을 호령하였다는 뜻이다.
- 侠-俠xiá(호협할 협): 亻(사람인변)과 夹으로 이루어져 다른 사람을 옆에 끼고 보호한다는 뜻의 형성문자다. 많이 쓰이는 단어로는 侠客xiákè(협객), 武侠小说wǔxiáxiǎoshuō(무협소설), 武侠片wǔxiápiàn(무협편; 무협영화 = 武侠电影wǔxiádiànyǐng), 钢铁侠gāngtiěxiá(강철협; 아이언맨), 蜘蛛侠zhīzhūxiá(지주협; 스파이더맨) 등이 있다.
- 峡-峽xiá(골짜기 협): 山(뫼 산)과 夹으로 이루어진 글자로 산을 끼고 있는 계곡을 뜻하는 형성문자다. 峡谷xiágǔ(협곡; 좁은 계곡), 长江三峡Chángjiāngsānxiá[창장싼샤(장강삼협; 양쯔강의 세 개의 협곡)] 등이 있다.
- 陕-陜shǎn(땅 이름 섬): 阝-阜(좌부방, 언덕)과 夹으로 이루어져 옛날 秦(진)

세계 최대 규모의 싼샤댐

나라 땅인 陕西Shǎnxī[산시(섬서)], 즉 산시성을 가리키는 글자다. 陜(땅이름 섬)은 峽(골짜기 협)과 모양은 비슷하지만 뜻도 다르고 발음도 다르기 때문에 주의해서 사용해야 한다.

三峡大坝sānxiádàbà[싼샤대파(삼협대파)]는 싼샤댐을 말하는데, 양쯔강 중상류의 서쪽에서부터 동쪽으로 瞿塘峡Qútángxiá[취탕샤(구당협)], 巫峡Wūxiá[우샤(무협)], 西陵峡Xīlíngxiá[시링샤(서릉협)]로 이어지는 세 개의 협곡 중 시링샤 부근에 만든 세계 최대의 댐이다. 중국에서는 자연을 파괴하는 이 어마어마한 싼샤댐으로 인해 쓰촨성 대지진 등의 자연재해가 발생한다고 생각하는 사람들이 많다. 또 ≪三国演义Sānguóyǎnyì(삼국연의)≫의 3대전투 중 하나로 刘备Liúbèi(유비)가 죽음으로써 많은 독자들을 안타깝게 했던 夷陵战斗Yílíngzhàndòu(이릉전투)의 격전지와, 유비가 제갈공명에게 아들을 부탁[讬孤·托孤(탁고)]하며 유언을 남겼던 白帝城Báidìchéng(백제성)이 바로 이 부근에 있다.

★ 알아두면 유용한 단어

狭隘xiáài(협애): 좁다 = 狭窄xiázhǎi(협착) = 狭小xiáxiǎo(협소) | 血管狭窄xuèguǎn xiázhǎi(혈관협착): 혈관협착 | 偏狭piānxiá(편협): 치우치고 좁다, 편협하다

똑똑한 사람이 바보인 척하기는 어려운 일이다
난득호도難得糊涂

keyword

糊hù(풀 호)

糊hù(풀 호)는 米(쌀 미)와 胡hú(오랑캐 호, 되 호)로 이루어진 글자로 질이 나쁜 쌀로 만든 풀을 뜻하는 형성문자다. 명사로 쓰일 때는 hù(풀 호)로, 동사로 쓰일 때는 hú(바를 호)로 발음한다. 그리고 胡(오랑캐 호)는 古(옛 고)와 月(육달 월)로 이루어져 오래된 고기도 먹는 오랑캐 정도로 해석할 수 있는 형성문자다.

胡가 들어간 단어 가운데 베이징에 가면 자주 듣게 되는 胡同hútòng[후통(호동)]이라는 단어가 있다. 이 말은 베이징의 전통가옥인 四合院sìhéyuàn(사합원; 사방을 담장으로 둘러싸서 외부와 차단된 가옥)이 밀집해 있는 마을

베이징의 전통가옥 사합원

의 뒷골목을 가리키는데, 원래는 몽골어로 우물을 뜻하는 말이다. 우물에 돌을 빠뜨릴 때 나는 소리인 '후통~'의 의성어로, 몽고족인 元Yuán(원)나라가 베이징을 지배한 이후부터는 공동우물이 있는 골목을 가리키는 말로 바뀌어 지금까지 사용되고 있다.

模糊móhu(모호)는 반액체 또는 반고체 상태의 풀 모양을 뜻하는 말로, 이도 저도 아닌 '모호하다', '애매하다'는 뜻으로 쓰인다. 또 '糊涂(호도)하다'라는 말은 풀을 칠한 것처럼 진실을 숨기고 거짓을 알린다는 뜻으로 쓰이지만, 중국어에서 糊涂hútu(호도)는 풀을 칠한 것처럼 흐리멍덩하다는 뜻으로 糊里糊涂húlihútú(호리호도)라는 말로도 많이 사용한다. 여기에 쓰인 涂tú(塗, 진흙 도, 바를 도)는 涂(도랑 도)와 土(흙 토)가 합쳐져 도랑 속 진흙 또는 진흙을 바르다는 뜻인데, 현대 중국에서는 '涂'로 통일해서 사용한다.

한편, 가족들을 먹여 살리는 방법인 糊口之策húkǒuzhīcè(호구지책)은 한자의 뜻 그대로 입에 풀칠하는 방책으로 생계수단을 의미하며, 한국과 중국에서 같은 뜻으로 사용되는 표현이다.

중국인들이 좋아하는 말 중에 难得糊涂nándéhútú(난득호도)라는 말이 있다. 똑똑한 사람이 바보인 척하기는 무척 어렵다는 뜻으로, 청나라의 서예가인 郑燮Zhèngxiè(정섭)의 글 중에 "바보가 똑똑한 척하기도 어렵지만, 똑똑한 자가 바보인 척하기는 더 어렵다."라는 말에서 나온 속담이다. "손해 보는 것이 이익이다."라는 뜻의 吃亏是福chīkuīshìfú(흘휴시복)과 함께 자주 인용되는 말이다. 역사적으로 잦은 전란과 혁명을 겪으며 자기방어 또는 생존을 위해 속뜻이나 실력을 숨기는 태도에 익숙한 중국인들에게 어울리는 표현이다. 이와 비슷한 뜻으로 자주 사용하는 성어나 속담을 살펴보자.

- 大智若愚dàzhìruòyú(대지약우): 老子Lǎozǐ(노자)의 ≪道德经Dàodéjīng(도덕경)≫에 나오는 말이다. 큰 지혜는 오히려 어리석은 것처럼 보인다는 뜻으로, 정말로 총명한 사람은 재능을 뽐내지 않아서 오히려 어리석어 보인다는 의미다.
- 大巧若拙dàqiǎoruòzhuō(대교약졸): 이 역시 ≪老子≫에 나오는 말로 훌륭한 솜씨는 오히려 졸작처럼 보인다는 뜻이다. 大智若愚(대지약우)처럼 자신의 실력을 속으로 잘 간직하며 늘 겸손해야 진정한 강자가 될 수 있다는 말이다.
- 韬光养晦tāoguāngyǎnghuì(도광양회): 칼집 속에 칼을 숨겨두었다가 어두운 새벽에 몰래 실력을 기른다는 의미로, 자신의 재능이나 명성을 드러내지 않고 참고 기다린다는 뜻이다. 조조에게 자신의 속뜻과 실력을 숨기고 힘을 키운 유비의 생존전략이었으며, 현대에는 미국과 서방의 눈을 피해 先富论(선부론)으로 실력을 기르던 邓小平Dèngxiǎopíng[덩샤오핑(등소평)]이 펼친 70~80년대 중국의 대외정책을 일컫는 말이다.

중국과 혈맹관계를 자랑하던 북한은 아직도 先富论보다는 先军论(선군론)으로 수십 년간 나라를 다스리고 있다.

★ 알아두면 유용한 단어

模糊móhu(모호): 모양이 풀 같다, 즉 모호하다, 헷갈리다 | 糊涂hútu(호도): (풀을 바른 듯) 멍청하다 = 糊里糊涂húlihútú(호리호도) | 糊涂老人hútúlǎorén(호도노인): (벽에 칠하는) 망령 난 노인, 치매 걸린 노인 | 糊墙纸húqiángzhǐ(호장지): 벽지를 바르다

의심이 많으면 성공하기 어렵다
호매호골狐埋狐搰

keyword
狐hú(여우 호)

狐hú(여우 호)는 犭(개사슴록, 큰 개 견, 짐승)과 瓜(오이 과)로 이루어진 글자로 오이처럼 주둥이가 긴 여우를 뜻하는 형성문자다. 狐狸húli(호리)는 여우 또는 여우같이 교활한 사람을 가리키는 말인데, 여기에 쓰인 狸-貍li(리)는 원래 너구리를 일컫는 한자지만 지금은 여우를 가리키는 말로 쓰이고 있다. 너구리는 물가에서 물고기를 씻어먹는 습성을 보고 浣(씻을 완)과 熊(곰 웅)을 사용하여 浣熊huànxióng(완웅)이라고 부르는데, 작은 너구리라는 뜻의 '小浣熊xiǎohuànxióng(소완웅)'은 중국에서 꽤 유명한 어린이용 스낵면 이름이다.

중국의 성어나 속담에는 한자 狐가 많이 들어간다. 그 몇 가지를 살펴보자.

- 狐不二雄húbúèrxióng(호불이웅): 여우는 수놈 두 마리가 함께 살지 않는다는 뜻으로, 두 영웅은 함께 나란히 설 수 없음을 비유하여 이르는 말이다.
- 狐死首丘húsǐshǒuqiū(호사수구): 여우가 죽을 때는 고향의 언덕을 향해 머리를 돌린다는 뜻으로, 근본을 잊지 않는다는 의미로 쓰이며, 首丘初心shǒuqiūchūxīn(수구초심)과 같은 말이다.
- 狐朋狗友húpénggǒuyǒu(호붕구우): 여우의 친구들과 개의 무리들이라는

의미로 나쁜 무리, 못된 사람들을 일컫는 말이다.

- 狐埋狐搰húmáihúhú(호매호골): 여우가 묻은 것을 여우가 다시 파본다는 뜻으로, 먹이를 몰래 묻었다가 의심이 나서 다시 파보는 것을 말한다. 의심이 많으면 목표한 일을 성사시키기가 어렵다는 뜻으로 쓰이는데, 이 말에는 다음과 같은 유래가 전한다.

춘추시대 吳王(오왕) 夫差Fūchāi(부차)가 越yuè(월)나라를 공격하려고 하자, 힘이 약한 越王(월왕) 句践Gōujiàn(구천)이 부차에게 말하기를, "이미 대왕께서는 천하가 다 인정하는 진정한 강자인데, 속국에 불과한 조그만 월나라를 공격하는 것은 의심 많은 여우나 하는 행동입니다. 세상 사람들의 웃음거리가 될 것입니다."라고 설득한다. 이렇게 공격을 중지시키고 시간을 벌어 놓은 구천은 매일 곰의 쓸개를 핥으며 실력을 키워 마침내 부차를 죽이고 春秋五霸chūnqiūwǔbà(춘추오패)에 오르게 된다.

이와 비슷한 의미로 의심 많은 여우가 쉽게 결정을 못하는 것을 가리켜 狐疑不决húyíbùjué(호의불결)이라고 하며, 줄여서 狐疑húyí(호의)라고도 한다. 이 말은 옛날에 어떤 장수가 겨울에 언 강을 건너기 전에는 먼저 의심 많은 여우를 건너가게 하고, 여우가 언 강을 무사히 건너면 안심하고 군대가 강을 건넜다는 이야기에서 유래한다.

한편 중국에서는 동물이나 짐승의 호칭을 일정한 규칙 없이 습관적으로 다양하게 부른다. 그 호칭에 대해 살펴보자.

- 접두사로 大, 老, 小 등을 붙이는 경우: 大象dàxiàng(대상; 코끼리), 老虎lǎohǔ(노호; 호랑이), 老鼠lǎoshǔ(노서; 쥐), 喜鹊xǐque(희작; 까치), 麻雀máquè(마작; 참새), 老鹰lǎoyīng(노응; 매)
- 접미사로 子를 붙이는 경우: 狮子shīzi(사자), 兔子tùzi(토자; 토끼), 猴子

hóuzi(후자; 원숭이), 蚊子wénzi(문자; 모기)

- 비슷한 뜻의 한자 두 글자를 쓰는 경우: 乌鸦wūyā(오아; 까마귀), 狐狸húli(호리; 여우)
- 한 글자만 사용하는 경우: 马mǎ(마; 말), 猪zhū(저; 돼지), 狗gǒu(구; 개), 牛niú(우; 소), 羊yáng(양; 양), 猫māo(묘; 고양이), 鹿lù(록; 사슴), 蛇shé(사; 뱀)

위에서 알 수 있듯이, 중국에서는 집에서 키우는 가축의 경우 주로 한자 한 글자만 사용하는 경향이 있는데, 일정한 규칙이 있다기보다는 오랜 시간 관습적으로 사용하던 것이 굳어진 것으로 여겨진다.

★ 알아두면 유용한 단어

狐狸húli(호리): 여우, 교활한 사람 | 白狐báihú(백호): 백여우 | 狐假虎威hújiǎhǔwēi(호가호위): 호랑이가 없을 때는 여우가 호랑이의 위세를 흉내 낸다. 다른 사람의 권위를 이용하여 위세를 부린다.

그림 속의 용을 날아오르게 한 화룡점정画龙点睛

keyword

画-畫huà(그림 화)

画-畫huà(그림 화, 그릴 화)는 聿(붓 률)과 田(밭 전), 一(한 일)로 이루어진 글자로 밭처럼 넓은 종이에 붓으로 그림을 그린다는 뜻의 회의문자다. 고대에는 막대기로 밭에다 그림을 그려서 의사 표시를 했는데, 이것이 글자로 발전한 것이다. 聿은 손으로 붓을 잡고 있는 모습을 형상화한 것이다.

画饼huàbǐng(화병)은 그림 속의 떡, 즉 아무 쓸모없고 실속 없는 것을 뜻하며, 畫中之餠(화중지병)과 같은 말이다. 아울러 画饼充饥huàbǐng chōngjī(화병충기)라는 말은 그림 속의 떡으로 허기를 채운다는 뜻이며, 실속 없는 행동이나 공상을 통한 자기만족 등을 가리킨다. 비슷한 의미로는 삼국시대 조조와 관련된 고사성어인 望梅止渴wàngméizhǐkě(망매지갈)이 있다.

[166쪽, 渴(목마를 갈) 참조]

흔히 쓸데없는 짓을 하여 도리어 일을 그르치는 것을 가리켜 蛇足(사족)을 단다고 한다. 이는 画蛇添足huàshétiānzú(화사첨족)의 줄임말로, 뱀을 다 그리고 나서 다리를 추가로 그려 넣는다는 뜻으로 다음과 같은 유래가 있다. 남쪽의 강국 楚Chǔ(초)나라가 卫Wèi(위)나라를 멸망시키고 齐Qí(제)나라까지 침공하려 하자, 陈轸Chénzhěn(진진)이라는 사람이 다음과 같은 이야기를 했다. 여러 사람이 모여 술 한 대접을 놓고 뱀을 먼저 그리는 사람이 그 술을 먹는 놀이를 했는데, 제일 먼저 그린 사람이 자신의 실력을 뽐내기 위해 쓸데없이 뱀의 다리까지 그려 넣어 술 먹을 기회를 놓치고 말았다. 진진은 이 어리석은 사람의 이야기를 비유하며, 이미 위나라를 멸망시

난징 안락사에 있는 화룡점정 조형물

켜서 온 세상에 초나라가 최강국임을 증명하였는데, 제나라까지 공격하는 것은 뱀의 그림에 다리를 그려 넣는 것처럼 쓸데없는 일이라고 설득하여 초나라의 공격을 포기시켰다.

画龙点睛huàlóngdiǎnjīng(화룡점정)은 용을 그린 다음 마지막으로 눈동자를 그린다는 뜻으로, 가장 중요한 부분을 마쳐 일을 완성하는 것을 가리키는 말이다. 남북조 시대에 梁(양)나라의 태수를 지낸 張僧繇(장승요)라는 사람이 金陵Jīnlíng(금릉; 지금의 난징)에 있는 安乐寺Anlèsī(안락사)의 벽에 용을 두 마리 그렸는데 너무나 잘 그린 그림이었지만 눈동자를 그리지 않았다. 주위의 승려들이 그 까닭을 묻자 장승요는 지금 눈동자를 그리면 아마 용이 날아가 버릴 것이라고 말했다. 주위의 사람들이 그 말을 믿지 않자 그는 용 한 마리에 눈동자를 그려 넣었고, 그러자 그 용이 그만 하늘로 올라가 버렸다고 한다. 이 이야기에서 유래한 고사성어로, 큰 완성을 위한 결정적인 행위 등을 뜻하는 말로 많이 사용된다.

한자에는 聿(붓 률)이 들어 있는 글자들이 많이 있는데, 그 몇 가지를 살펴보자.

- 笔-筆bǐ(붓 필): 竹(대 죽)과 聿로 이루어져 대나무로 만든 붓을 가리키며, 이 글자가 들어간 단어로는 노트북을 뜻하는 笔记本bǐjìběn(필기본) 등이 있다.
- 书-書shū(책 서): 聿과 曰(가로 왈)로 이루어져 말한 것을 붓으로 쓴 책을 말하며, 书店shūdiàn(서점) 등이 있다.
- 昼-晝zhòu(낮 주): 聿과 旦(해 오를 단)으로 이루어져 글을 쓸 수 있게 밝은 해가 있는 시간, 즉 낮을 가리키며 昼夜zhòuyè(주야; 낮과 밤) 등이 있다.
- 建jiàn(세울 건): 聿과 廴(민책받침)으로 이루어져 붓을 똑바로 세운다는 뜻이며, 建设jiànshè(건설; 건설하다) 등이 있다.

위의 글자들에서 알 수 있듯이 번체자에 들어 있는 聿 대신 毛, 书, 尺 등 간단한 글자들을 사용하는 현대 중국의 간체자에서는 聿(붓 률)의 뜻을 거의 찾아볼 수 없고, 또 표의문자의 장점도 보이지 않아서 안타깝다.

★ 알아두면 유용한 단어

漫画mànhuà(만화): 만화, 카툰 | 画漫画huàmànhuà(화만화): 만화를 그리다 | 画家huàjiā(화가): 화가 | 画饼huàbǐng(화병): 그림 속의 떡 | 画饼充饥huàbǐngchōngjī(화병충기): 그림 속의 떡으로 허기를 채우다 | 画画huàhuà(화화): 그림을 그리다 | 画水墨画huàshuǐmòhuà(화수묵화): 수묵화를 그리다

곧 닥칠 눈앞의 위기를 모르는 어리석음
황작사선黃雀伺蟬

keyword 黄huáng(누를 황)

黄huáng(누를 황)은 光(빛 광)과 田(밭 전)으로 이루어진 글자이며, 식량을 가장 중요시했던 고대에 햇빛이 비쳐서 밭의 보리나 밀이 황금빛으로 출렁이는 모습을 나타낸 형성문자다.

黄瓜huángguā(황과)는 잘 익어 색깔이 노랗게 된 오이를 가리키던 말이지만, 지금은 그냥 오이를 뜻하는 말로 쓰인다. 그리고 西瓜xīguā(서과)는 서쪽의 박 또는 서양에서 온 박이라는 뜻으로 수박을 뜻하며, 南瓜nánguā(남과)는 남쪽 지방의 박이라는 의미로 지금은 호박을 가리키는 말이다. 또 겨울 수박으로 일컬어지는 冬瓜dōngguā(동과)는 东(동녘 동)을 사용하여 东瓜(동과)라고도 하는데 주로 약용으로 사용하는 과일이다. 한편, 중국에서는 멜론을 哈密瓜hāmìguā(하밀과)라고 부르는데, 이는 新疆Xīnjiāng[신장(신강)]의 哈密Hāmì[하미(합밀)] 지방에서 많이 생산되어 붙은 이름이다. 조기는 중국말로 노란 꽃무늬가 있는 생선이라는 뜻에서 黄花鱼huánghuāyú(황화어) 또는 黄鱼huángyú(황어)라고 부르는데, 옛날에는 중국에서 쳐다보지도 않던 생선이었지만 요즘에는 한국으로 수출도 하고 내수용으로 인기가 오르고 있다. 참고로 푸른 꽃무늬의 青花鱼qīnghuāyú(청화어)는 고등어를 부르는 말이다.

한자 黄은 중국인들이 무척 좋아하는 글자이며 주로 좋은 뜻으로 많이 쓰이지만 '헛되다', '선정적이다'라는 부정적인 의미도 가지고 있다. 허풍

떤다는 뜻의 牛niú(소 우)와 합쳐진 黄牛huángniú(황우)는 누렁소라는 뜻 외에도 암표상을 가리키는 말로 黄牛党huángniúdǎng(황우당)이라고도 하며, 허풍쟁이, 사기꾼을 뜻하기도 한다. 기후가 건조한 内蒙古Nèiměnggǔ(내몽고) 지방에서 시작되어 봄마다 찾아오는 황사는 黄沙huángshā(황사)라고도 하지만, 모래폭풍이라는 뜻의 沙尘暴shāchénbào(사진폭)이라는 말을 더 많이 사용한다.

중국에서는 황금연휴를 黄金周huángjīnzhōu(황금주)라고 한다. 대표적인 황금주는 설날인 春节chūnjié(춘절)과 '5/1Wǔyī'라고 부르는 우리나라 근로자의 날인 5월 1일의 劳动节Láodòngjié(노동절), 그리고 건국기념일인 国庆节Guóqìngjié(국경절)을 들 수 있다. 10월 1일인 국경절은 '10/1Shíyī'라고도 부른다.

황금을 좋아하는 중국인들의 마음이 담긴 속담 가운데 白酒红人面báijiǔ hóngrénmiàn(백주홍인면), 黄金黑吏心huángjīn hēilìxīn(황금흑리심)이라는 말이 있다. 술(백주)은 사람의 얼굴을 붉게 만들고, 황금은 관리(공무원)의 마음을 검게 만든다는 뜻이다. 그리고 黄梅天huángméitiān(황매천)은 매실이 익어가는 계절인 여름 장마철을 일컫는 말이다. 참고로 장마는 霖雨línyǔ(임우)라고도 하지만 매실이 익을 때 내리는 비라는 뜻에서 梅雨méiyǔ(매우)라는 말도 많이 사용한다.

중국인들이 좋아하는 고사성어 중에 黄雀伺蝉huángquèsìchán(황작사선)이라는 말이 있다. 노란 참새(방울새)가 매미를 노리고 있다는 의미인데, 곧 닥칠 눈앞의 위기를 모르는 어리석음을 비유한 말로 螳螂捕蝉tánglángbǔchán(당랑포선), 黄雀在后huángquèzàihòu(황작재후)의 줄임말이다. 춘추시대 吳王(오왕) 부차는 오자서의 도움을 받아 부왕 합려를 죽인 원수 越王(월왕) 구천을 포로로 잡는 데 성공한다. 그러나 구천이 월나라의 최고 미인인 서시를 바치고 부차의 변까지 먹어가며 충성을 맹세하자 그를 풀어주고 만다. 충신 오자서가 뒷일을 걱정하며 이를 강력히 반대하였으나 부차는 그의 말에 귀 기울이지 않고 오히려 오자서를 멀리하였다. 이후 승리에 도취한 부차는 이웃한 초나라를 침공할 준비를 하고 있었는데, 이때 한 신하가 나서서 말하기를, "제가 뒤뜰에서 참새를 잡으려고 새총을 겨누고 있는데, 그 참새는 사마귀를 노리고 있었고, 또 그 사마귀는 작은 매미를 노리고 있었습니다."라고 하였다. 이 말을 들은 부차가 초나라 정벌을 포기했다는 고사에서 유래한 黃雀伺蟬은 중국의 옛 그림 등에서 주제로 많이 다루어지기도 했다.

참고로 동양의 五方色(오방색)인 青黃赤白黑(청황적백흑) 글자의 유래에 대해서 살펴보자.

- 青qīng(푸를 청): 生(날 생)과 丹(붉은 돌 단)으로 이루어진 글자로 봄철에 (붉은) 돌 사이에서 나오는 푸른 새싹을 가리킨다.
- 黃huáng(누를 황): 光(빛 광)과 田(밭 전)으로 이루어진 글자로 가을 논밭에 햇빛이 비쳐서 노랗게 물든 모습을 가리킨다.
- 赤chì(붉을 적): 土(흙 토)와 灬(연화발, 불)로 이루어진 글자로 불붙은 들판의 붉은 화염을 가리킨다.
- 白bái(흰 백): 丿(삐침 별)과 日(해 일)로 이루어진 글자로 높은 하늘의 태양빛, 흰 빛을 가리킨다.
- 黑hēi(검을 흑): 里(마을 리)와 灬(연화발, 불)로 이루어진 글자로 집안에 불이 나서 올라오는 검은 연기를 가리킨다.

★ 알아두면 유용한 단어

黄昏huánghūn(황혼): 해가 질 무렵 | 黄瓜huángguā(황과): 오이 | 黄沙huángshā(황사): 황사 | 黄鱼huángyú(황어): 조기 = 黄花鱼huánghuāyú(황화어) | 黄牛huángniú(황우): 누렁소, 암표상, 사기꾼 | 黄牛票huángniúpiào(황우표): 암표 | 黄片儿huángpiānr(황편아): 음란 비디오, 야동 | 扫黄sǎohuáng(소황): 음란행위를 단속하다 | 黄豆芽huángdòuyá(황두아): 콩나물 | 黄蜂huángfēng(황봉): 말벌

기사로 보는 키워드

超七成东莞民众支持扫黄行动. 70% 이상의 (광둥성) 둥관 주민들이 음란영업 단속[扫黄]을 지지(支持)하고 있다.

매춘으로 유명한 광둥성 둥관시의 대대적인 매춘 단속에 대해 보도하고 있다. 이 기사에서 超는 초과나 이상을, 七成은 70%를 뜻한다.

_<环球时报>(2014. 1. 30.)

하늘 아래 공짜는 없다
몰유백흘오반没有白吃午饭

keyword

吃chī(말 더듬을 흘)

吃chī(말 더듬을 흘)은 口(입 구)와 乞qǐ(구걸할 걸)로 이루어진 글자로 '구걸하듯 말을 더듬다', '망설이다'의 뜻을 가진 형성문자지만 지금은 '먹다'라는 뜻으로 사용된다. 乞은 人(사람 인)과 乙(새 을)로 이루어져 사람이 새처럼 몸을 숙이고 구걸하는 모습을 나타내는 회의문자이며, 乞丐qǐgài(걸개)는 거지를, 乞丐服qǐgàifū(걸개복)은 빈티지 청바지를 가리키는 말이다.

吃饭chīfàn(흘반)은 일반 명사를 목적어로 써서 '밥을 먹다'라는 뜻이 되지만, 동사 吃 뒤에 추상명사나 형용사를 목적어로 수반하여 다양한 표현을 구사할 수 있다. 예를 들면 吃惊chījīng(흘경; 놀라다), 吃苦chīkǔ(흘고; 고생하다), 吃力chīlì(흘력; 힘들다), 吃香chīxiāng(흘향; 환영받다, 인기 있다), 吃亏chīkuī(흘휴; 손해보다), 吃醋chīcù(흘초; 질투하다, 식초를 먹다), 吃紧chījǐn(흘긴; 긴박하다, 급하다), 吃光chīguāng(흘광; 다 먹었다) 등 다양하게 사용된다.

중국인들이 자주 사용하는 말 중에 天下没有白吃的午饭tiānxià méiyǒu báichīde wǔfàn이라는 속담이 있다. 이 말은 하늘 아래 공짜 점심은 없다, 즉 세상에 공짜는 없다는 뜻이다. 여기서 白吃báichī(백흘)은 공짜 밥을 먹다, 무위도식(无为徒食)한다는 뜻이 된다.

생활과 밀접한 관련이 있는 글자인 吃이 들어간 속담이나 성어를 살펴보면 재미있는 표현이 많다.

• 吃香的chīxiāngde(흘향적), 喝辣的hēlàde(갈랄적): 향기로운 것을 먹고 매

운 것을 마시다. 즉 잘 먹고 잘 살다, 호의호식하다.

- 吃一顿chīyídùn(흘일돈), 挨一顿áiyídùn(애일돈): 한 끼 먹고 한 끼 굶다. 즉 굶기를 밥 먹듯 하다.
- 不管鸟飞得多高bùguǎn niǎofēide duōgāo, 都得吃地上的食物dōuděichī dìshàngde shíwù: 새가 제 아무리 높이 날아도 땅 위의 먹이를 먹어야만 한다. 냉정한 현실을 무시할 수는 없다.
- 吃着碗里chīzhewǎnli(흘착완리), 盯着锅里dīngzheguōli(정착과리): 그릇 속의 밥을 먹으면서 솥을 쳐다보다. 사람의 욕심은 끝이 없다
- 吃得慢益于胃chīdemàn yìyúwèi(흘득만익어위), 犁得深益于地lídeshēn yìyúdì(이득심익어지): 음식을 천천히 먹으면 위(몸)에 좋고, 쟁기질을 깊게 하면 땅(밭)에 좋다.

★ 알아두면 유용한 단어

吃午饭chīwǔfàn(흘오반): 점심을 먹다 | 好吃hǎochī(호흘): 맛있다 | 吃不了chībuliǎo(흘불료): (많아서) 다 못 먹다 | 吃不上chībúshàng(흘불상): (먹을 것이 없거나 시간이 없어서) 먹지 못하다, 먹을 수 없다 | 吃得消chīdexiāo(흘득소): 먹고 소화시키다, 참을 수 있다 | 吃不消chībuxiāo(흘불소): 먹고 소화를 시키지 못하다, 참을 수 없다 | 吃惊chījīng(흘경): 놀라다 | 吃光蛋chīguāngdàn(흘광단): (알처럼 동그란) 빵점을 받다 | 吃红牌chī hóngpái(흘홍패): 레드카드를 받다

기사로 보는 키워드

非洲人拒吃欧洲'垃圾鸡肉'. 아프리카[非洲] 사람들은 유럽산 '쓰레기 닭고기[鸡肉]' 먹는 것을 거부했다.

이 기사에는 아프리카의 자원을 두고 서방, 인도 등과 경쟁을 벌이고 있는 중국의 외교적 의도가 어느 정도 담겨 있다고 볼 수 있다.

_<环球时报>(2014. 1. 20.)

아무것도 모르면서 아는 체하다
왜자간희矮子看戏

keyword

戏-戲xì(놀 희)

戲xì(놀 희)는 虛xū(빌 허)와 戈(창 과)로 이루어진 글자로 '빈 공터나 넓은 무대에서 창을 가지고 무술을 보여주다' 또는 '놀다'를 뜻하는 형성문자다. 간체자인 戏는 又(또 우, 오른손 우)와 戈로 이루어져 또 창을 들고 또는 (오른)손에 창을 들고 놀다 정도로 약간은 억지스럽게 이해해야 한다.

游戏yóuxì(유희)는 놀이나 게임을 뜻한다. 电脑游戏diànnǎoyóuxì(전뇌유희)는 컴퓨터 게임을 뜻하며, 요즘 중국에서 많이 사용하는 단어다. 참고로, 죽음의 게임이라는 뜻의 <死亡游戏Sǐwángyóuxì(사망유희)>는 70년대 최고의 홍콩 스타 李小龙Lǐxiǎolóng(이소룡)의 유작 영화 제목이기도 하다.

斑衣之戏bānyīzhīxì(반의지희)는 부모님을 기쁘게 해드리기 위해 색동옷을 입고 재롱을 부린 老莱者Lǎoláizhě(노래자)라는 노인의 고사에서 유래한 말로, 지극한 효성을 뜻하는 말이다. [368쪽, 斑(얼룩 반) 참조]

矮子看戏ǎizikànxì(왜자간희)라는 말은 난쟁이[矮子]가 군중 속에 묻혀서 연극을 본다는 뜻의 중국 속담이다. 난쟁이가 키 큰 사람들 틈에 끼어 연극을 보면 키가 작아서 잘 보이지 않으면서도 다른 사람의 말만 듣고 아는 체하는 것을 뜻하는 말인데, 자기 주관이 없이 남이 하는 대로 따라하는 태도 등을 빗대어 이르는 말로도 사용한다. 왜자간희는 조선의 양반들에게는 헌법이나 다름없었던 性理学xìnglǐxué(성리학)을 집대성한 송나라 朱子Zhūzǐ(주자)의 어록 모음집인 ≪朱子語類(주자어류)≫에 나오는 이야기다. 여기에 쓰인 看kàn(볼 간)은 手(손 수)와 目(눈 목)으로 이루어진 글자로 높은 곳에 서서 손을 눈 위, 즉 이마에 대고 멀리 쳐다본다는 뜻의 회의문자다.

본문과 좀 동떨어진 내용이긴 하지만 주자와 관련하여 송시열에 얽힌 재미있는 이야기가 있어 소개한다. 조선 숙종 때 큰 선비이며 老論(노론)들의 정신적 지주였던 尤庵(우암) 송시열은 주자의 해석을 조금만 달리 해도 그를 斯文乱贼(사문난적)으로 공격하는 등, 주자를 거의 신처럼 섬겼다. 그는 조선에서 공자, 맹자, 주자처럼 성인에게만 붙이던 '子'를 붙여 宋子(송자)라고 불릴 정도였으니 그의 영향력을 가히 짐작할 수 있을 것이다. 반면에 정치적 라이벌이며 성리학의 해석 또한 달랐던 영남 중심의 南人(남인)들은 집에서 키우는 강아지 이름을 '시열'이라고 불렀다고 하니, 당시에도 우암에 대한 평가는 극명하게 갈렸던 것 같다.

★ 알아두면 유용한 단어

戏剧xìjù(희극): 희극, 연극 | 戏弄xìnòng(희롱): 희롱하다 | 戏场xìchǎng(희장): 극장 | 戏剧导演xìjùdǎoyǎn(희극도연): 연극 감독, 연극 연출 | 电脑游戏diànnǎoyóuxì(전뇌유희): 컴퓨터 게임 | 语言游戏yǔyányóuxì(어언유희): 언어 유희, 말장난 | 戏曲xìqǔ(희곡): 경극 등의 중국 전통극

기사로 보는 키워드

'奥巴马绯闻', 戏居性收场. '오바마(대통령)의 스캔들[绯闻]'은 드라마틱하게 끝이 났다[收场].

프랑스의 한 기자가 오바마 미국 대통령과 팝가수 비욘세 사이에 스캔들이 있다고 쓴 잘못된 추측성 기사에 대해 보도하고 있다.

_<环球时报>(2014. 2. 12.)

부록1: 중국사 연표

연대	국가명		주요 내용
BC 2070경	하(夏)		
BC 1600경	은(殷)		상(商)족이 은(殷)지방에 세운 나라. 상이라고도 함
BC 1046경~BC 771	주(周)		BC 770년경 서주(西周)와 동주(東周)로 나누어짐
BC 770~BC 221	춘추(春秋)시대 (BC 770~BC 476)		춘추오패 제나라 환공, 진나라 문공, 초나라 장왕, 오나라 합려, 월나라 구천
	전국(戰國)시대 (BC 475~BC 221)		전국칠웅 제(齊), 조(趙), 진(秦), 연(燕), 위(魏), 초(楚), 한(韓)
BC 221~BC 207	진(秦)		진시황이 전국의 나머지 국가들을 멸하고 천하를 통일
BC 206~AD 8	한(漢)	전한(前漢)	진나라가 진승과 오광의 난으로 멸망한 후 한나라 유방이 초나라 항우와의 싸움에서 승리를 거두고 세움. 서쪽 장안(지금의 시안)에 도읍을 정해서 서한(西漢)이라고도 함
8~24		신(新)	한나라의 외척 왕망이 건국
25~220		후한(後漢)	광무제 유수가 재건국. 동쪽인 낙양(뤄양)에 수도를 정해서 동한(東漢)이라고도 함
220~280	삼국 (三國)	후한이 멸망한 후 위·촉·오의 삼국이 천하를 놓고 다툼	
		위(魏) (220~265)	조비 즉위
		촉(蜀) (221~263)	유비 즉위
		오(吳) (229~280)	손권 즉위

연대	국가명	주요 내용
221~589	위진남북조(魏晉南北朝)	위·촉·오 삼국시대에 위나라가 쟁패한 후, 266년 사마염이 진나라 건국. 이후 남북으로 나뉘어 분열된 시기를 보냄. 북쪽은 오호십육국이, 남쪽은 건업(지금의 남경)에 송나라, 제나라, 양나라, 진나라가 건국됨
581~618	수(隋)	문제 양견이 수나라 건국. 고구려와의 전쟁으로 국력 소모
618~907	당(唐)	고조 이연이 수나라를 이어 당나라 건국[중간에 측천무후가 주(周)로 국호를 바꾸기도 함]
907~960	오대십국(五代十國)	당나라가 멸망하고 후량·후당·후진·후한·후주의 다섯 나라인 오대와, 오월·전촉·남당 등의 국가가 건국. 916년 야율아보기가 거란(요)을 건국
960~1279	송(宋)	조광윤이 960년 후주에서 송나라 건국. 북쪽에 신흥세력 여진족이 1115년 금(金)나라 건국, 1127년 금나라에 의해 송나라(北宋) 멸망, 남송(南宋) 부흥
1271~1368	원(元)	몽고족이 세운 원나라가 금나라와 남송을 차례로 물리치고 천하를 통일
1368~1644	명(明)	홍무제 주원장이 원나라를 물리치고 천하를 차지
1644~1912	청(淸)	여진족(후금) 홍타이지가 1636년 청나라 건국, 1644년 명나라를 정복하고 대륙을 지배
1911~1949	중화민국	쑨원의 신해혁명으로 중화민국 건국
1949~	중화인민공화국	마오쩌둥이 국민당을 몰아내고 정부 수립

부록2: 중국의 인명·지명 및 고대 국가명

■ 인명

가오위앤위앤(고원원) 高园园 Gāoyuányuán
강희제 康熙帝 Kāngxīdì
건륭제 乾隆帝 Qiánlóngdì
공자 孔子 Kǒngzǐ
관우 关羽 Guānyǔ
관중 管仲 Guǎnzhòng
광무제 光武帝 Guāngwǔdì
구천 句践 Gōujiàn
기자 箕子 Jīzǐ
노숙 鲁肃 Lǔsù
노자 老子 Lǎozǐ
달기 妲己 Dájǐ
덩리쥔(등려군) 邓丽君 Dènglìjūn
덩샤오핑(등소평) 邓小平 Dèngxiǎopíng
도연명 陶渊明 Táoyuānmíng
(= 도잠 陶潜 Toqián)
동방규 东方叫 Dōngfāngjiào
동탁 董卓 Dǒngzhuó
두목 杜牧 Dùmù
두보 杜甫 Dùfǔ
류종원 柳宗元 Liǔzōngyuán
리리앤지에(이연걸) 李连杰 Lǐliánjié
리우더화(유덕화) 刘德华 Liúdéhuá
리커창(이극강) 李克强 Lǐkèqiáng
마량 马良 Mǎliáng
마속 马谡 Mǎsù
마오쩌둥(모택동) 毛泽东 Máozédōng
마원 马援 Mǎyuán
마초 马超 Mǎchāo
말희 末喜 Mòxǐ
맹상군 孟尝君 Mèngchángjūn
맹자 孟子 Mèngzǐ
맹획 孟获 Mènghuò
모수 毛遂 Máosuì
묵자 墨子 Mòzǐ
백거이 白居易 Báijūyì
백아 伯牙 Bóyá
번쾌 樊噲 Fánkuài
범려 范蠡 Fànlí
범증 范增 Fànzēng
변화 卞和 Biànhé
부견 符坚 Fújiān
부차 夫差 Fūchāi
사마광 司马光 Sīmǎguāng
사마소 司马昭 Sīmǎzhāo
사마의 司马懿 Sīmǎyì
사마천 司马迁 Sīmǎqiān
서시 西施 Xīshī
서왕모 西王母 Xīwángmǔ

서태후 西太后 Xītàihòu
소식 苏轼 Sūshì
소하 肃河 Sùhé
손강 孙康 Sūnkāng
손견 孙坚 Sūnjiān
손권 孙权 Sūnquán
손무 孙武 Sūnwǔ
손책 孙策 Sūncè
시진핑(습근평) 习近平 Xíjìnpíng
쑨정차이(손정재) 孙政才 Sūnzhèngcái
안록산 安禄山 Anlùshān
양견 杨坚 Yángjiān
양귀비 杨贵妃 Yángguìfēi
양국충 杨国忠 Yángguózhōng
양수 杨脩 Yángxiū
여몽 吕蒙 Lǚméng
여불위 吕不韦 Lǚbùwéi
여포 吕布 Lǚbù
여희 骊姬 Líjī
염파 廉颇 Liānpō
엽문 叶问 Yèwèn
오삼계 吴三桂 Wúsānguì
오자서 伍子胥 Wǔzixū
옹정제 雍正帝 Yōngzhèngdì
왕소군 王昭君 Wángzhāojūn
왕안석 王安石 Wánganshí
왕희지 王羲之 Wángxīzhī
우희 虞姬 Yújī
원진 元稹 Yuánzhěn
유방 刘邦 Liúbāng
유비 刘备 Liúbèi
유선 刘禅 Liúchán
육손 陆孙 Lùsūn
이백 李白 Lǐbái
이세민 李世民 Lǐshìmín
이소룡 李小龙 Lǐxiǎolóng
이연 李渊 Lǐyuān
인상여 蔺相如 Lìnxiāngrú
자공 子贡 Zǐgòng
장궈룽(장국영) 张国荣 Zhāngguóróng
장량 张良 Zhāngliáng
장비 张飞 Zhāngfēi
장이머우(장예모) 张艺谋 Zhāngyìmóu
장자 庄子 Zhuāngzǐ
장쩌민(강택민) 江泽民 Jiāngzémín
장쯔이(장자이) 章子怡 Zhāngziyi
저우언라이(주은래) 周恩来 Zhōuenlái
저우용캉(주영강) 周永康 Zhōuyǒngkāng
정섭 郑燮 Zhèngxiè
제갈량 诸葛亮 Zhūgěliàng
제환공 齐桓公 QíHuángōng
조고 赵高 Zhàogāo
조모 曹髦 Cáomáo
조비 曹丕 Cáopī
조식 曹植 Cáozhí
조운 赵云 Zhàoyún
조인 曹仁 Cáorén
조조 曹操 Cáocāo
주공 周公 Zhōugōng
주원장 朱元璋 Zhūyuánzhāng

주유 周瑜 Zhōuyú
증삼 曾参 Zēngshēn
진문공 晋文公 JìnWéngōng
진승 陈胜 Chénshèng
진시황 秦始皇 QínShǐhuáng
초선 貂蝉 Diāochán
초장왕 楚庄王 ChǔZhuāngwáng
최호 崔颢 Cuīhào
판빙빙(범빙빙) 范冰冰 Fànbīngbīng
포사 褒姒 Bāosī
포숙아 鲍叔牙 Bàoshūyá
한비자 韩非子 Hánfēizǐ
한신 韩信 Hánxìn
한유 韩愈 Hányù
합려 闔閭 Hélū
항아 嫦娥 Chángé
항우 项羽 Xiàngyǔ
항장 项庄 Xiàngzhuāng
호해 胡亥 Húhài
황개 黄盖 Huánggài
황충 黄忠 Huángzhōng
후춘화(호춘화) 胡春华 Húchūnhuá

■ 지명

간쑤성(감숙성) 甘肃省 Gānsùshěng
광둥성(광동성) 广东省 Guǎngdōngshěng
뤄양(낙양) 洛阳 Luòyáng
만주 满洲 Mǎnzhōu
베이징(북경) 北京 Běijīng
비수 淝水 Féishuǐ
산둥성(산동성) 山东省 Shāndōngshěng
산시성(산서성) 山西省 Shānxīshěng
산시성(섬서성) 陕西省 Shǎnxīshěng
상하이(상해) 上海 Shànghǎi
서호 西湖 Xīhú
선양(심양) 沈阳 Shěnyáng
쉬저우(서주) 徐州 Xúzhōu
승덕 承德 Chéngdé
시안(서안) 西安 Xīān
쑤저우(소주) 苏州 Sūzhōu
쓰촨성(사천성) 四川省 Sìchuānshěng
안후이성(안휘성) 安徽省 Ānhuīshěng
양저우(양주) 扬州 Yángzhōu
양쯔강(양자강) 扬子江 Yángzǐjiāng
여산 庐山 Lúshān
역수 易水 Yìshuǐ
옌볜(연변) 延边 Yánbiān
오강 乌江 Wūjiāng
오문(마카오) 澳门 Aomén
왕징(망경) 望京 Wàngjīng
우루무치(오로목제) 乌鲁木齐 Wūlǔmùqí
우산(무산) 巫山 Wūshān
우샤(무협) 巫峡 Wūxiá
우한(무한) 武汉 Wǔhàn
윈난성(운남성) 云南省 Yúnnánshěng
위수 渭水 Wèishuǐ
장시성(강서성) 江西省 Jiāngxīshěng

장쑤성(강소성) 江苏省 Jiāngsūshěng
장안 长安 Chángān
저장성(절강성) 浙江省 Zhèjiāngshěng
창장(장강) 长江 Chángjiān
창장싼샤(장강삼협) 长江三峡 Chángjiāngsānxiá
청두(성도) 成都 Chéngdū
충칭(중경) 重庆 Chóngqìn
타이완(대만) 台湾 Táiwān
톈진(천진) 天津 Tiānjīn
푸젠성(복건성) 福建省 Fújiànshěng
하얼빈(합이빈) 哈尔滨 Hāěrbīn
한단 邯郸 Hándān
항저우(항주) 杭州 Hángzhōu
해하 垓下 Gāixià
허난성(하남성) 河南省 Hénánshěng
허베이성(하북성) 河北省 Héběishěng
헤이룽장성(흑룡강성) 黑龙江省 Hēilóngjiāngshěng
형산 衡山 Héngshān
홍구 鸿沟 Hónggōu
홍콩(향항) 香港 Xiānggǎng
화베이(화북) 华北 Huáběi
화산 华山 Huáshān
황푸강(황포강) 黄浦江 Huángpǔjiāng
황하 黄河 Huánghé
황해 黄海 Huánghǎi
후난성(호남성) 湖南省 Húnánshěng
후베이성(호북성) 湖北省 Húběishěng

■ 고대 국가명

괵 虢 Guó
금 金 Jīn
노 鲁 Lǔ
당 唐 Táng
명 明 Míng
상 商 Shāng
송 宋 Sòng
수 隋 Suí
연 燕 Yān
오 吴 Wú
요 辽 Liáo
원 元 Yuán
월 越 Yuè
위 魏 Wèi
은 殷 Yīn
제 齐 Qí
조 赵 Zhào
주 周 Zhōu
진 秦 Qín
진 晋 Jìn
청 清 Qīng
초 楚 Chǔ
촉한 蜀汉 Shǔhàn
하 夏 Xià
한 汉 Hàn
한 韩 Hán